Für Sibylle

Der Roman spielt hauptsächlich in bekannten Regionen, doch bleiben die Geschehnisse reine Fiktion. Sämtliche Handlungen und Charaktere sind frei erfunden.

FSC
www.fsc.org
MIX
Papier aus verantwortungsvollen Quellen
FSC® C104608

Der CO_2-Ausstoß dieses Druckproduktes wurde mit ClimateCalc berechnet und kompensiert:
www.climatecalc.eu
Cert. no. CC-000094/DK

Bibliografische Information der Deutschen Nationalbibliothek
Die Deutsche Nationalbibliothek verzeichnet diese Publikation in der Deutschen Nationalbibliografie; detaillierte bibliografische Daten sind im Internet abrufbar über http://dnb.ddb.de

www.niemeyer-buch.de

Umschlaggestaltung: C. Riethmüller
Der Umschlag verwendet Motiv(e) von 123rf.com
Druck und Bindung: Nørhaven, Viborg
Printed in Denmark
ISBN 978-3-8271-9352-0

Matthias Asteroth

CYBERRAT

Band 1

CW Niemeyer

Prolog

Montag, 18. September 1950

Eine leicht wabernde Nebelwand lag über dem Wittmoor und hielt die Kälte fest am Boden. Oberhalb des Nebels herrschte klare Sicht auf den funkelnden Sternenhimmel und den Mond, der hell herableuchtete. Das Moor war im Osten durch dichten Mischwald begrenzt und stach aus der herbstlichen Landschaft heraus wie eine verdorrte Oase.

Ein heiser geschnurrtes, gedehntes „Chrüüüh" ließ den schmächtigen Mann am Waldrand kurz zusammenzucken.

„Chrüüüh" kam es ein zweites Mal aus der Finsternis hinter ihm. Es war lange her, dass er dieses Geräusch gehört hatte. Eine Schleiereule. Aus dem nebelverhangenen Moor kam der gleiche Ruf wie eine Antwort auf den ersten.

Der Mann stand unter den Bäumen und rauchte mit zitternden Fingern seine Eckstein zu Ende. Er war froh, dass es keinen Krieg mehr gab und er die Zigarette allein zu Ende rauchen konnte. Das Teilen seiner Lieblingsmarke mit den Kameraden war schlimm für ihn gewesen. Dass er diese jüdische Marke so liebte, hatte sein Bruder nie verstanden. Hastig nahm der Mann einen letzten Zug.

Dann warf er die Zigarette auf den Boden, wo sie im nassen Morast mit einem leisen Zischen erlosch.

Nervös schaute er sich um. Seine müden Augen suchten den Rand des Moores ab, dort wo der Nebel flüchtig war. Die Kälte krabbelte wie winzige Ameisen an der Innenseite seiner dünnen Hose empor. Seine Handflächen rieben schnell aneinander, aber die Finger blieben klamm und steif.

In seiner Nase kribbelte es und der stechende, beißende Geruch überquellender Latrinen war wieder präsent. Der Blick wurde schummrig und verschwommen, allmählich teilte sich das Moor vor seinem geistigen Auge und ein karger, sandiger Platz erschien. Die Häftlinge liefen zum Morgenappell herbei. Er hörte die gellenden Schreie der Kapos und sah die nur aus Haut und Knochen bestehenden Geschöpfe sich im Gleichschritt auf den Appellplatz zwischen den Baracken zubewegen. Tausende Menschen kamen wankend aus den steinernen Gefangenenunterkünften hervor. Sie waren noch nicht tot. Mit vor Angst verzerrten Gesichtern versammelten sie sich auf dem großen freien Platz inmitten der Unterkünfte. Unter dem Gebrüll der Kapos bemühten sie sich, still zu stehen. Der elektrische Zaun war nicht weit entfernt. Sehnsuchtsvolle Blicke. Dahinter lag die Freiheit. Nur ein kleiner Sprung.

Der Mann am Waldrand vertrieb die Erinnerung mit einem heftigen Kopfschütteln und schlug den löchrigen Kragen des Mantels hoch. Die Hände wanderten tief in die Taschen. Mit Unbehagen sah er auf die sich nur schwer auflösenden Nebelschwaden und fragte sich, wie spät es inzwischen war. Mitternacht musste schon vorbei sein, schätzte er, denn die Uhr seines Vaters hatte er bei einem Handgemenge im Lager verloren.

Die Feuchtigkeit der vermodernden Pflanzen war durch die dünnen Schuhe längst an seine Füße gelangt und hatte sich wie ein nasser Wischlappen auf die abgemagerten Zehen gelegt. Der faulige Geruch kroch unangenehm in seine Nase. Seine linke Hand holte ein rostiges Zigarettenetui aus der Manteltasche und öffnete es. Es war leer. Stumm ließ er es wieder in den Mantel gleiten. Der Kopf rutschte in den Mantelkragen hinein, die Schultern fielen nach vorne und der Blick suchte den Nebel ab.

Die Schleiereule schrie erneut ihr heiseres „Chrüüüh". Aus den Tiefen des Waldes antwortete ein anderes Geschöpf der Nacht mit einem kraftvollen Jaulen.

Ein Wolf? Seit mehr als 150 Jahren hatte es keine Wolfssichtung in dieser Gegend gegeben. Sein Großvater hatte ihm berichtet, dass er als Kind einmal auf eine Wolfsfährte gestoßen war.

Die feuchte Moorlandschaft lag vor ihm wie ein verlassener Friedhof. Er hatte viele Orte kennengelernt, an denen man Menschen begraben hatte. Bilder von Skeletten tauchten vor seinem Auge auf. Zerlumpte Menschen hockten zwischen den Toten und streckten ihm die Hände entgegen. Sie waren zu schwach zum Sprechen, zu ausgemergelt zum Essen und doch zu lebendig, um zu sterben.

Seine Finger zitterten unkontrolliert in den ausgebeulten Taschen des Armeemantels, der sein persönliches Andenken an den Krieg war. Er drehte sich zu dem verrosteten rosa Damenfahrrad, das neben ihm an einer Fichte lehnte. Ein sanfter Windhauch kam durch den Nebel herüber und kitzelte seine Nase. Eine Hand umklammerte den Lenker des Rades. Kurz darauf hörte er das schmatzende Geräusch von Stiefeln, die sich durch den Schlamm wühlten und mit jedem Schritt etwas tiefer einsanken. Die Tiere verstummten.

Er starrte auf die sich oberhalb der Baumwipfel verflüchtigende Nebelwand und ließ den Blick dann zu Boden gleiten. Unscharfe Figuren erschienen hinter dem Nebel, sie schwebten über dem Boden und kamen langsam auf den Mann mit dem Damenrad zu. Allmählich lösten sich die feinen Umrisse aus der Dunkelheit und traten durch den wabernden Vorhang. Sie wurden zu menschlichen Silhouetten.

Der Mann am Waldrand stieß einen leichten Seufzer aus und spannte die Schultern an. Er blieb an seinem Platz und wartete, die zitternden Hände um den Lenker des Fahrrads geklammert.

Schwarze Schatten kamen langsam durch das Moor näher, ihre Gesichter waren nicht zu erkennen. Aber er erkannte die Waffen, die über ihren Schultern hingen, Sturmgewehre der Wehrmacht vom Typ 44.

Seine Kehle war ausgetrocknet und Schweiß bildete sich auf seiner Stirn. Die Soldaten kamen näher. Vier von ihnen hatten eine Hand auf dem Gewehr. Der Fünfte trug keine sichtbare Waffe. Er war der Anführer der Gruppe und ging geradewegs auf den Mann unter den Birken zu.

Mit einem kurzen Blick über die Schulter wies er seine vier Gefolgsleute an, stehen zu bleiben und zu warten.

Mit festen Schritten näherte er sich dem Waldrand und blieb vor dem Mann mit dem Fahrrad stehen. Er zog die Handschuhe aus und steckte sie hinter die silberne Gürtelschnalle. Ein Totenkopf leuchtete im Licht des Mondes auf.

„Hallo, Heinrich. Du siehst krank aus."

Er streckte ihm die Hand entgegen. Heinrichs Finger hatten sich fest um den Lenker geschlungen. Er starrte den Mann in der dunklen Militäruniform an. Seit dem Lager war viel Zeit vergangen. Das einst schwarze Haar lugte weiß unter der Uniformmütze hervor.

„Hallo, Hermann", flüsterte Heinrich mit sterbender Stimme und ergriff zitternd die ausgestreckte Hand.

Ein kurzer, kräftiger Händedruck, dann fuhr der Oberkörper von Hermann herum und er gab seinen vier Begleitern ein Zeichen. Sie verließen die Nebelgrenze vollständig und traten an ihnen vorbei in den dunklen Wald.

„Du bist damit hergekommen, Bruder?", fragte Hermann und zeigte auf das klapprige Fahrrad.

Heinrich nickte stumm. Hermann musterte ihn. Er legte seinen rechten Arm um die Schulter seines Bruders, doch der war irritiert über die vertrauliche Geste und zog sich zurück.

„Wir nehmen es mit."

Hermann steckte zwei Finger in den Mund und ließ einen kurzen Pfiff ertönen. Einer der Soldaten kam zurück, packte das Fahrrad mit einer Hand und trug es über der Schulter in den Wald.

Schweigend folgten sie den vier Wehrmachtssoldaten in den bewaldeten Teil des Wittmoors. Sie wanderten immer tiefer in den Wald hinein. Das Mondlicht war keine Hilfe mehr. Einer der Gefolgsleute hatte eine Taschenlampe und eine Karte in den Händen. Er beleuchtete den Weg. Ein zweiter Soldat hielt einen kleinen Kompass direkt vor sich. Ab und zu gab er dem Kameraden mit der Lampe Anweisungen zur Korrektur der Richtung.

Vom Boden stieg die Feuchtigkeit zwischen den Baumstämmen empor und schlang sich um Heinrichs Körper wie ein nasser Lappen. Die Füße waren fast taub. Seinem Bruder schien die Kälte nichts auszumachen. Er bewegte sich frisch und kraftvoll durch den Wald.

Nach einem Marsch von etwa einer halben Stunde kamen sie auf eine Lichtung, an deren nördlichem Ende sich ein großer Hügel erhob. Darauf schoben sich meterhohe Birken in den Himmel. Zwei der Soldaten rissen mit den Händen Blätter und Äste herab.

Die beiden ungleichen Brüder standen stumm nebeneinander und beobachteten die Arbeit. Hermann griff in die Seitentasche seines sauberen schwarzen Mantels und holte ein glänzendes Etui hervor. Er öffnete es. Es war gefüllt mit Filterzigaretten. Er hielt es Heinrich entgegen, doch der schüttelte den Kopf. Hermann nahm sich eine Zigarette, zündete sie an und ließ das schimmernde Etui wieder in die Manteltasche gleiten.

Unterdessen kamen die Männer schnell voran. Eine von Efeu, Moos und dunkler Patina überwucherte Stahltür markierte den Eingang ins Innere des Hügels. Heinrich erkannte, was es war. Ein Bunker. Der Soldat, der den Kompass getragen hatte, nestelte kurz an seinem Hemdkragen und streifte ein Band mit einem dicken Schlüssel über den Kopf. Er fingerte an dem Schloss der massiven Tür herum.

„Was machen wir hier?“, fragte Heinrich mit dünner Stimme und sah seinen Bruder an. Hermann warf die eben frisch entzündete Zigarette auf den Boden und trat sie mit dem vom Moor matschigen Stiefel aus. Er legte ihm erneut den Arm um die Schulter und zog ihn etwas fester an sich. Heinrich versuchte, sich zu entziehen, doch Hermann war kräftiger. Die Augen des älteren der beiden Riedel-Brüder strahlten im Dunkeln voller Vorfreude.

Es quietschte und Heinrich sah, wie die Soldaten gemeinsam und unter großer Kraftanstrengung die verwitterte Stahltür aufzogen.

„Warte ab, du wirst es gleich sehen!“, verkündete Hermann mit leuchtenden Augen und gab seinen Leuten ein Zeichen, die Lichtung zu sichern. Zwei Kameraden postierten sich vor dem Zugang, einer sicherte den Weg ins Moor ab, der vierte platzierte sich am südlichen Waldrand. Hermann marschierte geradewegs auf das dunkle Loch unter den Birken zu und bedeutete Heinrich, ihm zu folgen. Mit hängenden Schultern kam Heinrich hinterher.

Sie traten in den dunklen Gang hinein. Hermann drehte an einem Schalter neben der Tür und die alten Relais der Lampen klackerten und krächzten. Mit einem Knall, der Heinrich auf das Heftigste zusammenzucken ließ, leuchtete die Decke des unterirdischen Bunkers im Wald hell. Das Licht wies den Weg in ein schwarzes Loch. Der Boden war übersät mit kleinen Ästen, Erde und Grasbüscheln.

Heinrich stand hinter Hermann und bestaunte die Stahltreppe, die in die Dunkelheit führte.

„Ein Bunker?“, flüsterte Heinrich. Im Krieg hatte er viele Bunker gesehen, aber dieser war anders. Die Lampen in ihrem explosionsgeschützten Stahlgehäuse strahlten hell und frisch, als wären sie erst gestern eingebaut worden.

Hermann drehte sich um, schaute seinen Bruder mit strengem Blick an und stieg dann die Treppe hinab. Sie führte tief in den Hügel hinein. Heinrich folgte ihm langsam, der Druck auf seiner Brust wurde mit jedem Schritt stärker. Ein unsichtbarer Schraubstock legte sich um seine Rippen und presste den Sauerstoff aus den Lungenflügeln heraus. Die kalte, modrige Luft aus der Tiefe des Hügels setzte sich in seiner Nase fest und erzeugte einen hartnäckigen Würgereiz. Magensäure stieg auf und auf seiner Stirn bildeten sich kleine Schweißperlen.

Heinrich schnaufte lauter und in immer kürzeren Abständen, das Blut pumpte hektisch durch seine Venen. Er drehte sich seitwärts und umklammerte den Handlauf der Treppe mit beiden Händen und ließ sich langsam die Stufen hinabrutschen, einen Fuß nach dem anderen.

Seine Hände krallten sich um den glatten Stahl. Er schwankte zur Seite, rutschte an die nackte Wand und sein Kopf zuckte vorwärts. Die bleichen Augenlider fest zusammengepresst, kämpfte er gegen die Bilder aus seiner Erinnerung. Ein plötzlicher Würgereiz erschütterte ihn.

Der Druck wurde unerträglich. Heinrich wurde fast wahnsinnig. Das Hämmern in den Schläfen war kaum auszuhalten. Mit jedem Schritt hinab donnerte es gegen den Stirnlappen. Ein Reflex, der sich nicht abstellen ließ.

Er hatte gehofft, dass mit der Zeit die Erinnerung verblasste.

Ein saurer Geruch stieg langsam die Speiseröhre empor und drang in seine Nase, der dicke Kloß wanderte aus dem Magen allmählich höher und drängte darauf, sich zu ergießen. Doch auf halben Weg verschwand der Druck. Er schnaubte ein paarmal kräftig, stieß literweise Luft aus den Lungen und presste sich gegen die Wand.

„Reiß ... dich ... zusammen!", flüsterte er in die Dunkelheit. „Reiß dich einmal zusammen!"

Seine Beine, die eben wie festgewachsen waren, setzten sich langsam wieder in Bewegung. Eine Hand umklammerte erneut fest den glänzenden Handlauf. Er folgte seinem Bruder tiefer hinab.

Hermann war schon längst in der Dunkelheit am Ende der Treppe verschwunden. Die dumpfen Schritte hallten aus der Finsternis empor. Heinrich bemühte sich, ihm zu folgen. Das war in den abgetragenen und zerfledderten Schuhen nicht einfach. Der Schweiß hatte sich inzwischen wie eine schmierige Schicht auf seine Stirn gelegt. Die Hände waren nass und sein rasselnder Atem kam jetzt regelmäßiger. Er kämpfte gegen den immer wieder aufkeimenden Würgereiz an und stolperte Stufe um Stufe hinab. In seiner Nase kribbelte es. Er kannte diesen Geruch.

Toter Wald und verwesende Kleintiere, verbranntes Fleisch. Es roch nach brennendem Menschenfleisch.

Tränen flossen über sein Gesicht und die Hand krampfte sich um das kalte Metall. Heinrich wandte sich zur Umkehr. Jetzt fortlaufen und nie mehr zurückkommen. Er würde weit weglaufen und keinen Gedanken an seinen

Bruder verschwenden. Was kümmerte es ihn, dass er seinem Bruder sein Leben zu verdanken hatte? Er hatte Hermann damals seine Seele verkauft.

Er blieb stehen, schwankte auf der Treppe, doch die Beine waren wie festgeschraubt. Sein Oberkörper drehte sich herum und die Augen suchten sehnsuchtsvoll den Ausgang.

„Heinrich!“, schallte es aus der Dunkelheit empor, kraftvoll und verärgert. Die unsichtbaren Fesseln um seine Beine lösten sich und seine Füße setzten sich in Bewegung.

Heinrich war der Hölle entkommen, doch er hatte das Gefühl, dass er dabei war, den Vorhof einer neuen zu betreten.

Kapitel 1

Donnerstag, 1. August 2019, 5 Uhr 40

„... schnell ... weg ...“, sagte die Stimme in seinem Kopf.

Woher kam sie? Er hörte ein Knistern, dann zersplitterte Glas. Seine Lider ließen sich nicht anheben, sie waren wie zugeklebt. Ihm wurde warm und das Knistern wurde zu einem Schaben und Kratzen. Was war das?

Er versuchte, die Augen zu öffnen, doch es gelang ihm nicht. Seine Finger tasteten auf dem Boden umher und glitten über die weichen Fasern des Teppichs. Sie bewegten sich vorsichtig weiter und stoppten abrupt. Ein harter Gegenstand, glatt poliert mit einigen Riefen. Daumen und Zeigefinger umschlossen das unbekannte Objekt und erkannten die markante Form. Es war ein Holzbein, genauer das Standbein eines roten Sofas mit quietschenden Federn. Das Sofa, das immer bei seinem Großvater im Wohnzimmer gestanden hatte. Auf dem groben Stoff hatte er schon als fünfjähriger Knirps herumgetobt.

Langsam stützte sich Thiess Riedel auf die Hände und schob den Oberkörper hoch, bis er an der Rückseite des Sofas lehnte. Er keuchte und das Atmen fiel ihm schwer. Seine Muskeln waren kraftlos und lahm. In seinem Kopf drehte sich alles und die Hitze im Gesicht war so gewaltig, dass er die Wärmequelle direkt vor sich vermutete.

Der beißende Geruch verbrennender Farbe stach ihm in der Nase und der Schweiß lief an der Nasenwurzel herab und auf die Lippen. Mit dem Salz vermischt schmeckte er sein eigenes Blut.

Wo kam die Wärme her? Die Augen blieben zu. Warum?

In Zeitlupe drehte sich sein Oberkörper und er versuchte, sich am Sofa hochzuziehen. Oberhalb der Rückenlehne schlug ihm ein heißer Luftwirbel entgegen und warf ihn zurück auf den Boden. Was zum Teufel war hier los? Sein Puls beschleunigte sich, die Gedanken stoben durch seinen Kopf. So langsam fügten sich die Teile zusammen. Er war im Wohnzimmer seines Großvaters Heinrich. Aber die Geräusche, die Wärme ... das war Feuer!

Dann war alles anders. Die Augen ließen sich öffnen. Die Zimmertür ging auf und ein kleiner Junge mit kahlem Schädel und großen schwarzen Glupschaugen stand dort, die Hand an der Klinke. Er grinste hämisch in seine Richtung und fing an zu lachen, laut und glucksend.

Thiess versuchte aufzustehen, doch seine Beine gehorchten ihm nicht. Irgendetwas hielt ihn am Boden gefangen. Er schaute an sich herab. Eine dicke Kette war um die Füße geschlungen. Das Lachen des Jungen wurde lauter, die Augen traten langsam aus den Höhlen und sein Klopfen auf die Oberschenkel klang wie ein Hammer, der auf einen Amboss niederging.

Im Raum wurde es heißer und lauter. Thiess riss den Kopf hoch und sah verzweifelt zur Tür. Der Junge stand dort, aber jetzt lachte er nicht mehr. Sein Mund hatte sich zu einer grimmigen Fratze verzerrt. Die Augen waren inzwischen tiefschwarz. Er hob eine Hand und winkte ihm lachend zu, zog die Tür ins Schloss und Thiess hörte, wie der Schlüssel auf der anderen Seite umgedreht wurde.

Er riss an seinen Fußfesseln, doch er kam nicht los. Dann sah er unter dem kleinen Esstisch seines Großvaters ein Paar menschliche Beine liegen. Er versuchte, dorthin zu robben. Die Länge der Kette ließ ihn aber nicht nah genug herankommen. Er erkannte nicht, wer dort lag.

Dichter tiefgrauer Rauch kroch unter der Tür hindurch in das Zimmer und füllte seine Lungen. Hustend zerrte Thiess an seinen Fesseln und streckte sich, um die Beine zu erreichen. Da erhob sich der am Boden liegende Körper und eine Fratze starrte ihn an. Die Haut hing in verkohlten Fetzen von seinem Gesicht. Lasse öffnete den Mund. Er wollte etwas sagen.

Schweißgebadet erwachte Thiess. Senkrecht saß er im Bett und fuhr sich hektisch über das Gesicht. Er sah auf die eigene Hand. Es war kein Blut daran, nur kalter Schweiß. Sein Herz pumpte schnell und das T-Shirt klebte an seiner Brust. Sein Puls raste. Er versuchte, im dunklen Raum etwas zu erkennen, doch die Augen waren verklebt. Nur das leise Plätschern des Wassers gegen den Rumpf des Bootes war zu hören.

Thiess griff nach der Brille, die in dem kleinen Ablagefach links neben der Matratze lag, und krabbelte den Kopf voraus aus dem Bett. Er tapste mittschiffs und knipste die Lampe in der Küchenzeile an. Hektisch hielt er seine Handgelenke unter das helle Licht. Nichts zu sehen. Die

Narben sahen aus wie immer. Längst verwachsen mit seiner eigenen Haut.

„Das war nicht real!“

Nacheinander fuhren seine Finger über die vernarbten Hautpartien. Die Temperatur des Gewebes war normal. Was hatte er erwartet? Lodernde Flammen, die ihm entgegenschlugen? Feuer, das aus seinen Armen entsprang?

Er nahm sich ein Glas aus dem Schrank, hielt es unter den Hahn im Spülbecken und stürzte das Wasser hinunter.

Der Traum suchte ihn immer öfter heim und wurde mit jedem Mal realistischer. Sogar die Gerüche waren echt. Bildete er sich das ein, oder roch selbst sein Schweiß nach Ruß und kalter Asche? Angefangen hatte es, kurz bevor Karla ihn aus der gemeinsamen Wohnung geworfen hatte.

Thiess beugte den Kopf über die Spüle und atmete tief ein und aus. Langsam beruhigten sich Puls und Magen wieder, die Übelkeit verschwand. Ein paar Spritzer eiskaltes Wasser ins Gesicht belebten ihn. Er setzte Kaffee auf und schaute hinaus auf den verschlafenen kleinen Sportboothafen an der Dove-Elbe.

Flüchtige Nebelschwaden hingen träge auf der glatten Wasseroberfläche. Die Sonne war schon aufgegangen. Seine Augen glitten zur Wanduhr über der Küchenzeile. 5 Uhr 47.

Der angenehme Geruch frisch gebrühten Kaffees vertrieb die dunklen Gedanken und er goss sich seinen großen Becher voll, dann schwang er sich auf den Sitz vor dem Steuerstand und träumte mit offenen Augen. Sosehr er sich auch dagegen sträubte, die Gedanken glitten immer öfter zu dem Traum, der ihn seit dem Rausschmiss heimsuchte. Wieso jetzt? Das war vor über 15 Jahren passiert.

Thiess führte den Becher mit dem heißen Kaffee zum Mund. Doch bevor er den ersten beruhigenden Schluck nehmen konnte, hörte er das Knarren auf dem Bootssteg direkt neben seinem Boot. Schritte kamen näher.

„Sie muss schnell hier weg! Wann kommt endlich die Wasserschutzpolizei? Ich steh schon 'ne Stunde hier. Die Kinder dürfen so was nicht sehen."

Das Quietschen von Gummistiefeln war zu hören, die hastig neben dem Boot hin und her stampften.

„Ich weiß nicht, wie lange sie schon da liegt, aber sie kann da nicht liegen bleiben. Sie muss weg, und zwar schnell! Ich dreh hier noch durch! So was Ekliges hab ich noch nicht gesehen."

Thiess schwang sich vom Steuerstand herab und stellte den Kaffeebecher in die Spüle. Mit nackten Füßen stieg er die enge Holztreppe hinauf. Seine müden Finger hatten Schwierigkeiten, den Zipper zu finden und die Persenning zu öffnen. Er steckte seinen ungekämmten dunkelblonden Schopf durch die schmale Öffnung und versuchte, einen Blick auf den Steg zu erhaschen. Es war nichts zu erkennen. Er sah den Drahtzaun des Kindergartens, der vis-à-vis der Anlegestelle errichtet worden war. Doch selbst das Backsteingebäude hinter dem kleinen Bolzplatz war nicht zu sehen. Ungeduldig zerrte er an dem Reißverschluss und riss ihn mit einem kräftigen Ruck auf. Er stolperte auf das nasse Oberdeck. Das Gewitter der letzten Nacht hatte an Deck alles unter Wasser gesetzt und er tapste auf dem Weg an die Reling durch einige Pfützen. Auf dem Steg wanderte ein kräftiger junger Mann umher. Er trug eine Jacke mit dem Logo des THW auf dem Rücken und hielt ein Mobiltelefon ans Ohr. Thiess winkte ihm zu.

„Ich bin gleich weg. Nur noch ein paar Minuten."

Der Mann am Telefon beachtete ihn gar nicht. Thiess fuhr sich durch die zerzausten Haare.

„Ey Digga, da ist 'ne Leiche im Wasser!"

Thiess drehte den Kopf in die Richtung, aus der die Stimme gekommen war. Ein paar Meter den Steg hinunter an der Brücke stand ein junger Mann mit rasiertem Schädel. Er hielt einen Zigarettenstummel in der rechten komplett tätowierten Hand. Schmutzige Bartstoppel umrahmten sein Gesicht. Er trug eine schwarze Weste mit prägnanten Nieten und er sah genauso übermüdet aus wie Thiess. Auf dem linken Oberarm prangten deutlich sichtbar die Worte *Fuck Nazis*. Er war fünf Meter entfernt, aber Thiess roch den Alkohol bis zu seinem Anlegeplatz.

„Digga, unter der Brücke ... hinter dem roten Brücke .... da is was gefunden worden. Liegt wohl schon 'ne Weile da im Wasser rum ..."

Thiess setzte zu einer Erwiderung an, doch da hörte er das Knattern eines Zweitakter-Außenbordmotors. Ein kleines schwarzes Schlauchboot kam unter der Schleusenbrücke herangefahren und hielt direkt hinter der *Ronja*. Auf dem Rand des wendigen Einsatzbootes stand in großen weißen Buchstaben *Polizei*.

Thiess setzte zum Reden an, stoppte aber sofort wieder, als er den vollbärtigen Polizisten sah, der das Boot am Poller hinter der *Ronja* festmachte und auf den Steg sprang. Ein zweiter Mann von etwas schmächtigerer Statur kam hinterher. Beide verschwendeten keinen Blick an Thiess, sondern liefen direkt zu dem THW-Mitarbeiter mit dem Telefon am Ohr. Sie ließen sich den Fundort der Leiche zeigen.

„Ob das wohl 'ne Belohnung gibt, Digga?“

Thiess drehte sich wieder herum und schaute den kahlköpfigen jungen Mann an. Er war sich nicht sicher, ob er ihn richtig verstanden hatte. Er brauchte unbedingt einen zweiten Kaffee, um wach zu werden.

Der tätowierte Obdachlose führte den Zigarettenstummel hastig zum Mund, nahm einen letzten süchtigen Zug und warf die Kippe achtlos auf den Boden. Er trat unter dem Baum an der Ecke des Restaurants hervor, das direkt an das Gelände des Kindergartens angeschlossen war, und steckte beide Hände in die Hosentaschen.

„Irgendjemand wird sie doch b'stimmt vermissen. Gibt doch b'stimmt 'nen Finderlohn.“

Thiess schüttelte den Kopf und wünschte sich, das Gefühl von Wasser im linken Ohr würde endlich verschwinden. Manchmal hörte er das Rauschen nicht mehr, aber an Tagen wie diesem war es wieder deutlich und übertönte alles andere. Er drückte mit dem Zeigefinger der linken Hand hinter der Ohrmuschel herum und fühlte, wie sich der Fingernagel in das Fleisch grub, aber das taube Gefühl im Ohr verschwand nicht. Wenn es nach der Meinung seines Arztes ging, würde es nie wieder zurückgehen. Thiess hatte sich intensiv mit dem Thema Tinnitus befasst und war ebenfalls zu der Einsicht gelangt, dass er mit dem Geräusch würde leben müssen.

Sein Kopf fing an zu schmerzen. Der zweite Gin Tonic am Abend war überflüssig gewesen. Er brauchte einen weiteren Kaffee, und zwar schnell.

„Alter, hast du mal 'ne Kippe?"

„Eher nicht", entgegnete Thiess mürrisch. „Ich bin Nichtraucher."

Er schaute wieder in Richtung der drei Offiziellen. Während der THW-Mitarbeiter weiter am Telefon hing und gestikulierte, sicherten die beiden Männer der Wasserschutzpolizei den Fundort der Leiche mit einem roten Absperrband.

Von der Straße oberhalb der Schleusenbrücke kamen drei weitere Personen die Treppenstufen herab, ein kräftiger junger Mann in schwarzer Lederjacke und zwei Frauen. Die Ältere der beiden war zierlich und einen ganzen Kopf kleiner als ihre Begleiter. Sie trug einen eleganten grauen Hosenanzug und blieb am Ende der Steintreppe stehen, streifte die hochhackigen Schuhe von den Füßen und ließ sie neben den Stufen zurück. Die junge rothaarige Frau hinter ihr warf dem Mann in der schwarzen Lederjacke einen bewundernden Blick zu und zuckte mit den Schultern. Eilig passierten die drei das Restaurant und schritten an Thiess' Boot vorbei zu den Kollegen der Wasserschutzpolizei. Sie ließen sich die Leiche zeigen, die immer noch im Wasser lag.

Die Rothaarige hatte einen Fotoapparat dabei und fing sofort an, Fotos von der Leiche zu schießen. Der junge Mann in der schwarzen Lederjacke zog ein Paar Handschuhe aus der Jackentasche und sichtete erste Spuren.

Kurze Zeit später hielt oberhalb der Brücke ein weiterer Wagen, Türen wurden geöffnet und zwei Männer in weißer Schutzkleidung sprangen heraus und eilten mit schnellen Schritten zu ihren Kollegen. Sie zogen die Leiche mit einem Spießhaken aus dem Wasser. Für einen kurzen Moment sah Thiess eine lila gefärbte Weste aufblitzen. Doch bevor er mehr erkannte, standen eine Handvoll Polizisten und Feuerwehrleute vor der Leiche und versperrten die Sicht. Die Menschen waren aus dem Nichts aufgetaucht. Niemand kümmerte sich um den glatzköpfigen Flaschensammler, der sich mittlerweile schon wieder unter den Baum an der Häuserecke zurückgezogen hatte und seine Flaschen in dem Einkaufswagen sortierte.

Das Rauschen in Thiess' linkem Ohr wurde stärker und sein Magen meldete sich zu Wort. Er hatte Hunger. Richtigen Kohldampf. Die Sicherung der Spuren würde noch eine Weile dauern. Es sprach nichts dagegen, unter Deck zu verschwinden und sich Frühstück zuzubereiten.

Thiess ließ die Persenning offen, um zu hören, was draußen besprochen wurde. Aber die Polizisten waren extrem vorsichtig. Während er den Tisch auf dem Oberdeck deckte und immer wieder einen verstohlenen Blick hinüberwarf, arbeitete die Spurensicherung konzentriert und abgeschirmt durch die Präsenz der Wasserschutzpolizei und des THW.

Thiess lebte seit ein paar Wochen auf dem Segelboot seiner verstorbenen Tante Annemarie, einer 14-Meter-Jacht, die auf den Namen *Ronja* getauft war. Nach Annemaries Tod im letzten Jahr hatte der schnittige Segler ein paar Monate unbewohnt im kleinen Hafen an der Dove-Elbe gelegen. Nachdem Thiess von seiner Ex aus der gemeinsamen Wohnung in Hamburg rausgeschmissen worden war, zog er auf das Boot, das seine Tante ihm vererbt hatte. Zunächst war er skeptisch gewesen und hatte sich innerlich dagegen gesträubt, das kostbare Erbe anzunehmen. Aber es gab sonst keinen mehr in seiner Familie, und als dann die Sache mit der E-Mail passierte und Karla ihn aus der gemeinsamen Wohnung warf, war eine neue Unterkunft nötig.

Thiess beugte sich zum Kühlschrank hinunter und öffnete ihn. Gähnende Leere. Nur ein geöffneter Becher Sojajoghurt stand darin. Er hob den Deckel an und roch prüfend an der weißen Masse. Angewidert verzog er das Gesicht und warf den Joghurt in den Müll. Frühstück würde ausfallen. Er stellte den Kaffeebecher mit der Aufschrift *42* neben die Kaffeemaschine, tauschte den vollen Filter gegen einen frischen aus und füllte Kaffeepulver hinein. Das Wasser goss er aus dem Wasserfilter in die Maschine und stellte sie an. Während der Kaffee aufgebrüht wurde, schaute Thiess durch das Bugfenster nach draußen. Er sah nur ein Gewusel von weißen Schutzanzügen. Undeutliche Stimmen drangen zu ihm herüber, aber es war nicht zu verstehen, was gesprochen wurde.

Nach sieben Minuten war der Kaffee fertig und Thiess füllte das belebende Getränk in seinen Becher und stieg die schmale Treppe hinauf. Er trat zur Reling und versuchte zu erkennen, was dort hinten unter der Brücke vor sich ging. Der Menschenauflauf nahm keine Notiz von ihm, alle waren sie mit ihrer Arbeit beschäftigt. Die rothaarige Polizistin knipste Fotos von der Umgebung des Leichenfundorts.

Das Schlauchboot der Polizei war mittlerweile nicht mehr am Steg befestigt. Es kreiste auf der Dove-Elbe an der 1940 errichteten, denkmalgeschützten Holzbrücke, die die Stadtteile Reitbrook und Allermöhe miteinander verband. Es fuhr den Kanal hinter dem Hafengelände entlang und folgte der Flussbiegung unter der Brücke hindurch in Richtung Curslack.

Nach einer Stunde kamen die ersten Spaziergänger vorbei. Sie wurden von den Polizisten zurückgewiesen. Ein älterer Jogger flutschte unter dem Absperrband durch, bevor die rothaarige Polizistin ihn aufhalten konnte. Wenige Sekunden später kam er wieder, begleitet von dem Mann in der schwarzen Lederjacke, der seinen Oberarm fest gepackt hatte. Er wurde zurück hinter die rot-weiße Flatterleine geschickt.

Den Logenplatz hatte Thiess auf der *Ronja*. Er wunderte sich, dass ihn bisher keiner befragt hatte. Niemand hatte sich erkundigt, ob er etwas gesehen oder gehört hatte. Die Leiche hatte nicht weit von seinem Liegeplatz entfernt im Wasser gelegen.

Er hatte am Abend zuvor zunächst auf dem Deck unter der Persenning gesessen und die dunklen Wolken beobachtet, die sich von Süden langsam westwärts über das Land gezogen hatten. Einige Zeit hatte es so ausgesehen, als würde das Gewitter den kleinen Ort an der Biegung der Dove-Elbe verschonen. Gewaltiges Donnergrollen und ekstatisch zuckende Blitze durchbrachen die entspannte Abendstimmung und innerhalb von Sekunden öffneten sich die himmlischen Schleusentore. Dicke Tropfen prasselten auf die Planken des Segelschiffes und fluteten das gesamte Oberdeck. Nicht einmal die nah vorbeiführende Autobahn A25 war zu hören. Unter dem durchsichtigen Schutz der Kuchenbude hatte er sich die hereinbrechende Apokalypse angeschaut. Zum ersten Mal seit langer Zeit war das Geräusch in seinen Ohren verstummt.

Heute war der Himmel blau und nur ein paar leichte Schleierwolken zogen dahin. Das ausgedörrte Gras des Kindergartens, der direkt am Kanal lag und an diesem Morgen friedlich auf die ersten Hortkinder wartete, hatte alle Flüssigkeit der zurückliegenden Nacht aufgesogen. Die letzten Wochen war eine unvergleichliche Hitzeperiode über Deutschland und Europa gezogen. Die Medien sprachen von einer Jahrhunderthitze. Ein Großteil der Ernte im Alten Land war ausgetrocknet und zerstört. Das Unwetter der Nacht hatte nur für kurzzeitige Abkühlung und Erholung gesorgt.

„Ey Digga, wie lange dauert das noch?"

Thiess erschrak und fuhr herum. Er war so in seinen Gedanken versunken, dass er nicht bemerkt hatte, wie der glatzköpfige junge Mann wieder unter dem Baum hervorgekommen war und keine zwei Meter von der *Ronja* entfernt stand. Mit dem Kopf nach rechts zeigend wiederholte er seine Frage.

„Wie lange, Mann? Die nerven! Will meine Ruhe, Digga."

„Weiß ich doch nicht", entgegnete Thiess. „Wieso sollte ich das wissen?"

„Siehst aus wie ein Bulle."

Thiess nippte an dem nicht mehr heißen Kaffee und schaute den jungen Mann mit hochgezogenen Brauen an.

„Wie kommst du denn darauf?"

„Kann ich 'nen Schluck haben, Digga?"

Thiess schaute auf die Tasse in seiner Hand. Sie war fast leer. Er stieg hinunter in die Kombüse, goss den Rest Kaffee in ein zweites Gefäß und kehrte zurück an Deck. Der Obdachlose hatte sich inzwischen unter einen Baum vor dem Kindergarten gesetzt. Thiess stieg vom Boot und brachte dem obdachlosen Punker den noch leicht dampfenden Becher. Er nahm sich vor, ihn später gründlich zu desinfizieren.

„Bitte", sagte er nur und reichte dem anderen den Kaffee. Der Obdachlose griff die Tasse und führte das heiße Getränk gierig zum Mund. Thiess schaute sich unterdessen an, wie der Mann lebte. Der lila Schlafsack an der Hauswand hinter dem Restaurant sah schon abgenutzt aus, er war überall mit weißen Spakflecken bedeckt und stank erbärmlich. Daneben lagen Zeitungskartons, die durch das Unwetter der letzten Nacht aufgeweicht waren und auseinanderfielen. Ein paar Einkaufstüten standen unter dem Baum, prall gefüllt mit Plastikflaschen. Eine Handvoll kleiner Schnapsflaschen lag auf dem Boden neben dem Schlafsack.

Thiess blieb vor den Glatzkopf stehen und sah ihm zu, wie dieser begierig den heißen Kaffee in sich hineinstürzte.

„Wieso sehe ich aus, als wäre ich ein Polizist?", wiederholte Thiess.

„Zu viele Fragen, Digga", murrte der Glatzkopf und hielt seine Augen nur auf den Kaffeebecher zwischen seinen Händen gerichtet. Er sog das heiße Getränk gierig zwischen seinen fauligen Zähnen ein. Thiess beschloss, den Becher später einfach wegzuwerfen. „Zu viele ... Fragen."

„Aber ich schaue doch nur", entgegnete Thiess und kippte den letzten Rest seines eigenen Kaffees runter.

Der Glatzkopf hatte sein Getränk heruntergestürzt und hielt Thiess stumm den leeren Becher hin. Er fingerte mit der anderen Hand aus seinem Schlafsack ein zerknittertes Päckchen hervor, in dem eine letzte Zigarette verborgen war.

„Haste Feuer?"

„Ich bin immer noch Nichtraucher ... wie vor fünf Minuten", erwiderte Thiess geduldig und drehte sich zu der Spurensicherung um, die mit ihrer Arbeit noch immer nicht fertig war. Die Leiche war inzwischen zugedeckt worden. Die drei zuletzt dazugekommenen Polizisten gestikulierten auf einmal hektisch. Die ältere Frau sprach ein Machtwort zu ihren Begleitern. Daraufhin setzte sich die rothaarige Polizistin in Bewegung und kam auf Thiess und den kahlköpfigen Obdachlosen zu. Sie musterte beide, bevor sie anfing zu sprechen.

„Wer von Ihnen hat die Meldung gemacht?"

Sofort war der Glatzkopf hellwach.

„Hey Schnuckelchen ... ich hab sie gefunden", rief er und versuchte aufzuspringen, doch der Kaffee hatte seine volle Wirkung noch nicht entfacht und so stolperte er ein paar Schritte vorwärts anstatt aufzustehen, und kam vor den Füßen der Polizistin zu liegen. Angewidert griff sie ihm unter den Arm und zog ihn hoch.

„Ganz ruhig. Wie ist denn Ihr Name? Und wo wohnen Sie?"

Der Glatzkopf neigte den Kopf und suchte den Boden ab.

„Hallo! Ich habe Sie gefragt, wie Sie heißen."

Dass die Geduld der Rothaarigen nicht von langer Ausdauer war, schien den Obdachlosen nicht zu stören. Er riss seinen Arm aus ihrer Hand und kniete sich nieder. Leise vor sich hinmurmelnd tastete er den Boden ab. Seine Nase berührte fast die mit Vogelkot beschmutzten Platten. Thiess warf der jungen Polizistin ein Schmunzeln zu. Doch die ließ sich nicht beirren.

„Ihr Name! Ich sag es nicht noch einmal!"

„Ja, ja, ist ja schon gut ...", murmelte der Glatzkopf und richtete sich umständlich wieder auf. Die verschmierten Hände tasteten nach einem Halt und kamen der schicken Sportjacke der Polizistin nah, woraufhin die Rothaarige einen Schritt zurückwich und gegen den vollen Einkaufswagen stieß. Die leeren Flaschen schepperten und hallten unter der Brücke wider.

„Hier!"

Der Glatzkopf grinste über das dreckige und stoppelige Gesicht. Zeigefinger und Daumen präsentierten die Zigarette, die ihm zuvor beim Aufstehen aus der Hand gefallen war. Er roch daran, nickte ein paarmal und steckte sich den Stummel in den Mund.

„Baumann."

Die rothaarige Polizistin notierte den Namen in ihrem kleinen Notizbuch.

„Und weiter? Vorname?"

„Levander, Schnuckelchen. Aber du kannst Levi zu mir sagen."

Der Obdachlose drehte sich um, streckte die Hände aus und zeigte auf den Schlafsack und die Kartons auf dem Boden unter der Brücke.

„Willkommen in meinem Wohnzimmer."

„Bitte?", fragte die rothaarige Polizistin irritiert.

„Was meinen Sie damit? Sie wohnen hier? Neben dem Kindergarten?"

„Ja klar. Sie glauben gar nicht, wie oft ich hier was zu essen abstauben kann. Die Kleinen essen viel lieber Kekse und Chips als diese Brote, die die Mütter ihnen immer einpacken. Und das landet dann alles dort drin."

Bei den letzten Worten hatte er auf den Mülleimer gezeigt, der am Boden neben der braunen Sitzbank stand, gegenüber von Thiess' Boot.

„Wurst mit Schinken mag ich am liebsten", meinte der Glatzkopf grinsend.

Thiess sah ihn in den Tiefen des Mantels graben und ein „Ha" ausstoßen, als er ein Feuerzeug hervorzog. Genüsslich zündete Levander Baumann sich den zerknitterten Zigarettenstummel an.

Wieder notierte die Polizistin etwas in ihr Notizbuch. Dann wandte sie sich an Thiess, der die ganze Zeit danebengestanden und aus der Ferne beobachtet hatte, wie die Leiche in dem Zinksarg abtransportiert worden war.

„Und wer sind Sie? Haben Sie auch etwas gesehen?"

„Thiess Riedel. Ich lebe auf der *Ronja*."

Die Polizistin schrieb in ihr Notizbuch.

„Und wo finde ich diese Ronja, mit der Sie zusammenleben? Kann die vielleicht auch etwas gesehen haben?"

Thiess grinste.

„Die *Ronja* ist mein Boot ... genau hinter Ihnen."

„Oh."

„Und nein, ich habe nichts gesehen. War ja auch ein heftiges Gewitter gestern Abend. Ziemlich lauter Donner."

Sorgfältig schrieb die junge Polizistin alles auf. Sie drehte sich zur *Ronja* und notierte die Bootskennung.

„Wen hat man denn da aus dem Wasser gefischt?"

Die Rothaarige klappte das Notizbuch zu.

„Dazu darf ich nichts sagen. Aber ist Ihnen etwas Verdächtiges aufgefallen?"

Thiess schüttelte den Kopf. Er schaute auf die Uhr. Es war kurz vor sieben. Langsam wurde es Zeit. An seinem ersten Tag zu spät zu kommen machte keinen guten Eindruck. Wenn er gut durchkäme, würde er eine halbe Stunde mit dem Auto brauchen. Im schlimmsten Fall eine Stunde.

„Brauchen Sie mich noch?", erkundigte er sich. „Ich muss zur Arbeit."

Die Polizistin sah ihn an, ließ den Notizblock sinken und hatte sogar ein leichtes Lächeln für Thiess übrig.

„Nein, Sie können gehen. Wir haben ja Ihre Daten."

Thiess drehte sich zu seinem Boot um und war im Begriff an Bord zu klettern, als der Polizist in der schwarzen Lederjacke angelaufen kam und direkt vor ihnen unter der Brücke stehen blieb. Etwas außer Atem starrte er seine Kollegin an, sein Gesicht war aschfahl.

„Hast du einen Geist gesehen, Nick?"

„Es ist Yasmin! Das Schwein hat ihre Nase abgetrennt!"

Kapitel 2

Donnerstag, 1. August 2019, 8 Uhr 40

Es war sein erster Arbeitstag und er kam zu spät. Der Verkehr auf der B75 war schlimm gewesen. Den Stau im Bereich Berliner Tor hatte er nicht einkalkuliert und so statt der 30 Minuten Fahrtzeit über eine Stunde für den Weg vom Sportboothafen zur Polizeizentrale in Alsterdorf benötigt. Er lenkte den kleinen blauen Fiat Punto auf eine freie Lücke am Seitenstreifen kurz hinter der U-Bahn-Station und stellte den Motor ab. Der Rundbau des Polizeipräsidiums mit den sternförmig angeordneten Blöcken schimmerte durch die dicht gewachsene Hecke hindurch.

Thiess schnappte sich Jacke und sein Smartphone vom Beifahrersitz und stieg aus dem Auto. Auf der Hindenburgstraße schob sich der Berufsverkehr durch den Stadtpark in Richtung Innenstadt. Die Sommerferien waren gestern zu Ende gegangen und die Straßen waren voll wie immer. Obwohl das Thermometer im Auto schon 20 Grad anzeigte, schlüpfte er in die dünne rote Jacke und ging auf das futuristisch aussehende Gebäude aus grauem Stahl und Glas zu. Sein Herz pochte etwas schneller als normal und er fühlte die Anspannung. Vielleicht hätte er es am Morgen doch bei einem Kaffee belassen sollen. Es gab keinen Grund, nervös zu sein. Thiess kannte seine Fähigkeiten. Die Polizei Hamburg war es gewesen, die das BKA in Wiesbaden um Unterstützung beim Ausbau ihrer Cybercrime-Abteilung gebeten hatte. Jan-Ole Hansen, der Leiter der Abteilung Cybercrime in Wiesbaden, hatte ihm die Stellenanzeige auf den Schreibtisch gelegt, noch bevor sie im Intranet veröffentlicht worden war. Der alte Hansen hatte immer gewusst, dass Thiess' Sehnsucht nach der kühlen nordischen Heimat groß war. Obwohl er Hansens bester Analyst gewesen war, hatte dieser Thiess gehen lassen. Er war es sogar gewesen, der Thiess ein Empfehlungsschreiben für das LKA in Hamburg ausgestellt hatte. Die Vergangenheit hatte für Hansen nie eine Rolle gespielt. Thiess hoffte, dass die neuen Vorgesetzten das ähnlich sahen und nur auf seine Fähigkeiten schauten. Er konnte einfach gut mit Computern, mit Menschen eher nicht so.

Thiess atmete tief durch und ging dann zügig die Treppen hinauf zum Eingang des Polizeipräsidiums. Er öffnete die Glastür und ging hinein in die großzügige, helle Eingangshalle. Der Empfangsschalter war mit zwei Frauen besetzt, die angeregt miteinander redeten. Thiess trat heran und wartete, bis eine der beiden den Kopf hob und ihn anschaute.

„Hi, ich bin Thiess Riedel und fange heute hier an. Ich soll mich bei Kriminalrat Günther Maak melden."

„Thiess Riedel?", fragte die Blonde rechts von ihm. „Thiess mit s oder scharfem s?"

„Mit einem doppelten s."

Die junge Frau tippte in ihren Computer.

„Da habe ich nichts. Sind Sie sicher, dass der Termin heute ist?"

Thiess zog das Einladungsschreiben aus der Jackentasche und schob es der Blonden über den Tresen. Sie warf einen Blick darauf und versuchte es erneut mit dem Computer.

„Betty, guckst du mal?"

Die ältere Kollegin schob sich die Brille von der Stirn auf die Nase und schaute ihrer Kollegin über die Schulter auf den Computerbildschirm.

„Sie stehen nicht auf der Liste, junger Mann."

„Und was ist mit meiner Einladung?"

Die beiden Frauen sahen erst sich an, dann schauten sie auf Thiess und Betty ergriff mit ruhiger Stimme das Wort.

„Die Einladung könnte gefälscht sein, junger Mann. Sie stehen nicht auf der Liste."

Thiess beugte sich leicht nach vorne über den Tresen.

„Wie wäre es, wenn Sie Herrn Maak einfach mal anrufen und sagen, dass ich da bin? Dann sehen Sie ja, ob die Einladung echt ist oder nicht. Es kann doch sein, dass Ihre Daten im System nicht aktuell sind. "

Betty schaute ihn ernst an.

„Junger Mann, wir haben hier ein sehr gutes EDV-System. Unsere Daten sind auf dem neuesten Stand. Wenn hier steht, dass Sie keinen Termin haben, dann ist das so. Warum soll ich dann Kriminalrat Dr. Maak mit solchem unwichtigen Kleinkram behelligen?"

Betty erhob sich und beugte sich nach vorne. Sie reichte Thiess seinen Zettel zurück und meinte mit einem abschätzigen Blick auf das zerknitterte Papier:

„Wahrscheinlich sind Sie von irgendeinem reißerischen Privatfernsehsender und wollen die Hamburger Polizei nur wieder in Misskredit bringen."

Thiess seufzte und nahm das wertlose Stück Papier und verstaute es in der hinteren Hosentasche.

„Mögen Sie eigentlich Katzen?"

Er hatte die Frage ganz allgemein gestellt. Betty schaute ihn verständnislos an, aber die junge Blonde war gleich Feuer und Flamme und lächelte übers ganze Gesicht.

„Oh ja, nicht wahr, Betty? Diese kleinen Katzenbabys sind besonders süß. Wenn die sich so an ihre Katzenmama kuscheln. Ich habe da dieses süße Video gesehen."

Thiess nickte leicht und griff zum Smartphone.

„Was geht es Sie an, ob wir Katzen mögen? Selbst wenn, hat es Sie nicht zu interessieren, junger Mann. Sie kommen trotzdem nicht ins Gebäude!"

Das war für Betty der Schlusspunkt und sie ließ sich wieder auf ihren Stuhl fallen und wandte sich ihrem Computer zu. Die Blonde sah ihre ältere Kollegin irritiert an, lächelte noch einmal unsicher und versteckte den Kopf dann wieder hinter dem Tresen.

Thiess entfernte sich vom Tresen und trat nach draußen. Er tippte eine Nummer auf seinem Telefon und musste nicht lange warten.

„Hallo, hier ist Thiess Riedel. Die Mail ist angekommen und wurde geöffnet."

Thiess steckte das Telefon zurück in die Tasche seiner Jacke und ging vor der Eingangstür auf und ab. Er schaute durch die Hecken auf die dahinterliegende Hindenburgstraße und den dicht fließenden Verkehr. Das dicke Blattwerk milderte den Lärm der Straße ein wenig ab.

Ein schwarzer BMW bog von der Straße ein und hielt an der Schranke zum Mitarbeiterparkplatz und fuhr dann in eine freie Parklücke. Drei Personen stiegen aus und kamen auf den Eingang zu. Thiess bemerkte, dass es die Polizisten vom Morgen waren, die den Leichenfund an der Dove-Elbe untersucht hatten. Die junge rothaarige Polizistin sah ihn ebenfalls und schaute ihn irritiert an. Die ältere Frau und der Mann gingen wortlos an Thiess vorbei und stoppten, weil plötzlich die Tür von innen aufgestoßen wurde und Betty ihren gelockten Schopf durch den Spalt steckte.

„Herr Riedel, gut dass Sie noch da sind! Der Kriminalrat Dr. Günther Maak möchte Sie sprechen."

„Sie machen keine halben Sachen, Thiess."

Günther Maak saß hinter seinem vor Papieren und Aktenordnern überquellenden Schreibtisch und schaute auf Thiess, der auf dem Stuhl davor Platz genommen hatte.

„Ich hoffe, es ist in Ordnung, wenn ich Sie beim Vornamen nenne. Wir in der IT sind locker unterwegs."

Thiess nickte.

„Das haben wir in Wiesbaden auch so gemacht."

„Ach ja, Wiesbaden. Das BKA. Hansen hat mir ja einiges von Ihnen erzählt. Er sagte mir, dass Sie gut sind und frische Ideen haben. Aber dass Sie sich gleich mit einer Phishingmail hier einführen! Respekt!"

Thiess konnte sich ein leichtes Lächeln nicht verkneifen.

„Ich habe diesem Test Ihres Freundes Hansen nur zugestimmt, weil der Hamburger Polizei immer nachgesagt wird, wir wären zu alt und zu unflexibel."

Günther Maak lehnte sich zurück und ließ die kurzen fleischigen Hände auf seinem dicken Bauch liegen.

„Lassen Sie sich nicht täuschen, Thiess. Auf Sie mag das unflexibel wirken, aber für uns sind das Regeln, an die wir uns halten. Ich erwarte von meinem Team, dass es sich an die Regeln hält und niemand aus der Reihe tanzt."

Maak erhob sich schwerfällig aus seinem Schreibtischstuhl und trat ans Fenster. Er blickte kurz hinab auf den Parkplatz und drehte sich dann wieder zu Thiess um.

„Hansen sagte mir, dass Sie gerne mal etwas unkonventioneller vorgehen. Das ist gut, wirklich. Aber hier in Hamburg lieben wir es kontrolliert. Wir lieben Regeln und wir halten uns an diese Regeln. Regeln wurden aus einem guten Grund aufgestellt. Nur durch Regeln schafft man es, ein gemeinsames Ziel anzusteuern. Es ist manchmal vielleicht gut, diese Regeln etwas auszudehnen. Aber das sollte man nicht zur Gewohnheit werden lassen. Verstehen Sie, was ich meine, Thiess?"

Thiess wusste genau, was er meinte. Er hatte gehofft, dass man ihn hier in Hamburg unvoreingenommen empfangen würde. Aber als sein Vorgesetzter hatte Maak natürlich auch Zugriff auf die Personalakten. Also konnte Thiess nur stumm nicken.

Maak lächelte so breit, dass seine weiß gebleichten Zähne aufblitzten. Mit der Hand fuhr er sich durch die gegelten Haare.

„Gut, gut. Es ist wichtig, dass wir da einer Meinung sind. Ich möchte, dass mein Team weiß, dass ich immer hinter ihm stehe. Aber das Team muss auch hinter mir stehen und wir müssen an einem Strang ziehen."

Thiess bemerkte, dass sein neuer Chef das linke Bein etwas nachzog, als er jetzt wieder vom Fenster zu seinem

Schreibtisch zurückkam und sich vor Thiess aufbaute. Er lehnte sich mit dem ausladenden Gesäß gegen die Schreibtischkante und schob einen Stapel Aktenordner mit Leichtigkeit in die Mitte der vollgestellten Arbeitsfläche. Günther Maak schaute auf die Uhr über dem Türrahmen.

„Haben Sie noch irgendwelche Fragen, Thiess? Ansonsten würde ich Tammi bitten, Sie an Ihren Arbeitsplatz zu bringen."

Der Leiter des Dezernats Fahndung und Erkennungsdienst machte Anstalten, zur Tür zu gehen, doch Thiess verharrte im Stuhl. Irritiert schaute ihn Maak an.

„Heute Morgen gab es in der Nähe von Allermöhe einen Leichenfund. Die Polizisten vor Ort haben den Namen Yasmin erwähnt. Ist das eine Kollegin?"

Maaks Gesichtszüge verhärteten sich und Thiess sah, dass die Hände für einen Moment unkontrolliert zuckten. Die Erwähnung des Namens hatte etwas in seinem neuen Chef ausgelöst. Doch seine über 30-jährige Berufserfahrung sorgte dafür, dass er schnell die Kontrolle zurückerlangte. Die Hand glitt wieder vom Türgriff und er schaute Thiess sehr eindringlich an.

„Was haben Sie damit zu tun?"

„Die Leiche wurde in der Nähe meines Bootes gefunden. Ich bin von den Kollegen als Zeuge vernommen worden."

„Dann wissen Sie, dass ich Ihnen keine Auskunft geben darf, Thiess."

Kriminalrat Dr. Günther Maak öffnete die Tür.

„Ich will Sie nicht länger aufhalten. Ich denke, es ist an der Zeit, dass Sie die anderen Teammitglieder kennenlernen."

Maak wies seine Sekretärin an, Thiess den Weg zur Personalabteilung zu zeigen.

Er reichte ihm die Hand und Thiess' Hand berührte die dicken, fleischigen Finger, auf denen noch ein Rest des Haargels zurückgeblieben war.

„Herzlich willkommen und viel Erfolg!"

Günther Maak bugsierte Thiess mit der anderen Hand leicht hinaus und schloss die Tür hinter sich.

Die Sekretärin Tamara Schäfer sah Thiess' irritierten Blick und zuckte mit den Schultern. Sie griff zum Telefon und informierte die Personalabteilung.

Der Wind hatte ganz plötzlich aufgefrischt. Auf der Fahrt aus der Hamburger Innenstadt nach Hause ahnte Thiess es schon an den Bewegungen der Bäume, dass es ein stürmischer Abend werden würde. Als er den Fiat auf dem Parkplatz gegenüber dem Sportboothafen abstellte, sah er schon, wie ein paar Boote hin und her schaukelten. Es knirschte und knarrte, als die Bootsrümpfe aneinanderschabten und sich die Masten der kleinen Segler ineinander verkeilten. Die Takelage vibrierte im Wind. Thiess beeilte sich, den Kiesweg hinabzulaufen. Am Anfang des Stegs blieb er stehen und schaute sich suchend um. Von den Bootsbesitzern war niemand vor Ort.

„Götz!", rief er, doch es kam keine Reaktion. Vom Hafenmeister war nichts zu sehen. Noch bevor er ein zweites Mal rufen konnte, sah er, wie sich eine 14-Meter-Jacht am Nachbarsteg gefährlich zur Seite legte und der Hauptmast sich im Mast des danebenliegenden Bootes verfing. Der Wind drückte unablässig von der Seite gegen den Rumpf der großen Jacht und drängte diesen immer tiefer. Nicht mehr lange, und das Elbwasser würde das Boot fluten oder der empfindliche Holzmast des frisch restaurierten Seglers brach entzwei. Einer musste nachgeben.

„Scheiße!“

Thiess sprintete los, sprang auf den wankenden Steg und dann, ohne nachzudenken, auf den Segler, der vom Wind wie ein Strohhalm hin und her geschaukelt wurde. Er warf die Fender auf der Seite des Stegs über die Reling und griff anschließend nach einem herumliegenden Tampen, der an einer Klampe festgemacht war, und formte mit dem losen Ende einen Palstek. Dann lief er zum Bug des Segelbootes und warf die Schlinge um den Festmacher am Ende des Stegs. Thiess sprang von Bord und zurrte die Leine fest, so gut es ging. Er kontrollierte noch einmal die Fender und blickte dann zum Himmel. Die Wolken hatten sich verzogen und eine verdächtige Stille hatte sich über das Hafenbecken gelegt.

Thiess schüttelte stumm den Kopf, wischte sich die Hände an der Hose ab und machte sich auf den Weg zur Wohnung des Hafenmeisters, die oberhalb der Hafenanlage auf einem kleinen Hügel lag. Bei der kleinen Holzhütte war alles ruhig. Die Fenster waren alle dunkel.

Seit Thiess in dem Sportboothafen an der Dove-Elbe lebte, war der alte Götz Brandstädter jeden Tag vor Sonnenaufgang auf den Beinen gewesen und hatte bis zum letzten Sonnenstrahl an der frischen Luft gearbeitet. Doch heute hatte Thiess ihn noch nicht gesehen.

Er klopfte mit den Fingerknöcheln gegen die Holztür, doch im Innern der Hütte oberhalb des Stegs regte sich nichts. Er trat um die Ecke des kleinen Holzhauses und lugte durch das Küchenfenster hinein. Drinnen war es schummrig und sehr schwer, etwas zu erkennen. Bis auf den Esstisch schien die Küche leer zu sein. Nur die Blätter der verblühten Sonnenblume lagen auf dem runden Holztisch.

Eine leichte Unruhe befiel Thiess und er hämmerte mit der Faust gegen die Tür. Noch immer geschah nichts. Er trat mit dem Fuß gegen die Holztür. Der Lärm hätte den Hafenmeister normalerweise aufgeweckt.

„Götz, bist du da? Ich hab gerade deiner *Jenny* das Leben gerettet!"

Thiess lauschte an der Tür. Es war noch immer still. Er versuchte, sich zu erinnern, ob Götz etwas von einer bevorstehenden Reise erzählt hatte. Aber nein, Götz verreiste nicht. Er liebte die Elbe und den Norden Deutschlands. Das genügte ihm zur Entspannung. Mehr hatte der schweigsame Bootswart von seiner Persönlichkeit bisher nicht preisgegeben.

Thiess spürte eine innere Unruhe aufsteigen. Irgendetwas stimmte hier nicht. Er trat einen Schritt zurück und warf sich dann gegen die Haustür. Krachend zerbarst das alte Holz unter dem Druck in unzählige kleine Splitter und verteilte sich auf dem Boden, das Schloss hing zur Hälfte in der Türzarge und der Zylinder lugte aus dem Überbleibsel der Tür hervor. Thiess ignorierte den Schaden, den er angerichtet hatte, und schritt vorsichtig durch die Wohnung.

„Götz?", rief er in die Stille. Es kam keine Antwort. Ein leichtes Kribbeln sorgte dafür, dass sich seine Haare auf den Armen aufrichteten. Eine unsichtbare Alarmglocke schrillte in seinem Kopf. Hätte er eine Pistole besessen, dies wäre der Zeitpunkt gewesen, sie zu ziehen. Doch er war ein Computernerd und die trugen keine scharfen Waffen. Seine Waffen waren Scanner und Protokolle. Es war ein Leichtes für Thiess, Existenzen durch die Auswertung von Protokollen zu zerstören. Das war anonym und technisch, aber äußerst effektiv und bei Weitem nicht so blutig, als besäße er eine Pistole.

Thiess ging vorsichtig durch die Wohnung und horchte in die Stille. Da war nichts außer dem leisen Ticken der Küchenuhr. Weder Fernseher noch Radio liefen. Direkt rechts neben dem Flur lag die kleine Küche, in die er von draußen hineingeschaut hatte. Er streckte den Kopf durch die offene Tür und sah den umgefallenen Stuhl und daneben eine Pistole. Eine zerbrochene Müslischüssel und der matschige Inhalt, bestehend aus Quark und Obst, lagen unter dem Tisch. Von Götz keine Spur. Thiess schritt den Flur entlang und erreichte das Schlafzimmer.

Die Tür war offen und auf dem Boden lag der alte Bootswart, nur mit einer grauen Schlafanzughose und einem ausgeblichenen T-Shirt mit überdimensionaler Zunge darauf bekleidet. Er rührte sich nicht. Thiess war mit einer schnellen Bewegung bei ihm und presste den Finger auf die Halsschlagader. Erleichtert atmete er aus. Vorsichtig schüttelte er seine Schulter.

„Hey, Götz, was ist los? Alles in Ordnung?"

Der Angesprochene rührte sich nicht. Er war am ganzen Körper schweißnass und das Gesicht war aschfahl. Thiess rüttelte etwas fester. Langsam kam wieder Leben in den Körper des Hafenmeisters. Die faltigen Lider blinzelten und er schlug die Augen auf und schaute orientierungslos im Raum umher. Es dauerte ein paar Sekunden, bis er Thiess wahrnahm und seine Umgebung erkannte.

„Wie ... was ist passiert?"

Thiess hob die Augenbrauen und führte ihn zum Bett. Götz zitterte am ganzen Körper. Thiess reichte ihm den grauen Pullover vom Stuhl und half ihm dabei, das durchgeschwitzte T-Shirt auszuziehen und den nicht unbedingt frisch wirkenden Pullover über den Kopf zu ziehen. Der Bootswart fuhr sich mit der Hand durch die nassen Haare und schüttelte den Kopf. Er warf das T-Shirt auf den Boden.

„Ich hab in der Küche gesessen und wollte gerade frühstücken. Da waren komische Geräusche auf dem Steg. Ich hab meine Pistole geholt. Plötzlich wurde mir schwarz vor Augen ... Ich hab Durst!"

Thiess ließ ihn vorsichtig zurück aufs Bett fallen und holte ein Glas Wasser aus der Küche.

„Hier, trink das."

„Ich hätte jetzt lieber ein Bier."

„Gibt es nicht. Wenn du nicht hörst, fahre ich dich ins Krankenhaus."

„Ist ja schon gut, Junge, schon gut."

Langsam rappelte sich Götz auf. Das T-Shirt vom Rolling-Stones-Konzert war klitschnass und roch nicht nur nach Schweiß. Thiess vermutete, dass Götz zuvor das ein oder andere Bier zu viel getrunken hatte. Aber es stand ihm nicht zu, ihn zu verurteilen. Mit dieser Diagnose im Kopf hätte Thiess auch nicht gewusst, wie er sich verhalten sollte. Er fühlte nur, dass er seinem Vater damals unrecht getan hatte. Statt ihm Hilfe im Kampf gegen den Alkohol anzubieten, hatte er ihn verurteilt und verachtet.

Der weißhaarige Bootswart hatte ihm kurz nach ihrer ersten Begegnung Anfang des Sommers erzählt, dass er Bauchspeicheldrüsenkrebs hatte. Vier Monate hatten die Ärzte ihm maximal noch zum Leben gegeben. Gegen die Anfälle und Schmerzen hatte er hoch dosierte Opiate bekommen, die ihn ausknockten. Meist verzichtete Götz auf die Medikamente. Wenn die Situation unerträglich werden würde, so hatte er es Thiess gestanden, gab es immer noch seine eigene Therapie. Die lag jetzt in der Küche auf dem Boden zwischen dem Quark und dem klein geschnittenen Obst.

Auf dem Nachtisch lag eine ungeöffnete Packung Medikamente.

„Was sind das denn für Dinger?"

Götz schaute ihn irritiert an, während Thiess ihm das Glas mit Wasser entgegenhielt und keine Anstalten machte, wieder fortzugehen.

„Trink!"

Götz griff nach den Medikamenten und ließ die Packung in seiner Hosentasche verschwinden.

„Du bist schlimmer als meine Ex."

Eine Art Lächeln legte sich auf Thiess' Lippen.

Götz griff das Glas, kippte das Wasser hinunter und ließ sich ins Bett fallen.

„Jetzt komm aber nicht auf die Idee, mir einen Gute-Nacht-Kuss zu geben. Du bist nicht meine Mutter."

„Was ist geschehen?", versuchte Thiess etwas zu erfahren.

Götz schaute ihn verwirrt an.

„Ich habe Geräusche gehört und bin zum Bootshaus rüber. Von dort habe ich gesehen, wie sich jemand hinter deinem Boot zu schaffen gemacht hat."

„Hinter meinem Boot? Wann war das?"

„So gegen halb drei. Ich bin zum Schrank und hab die Pistole geholt."

Götz versuchte, sich im Bett aufzurichten.

„Puh", schnaufte er und verzog das Gesicht vor Schmerzen. „Draußen sah alles ruhig aus. Aber ich weiß, dass da jemand war. Ich bin doch nicht bescheuert!"

„Nein, das bist du nicht!"

Thiess nahm die Hose, die auf dem Stuhl neben dem Bett lag, und legte sie fein säuberlich zusammen und hängte sie über den Kleiderbügel, der an der Tür des Schlafzimmerschranks baumelte. Er setzte sich Götz gegenüber.

„Man hat heute Morgen eine Leiche aus der Elbe gezogen, in der Nähe der *Ronja*."

„Eine Leiche?"

„Ja. Die Leiche dürfte mittlerweile in der Rechtsmedizin sein."

Götz hob seine grauen Augenbrauen.

„Heute Morgen? Wie spät ist es denn?"

Thiess sah auf seine Armbanduhr.

„Kurz nach 18 Uhr. Ich bin gerade aus der Stadt zurück."

Götz schlug die Decke zurück und versuchte aufzustehen.

„Was ist das für 'ne Leiche?", fragte er und erhob sich vorsichtig. Seine Beine zitterten, sodass er sich an Thiess' Schulter festhielt. Er kniff die Mundwinkel zusammen.

„Jemand aus dem Klub hier?"

„Keine Ahnung. Scheint zumindest 'ne Frau zu sein. Sie haben den Namen Yasmin erwähnt."

„Yasmin? Kenn niemanden, der so heißt."

Götz öffnete den Schrank und holte ein sauberes Nirvana-T-Shirt heraus. Er warf das durchgeschwitzte Shirt aufs Bett und drehte Thiess den nackten Rücken zu. Der sah die beiden kreisrunden Narben oberhalb der Nieren. Einschusslöcher. Götz schien es nicht zu bemerken und zog sich weiter an. Nachdem er endlich frische Socken angezogen hatte, ließ er angestrengt die Luft aus seinen Lungen.

„Vielleicht eine von diesen Partykids, die hier ständig rumlungern und ihr Dope verticken?"

„Drogen?", fragte Thiess.

Götz hob die Schultern.

„Was weiß denn ich? War sicher alles nur Zufall."

Der alte Bootswart tapste unsicher auf Socken über den kleinen Flur in die Küche und setzte eine Kanne Tee auf. Thiess folgte ihm und schnappte sich ein paar Stücke Küchenpapier, um das Chaos auf dem Boden zu beseitigen. Die Pistole legte er vorsichtig auf den Küchentisch. Er hasste Waffen und war froh, dass sie nicht zu seinem Equipment gehörten.

Eine halbe Stunde später saßen sie bei einer Tasse Tee im Wohnzimmer des Bootshauses und schauten durch das große Panoramafenster auf die Dove-Elbe. Der kleine Sportboothafen wirkte verschlafen. Von dem Wind, der noch vor einer Stunde im Hafen gewütet hatte, war nichts mehr zu sehen. Nun lagen alle Boote wieder ruhig an ihren Anlegern.

„Du bräuchtest einen Hund!“

„Warum?“, wollte Thiess wissen. „Widerliche Köter. Schnappen nach allem und jedem. Und wenn sie nass sind, stinken sie.“

„Aber es sind auch treue Seelen, die einen nie im Stich lassen!“

„Tun Computer auch nicht, und sie brauchen kein Futter aus Dosen.“

Götz sah ihn mit einer Mischung aus Besorgnis und Skepsis an. Thiess ignorierte den Blick.

„Ich hatte mal einen Hund, einen Zwergpudel. Irgendwo müssen hier noch sein Halsband und seine Leine liegen. Wenn ich nur wüsste, wo ...“

Götz erhob sich aus dem Sessel und schritt hinüber zur großen Bücherwand. Er zog eine der Aufbewahrungskisten in der untersten Etage heraus und brachte sie nach draußen. Er wühlte darin. Zum Vorschein kamen ein paar Fotos, Briefe und ein vollkommen abgenutztes Lederhalsband, mit einem kleinen silbernen Anhänger daran. Götz hielt das Halsband zwischen den Fingern und strich liebevoll darüber. Unterdessen fiel Thiess das Foto einer attraktiven Frau auf, das einfach so in der Kiste lag. Götz nahm Halsband und Leine und stellte die Kiste auf die Holzplanken neben sich.

„Du hast als Kind keinen Hund gehabt, oder?“

„Nein.“

„Hunde wirken besonders auf hyperaktive oder aggressive Kinder sehr beruhigend. Die Tiere helfen ihnen, überschüssige Energien abzubauen. Außerdem lernen die Kinder durch Hunde, Verantwortung zu übernehmen.“

„Ich war als Kind weder hyperaktiv noch aggressiv. Ich war eher ... ruhig."

„Und du hast wahrscheinlich nur wenige Freunde gehabt?"

Thiess schaute wie ertappt hinaus auf den Kanal. Die Sonnenstrahlen wurden von der still daliegenden Wasseroberfläche in kleinen Blitzen reflektiert.

„Ich war mehr der Bücherwurm."

Götz schmunzelte und nahm dann einen Schluck von dem Tee.

„Ja, das habe ich mir gedacht. Hunde fördern soziale Kontakte, weißt du das?"

„Hm."

„Du hast wahrscheinlich auch keine Freundin, oder irre ich mich da?"

Thiess drehte langsam den Kopf herum und schaute Götz an.

„Ich glaube, du kommst hier jetzt allein zurecht. Ich muss dann mal wieder aufs Boot und noch ein paar Dinge erledigen."

Thiess erhob sich und schritt den Holzweg hinab zum Kanal, wo die Boote fest vertäut im Hafen lagen. Götz schaute ihm hinterher, das Halsband in der Hand haltend.

Kapitel 3

Donnerstag, 13. Juni 2019, 16 Uhr 55

Karla hatte die Wohnungstür geöffnet und sah ihn aus funkelnden Augen an. Ihr Oberkörper bebte unter der weißen Sommerbluse und sie trippelte auf den Zehenspitzen. Thiess kam die Treppe hinauf und blieb vor ihr stehen. Er hob das Kinn seiner Freundin an und versuchte, sie zu küssen.

„Ich seh dir in die Augen, Kleines", sagte er. Die Ohrfeige sah er nicht kommen, aber ihre Blitze verschießenden Augen! Kurz darauf wurde seine Wange heiß und brannte wie tausend Nadelstiche. Karla hatte eine anständige Rechte.

„Spar dir deine billigen Filmzitate!", fluchte sie. „Du hast Scheiße gebaut! Da brauchst du es jetzt gar nicht auf diese Art versuchen."

„Aber ...", fing er an, doch da kam schon der zweite Schlag, dem er jedoch ausweichen konnte.

„Spinnst du?"

„Ich spinne?", rief sie. „Ich? Wer ist denn auf die Idee gekommen, mit dieser stadtbekannten Hure ins Bett zu steigen, dieser Puta?"

„Ich weiß nicht, wovon du redest ...", versuchte Thiess zu erklären, doch Karla hatte wieder die Hand zum Schlag erhoben. Er duckte sich darunter weg und stolperte auf die Wohnungstür zu. Das ganze Mietshaus hörte ihren Streit.

Im zweiten Stock direkt unter ihnen öffnete sich leise knarrend die Tür zur Wohnung von Oma Knesebeck. Die schmächtige und hutzelige 84-Jährige hatte einen leichten Schlaf. Thiess nahm an, dass sie schon die letzten Minuten mit dem Ohr an der Tür gestanden und gelauscht hatte. Morgen würde sie wieder alles brühwarm dem Hans Blomberg aus dem vierten Stock erzählen, dem Frühpensionär aus dem Bauamt Barmbek-Nord. Er hatte Thiess und Karla schon länger im Blick und ließ keine Gelegenheit aus, sie bei den anderen Nachbarn anzuschwärzen. Mal hatten sie das Treppenhaus nicht ordentlich gewischt, dann hatten sie zu laut ferngesehen oder die Fahrräder falsch abgestellt. Thiess vermutete, dass dieser Blomberg ein latenter Rassist war. Aber andererseits hatte er Karla immer etwas lüstern hinterhergeschaut, vor allem, wenn sie vom Tanztraining gekommen war und ihre enge Sportkleidung trug.

Das Blut breitete sich in Thiess' Wange aus. Es brannte, fast so wie damals bei der Sache mit Lasse und Annika.

Ihm blieb die Stimme weg. Mit einer Kraft, die er ihr nicht zugetraut hätte, packte Karla seine Hand und zog ihn in ihre beengte 2-Zimmer-Wohnung. Sie knallte die Tür zu. Wie ein kleines Kind, das Mamas wertvolle Vase umgestoßen hat, stand er mit hängenden Schultern im Flur.

„Ich ...“, fing er erneut zaghaft an und erwartete einen weiteren Schlag. Karla hatte sich etwas beruhigt, sie stand vor ihm, ihr ganzer Körper zitterte. Ihre dunklen Haare waren nass. Sie hatte gerade geduscht. Thiess hatte das Verlangen, sie in den Arm zu nehmen, doch er traute sich nicht.

„Aber was ...?“, flüsterte sie und schaute ihn aus ihren grünen Augen an, in denen es feucht schimmerte.

„Ich ... du ...“, stammelte er, doch dann versagte seine Stimme.

Er suchte verzweifelt die perfekten Worte, um seinen Fehler zu erklären. Aber es gab keine Worte, die es entschuldigten. So wie es aussah, hatte er großen Mist gebaut und Karla hatte es herausbekommen.

„Ich kann dir das mit Michelle auch nicht erklären, Schatz. Ich kann mich nicht erinnern“, sagte er und sofort kassierte er die nächste Ohrfeige. Er ließ es geschehen.

„Deine E-Mail an diese Michelle klang aber ganz anders. Du hast geschrieben, dass ihr ein ganz heißes Paar auf dieser Party gewesen seid.“

Thiess starrte sie stumm an. Sein Kopf war leer. Ihm fielen keine Worte ein, die verständlich machten, was passiert war. Ehrlich gesagt konnte er sich selber nicht erinnern, was auf der Party geschehen war. Die Festplatte seines Gehirns war an einigen Blöcken gelöscht oder zumindest mit neuen Daten überschrieben worden.

„Die E-Mail stammt nicht von mir! Ich schwöre es dir. Ich habe dir doch schon erzählt, wie einfach es ist, solche E-Mails zu fälschen. In meinem Job sehe ich das täglich.“

Flehentlich schaute er in das erschöpfte Gesicht seiner Freundin. Er war sich sicher, dass er nichts Unrechtes getan hatte. Nicht nur, dass er sich nicht an den Abend mit Michelle erinnerte, er hatte ebenso wenig Kenntnis von einer E-Mail an Michelle. Thiess raufte sich die Haare und versuchte erneut, Karla vorsichtig zu berühren, doch sie zuckte zusammen und trat einen Schritt zurück.

Thiess hatte einen kompletten Filmriss für jenen Abend. Andi und Frank, beides ehemalige Kollegen aus der Sicherheitsfirma, für die er vor seinem Weggang zum BKA gearbeitet hatte, waren mit ihm über die Reeperbahn gezogen. Erst waren sie im Dollhouse gewesen und danach mit zwei unbekannten Frauen weitergezogen ins Titty Twister. Es hatte ein paar Kurze gegeben und sehr viel Bier. Das Nächste, woran Thiess sich erinnerte, war eine rote Couch, auf der er in seinen Klamotten aufgewacht war. Aber diese Couch stand nicht in der WG von Andi und Frank. Er hatte die Wohnung nicht gekannt. Ein fast leeres Loft auf einem alten Industriegelände. Er war allein. Nur Spuren billigen Parfüms lagen in der Luft. Von Michelle war nichts zu sehen gewesen, ebenso wenig von Andi oder Frank.

Er sah die Tränen über Karlas Gesicht kullern und wie sie mit dem Handrücken darüberfuhr. Schlagartig verschwand die Feuchtigkeit aus ihren Augen und ihr Blick wurde starr. Ihre Lippen begannen zu zittern. Sie stand mit verschränkten Armen vor ihm.

„Hey Schatz ... versteh ... versteh“, versuchte er mit sanfter Stimme. „Da war diese Fete im Vereinsheim. Anschließend sind ein paar Kumpel von früher noch über die Reeperbahn gezogen. Ich hab dir doch von Andi und Frank erzählt. Die haben mich mitgezogen. Ich war wohl etwas angetrunken. Du warst auf diesem teuren Wellnesswochenende ... und ich hatte Sehnsucht nach dir.“

„Ach, und da dachtest du, du brauchst auch ein wenig ‚Wellness' mit dieser stadtbekannten Puta!"

Sie spuckte ihm die Worte entgegen und Thiess konnte nichts tun, was die Situation besser machte.

Er versuchte, Karla sanft am Arm zu berühren.

„Fass mich nicht an!", fauchte sie und drehte sich harsch zur Seite. Ihre Augen spien Feuer. Er wagte es ein zweites Mal, aus Hartnäckigkeit oder aus Dummheit, und fing sich Ohrfeige Nummer vier ein.

Im Treppenhaus knallte eine Tür. Oma Knesebeck hatte genug gehört. Doch darauf konnte sich Thiess nicht konzentrieren. Er erkannte, dass es mit ihm und Karla vorbei war. Thiess drehte den Knauf der Altbautür und trat ins dunkle Treppenhaus hinaus. Karla schlug hinter ihm die Tür mit solcher Wucht ins Schloss, dass es wie ein 100.000-Volt-Stromstoß durch seinen Körper zuckte. Zitternd blieb er auf dem Treppenabsatz stehen. Es gab kein Zurück mehr. Er nahm die Sporttasche mit den Klamotten, die er aus der Männer-WG mitgenommen hatte, und trottete mit schweren Schritten die knarrenden Stufen hinab. Ihm war egal, ob die alte Oma Knesebeck hinter ihrer Wohnungstür stand und ihm neugierig nachsah, das Auge an dem Türspion.

Thiess trat aus dem Haus und schlurfte antriebslos Richtung U-Bahn. Auf Barmbeks Straßen waren an diesem warmen Juniabend noch viele Menschen unterwegs. Die Temperaturen waren angenehm und die Hamburger liebten es, den beginnenden Sommer zu feiern.

Träge schleppte er sich die Treppen zur U-Bahn hinauf und sah durch die anderen Fahrgäste hindurch. Er stieg in die einfahrende U2 und ließ sich auf einen Sitz am Ende des Waggons fallen. Aus dem Fenster starrend bemerkte er die Unruhe in sich. Ihm wurde es zu eng, er brauchte Veränderung.

Er griff in seine Jackentasche und suchte nach einem Taschentuch. Seine Finger stießen auf den Brief, den er vom Anwalt bekommen hatte. Den hatte er ganz vergessen. Er öffnete den Umschlag und las sich die Zeilen noch einmal durch. In seinem Kopf reifte eine Idee.

Eine Woche später, am 20. Juni, stand Thiess auf dem Bootssteg des kleinen Sporthafens an der Dove-Elbe vor dem Segelboot *Ronja*. Das Wasser plätscherte träge gegen den blauen Rumpf des 14 Meter langen Bootes.

Thiess warf die Sporttasche über die Reling und stieg mit einem Bein auf den Bug-Anker. Er zog sich an der schon Rost ansetzenden Metallstange empor und schwang sich an Deck. Dann streifte er die Wandersandalen von den Füßen und genoss das vertraute Gefühl unter den nackten Fußsohlen, als er über die nassen Planken des Bootes tapste. Letzte Nacht hatte es endlich etwas geregnet und das ganze Oberdeck war von einer dünnen Wasserschicht bedeckt. Bald würde die Feuchtigkeit verdampft sein. Die Sonne stieg langsam höher und ein warmer Lufthauch wehte vom Land zu ihm herüber. Er trat zum Bug und schaute sich das vordere Deck an. Insgesamt wirkte das Boot sehr gut in Schuss, hier und da war etwas Farbe abgeplatzt und an einigen Stellen hatte der Rost sich allmählich ausgebreitet. Um die kleinen Reparaturen würde er sich später kümmern.

Er zupfte den Schlüssel aus der Hosentasche und schloss die Luke zum Innenraum auf. Langsam stieg er die schmale Holztreppe hinab in die Kombüse. Es sah alles so aus wie bei seinem letzten Besuch vor fünf Jahren, bevor er nach Wiesbaden gegangen war. Annemarie hatte auf der langen Bank gesessen, eine dampfende Tasse Tee vor sich und dazu die große Weltkarte auf dem ausziehbaren Kartentisch. Ein paar Reiseführer lagen daneben und auf der Karte war mit einem roten Stift die Route eingezeichnet. Es war ihr letzter Traum gewesen und sie hatte ihn auch noch geträumt, als die Krankheit schon weit fortgeschritten war.

Thiess stellte die Sporttasche auf die Bank und sah sich unter Deck um. Er prüfte Wasserstand und Benzintank an der Steuerkonsole. Alles war voll. Bereit für die große Fahrt.

Er ließ sich auf die Polster vor dem Kartentisch fallen. Sein Blick schweifte durch den Innenraum der Segeljacht. Er war groß genug für ihn, hier hatte er alles, was er brauchte. Er kramte den Brief vom Rechtsanwalt aus der Sporttasche und las die Zeilen erneut. Er konnte es nicht glauben, aber das Boot gehörte nun ihm. Seine Tante Annemarie hatte ihm ihr Segelboot *Ronja* vermacht.

Wie viele Nächte hatten sie hier gesessen und davon geträumt, die Leinen zu lösen und um die Welt zu segeln? Annemarie war eine sehr gute Seglerin gewesen. Einige Male hatte sie versucht, es Thiess beizubringen. Aber Wasser war Thiess immer unheimlich gewesen und es fiel ihm schwer, sich vorzustellen, mit diesem kleinen Boot über den großen, weiten Ozean zu segeln, wo links und rechts und unter einem nur Wasser ist. Aber das gemeinsame

Träumen mit seiner Tante hatte ihn von dem abgelenkt, was sonst in seinem Leben schiefgelaufen war.

Seit der Sache mit Lasse und dem Verschwinden seines Großvaters hatte es zwischen seinem Vater und ihm kaum Gespräche gegeben. Johannes Riedel hatte sich in die Arbeit gestürzt, hatte jeden Auftrag für die Tischlerei angenommen, egal wie klein er gewesen war. Sogar am Wochenende hatte er sich in der Werkstatt verkrochen. Es war einfach zu viel für Johannes Riedel gewesen. Einige Jahre zuvor hatte er seine Frau bei einem Autounfall verloren, da war Thiess fünf Jahre alt gewesen und sein Bruder Torben 16. Seitdem hatten sein Großvater Heinrich und seine Tante Annemarie sich um die beiden Kinder gekümmert. Zum Schluss war Thiess immer öfter zu Annemarie aufs Boot gegangen. Gemeinsam hatten sie von der großen weiten Welt geträumt. Annemarie war cool gewesen.

„Hallo? Ist da jemand?"

Der Ruf riss ihn aus den Gedanken. Er sprang von der Bank auf und steckte seinen Kopf aus der Luke. Ein Mann Marke Schrank, mit grauem Vollbart und wild herumfliegenden, strähnigen Haaren, stand auf dem Steg. Er hatte einen blauen, mit frischer Farbe beschmierten Overall an und hielt einen Besen in der Hand. In dem faltigen Gesicht zuckten die Wangenmuskeln.

„Was machen Sie da auf dem Boot?"

Thiess sah, wie sich die Hand fester um den Griff des Besens krallte.

„Ich ziehe hier ein."

„Das ist das Boot von Annemarie Riedel."

„Ich weiß, ich bin ihr Neffe. Mein Name ist Thiess Riedel."

Thiess trat auf das Deck. Der andere Mann fixierte ihn einen kurzen Moment, dann lockerte er den Griff um den Besen und nickte. Sein Blick fiel auf die beiden Kartons, die auf dem Steg standen.

„Götz Brandstädter. Ich erinnere mich, wir haben uns bei der Beerdigung gesehen."

Thiess nickte, sprang auf den Steg und reichte dem Mann die Hand.

„Sorry, dass ich nicht gleich im Bootshaus vorbeigekommen bin. Aber ich wollte erst mal nach dem Rechten sehen."

Die kräftige Hand umschloss seine und einen kurzen Augenblick standen sich die beiden Männer stumm gegenüber. Nach einem Moment der Stille zeigte Götz Brandstädter auf den großen schwarzen Kasten hinter Thiess.

„Was ist das?"

Die Beschichtung war an den Kanten abgeplatzt und die metallenen Griffe an den kurzen Enden hatten schon ein wenig Patina angesetzt.

„Mein Teleskop", erklärte Thiess.

„Aha."

„Zur Sternbeobachtung."

„Ich weiß, was ein Teleskop ist."

Stille.

„Also, könnten Sie mir kurz helfen, die Kiste an Bord zu bekommen?"

Götz legte den Besen auf den Steg und packte die abgegriffene Kiste mit beiden Händen. Er schien überhaupt nicht angestrengt zu sein.

„Das ist aber kein kleines Teleskop."

Thiess beeilte sich, wieder über den Bug-Anker auf das Boot zu klettern. Er packte ein Ende der großen Kiste und half Götz Brandstädter, diese an Bord zu ziehen. Götz schob den abgeschrabbelten Aufbewahrungskoffer in Richtung Luke auf das Unterdeck zu.

„Ein 8-Zoll-Reflektor. Da kann man schon einiges mit sehen. Aber ich muss mir noch was einfallen lassen, wo ich das hier aufstellen kann. An Bord ist es zu wackelig."

„Du ziehst hier ein?"

Die faltige Stirn des Mannes kräuselte sich etwas mehr.

„Ja, fürs Erste werde ich hier wohnen."

Thiess kam aus der Hocke hoch und trat zurück an die Reling.

„Ist das ein Problem?"

Nach einer weiteren unangenehmen Pause entspannten sich die Muskeln im Gesicht des Bootswartes.

„Nein, aber ich muss ein Kabel aus dem Schuppen holen und den Strom für die *Ronja* wieder anschalten."

„Okay. Danke."

Götz drehte sich um und schritt den Steg zurück Richtung Hafenmeisterei. Auf halbem Weg blieb er stehen und wandte ihm wieder das Gesicht zu. Bevor er sprach, wischte er sich mit dem Handrücken einmal über die Augen. Seine Stimme war brüchig.

„Ich habe übrigens schon mit dir gerechnet. Komm nachher mal ins Büro. Ich hab da noch einen Brief für dich."

„Einen Brief?"

Der andere nickte.

„Sie hat ihn mir gegeben, kurz bevor sie ins Hospiz gegangen ist.“

Götz schlenderte langsam zurück zum Bootshaus und ließ Thiess nachdenklich auf dem Steg stehen. Ein Brief von Tante Annemarie? Damit hatte er nicht gerechnet. Sie hatte nie Briefe geschrieben, nicht einmal Postkarten. Da hatten sich die beiden Riedel-Geschwister sehr geähnelt, auch wenn sie sich sonst nicht sehr nahe gewesen waren.

Thiess warf die Sporttasche an Bord und folgte dem Bootswart zu seinem Büro.

Kapitel 4

Freitag, 2. August 2019, 8 Uhr

Der erfahrene Rechtsmediziner Prof. Dr. Wilhelm Pettermann und seine beiden neuen Mitarbeiter, der junge Rechtsmediziner Carl Clausen und die frisch ausgebildete Sektionsassistentin Frauke Henning, standen im Untergeschoss des rechtsmedizinischen Instituts Hamburg um den Sektionstisch herum. Der vollbärtige Pettermann hatte schon das ganze Spektrum unnatürlicher Todesarten auf dem Sektionstisch gehabt. Zertrümmerte Schädel, madenbefallene Leichen, alte und junge Tote. Wasserleichen hatte er noch nicht sehr oft untersuchen müssen.

Er schaltete das Mikrofon an seinem Headset an und befreite den Leichnam von dem festen Sack, mit dem der Körper ins Institut transportiert worden war. Es kam ein Körper zum Vorschein, der wie aus Gips oder Kalk gefertigt wirkte. Angesichts des modrigen Verwesungsgeruchs verzog Frauke Henning das Gesicht.

„Der Leichnam sieht aus wie versteinert", bemerkte Clausen.

„Ruhe!", ermahnte Pettermann und warf ihm einen strengen Blick zu. Er begann seine Beobachtungen ins Obduktionsprotokoll zu diktieren.

„Rumpf und Gliedmaßen sind von einer grauweißen Schicht umschlossen. Die Schicht ist von fester Konsistenz und hat nach ersten oberflächlichen Begutachtungen die Form und die Konturen vor allen Umwelteinflüssen geschützt."

„Leichenwachs", flüsterte Carl Clausen seiner Kollegin Frauke Henning zu und erntete wieder einen strengen Blick von Professor Pettermann.

Pettermann beugte sich über den Leichnam.

„Nun gut, Herr Clausen, dann erzählen Sie mir mal etwas zu dieser Leiche! Fangen wir mit dem korrekten Terminus an."

Carl Clausen schluckte mehrmals.

„Leichenwachs, wissenschaftlich korrekt als Adipocere oder Adipocire bezeichnet. Dies ist eine Form natürlicher biologischer Leichenkonservierung. Der Begriff leitet sich vom Lateinischen ab. Adeps gleich Fett und cera oder cira gleich Wachs. Ein ebenfalls gebräuchlicher Ausdruck ist Fettwachs."

„Das ist aber irreführend", warf die bisher stumm gebliebene Assistentin Frauke Henning ein. „Sowohl Leichenwachs als auch Fettwachs sind irreführend, denn für die chemischen Prozesse bei der Bildung von Adipocere sind weder Fette noch Wachse verantwortlich, sondern die höheren Fettsäuren."

Clausen warf ihr einen scharfen Blick zu. Pettermann nickte zufrieden.

„Die Frage, die sich uns nun stellt, ist doch, wie es zu dieser Leichenwachsbildung kommt. Haben Sie darauf auch eine Antwort parat?"

Clausen und Henning schauten sich an. Clausen zuckte mit den Schultern, Henning grinste. Sie schaute den Professor an.

„Voraussetzung für die Leichenwachsbildung ist, dass die Leiche sich in sehr feuchter Umgebung befindet und keine Luft zugeführt wird."

Clausen griff nach dem Auffindebericht der Kollegen vom LKA.

„Sie wurde in der Nähe von Allermöhe aus der Elbe gezogen."

„Ha!", rief Pettermann und hob die rechte Hand. „Interessant, sehr interessant."

Pettermann brachte seinen hageren Oberkörper ganz dicht über den Leichnam und schnupperte mit aufgeblähten Nasenflügeln. Er sog den Duft der Leiche ein.

„Ich vermute, dass der Körper post mortem bewegt wurde."

„Wie kommen Sie darauf, Professor?"

Pettermann schaute die junge Sektionsassistentin über den Rand seiner Brille hinweg eindringlich an. Er schaute zu Clausen, der aber genauso ahnungslos auf die Leiche vor ihnen auf dem Tisch blickte.

Der erfahrene Rechtsmediziner seufzte. Er zog die Vergrößerungslampe herunter über den Leichnam und hielt die beleuchtete Linse direkt über das Gesicht.

„Clausen, ich frage mich wirklich, wie Sie das Studium geschafft haben! Dass Frau Henning das nicht unbedingt wissen kann, verstehe ich. Aber Sie haben Medizin studiert! Sehen Sie hier die Ränder, wo der Nasenflügel abgetrennt wurde?"

Die beiden jungen Mitarbeiter drängten sich um die erleuchtete Lupe und versuchten, einen Blick von dem zu erhaschen, was der erfahrene Rechtsmediziner mit bloßem Auge erkannt hatte.

„Die Wachsschicht hat eine ganz andere Konsistenz. Sie ist hier um den oberen Nasenrücken sehr viel dicker. Der Verwesungsprozess an der Nase hatte bereits eingesetzt und wurde durch das Ablegen im Wasser gestoppt. Wäre die Leiche von Anfang an am Auffindeort gewesen, dann wäre die Nase jetzt nur Matsch, wie das übrige Gesicht."

Clausen und Henning überlegten. Wieder war es die Sektionsassistentin Frauke Henning, die auf die Lösung kam.

„Der Leichnam hat also nach dem Abtrennen der Nase zwischen oberem und unterem Nasenrücken, am Beginn der Knorpelschicht, eine Zeit lang in einer sehr feuchten Umgebung gelegen. Eine Höhle oder ein extrem feuchter Keller würden die Bedingungen auch erfüllen. Dort ist es auch feucht genug, damit sich Leichenwachs bilden kann. Nach dem Tod der Person tritt aus den Talg- und Schweißdrüsenausführungsgängen des Unterhautfettgewebes verflüssigtes Fett aus. Dieses verwandelt das Gewebe zunächst in eine schmierige Masse, die dann eine zunehmend wachsähnliche Konsistenz bekommt. Im Laufe der Zeit wird dieses Wachs immer fester, bis es schließlich in eine gipsähnliche, mörtelartige Struktur übergeht und die Leiche quasi konserviert."

Pettermann nickte zufrieden.

„Richtig, Frau Henning."

Er drehte seinen Kopf kurz in Richtung Clausen.

„Ich frage mich, wer hier Medizin studiert hat!"

Clausen wischte sich mit dem Handrücken über die feuchte Stirn und räusperte sich.

„Also, was Frau Henning vergessen hat zu erwähnen ist, dass der gipsartige Panzer die Struktur des Gewebes auch nach Bergung und Aufenthalt an der Luft weitgehend unempfindlich gegen bakterielle Zersetzung macht, sodass Körper und Gesichtszüge von Gipsleichen noch Jahrzehnte nach ihrem Tod erhalten sind."

Clausen war stolz, dass er langsam wieder in die Spur kam. Er hatte sich von Henning in der ersten Runde etwas abdrängen lassen, doch langsam holte er wieder auf.

„Rechtsmedizinisch von Bedeutung sind in Fällen von Fettwachsleichen zum Beispiel sichtbare Verletzungen, Strangmarken, Narben oder ..."

Pettermann hatte den Leichnam etwas angehoben und präsentierte seinen beiden Assistenten den Nacken der Wasserleiche.

„Eine Tätowierung!", riefen Clausen und Henning gleichzeitig.

„Was ist das?"

„Das werden wir herausfinden. Kommen Sie mal her, Frau Henning, und halten Sie die Leiche. Ich werde ein Foto machen und an die Kriminaltechnik schicken."

Pettermann griff an den Nebentisch, auf dem die hochmoderne Digitalkamera bereitstand, und fotografierte die Tätowierung, die sich vom Halsansatz bis hinter das rechte Schulterblatt zog. Sie sah etwas unscharf und verwaschen aus. Aber die Wachsschicht war auf dem Rücken noch nicht so dick wie auf der Vorderseite des Körpers.

„Entnehmen Sie bitte Proben für eine DNA-Analyse. Außerdem müssen wir einen Abdruck von den Zähnen machen."

Pettermann griff sich das Diktiergerät und schaltete es ein.

„Bei der am Nacken gefunden Tätowierung der unbekannten toten Frau handelt es sich um eine 5 Zentimeter große Darstellung des Ying-Yang-Symbols."

Clausen räusperte sich erneut und erntete einen scharfen Blick von Pettermann.

„Klären Sie mich auf, Clausen!"

„Professor, die Frau wurde bereits von den Kollegen des LKA identifiziert. Ihr Name ist Yasmin Melek, sie ist eine Polizistin und arbeitet als Computerspezialistin im Team von Kriminalhauptkommissarin Jana Thordsen."

Pettermann runzelte die Stirn.

„Das mag sein, Clausen, wenn das LKA so gut ist, dass man dort ohne eingehende Leichenschau einen Toten identifizieren kann, dann würde es mich wundern. Wir machen trotzdem einen Zahnabdruck! Das Ergebnis schicken Sie dann mit den noch ausstehenden Röntgenergebnissen an das LKA."

Sie nahmen den Abdruck der Zähne und wandten sich dann wieder der Leiche zu.

„Nun, dann lassen Sie uns versuchen, den Todeszeitpunkt zu bestimmen."

„Die wachsartige Schicht bildet sich etwa vier bis sechs Wochen nach dem Tod. So ausgeprägt, wie diese Schicht an dieser Leiche ist, würde ich sagen, hat sie gut drei Monate in einem entsprechend feuchten Klima zugebracht."

Kapitel 5

Freitag, 2. August 2019, 23 Uhr 30

Es war kurz vor Mitternacht. Heinrich Riedel saß in seinem geräumigen Wohnzimmer im zweiten Stock der noblen Altersresidenz am Harvestehuder Weg. Vor ihm auf dem Schreibtisch lag die aufgeschlagene Zeitung. Daneben standen eine halb leere Flasche Wodka und ein leeres Glas.

Der alte Mann griff mit seinen langen feinen Händen nach der schlanken Flasche mit dem russischen Etikett und goss sich drei Zentimeter ins Glas. Er kippte die Flüssigkeit in einem Zug hinunter. Langsam wurde sein Verstand wieder klar. Der Wodka hatte seine Lebensgeister zurückgebracht, die nach dem Lesen der kleinen unscheinbaren Meldung kurzzeitig verschwunden waren. Vielleicht wäre es besser gewesen, er hätte die Zeitung an diesem Abend nicht gelesen. Aber da er davon wusste, musste er handeln. Er konnte nicht anders. Zumindest musste er wissen, ob er recht hatte.

Das Telefon klingelte.

Er zog den Rollstuhl näher an den Sessel heran und hob seinen dürren Körper langsam aus dem Sessel heraus. Trotz seines geringen Gewichts ächzte der alte Mann, als er sich in den Rollstuhl fallen ließ. Er strich sich sorgfältig die braune Leinenhose glatt und griff dann nach den Reifen des Rollstuhls und rollte sich zum Telefon, das neben dem Bett auf dem Nachttisch stand. Er nahm den Hörer ab.

„Ist sie es? Es steht schon in der Zeitung!“

Am anderen Ende herrschte Stille. Ein leises Atmen war zu hören.

„Es war notwendig“, kam es nach einer gefühlten Ewigkeit zurück. Es war eine furchteinflößende Stimme. Eines Tages hatte das Telefon geklingelt und ihn mit Ereignissen aus seiner Vergangenheit konfrontiert, von denen er gedacht hatte, dass sie begraben wären.

„Ich bin sicher, sie hatte nichts in der Hand.“

„Sind Sie da wirklich sicher?“

Heinrich zuckte zusammen, die zerfurchte Stirn wurde faltiger und seine schmalen Lippen fingen leicht zu zittern an. Mit der freien linken Hand griff er nach dem Reifen des Rollstuhls und umklammerte ihn so fest, dass die Knöchel weiß heraustraten.

„Was wusste sie?“, presste er zwischen den dünnen Lippen hervor.

Die Stimme am anderen Ende antwortete nicht, es war nicht einmal das Atmen zu hören.

„Sagen Sie es mir, was sie wusste!“, flehte Heinrich erneut, doch sein Gesprächspartner antwortete nicht. Es war still in der Leitung.

„Bitte!“, kam es erneut von Heinrich.

„Still!“, herrschte ihn die Stimme an. „Ich habe gesagt, ich kümmere mich um das Problem!“

Heinrich entglitt die Kontrolle. Er war längst wieder das Opfer. Er hatte sich geschworen, das nie wieder zuzulassen. Doch jetzt geschah es erneut und er hatte keine Möglichkeit, etwas dagegen zu unternehmen. Er saß in diesem Rollstuhl, weil seine Beine das Gehen nicht mehr mitmachten. Auch wenn er sich im Geiste jünger fühlte und fit war, sein Körper war der eines 94-Jährigen. Der lange Marsch 1945 hatte ihm die Freiheit gebracht, aber er hatte längst nicht alle Fesseln abstreifen können.

Heinrich verfluchte den Rollstuhl, auf den er angewiesen war. Er verfluchte das Alter und er verfluchte den Tag, an dem das Telefon das erste Mal geklingelt hatte und er nicht sofort zur Polizei gegangen war.

„Das nennen Sie ‚kümmern'? Man wird den Tod untersuchen."

„Man wird nichts finden. Dafür ist gesorgt."

„Wieso sind Sie da so sicher? Es gibt Menschen, die die Frau gesehen haben."

„Auch darum kümmern wir uns."

Es war das erste Mal, das die Stimme von *uns* gesprochen hatte.

„Sie meinen *töten.*"

„Das muss Sie nicht interessieren!"

Die Stimme am anderen Ende wurde zunehmend schärfer.

„Wir haben unsere Methoden! Sie müssen nur tun, was wir von Ihnen verlangen, dann passiert nichts. Noch nicht ..."

Die letzten Worte waren geflüstert und wurden von der Leitung fast verschluckt. Aber Heinrich hatte sie gehört. Er fühlte, wie sich die Schlinge um seinen Hals enger zog.

„Wer weiß noch davon?"

„Verhalten Sie sich ruhig, dann wird nichts passieren. Andernfalls kümmern wir uns auch um Ihre Freundin. Sie haben sie aus dem KZ gerettet. Wäre doch schade, wenn sie nun einen Unfall erleidet."

Dann wurde aufgelegt und Heinrich fiel in den Rollstuhl zurück. Er hatte nicht bemerkt, wie er sich im Verlauf des Gesprächs emporgestemmt hatte und voller Anspannung war. Schweißperlen standen auf seiner Stirn. Jetzt sackte er zusammen wie ein nasser Sack. Nachdem er sich ein paar Minuten erholt hatte, rollte er zum Fenster hinüber und schaute in die Nacht.

Heinrich schloss die Augen. Die Bilder aus dem Lager kamen zurück, die endlosen Schreie und das Gestotter der Maschinenpistolen, die gellenden Kommandos der NS-Offiziere und das Donnern der Geschütze in der Ferne. Im Lager herrschte Chaos, jeder lief aufgeregt umher. Die Soldaten hatten Schwierigkeiten, die Häftlinge zusammenzuhalten. Sie schossen. In die Menge hinein. Blut breitete sich auf dem dreckigen Schnee aus. Heinrich schaute zu Boden, zu seinen Füßen. Sie waren nackt und schmutzig, er trug eine zerlumpte Hose und das gestreifte Hemd der Häftlinge. Ein Kapo rief nach ihm. Es war klar, dass er nichts Gutes im Schilde führte. Heinrich lief. Er war nie ein Läufer gewesen, hatte nie irgendeine Sportart ausgeübt, aber unter der Vorstellung, dass dies womöglich seine letzten Minuten im Leben waren, bekamen seine Oberschenkel eine Kraft, die er nicht für möglich gehalten hatte. Er lief um sein Leben, lief und lief über den eisigen Schnee, durch das Blut der Häftlinge und über die aufgestapelten Leichen hinweg.

Mit einem Mal befand er sich in einem Wald. Er stolperte durch das nasse Laub und hielt sich mit den Händen an den Bäumen fest. Der Wald war still, keine Vögel zwitscherten. Die Ruhe war nicht weniger bedrohlich als der Kriegslärm.

Der Himmel war grau. Von Osten zogen schwere Gewitterwolken auf. Die Blätter verfärbten sich und fielen zu Boden. Die Luft war angenehm warm und nicht zu heiß. Der Wald war modrig und feucht. Er war nahe dem Moor. Er war auf dem richtigen Weg.

Heinrich öffnete die Augen. Es mochten nur wenige Minuten vergangen sein. Er war komplett durchgeschwitzt und keuchte.

Kapitel 6

Sonntag, 4. August 2019, 6 Uhr 10

Wie jeden Morgen war Helge Kummerfeld mit seinem Bloodhound Racker im Wittmoor unterwegs. Er genoss es, mit dem treuen Hund durch die Natur zu streifen, kurz nachdem die ersten Sonnenstrahlen die Felder und Wiesen mit ihrer frühsommerlichen Wärme erreichten. Der Tau auf den Gräsern und Sträuchern verursachte bei ihm ein Gefühl von tiefer Entspannung. Die Spaziergänge mit seinem Hund gaben ihm die Energie, die er für seinen stressigen Tag im Norderstedter Rathaus brauchte. Er sog die kühle Morgenluft in seine Lungen. Seit er mit dem Rauchen aufgehört hatte, fiel es ihm noch leichter, diese Ausflüge in die Natur zu genießen. Der böige Wind massierte seine verspannten Gesichtsmuskeln. Racker tollte über die Wiesen und durch das Unterholz und verschmolz mit dem Rest des Waldes zu einer Einheit. Helge sorgte sich nicht um den dreijährigen Bloodhound. Sie waren gemeinsam in der Hundeschule gewesen und Racker hatte sich vorbildlich benommen.

Außer Helge und Racker trieb sich niemand so früh im Moor herum. Der Beamte für Bauwesen aus Norderstedt hatte das Gefühl, der einzige Mensch auf der Erde zu sein. Andere Menschen joggten morgens um die Alster, fuhren mit dem Fahrrad zur Arbeit oder stemmten zu Hause Gewichte. Ihm und seinem Hund genügte das Wittmoor in der Früh, wenn in Norderstedt noch alles schlief. Die Ruhe und Einsamkeit waren wie ein kleiner Urlaub.

Racker war ein sanftmütiger und sehr anhänglicher Bloodhound. Er wich Helge nicht von der Seite, wenn sie auf öffentlichen Wegen unterwegs waren. Das war so, seit er ihn aus dem Tierheim Süderstraße geholt hatte. Sie hatten sofort einen innigen Draht zueinander verspürt, der frisch geschiedene Helge Kummerfeld und der misshandelte Bloodhound-Welpe mit dem halb abgerissenen rechten Ohr. Der Bloodhound ist nicht nur eine besonders alte Rasse, sondern er verfügt auch über die beste Spürnase im Hundereich.

An diesem Sonntagmorgen im August hatte Rackers feine Nase etwas entdeckt und er verließ den Trampelpfad und lief in das Dickicht hinein. Die Augen waren starr auf den Boden gerichtet, die oberen Lefzen hingen auf den Waldboden und die Rute wippte in der trabenden Bewegung des Hundes in einem leichten Bogen. Auf die Rufe seines Herrchens blieb er stehen und schaute aus den dunkel gefärbten Augen zurück, stieß ein kurzes, aber energisches, kehliges Bellen aus und hob den schmalen Kopf. Er wartete, dass sein Mensch ihm folgte.

Helge blieb einen Moment auf dem Weg stehen und sah dem Hund hinterher. Er wusste, dass Racker nicht eher Ruhe geben würde, bis er sein Ziel erreicht hatte. Also setzte er sich in Bewegung und stapfte durch den feuchten Waldboden in das Birkenwäldchen. Sofort senkte Racker seine Nase wieder zu Boden und folgte der aufgenommenen Fährte.

Am Fuß eines dicken Birkenstamms setzte sich der Spürhund, fiepte und jaulte unentwegt und sah sich immer wieder nach seinem Herrchen um. Etwas außer Atem kam Helge angelaufen und blieb wenige Meter entfernt stehen. Sein Hund saß auf dem Boden vor einem Haufen Blätter.

„Was ist denn, mein Junge? Hast du was entdeckt? Wieder ein Kaninchen?“

Die Schnauze des Hundes fuhr in den Boden und wischte durch das Laub am Fuß der Birke. Wie ein kräftiger Wischmopp fegte Racker das herabgefallene Blattwerk beiseite und ein paar auffällig lackierte Fingernägel kamen zum Vorschein.

„Oh mein Gott, was ist das denn …“, entfuhr es Helge beim Anblick der Hand, die langsam unter den Blättern zum Vorschein kam.

„Das ist aber kein Kaninchen“, murmelte er und zog den Hund am Halsband von seinem Fund los. Racker gehorchte und setzte sich hinter sein Herrchen auf den Waldboden. Helge hob einen Ast vom Boden auf und befreite vorsichtig weitere Teile des Arms von dem Laub. Der freigelegte Arm war über und über mit Erde beschmutzt. Der Hund an seiner Seite fing an zu jaulen.

„Ruhig, Racker. Ich will nur mal schauen, was wir hier haben.“

Doch dann stieß der Stock gegen einen leichten Widerstand und Helge wurde ungeduldig und nahm einen Finger zu Hilfe. Er wunderte sich über die klebrige Substanz an den Blättern und kam erst im letzten Moment darauf, was da so rotbraun an seinem Finger klebte. Blut! Dort, wo das Gesicht hingehörte, war alles voller Blut und weißgelber Maden, die sich in den bereits leeren Augenhöhlen tummelten.

Zitternd stolperte Helge zurück, fischte sein Handy aus der Jackentasche und rief die Polizei. Anschließend stolperte er gegen den dicken Stamm einer Fichte und übergab sich auf den Waldboden.

Kapitel 7

Sonntag, 4. August 2019, 9 Uhr 20

Es war der Geburtstag seines Vaters. Eine Laune des Schicksals hatte dazu geführt, dass es auch sein Todestag wurde. Seit fünf Jahren lag die Asche in einer schmucklosen Urne auf dem Bramfelder Friedhof, unter einem großen Stein vor einem alten und imposanten lila Rhododendron. Der Rhododendron war nicht so beeindruckend wie auf dem benachbarten Ohlsdorfer Friedhof, aber nicht weniger schön. Seinem Vater, der die Gartenarbeit immer geliebt und als Ausgleich für den anstrengenden Beruf des Bautischlers betrachtet hatte, wäre der Standort sehr recht gewesen.

Thiess' Hand führte das feinporige Schleifpapier über das Stück Holz, das mit zwei dicken Schraubzwingen an der Werkbank fixiert war. Er beugte den Kopf über das Werkstück und strich mit der anderen Hand über die eben behandelte Struktur. Sein Vater hatte ihm oft gesagt, dass man das Atmen des Holzes ertasten konnte. Damals im heimischen Keller hatten sie viel Zeit miteinander verbracht und Thiess hatte bewundernd zu seinem Vater aufgeschaut. Das war lange vor dem Alkohol gewesen. Manchmal fiel es Thiess schwer, sich an diese Zeit ohne den Alkohol zu erinnern. Aber es hatte sie gegeben und es waren schöne Tage gewesen. Fasziniert hatte er damals beobachtet, wie geschickt sein Vater im Umgang mit dem Holz war und was für wunderschöne Dinge er daraus fertigen konnte.

Die Arbeit auf dem Bau war eine geistige Unterforderung für Johannes Riedel gewesen. Tagein, tagaus Fenster schleppen und einbauen war ein Schlag ins Gesicht für einen Künstler, als der Johannes sich verstanden hatte. Im Haus von Thiess' Eltern gab es handgearbeitete Möbelstücke, die sein Vater mit eigenen Händen getischlert hatte. Das große Sideboard, das Gesellenstück seines Vaters, stand immer noch in Thiess' altem Kinderzimmer. Er hätte es gerne mitgenommen, aber es hatte nicht in die gemeinsame Wohnung mit Karla gepasst. Das Boot, auf dem er nun seit ein paar Wochen lebte, war auch zu eng für so ein großes Möbelstück.

Thiess war in Meiendorf aufgewachsen und hatte dort die Grundschule besucht. Ganz in der Nähe der Möbeltischlerei seines Vaters. Zwei Gesellen arbeiteten für Johannes Riedel. Dies war die schönste Zeit in Thiess' Leben gewesen. Sein Vater hatte Kommoden und Schränke gebaut, aber auch wundervolle Tische und Stühle. Alles Einzelanfertigungen und in liebevoller und aufwendiger Handarbeit hergestellt. Doch dann wollten die Kunden kein Geld mehr für Möbel ausgeben. Die großen Möbelhäuser nahmen seinem Vater die Kundschaft weg und er bekam immer weniger zu tun. Er musste die Gesellen entlassen und Insolvenz anmelden.

Thiess erinnerte sich an den Tag, als der Dicke, der mit richtigem Namen Stephan Engels hieß und der letzte übrig gebliebene Angestellte seines Vaters war, zu ihm in die Werkstatt kam. Er forderte den Lohn für die vergangenen zwei Monate. Thiess hatte in einer Ecke an einem Tisch über den Hausaufgaben gesessen. Er hatte schon damals den Geruch von Holz geliebt und so viel Zeit wie möglich in der Werkstatt verbracht. Das Geräusch, wenn sein Vater mit dem Schleifpapier die Kanten bearbeitete und die kleinen Unebenheiten begradigte, entspannte ihn. Dabei fiel es Thiess besonders leicht, für die Mathematikklausuren zu lernen.

An jenem Tag war alles anders gekommen. Sein Vater hatte wenig gearbeitet. Dass eine Flasche Bier auf der Werkbank stand, war schon lange normal. Doch an diesem Tag thronte eine geöffnete Flasche Cognac daneben. Ein halb volles Glas hielt sein Vater in der Hand. Die Werkzeuge hingen ungenutzt an der Wand und glänzten. Alles lag an seinem Platz, die Werkstatt war penibel aufgeräumt. Thiess hatte sich in der Ecke kleingemacht und den Kopf in den Büchern vergraben. Sein Vater stank nach Alkohol.

Als der Dicke in der Werkstatt auftauchte, erkannte Thiess, dass das Leben nicht immer nur Spaß bedeutete. Johannes Riedel hatte versucht, dem Gesellen zu erklären, dass er ihm keinen Lohn mehr geben konnte, weil er pleite war. Thiess sah die Tränen in den Augen seines Vaters und die zitternde Hand mit dem Glas. Der Dicke hatte nichts weiter gesagt, nur ein wenig gegrummelt, den Kopf geschüttelt und seinen Vater zum Abschied umarmt. Sie waren jahrelang wie Freunde gewesen. Nachdem der Dicke kopfschüttelnd und fast fluchtartig die Werkstatt verlassen hatte, war Johannes zur Werkbank gegangen und hatte die Flasche Cognac angesetzt, einen tiefen Schluck genommen und das Ende von Thiess' Kindheit besiegelt.

Der Alkohol war ein ständiger Begleiter seines Vaters geworden und Thiess hatte sich immer mehr vor ihm zurückgezogen. Er hatte seinen Vater gehasst für dessen zwanghaftem Hang zu Bier und Schnaps. Johannes trank schon morgens vor der Arbeit, um den Pegel zu erreichen, mit dem er funktionierte. Dass er überhaupt die Stelle in der großen Bautischlerei bekommen hatte, war nur den Beziehungen von Stephan Engels zu verdanken. Das war auch die Zeit gewesen, in der sich Opa Heinrich und Tante Annemarie um die beiden Riedel-Kinder kümmerten. Sie wurden zu Thiess' einzigen Bezugspersonen, während sein älterer Bruder Torben auszog und die Ausbildung zum Kfz-Mechaniker in Kiel machte. Nach einem Streit mit seinem Vater war dann auch Heinrich verschwunden. Von da an war nur noch Annemarie für ihn da gewesen.

Thiess' Zeigefinger glitt sanft über das Holz und ertastete die feinen Unebenheiten auf dem äußerlich bereits blank polierten Stück Holz. Er schnappte sich ein frisches Blatt vom feinen 100er-Schleifpapier von der Werkbank und neigte den Kopf, wie sein Vater es immer getan hatte. Seine Augen suchten die kleinen Unebenheiten. Sie fixierten das Holz und tauchten in die Poren ein. Die Finger begannen mit dem Material zu verschmelzen. Seine Gedanken drifteten ab und die Außenwelt begann zu verschwimmen. Während das Schleifpapier regelmäßig und äußerst präzise über die Kante des Holzstückes glitt, sprangen seine Gedanken zurück zum letzten Donnerstag. Mit einem Mal war die seltsame Reaktion seines neuen Chefs im Zentrum seiner Gedanken. Maak hatte nicht gewollt, dass er sich näher mit der Wasserleiche aus der Dove-Elbe befasste. War sie eine in Ungnade gefallene Polizistin? Was hatte sie verbrochen? Aber warum waren die beiden jüngeren Polizisten dann so geschockt gewesen? Besonders die Reaktion des Mannes in der Lederjacke hatte Thiess deutlich gemacht, dass dieser ehrlich betroffen gewesen war. Da waren Gefühle im Spiel. War er in diese Yasmin verliebt? Waren sie ein Paar?

Thiess schüttelte den Kopf. Das war nicht seine Sache. Ja, Maaks Reaktion war mehr als seltsam gewesen. Aber streng genommen war Thiess nur ein Zeuge, und eigentlich nicht mal das. Warum sollte man ihn also in Interna der Polizeiarbeit eines Falls einweihen, an dem er nicht mitarbeitete?

Thiess hörte ein leichtes Atmen und nahm die Präsenz im Nacken wahr. Gleich würde sich die große, mit dicken Schwielen übersäte Hand vertrauensvoll auf seine Schulter legen und ihn loben, wie sorgfältig er an dem Werkstück arbeitete. Er würde voller Stolz bemerken, wie viel Thiess von ihm gelernt hatte. Thiess spürte den freundlich sanften Blick seines Vaters hinter sich und atmete tief durch. Eine Träne löste sich aus dem Auge und floss langsam an der Wange herab.

Das Klappern des Farbeimers riss ihn in die Realität zurück. Thiess öffnete die Augen.

„Du musst mal ’ne Pause machen, Junge. Ich würde mir die Reling für kühlere Tage aufbewahren.“

Thiess strich die dunklen Haare zurück und wischte sich mit dem Ärmel seines blau karierten Freizeithemdes den Schweiß von der Stirn. Es war draußen zu warm, ein Sommer mit rekordverdächtiger Trockenheit und wenig Regen. In der Werkstatt des Hafenmeisters, die direkt an das Wohnhaus angeschlossen war, war es stickig, kein Luftzug regte sich.

„Geht schon", antwortete Thiess, ohne sich umzudrehen.

„Hast du inzwischen den Brief von Annemarie gelesen?"

Thiess ließ das Schleifpapier über das Holz gleiten, beugte den Kopf und pustete den Staub fort.

„Nein. Keine Zeit gehabt."

„Dafür musst du dir Zeit nehmen, Junge. Hier, zur Abkühlung."

Götz tippte ihm mit der Bierflasche gegen die rechte Schulter. Thiess hielt in der Bewegung inne, drehte sich aber nicht sofort um. Er neigte nur leicht den Kopf zur Seite.

„Danke, ich mag jetzt nicht."

„Hey, ich hab extra alkoholfreies gekauft."

Thiess richtete sich auf und ließ das Schleifpapier auf die Werkbank fallen.

„Nur weil mein Vater Alkoholiker war, musst du mich nicht mit Samthandschuhen anfassen." Er schüttelte den Kopf und trat aus dem Schuppen an die frische Luft. „Ich hätte dir das gar nicht erzählen dürfen."

Er schaute auf den kleinen Kanal und die Boote der Freizeitkapitäne, die dort lagen und auf das Fahrtsignal warteten. Der ältere Mann mit dem grauen Vollbart folgte seinem Blick, die beiden Bierflaschen in den Händen haltend.

„Bist du gar nicht neugierig, was Annemarie geschrieben hat?“

Thiess betrachtete das stille Wasser. Er sog die frische Luft ein. Es gefiel ihm gut in dem kleinen Hafen an der Elbe. Die leicht schaukelnden Boote beruhigten ihn. Dieser Ort außerhalb der hektischen Stadt gab ihm Kraft und es störte ihn nicht, dass er in der Stille des Wassers das Piepen in seinen Ohren etwas deutlicher hörte.

„Das hat Zeit.“

Götz trat neben ihn. Sie schauten gemeinsam auf die Elbe und sprachen ein paar Minuten lang kein Wort. Auf dem Wasser schwammen ein paar Enten an den Booten vorbei. Götz' Blick folgte ihrem Weg bis zur Trauerweide, deren Äste und Blätter in das Wasser hingen.

„Er hat uns einfach im Stich gelassen, ist einfach abgehauen, genau wie mein Opa.“

Götz schaute ihn irritiert an. Er brauchte einen Moment, um zu begreifen, worüber Thiess sprach.

„Abgehauen? Soweit ich mich erinnere, ist dein Vater an multiplem Organversagen gestorben.“

Götz setzte sich schnaufend auf einen Klappstuhl auf der Veranda der Werkstatt.

„Zumindest hat mir das Annemarie erzählt.“

Er stellte eine Flasche Bier auf den Boden neben den zweiten Stuhl und setzte die andere Flasche an den Mund. Er war gerade im Begriff, einen Schluck zu nehmen, doch dann nahm er das Getränk wieder herunter und betrachtete den jungen Mann, den er erst seit ein paar Wochen kannte.

„Ist das nicht egal? Er hat uns schon vorher verlassen."

Thiess sah Götz herausfordernd an. Er wartete auf eine Reaktion. Doch der ältere Mann nahm in aller Ruhe einen Schluck aus der Flasche. Dann sah er Thiess seelenruhig an. In seinem Blick lag weder Neugier noch Gleichgültigkeit.

Thiess schlurfte in das Bootshaus zurück und ließ den älteren Mann auf der Veranda sitzen. Nach einer Zeit kam Götz ebenfalls ins Haus.

„Ich mach uns mal 'ne Kanne Friesentee."

Thiess nickte stumm. Er schaute nicht auf, doch er hörte, wie der ältere Mann die Werkstatt verließ und in die angrenzende Küche des kleinen Bootshauses ging.

Aus der Küche hörte Thiess das Klappern von Geschirr und den Wasserhahn, als Götz den Wasserkocher füllte. Dann wandte er sich wieder der Reparatur der Reling zu. Er tauchte komplett ein in die Arbeit an dem Stück Holz, wie es sein Vater auch immer getan hatte. Damals war es Thiess ein Rätsel gewesen, wie man sich so einer Sache hingeben konnte. Doch als er älter wurde und die Welt der Computer für sich entdeckte, da fand er seine eigene Leidenschaft. Er wurde eins mit einer Welt, die aus Nullen und Einsen bestand, die aus Bits und Bytes aufgebaut war und in der nichts mehr real erschien. Er tauschte die Säge und den Hammer gegen die Maus und saugte all das Wissen in sich auf, das ihn dazu brachte, besser zu werden als der Durchschnitt der Computernerds dort draußen.

Er begann zu vergessen, welches Glücksgefühl es hervorbrachte, an einem Stück Holz zu riechen und dessen

Struktur zu ertasten. Eigentlich wollte er nur fort von dem, was seinem Vater wichtig war.

Thiess merkte nicht, wie die Finger das Stück Holz umklammerten.

„Hier, das wird dir guttun."

Götz stellte den dampfenden Becher zwischen die herumliegenden Sägespäne auf die Werkbank und wollte wieder hinaus auf die Veranda treten. Im Vorbeigehen bemerkte er etwas, das ihn irritierte.

„Was ist das?"

Thiess hielt in der Bewegung inne.

„Was?"

„Dein Handgelenk. Sieht mir nach 'ner Brandwunde aus."

„Das ist nichts."

Thiess griff wieder nach dem Schmirgelpapier.

„Für nichts sieht das aber nach einer Menge Ärger aus. Was hast du angestellt? Ein Haus abgefackelt? Die Narbe ist ziemlich groß."

Auf diese Bemerkung ging Thiess nicht weiter ein. Er krempelte den Ärmel über die vernarbte Stelle und schnappte sich die Teetasse. Er schob sich an Götz vorbei, der zwischen ihm und der Tür stand.

„Du kannst nicht immer weglaufen, Thiess", sagte der so sanft wie möglich und legte ihm die Hand auf den Arm.

Thiess blieb in der Tür stehen, langsam drehte er sich um und blickte zu Boden. Er traute sich nicht, Götz ins Gesicht zu schauen.

„Schatten der Vergangenheit, würde ich sagen."

„Das sieht mir nach Verbrennungen 2. Grades aus. Was ist passiert?"

„Ich bin grad nicht in der Stimmung, okay?"

„Schon klar."

Götz nickte milde und nahm einen großen Schluck Tee. Dann ging er an Thiess vorbei durch den Werkraum und über den Gang. Thiess hörte, wie er den Schlüssel zum Arbeitszimmer umdrehte und in dem ihm bisher vorenthaltenen Raum etwas suchte. Nach wenigen Minuten hatte er es gefunden und kam mit einem braunen Schnellhefter zurück. Er ließ die zusammengehefteten Papiere vor Thiess auf die Werkbank fallen.

„Du bist nicht der Einzige, der hier Probleme hat."

„Wie meinst du das?"

Götz nahm einen Schluck Tee.

„Lies!"

Sein Tonfall duldete keine Widerrede. Thiess griff nach dem Schnellhefter und schlug ihn auf. Schon beim Lesen des Briefkopfes des ersten Blattes stutzte er und kratzte sich am Kopf.

„Zentrum für Onkologie, UKE Hamburg?"

Thiess las das Datum. Der Brief war zwei Wochen alt.

„Was hast du in der Krebsklinik gemacht?"

Götz' Blick verfinsterte sich. Er ließ sich auf dem kleinen Holzschemel nieder, der neben dem Durchgang zum Flur stand.

„Bauchspeicheldrüse."

„Warum hast du nichts gesagt?"

„Jetzt hab ich doch was gesagt."

„Ja, nach zwei Wochen."

Thiess traute sich nicht, weiter in den Unterlagen zu blättern. Längst verdrängte Gefühle drohten wieder an die Oberfläche zu kommen. Er hatte all das schon mehrmals durchgemacht. Der Verlust von Bezugspersonen war ein immer wiederkehrendes Thema in seinem Leben.

Es dauerte einige Sekunden, bis er sich gefangen hatte.

„Wie lange noch?"

„Junge, das mag ich wirklich an dir! Du redest nicht lange um den heißen Brei!"

Götz verzog das Gesicht und versuchte zu lächeln, doch das gelang ihm nicht.

„Nicht mal die Ärzte können das genau sagen. Ich weiß nur, dass ich mein Ende selbst bestimmen will, wenn es so weit ist. Wenn die richtig starken Schmerzen da sind, und sie werden kommen, die Schmerzen, dann will ich vorbereitet sein."

„Wie kann man sich auf so was vorbereiten?"

Götz drehte sich langsam auf dem Schemel um und griff nach dem Erste-Hilfe-Schrank neben der Durchgangstür. Mit einer Hand öffnete er die Klappe. Darin lag eine Sig Sauer-Pistole, Modell P6. Thiess kannte die Waffe, denn es war die Waffe der Hamburger Polizei.

Götz nahm die Pistole heraus, wog sie in der Hand, umklammerte den Griff und drehte die Waffe herum. In seinem Blick lagen Traurigkeit und Hoffnungslosigkeit. Mit der Waffe in der Hand hielt er einen Moment inne, unschlüssig, was er nun tun sollte. Doch dann löste sich seine Anspannung und er packte die Waffe wieder in den Schrank zurück.

Thiess starrte ihn fassungslos an.

„Was ist mit Schmerzmitteln? Hast du welche bekommen?"

„Doch, Junge, aber die helfen nicht mehr ..."

Thiess wusste nicht, was er sagen sollte, die Worte blieben ihm im Hals stecken.

„OP ist sinnlos. Ich bekomme von Zeit zu Zeit Morphium und hab dann noch meine Notfallversorgung ..."

Thiess starrte auf den Umschlag, der vor ihm auf dem Kartentisch lag. Er war weiß und schlicht. Es hätte genauso gut eine Rechnung oder das Wartungsprotokoll eines Heizungsmonteurs in dem Umschlag stecken können. Doch das tat es nicht. Der Umschlag enthielt Annemaries letzte Worte an ihren Neffen Thiess. Die Worte von Götz am Nachmittag hatten ihre Wirkung nicht verfehlt. Er war neugierig, was seine Tante ihm als letzte Zeilen hinterlassen hatte. Seit er vor ein paar Wochen den Umschlag vom Hafenmeister bekommen hatte, lag dieser in der Mitte des Kartentisches direkt auf den Inseln der Karibik. Das war Annemaries großer Traum gewesen und Thiess hatte ihr begeistert gelauscht, wenn sie von ihren verrückten Träumen erzählt hatte. Sie wäre schon vor Jahren aufgebrochen, wenn Thiess nicht plötzlich auch seinen Vater verloren hätte. Opa Heinrich war schon vor dem Tod des Vaters verschwunden und bei einem Autounfall ums Leben gekommen. Manchmal kam es Thiess so vor, als würde der Tod eine entscheidende Rolle in seinem Leben spielen.

Seine Finger griffen den Umschlag, auf dem in schwarzer Tinte sein Name stand. Er betrachtete ihn und versuchte hineinzuschauen, was totaler Quatsch war. Aber er konnte auf diese Weise etwas Zeit schinden. Er wusste selber nicht, warum er sich so davor fürchtete, den Umschlag zu öffnen. Irgendetwas Großes verbarg sich hinter dem weißen Papier, da war er sich sicher.

Er nahm einen tiefen Atemzug und riss den Umschlag an der Kante auf und förderte mit zittrigen Fingern den Brief hervor. Thiess schaute sich das Papier an. Typisch Tante Annemarie, sie hatte einen herumliegenden Notizblock benutzt und darauf geschrieben. Thiess fing an zu lesen.

Lieber Thiess, du weißt, ich hasse es, Briefe zu schreiben, aber dieses Mal muss es sein. Wenn du diese Zeilen liest, werde ich tot sein. Unter der Erde, Kompost, im Himmel oder der Hölle ... ich weiß es nicht.

Thiess stockte und ließ den Brief sinken. Ja, das war Annemaries Humor. Er nahm erneut einen tiefen Atemzug und las weiter.

Kapitel 8

Donnerstag, 16. Mai 2019, 2 Uhr 12

„De ty?“

Immer wieder murmelte Tetjana diese zwei Worte, ihre grünen Augen fixierten starr die Buchstaben- und Zahlenreihen, die in nicht enden wollenden Protokollzeilen über den linken der drei 27-Zoll-Bildschirme rollten. Es war schummrig in dem Raum und absolut still. Außer dem hastigen Klackern ihrer Finger auf der Tastatur und dem surrenden Geräusch schnell laufender Computerlüfter war es ruhig in dem historischen Gebäude in der Speicherstadt. Der Freak hatte das ehemalige Kaffeelager zu einer Art Computerzentrale umgebaut. In einer Ecke standen Kaffeesäcke herum und verströmten den aromatischen Duft gerösteter Bohnen in der ganzen Halle. Sie selber hatte diesem Getränk nie etwas abgewinnen können. Ihr reichten für ihre Arbeit ein paar Dosen Red Bull. Der Geruch erinnerte sie an Gummibärchen und half ihr, wach zu bleiben. Für den Notfall hatte sie noch besseren Stoff in ihrer Tasche.

Die Sonne schob sich schläfrig zwischen dem Gebäude des Spiegel-Verlags und den Deichtorhallen empor und löste die am Horizont vorüberziehenden Wolkenbänder allmählich auf. Ihre wärmenden Strahlen erreichten langsam die verzierten Glasscheiben des ehemaligen Kaffeelagers und brachten ein wenig Licht in den vollgestellten Lagerraum.

Die junge Computerhackerin Tetjana hatte diesen Raum schon seit Tagen nicht mehr verlassen. Sie hatte dicke Noise Cancelling Kopfhörer auf den Ohren. Laut wummernde Musik brachte ihre Knochen zum Vibrieren. Sie war gefangen in ihrer Welt, in der Welt des Dark Webs, und ihre Finger tanzten über die Tastatur und bewegten sich blitzschnell von einer Seite zur nächsten.

Im Dark Web erwies es sich stets als clever, etwas paranoid zu sein. Der Freak hatte alle notwendigen Vorkehrungen getroffen. Er war sehr gut darin, seine Aktivitäten zu verschleiern und seine Reise in die dunklen Bereiche des Internets vor allzu neugierigen Blicken zu verheimlichen. Wenn man jemanden als paranoid bezeichnen konnte, dann diesen Freak, der sich für eine Art Reinkarnation des Androiden Data hielt. Alle Rechner waren an einen Router angeschlossen, der nur über eine VPN-Verbindung ins öffentliche Internet kam. Die VPN-Verbindung, auf der sie sich ins Dark Web begaben, wurde durch Dutzende von weltweit verteilten, willkürlich ausgewählten Proxyservern verschleiert. Das Programm dazu hatte er selber geschrieben. Die Latenzzeit der Antwort war so gering, als befände sich der Zielrechner direkt im Nachbarraum. Sie fragte sich, wie dieser Freak das hinbekommen hatte. Er war ohne Zweifel ein Computergenie, dem man seine Fähigkeiten nicht ansah. Sie hatte den Code gesehen. Das war fast so was wie Magie!

Sie kannte nur seinen Alias Data, sonst wusste sie nichts von ihm. Dabei hatte sein Äußeres nichts mit dem perfekten Androiden aus der amerikanischen Science-Fiction-Serie zu tun. Er sah aus wie ein Freak, war aber ein herzensguter Mensch.

Im Dark Web wurde jeder Wunsch erfüllt. Dieser geheimnisvolle, verborgene Teil des Internets, der nur über spezielle Software erreichbar war, brachte die tiefsten menschlichen Abgründe zutage. Die meisten Seiten im Dark Web waren für Tetjana uninteressant. Die neuesten Filme und Serien zu streamen, die als Raubkopien überall im Dark Web zu finden waren, war unwichtig für Tetjana. Sie surfte auch nicht zu den terroristischen Foren oder den Marktplätzen für Waffen und Drogen. An abgefahrener Pornografie oder den speziellen Foren für Pädophile hatte sie auch kein Interesse. Es gab sie und es wäre für sie eine kleine Fingerübung gewesen, sie zu finden.

Tetjana hatte eine Mission. Während ein hoher Prozentsatz der Nutzer in das dunkle Internet abtauchte, um seinen absonderlichen Bedürfnissen nachzukommen, war sie auf der Suche nach einer anderen Spezies. Diese war in der Lage, sich zu verstecken und zu tarnen. Sie wusste es, weil sie eine von ihnen gewesen war.

Auf dem rechten Bildschirm wartete der Tor Browser auf eine neue Sucheingabe. Sie fütterte ihn mit Daten und öffnete mit einer flinken Tastenkombination ein neues Terminalfenster. Dort tippte sie ein paar Befehle ein und schickte ihr selbst geschriebenes Suchprogramm auf die Reise. Im Browser drückte sie die Dateneingabe und starrte gespannt auf das schwarze Fenster mit dem blinkenden Cursor daneben.

Draußen wurde es hell. Ein leichter Windhauch zog durch die alte Lagerhalle in der Speicherstadt und strich über Tetjanas Haut.

„Wo bist du?", flüsterte sie in den dunklen Monitor hinein. Doch das Display blieb stumm. Niemand erwiderte irgendetwas. Außer der Musik auf ihren Ohren war es absolut still in ihrem Versteck. Ihr Kopf wandte sich zum linken 27-Zöller, auf dem in endlos von unten nach oben laufenden Reihen die Protokolle vorbeizogen. Ihre Augen suchten etwas zwischen den Befehlen und Statusmeldungen. Sie brachte den Kopf nah an das Display und fluchte in ihrer ukrainischen Muttersprache. Leise murmelnd tippte sie weiter blind auf der Tastatur. Das Protokollfenster verschwand und in der Terminalsession lief das nächste Suchprogramm los.

Tetjana streifte den Kopfhörer von den Ohren und fuhr sich mit den Fingern durch die lila Haarsträhnen. Sie ließ ihren Kopf in die aufgestützten Hände fallen und schloss die Augen.

„Wer könnte ...?", murmelte sie, lehnte sich zurück und starrte auf die drei Bildschirme. Seltsam angespannt glitt ihr Blick von einem Monitor zum nächsten. Irgendjemand hatte die Kanäle unterbrochen, die Tetjana für die Kommunikation mit der anderen Hackerin aufgebaut hatte. Es gab nicht viele Computernerds, die dazu in der Lage waren. Aus der Gruppe, die sie vor ein paar Monaten verlassen hatte, besaß nur einer die Fähigkeit, ihre ausgeklügelten Algorithmen auszutricksen. Er hatte ihr alles beigebracht! In seinen Augen hatte sie Verrat begangen.

Die tätowierten Finger strichen über den Nasenflügel und fühlten die dicke Narbe, an der seine Faust ihr mit einem einzigen kraftvollen Schlag das Nasenbein zertrümmert hatte. Die Splitter hatten sich tief in ihren Kopf gegraben, auf dem Röntgenbild hatte es ausgesehen, als sei eine Packung Legosteine auf den Boden ausgekippt worden. Die Ärzte hatten ihr Bestes gegeben und versucht, alles wieder zusammenzufügen. Aber es war schief zusammengewachsen. Wenn sie die Augen schloss, kamen seine Hände ihrem Gesicht nah. Sie bekam keine Luft, weil er mit seinem ganzen Körper auf ihrer Brust hockte und immer wieder auf sie einprügelte. Keuchend hatte er sie abwechselnd von links und rechts geschlagen. Zu Anfang hatte sie sich gewehrt und versucht, seine Arme zu blockieren. Doch dann sickerte etwas Warmes aus ihrer Nase und benetzte die aufgeplatzten Lippen, der Geschmack nach Metall verfestigte sich in ihrem Mund und sie hörte das Knacken ihrer Rippen. Da war ihr Widerstand gebrochen. Wie durch einen Nebelschleier sah sie seine verzerrte Fratze, die über sie gebeugt war und lachte, während er unentwegt ihr Gesicht malträtierte.

Ihr Körper zitterte.

„Wo bist du, Blackarc?“, murmelte Tetjana zum wiederholten Mal. „Wo bist du?“

Kapitel 9

Dienstag, 6. August 2019, 9 Uhr 15

Der große Tisch im Besprechungsraum 308 im dritten Stock des Polizeipräsidiums war vollständig mit Fotos vom Fundort der Leiche aus dem Wittmoor bedeckt. Der Körper war extrem entstellt und die Bilder der Spurensicherung zeigten das in schonungsloser Offenheit. Sie hatte am ganzen Körper großflächige Hämatome, die Füße waren um 180 Grad verdreht und der linke Arm war aus dem Gelenk gerissen worden. Mitten im Gesicht klaffte ein großes Loch. Da die unbekannte tote Person im Hamburger Teil des Wittmoors gefunden worden war, fiel dies in die Zuständigkeit der Hamburger Polizei.

Das Ermittlungsteam von LKA-Hauptkommissarin Jana Thordsen stand um den Tisch herum und starrte auf die Fotos. Es bestand aus der erfahrenen Kriminalhauptkommissarin selbst und den beiden Kriminaloberkommissaren Elena Bennecke und Nikolaus Eifler. Sie waren ein eingespieltes Team und hatten bereits einige wichtige Kriminalfälle aufgeklärt. So leicht brachte sie nichts aus der Ruhe. Aber die Fotos der unbekannten Frau führten Elena und Nikolaus an ihre Grenzen. Die beiden jungen Polizisten schauten ebenso fassungslos wie geschockt auf die Fotos. Den beiden Ermittlern standen die Tränen in den Augen.

Jana Thordsen war abgeklärter. In ihren 20 Jahren bei der Polizei hatte sie viele Leichen gesehen, die weitaus schlimmer zugerichtet gewesen waren als der Fund aus dem Wittmoor bei Norderstedt. Aber die Brutalität erschreckte auch sie.

„Hat Professor Pettermann irgendetwas herausgefunden?“

Jana Thordsen ließ sich in dem blauen Stuhl am Kopfende des Besprechungstisches fallen, möglichst weit weg von den Fotos. Müde massierte sie die pochenden Schläfen. Die Diskussion mit dem leitenden Kriminaldirektor Hannes Hoffmann am frühen Morgen hatte Kraft gekostet. Innerhalb einer Woche waren die Leichen von zwei Frauen entdeckt worden, die beide auf extrem brutale Art zu Tode gekommen waren. Die einzige Gemeinsamkeit beider war die Entfernung der Nase.

Die Identität der Leiche aus der Dove-Elbe war von der rechtsmedizinischen Abteilung schnell bestätigt worden. Die Gebissabdrücke hatten sie als die Cyberpolizistin Yasmin Melek identifiziert. Die junge Frau war vor vier Monaten von einem Tag auf den anderen nicht mehr bei der Arbeit erschienen. Jana Thordsen hatte ihrem Team erklärt, das Yasmin persönliche Angelegenheiten in ihrer Heimat erledigen müsse. Doch die zweite Leiche, die im Wittmoor gefunden wurde, blieb ein Geist. Sie tauchte in keiner Datenbank auf. Das Ergebnis des DNA-Abgleichs mit der Polizeidatenbank stand noch aus.

Jana Thordsen fischte eine Kopfschmerztablette aus der Tasche ihres grauen Blazers und ließ sie in das halb volle

Wasserglas vor ihr auf dem Tisch gleiten. Sie spürte die Blicke ihrer Kollegen, die eine deutlichere, emotionalere Reaktion erwarteten. Aber Jana Thordsen war schon zu lange bei der Polizei. Für persönliche Befindlichkeiten hatte sie keine Zeit. Sie war die Leiterin eines überaus erfolgreichen Einsatzteams beim LKA. Dies hatte sie zu einem erheblichen Teil der Tatsache zu verdanken, dass sie mit einer dauerhaften Teambesetzung zusammenarbeitete. Jana hatte schon früh gemerkt, dass es sinnvoll war, auf die Dynamik in einer Gruppe von Menschen zu vertrauen, die miteinander familiär umgingen. Jeder Einzelne ihres Teams hatte seine speziellen Fähigkeiten. Zu viert waren sie sehr effektiv bei der Verbrechensbekämpfung.

Elena Bennecke war seit 2013 ein fester Bestandteil ihrer Ermittlungsarbeit. Sie war direkt von der Polizeischule zu ihr gekommen, zunächst als Praktikantin für die Recherche, doch mit ihren empathischen Fähigkeiten hatte sie sich schnell als gründliche und erfolgreiche Kommissarin etabliert. Sie war bei den Zeugen beliebt und die Kollegen im Kommissariat schauten ihr hinterher. Jana vermutete, dass Elenas lange rote Haare und die langen schlanken Beine der Hauptgrund dafür waren.

Nikolaus Eifler hatte vor seiner Arbeit im Team von Jana Dienst auf dem Polizeikommissariat 14 am Messberg getan. Er war der einzige Mann im Ermittlungsteam und manchmal etwas hitzköpfig. Durch seine clevere Art schaffte er es oft, die Alphatiere unter den Verbrechern zu knacken.

Yasmin Melek war, ebenso wie Elena, direkt von der Polizeischule zu ihnen gestoßen und seit drei Jahren dabei. Sie war im Jahr 2000 mit ihrer Familie aus Syrien nach Hamburg gekommen und hatte hier Fuß gefasst. Jetzt lag sie tot auf dem Tisch und ihr fehlten große Teile des Gesichts.

Jana kippte das Glas mit dem aufgelösten Pulver in sich hinein. Sie hoffte, dass die Tablette schnell wirkte. Es würde sonst ein wirklich anstrengender Tag werden.

„Sag schon, was hat die Rechtsmedizin herausgefunden!"

Elena war nicht in der Lage, den Blick von den Fotos abzuwenden.

„Yasmin ... sie starb durch massive Gewalteinwirkung gegen den Hinterkopf. Ein etwa 10 Zentimeter langer Spalt hat ihren Hinterkopf wie eine Nuss in zwei Hälften aufgeteilt."

Sie stoppte, schluckte mehrmals und fuhr dann fort, den Blick nun auf den Bericht in ihrer Hand gerichtet.

„Die Verletzungen in ihrem Gesicht sind post mortem entstanden. Davon hat sie glücklicherweise nichts mehr mitbekommen."

„Laut Professor Pettermann war es bei der Leiche im Wittmoor genauso."

Nikolaus stand an der großen Plexiglasscheibe links von Jana. Er hielt einen Stapel mit Fotos in der Hand und klebte diese mit bunten Post-its an die durchsichtige Wand.

„Massive Gewalteinwirkung gegen den Hinterkopf. Außerdem Brüche der Füße, des Ellenbogens und Quetschungen des Brustbereichs. Die Nase wurde auch hier post mortem entfernt."

„Ist das sicher?"

Jana Thordsen rieb sich die pochende Stirn.

„Ja", bekräftigte Nikolaus. „Pettermann hat das bestätigt."

Jana stand auf, schnappte sich den inzwischen leeren Becher und trat zum Wasserspender. Während das Wasser in das weiße Plastik floss, fingerte sie eine zweite Tablette aus der Hosentasche.

„Yasmin war eine gute Kollegin. Schwer genug, dass wir mit dem Fall betraut sind. Ich habe Himmel und Hölle in Bewegung gesetzt, damit wir ermitteln dürfen!"

„Hoffmann hat dem einfach so zugestimmt?"

Nikolaus Eifler starrte fassungslos auf seine Chefin. Er vertraute normalerweise ihrem Urteil.

Mit einem leisen Zischen löste sich die Tablette im Wasser auf. Jana wandte sich wieder den beiden jüngeren Kollegen zu.

„Nicht direkt. Sagen wir einfach, ich konnte ihn überzeugen, dass wir erst mal die besten Voraussetzungen haben, etwas herauszufinden."

„Sind wir denn sicher, dass dies hier Yasmin ist? Man erkennt nicht mehr viel vom Gesicht!"

Nikolaus hielt ein Foto in der Hand, auf dem außer einer breiigen Masse und blutverklebten Haaren nicht mehr viel von den Gesichtsformen zu erkennen war. Die fein geschnittenen Wangenknochen und der dunkle Teint waren ersetzt durch eine fast durchgängige Schicht farbiger Hämatome. Ihr einst so lebhaftes, offenes Wesen war komplett ausgelöscht.

„Was macht euch so sicher, dass es Yasmin ist?"

Elena legte ihrem Kollegen die Hand auf den Arm und versuchte, ihn zu beruhigen. Sie hatte schon lange vermutet, dass Nikolaus etwas mehr für die junge syrischstämmige Kollegin empfunden hatte.

Jana Thordsen trat an die Plexiglasscheibe und schaute sich die Fotos an, dann blickte sie auf den Tisch. Ihre Augen wanderten von links nach rechts über die detaillierten Tatortfotos. Sie trat zu Nikolaus, den Plastikbecher mit der Kopfschmerztablette noch immer in der Hand haltend. Sie stand dem jungen Heißsporn gegenüber und hob ihr Gesicht, sodass sie ihm in die Augen sehen konnte. Ihre freie Hand legte sich auf seinen Arm.

„Nick, es ist Yasmin. Sie wurde anhand ihrer Zahnabdrücke eindeutig identifiziert."

Nikolaus senkte den Kopf. Er ließ sich in einen Stuhl fallen und warf den Stapel mit Fotos auf den Tisch.

„Das Tattoo am Hals stimmt auch mit Yasmins überein", bestätigte Elena. „Du hast sie doch selber identifiziert, Nick!"

Nikolaus starrte seine Chefin an.

„Was hat sie da draußen an der Dove-Elbe eigentlich gemacht? Wurde sie dort getötet? Was hatte sie da zu suchen, Chefin? Soweit ich weiß, lebt sie auf St. Pauli. Für Unternehmungen in der Natur hat sie nicht viel übrig gehabt."

„Sie hat für mich etwas recherchiert. Ich konnte das nicht über die offiziellen Kanäle laufen lassen, weil wir noch nicht genügend Indizien zusammengetragen haben. Sie sollte einfach nur Informationen sammeln und berichten."

Nikolaus schüttelte energisch den Kopf und stützte sich mit beiden Händen auf eine Stuhllehne vor dem Besprechungstisch. Er starrte auf die ausgebreiteten Bilder, die das ganze Martyrium der Kollegin und der unbekannten Frau dokumentierten.

„Was sucht eine Computerexpertin an der Dove-Elbe? Und warum decken sich ihre Verletzungen mit denen einer unbekannten Frau aus einem Moor, das durch Hamburg und Norderstedt verläuft? Kannten sich die beiden ... Opfer?“

Jana kippte den Rest der aufgelösten Kopfschmerztablette herunter und drehte den Becher zwischen den Fingern.

„Es war nur Recherche, Nick. Wir haben beide gedacht, dass es keine große Sache ist, nur ein vager Hinweis aus dem Darknet. Yasmin ist letzten Monat zu mir gekommen und hat mir von einem Kerl im Darknet erzählt, der wichtige Dinge zu erzählen habe. Ich verstehe nichts von all dem Computerkram, aber es hat sich für mich sehr bedrohlich angehört. Also habe ich ihr freie Hand zum Ermitteln gegeben.“

„Was für *wichtige Dinge*? Seit wann gehst du so vagen Hinweisen nach?“

„Nick!“

Elena versuchte, ihren Kollegen zurückzuhalten, doch sobald der sich einmal in Fahrt geredet hatte, war er schwer zu stoppen.

„Hör mal, Chefin, es tut mir leid. Aber das passt nicht zu dir! Da muss mehr dahinterstecken. Ich kann nicht glauben, dass du Yasmin einfach so auf diesen Außeneinsatz schickst und uns nicht mal darüber informierst. Was steckt dahinter?“

Janas Finger spielten mit dem weißen Plastikbecher. Das Pochen in den Schläfen wurde zu einem Hämmern.

„Genau das ist die richtige Frage, Nick, genau das!“

Kapitel 10

Mittwoch, 7. August 2019, 6 Uhr

Die Finger tippten im Rhythmus der Musik aus seinen Kopfhörern auf der grauen Schreibtischplatte. Der Blick war starr auf den Bildschirm gerichtet, neben der Tastatur lag der Zettel mit seiner Aufgabenliste. Thiess warf einen kurzen Blick auf das Papier, dann wieder auf den Bildschirm. Er hatte ein paar Namen bekommen, deren Aktivitäten im Internet er überprüfen sollte. Nichts Spannendes, reine Routinearbeit. Darunter waren ein vorbestrafter Kinderschänder und ein Mann, der in der Vergangenheit mehrfach wegen Identitätsdiebstahl aufgefallen war. Er würde in kurzer Zeit fertig sein mit der Recherche. Aber etwas hielt ihn davon ab, mit der Arbeit zu beginnen.

Das Aufgabenspektrum in Wiesbaden war breiter gewesen und die Stellenbeschreibung für diesen Job in Hamburg war ebenfalls eine andere. Statt ihn beim Auf- und Ausbau der Abteilung helfen zu lassen und seine frischen Ideen anzuhören, hatte Günther Maak ihn die letzten Tage mit Aufgaben eingedeckt, die genauso gut ein Praktikant durchführen konnte. Thiess sagte sich, dass man ihm noch Zeit zum Einarbeiten geben wollte. Aber es ließ sich nicht leugnen, dass sein Verhältnis zu Günther Maak seit dem ersten Tag etwas angespannt war. Sie waren sich ein paarmal auf dem Flur begegnet und hatten einander stumm gegrüßt, aber Thiess hatte bemerkt, dass Maak einen direkten Augenkontakt zu ihm vermied.

Mit dem Bleistift kritzelte er auf dem Papier herum, ohne wirklich hinzuschauen. Er umkreiste die beiden Namen, die ganz oben auf der Liste standen, immer und immer wieder. Es hatte fast schon meditativen Charakter.

Seine Finger glitten leicht über die Tasten und der oberste Name erschien auf dem Schirm im Suchfeld des Analyseprogramms. Enter. Die Maschine begann zu arbeiten. Er setzte den Kopfhörer ab und stand vom Schreibtisch auf. Bis jetzt war er der einzige Analyst im Büro. Draußen war es noch dunkel. Thiess schaute auf den U-Bahnhof Alsterdorf herab und konnte im Schein der Straßenbeleuchtung ein paar Menschen erkennen, die in den Eingang strömten und sich auf den Weg zur Arbeit machten. Namenlose Gesichter, aber jeder mit einer eigenen Geschichte.

Mit einem leisen *Pling* meldete das Suchprogramm, dass es seine Arbeit beendet hatte.

Thiess kehrte an den Schreibtisch zurück, schaute auf den Bildschirm. Das Programm hatte ein Protokoll von 10 Kilobytes erstellt. Noch bevor er das Protokoll geöffnet hatte, wusste Thiess, dass nichts darinstehen würde.

„Nummer 1, du bist ist ein braver Bürger gewesen. Kein Besuch auf verbotenen Seiten", murmelte Thiess und gab den zweiten Namen in das Programm. Er lehnte sich zurück und verschränkte die Arme hinter dem Kopf.

Beep-Beep-Beep.

Thiess richtete sich in seinem Stuhl auf und starrte auf den Bildschirm.

No such Data stand in dem Pop-up. Thiess blickte auf den Computerausdruck mit den Namen und verglich den zweiten auf der Liste mit seiner Eingabe in das Programm. *Casper Berkowitz.* Sie waren identisch. Er hatte Casper mit C geschrieben und auch der Nachname stand richtig im Eingabefeld. Wahrscheinlich hatte er unbewusst zwei Tasten gedrückt und ein unsichtbares Zeichen erzeugt. Er löschte die Buchstaben aus der Eingabezeile und gab den Namen noch einmal Buchstabe für Buchstabe ein. An wen erinnerte ihn der Name Berkowitz? Enter.

Beep-Beep-Beep.

Kein Datensatz gefunden.

Thiess griff sich die Liste und starrte darauf. Es waren zwölf Namen. Den Ersten hatte er überprüft. Sven Rüdiger Ohlsen war sauber. Was stimmte mit dem zweiten Namen nicht? Wer war Casper Berkowitz? Wenn das Programm mit *Kein Datensatz gefunden* reagierte, konnte das nur zwei Gründe haben. Entweder existierte der Name nicht, was gleichbedeutend mit der Nichtexistenz der Person war, oder jemand hatte den Quellcode des Programms verändert. Beide Erklärungen waren extrem unrealistisch. Oder war es viel einfacher und er hatte einfach eine falsche Liste bekommen? Thiess griff zum Telefonhörer, dann sah er die Uhrzeit in der rechten unteren Ecke des Computerbildschirms. Es war 7 Uhr 20. Thiess erinnerte sich, dass Maaks Sekretärin, die kleine, rundliche Frau Schäfer, nicht vor acht im Büro war. Er musste also noch warten, bis er überprüfen konnte, ob er die richtige Liste bekommen hatte. Er konnte noch ein paar der anderen Namen überprüfen. Zehn Namen standen noch auf dem Zettel. Wenn er ein Terminalfenster öffnete und in der Shell die Kommandozeilenversion des Suchprogramms startete, könnte er alle zehn Namen auf einmal abfragen und hätte bis 8 Uhr die Protokolldateien zur Auswertung fertig. Dann konnte er es riskieren, bei Maaks koffeinsüchtiger Vorzimmerdame Tamara Schäfer nachzufragen. In der vergangenen Woche hatte Thiess zweimal den Fehler gemacht, vor ihrem ersten Kaffee bei ihr anzurufen, und war heftig angeblafft worden. Ole Neumann, der blond gelockte Datenbankspezialist, der auf dem Arbeitsplatz links neben Thiess direkt am Fenster saß, hatte das mitbekommen.

„Vor acht ist sie ein Drachen!", hatte Ole grinsend gesagt. „Aber wenn sie erst mal ihren zweiten Latte macchiato mit extra Zucker hat, kannst du alles von ihr bekommen!"

Thiess hatte ihn fragend angeschaut.

„Wirklich alles!", bestätigte Ole und wandte sich wieder seiner SQL-Abfrage zu.

Thiess schaute noch einmal aufs Telefon. Seine Finger lagen über der Tastatur. Er senkte den Kopf und folgte seiner Intuition. Er schrieb ein kleines Hintergrundprogramm für die Abfrage der verbleibenden zehn Namen im Batchmodus, kontrollierte noch einmal die richtige Syntax und drückte auf Enter. Während das Programm im Hintergrund nach den Informationen in allen zugänglichen Datenbanken der Polizeibehörde suchte, tippte Thiess einen weiteren Namen in das Suchfenster. Doch sein kleiner Finger verharrte über der Enter-Taste. Statt die Eingabe zu bestätigen, löschte er den Eintrag mit der Backspace-Taste und wechselte stattdessen auf das Terminalfenster zurück. Er startete eine neue Session. Auf diese Art konnte er die Erstellung des Ausgabeprotokolls umleiten.

Seine Finger tippten den neuen Namen in die Kommandozeile des Suchprogramms und setzten die Wildcard-Parameter entsprechend den fehlenden Informationen. Dann drückte er auf Enter. Es dauerte nur Millisekunden, dann scrollte das Ergebnis über das schwarze Terminalfenster. Nur zwei nummerierte Zeilen standen auf dem Schirm. Thiess wählte die erste Zeile aus.

Name: Jasmin Faber

Geburtsdatum: 1.9.1987

Abteilung: Human Ressources, Aus- und Fortbildung

Nein, das konnte es nicht sein. Thiess schüttelte leicht den Kopf. Er schaute in Richtung Fenster. Die Sonne stieg immer höher und es wurde allmählich wärmer im Büro. Nicht mehr lange, und er war nicht mehr allein im Raum.

Er ging eine Stufe zurück auf die Ergebnisliste.

Der zweite Name lautete Yasmin Melek. Er wählte ihn aus und drückte auf Enter. Sofort leuchteten rote Buchstaben in der nächsten Zeile auf: *Bitte geben Sie Ihre Sicherheitsfreigabe-ID für Level 1 ein. ESC-X für Abbruch.*

„Hab ich mir gedacht!“, flüsterte Thiess und drückte sofort ESC-X. Er hatte keine Freigabe und wenn die Abteilung des Hamburger LKA nur halb so auf Zack war wie in Wiesbaden, dann war sein Versuch, auf den Datensatz zuzugreifen, protokolliert worden. Bestimmt würde Maak ihn bald zu sich ins Büro zitieren und wissen wollen, was er mit Yasmins Datensatz wollte. Er konnte immer noch sagen, dass er die korrekte Funktionsweise des Programms überprüfen wollte. Das stimmte ja sogar. Er wusste jetzt, dass das Programm keine Fehlfunktion hatte. Was hatte der Fund der Polizistin im Kanal zu bedeuten? Yasmin Melek war offensichtlich mehr als eine normale Polizistin gewesen. Ole hatte ihm erzählt, dass Yasmin vor zwei Jahren noch hier im Großraumbüro gesessen hatte und dann ins Team von Kriminalhauptkommissarin Jana Thordsen gekommen war. Mehr hatte er über die ehemalige Kollegin nicht zu berichten gewusst.

Das Telefon klingelte. Thiess sah die Nummer. Er nahm den Hörer ab.

„Guten Morgen, Frau Schäfer", sagte Thiess und lächelte.

Kapitel 11

Mittwoch, 7. August 2019, 8 Uhr 20

Jana Thordsen saß in ihrem Sessel in ihrem kleinen Büro im Präsidium im vierten Stock und schaute hinaus auf den Stadtpark. Sie sah das Planetarium im Wasserturm von 1917 und stellte fest, dass sie schon sehr lange nicht mehr dort gewesen war. Der Job ließ ihr keine Zeit für das Hobby, das ihr während des Studiums so manche schlaflose Nacht beschert hatte. Sie hatte sich intensiv der Mondbeobachtung gewidmet und die Krater und Berge des Mondes in kleinen Zeichnungen in ihrem Beobachtungshandbuch festgehalten. Das war wie Meditation gewesen. Seit damals hatte sie nie wieder so viel Ruhe erfahren. Der aufreibende Job beim Landeskriminalamt ließ ihr keine Zeit für Hobbys. Zu Hause wartete auch niemand auf sie, nicht einmal ein Haustier. Jana hatte es mal mit einem Aquarium versucht, weil das beruhigend wirken sollte. Aber die Fische waren alle eingegangen, weil sie schlichtweg vergessen hatte, sie regelmäßig zu füttern. Also hatte sie sich entschieden, auf Mitbewohner jeder Art zu verzichten. So hatte sie mehr Energie für die Arbeit. Sie war gut in ihrem Job und eine sehr erfolgreiche Kriminalkommissarin.

Es klopfte an der Tür.

„Ja, bitte?“

Henrik, der Laborbote, stand im Türrahmen und hielt einen Stapel Computerausdrucke in der Hand.

„Ich habe hier die Protokolle, die Sie haben wollten."

„Her damit!"

Henrik kam zögernd näher und reichte ihr den zentimeterdicken Stapel Papier.

„Danke, Henrik. Ist noch was?"

Der junge Mann stand regungslos vor ihrem Schreibtisch. Die langen Arme hingen an seiner schlaksigen Gestalt herab und wussten nicht wohin.

„Frau Thordsen, ich ... ich ... ich arbeite ja im, ich ..."

Jana legte den Papierstapel vor sich auf den Glasschreibtisch und schaute den Laborboten an.

„Ja, Henrik, ich weiß."

„Also, im Labor bin ich für den Transport wichtiger Proben zuständig. Ich erledige auch gerne andere Botengänge in die Asservatenkammer oder in die Rechtsmedizin ..."

„Ja?"

„Also, das hier ...", stammelte Henrik und zeigte auf den Stapel Papier auf ihrem Schreibtisch. „Das ist eigentlich nicht meine Aufgabe. Das hat doch immer diese Türkin gemacht. Wo ist sie überhaupt? Ich habe sie schon lange nicht mehr gesehen."

„Sie ist nicht da, Henrik."

„Äh, wann kommt sie denn wieder? Dieser Computerkrams, das ist nicht mein Ding. Also ich kümmere mich um wichtige Dinge, um Proben und so."

„Das sagtest du schon, Henrik. Und ich habe dir gesagt, dass Yasmin Melek nicht da ist. Darum wirst du ein paar Zusatzaufgaben übernehmen, ist das klar?"

„Äh, also, das muss ich erst mit Herrn Schäfer besprechen. Er macht meine Einteilung. Ich habe auch gar keine Weiterbildung gehabt."

„Henrik, für den Ausdruck von Dokumenten braucht man keine Weiterbildung."

„Wie, dann durfte die Türkin das einfach so machen?"

„Sie kam aus Syrien!"

Nikolaus stand im Türrahmen und er sah nicht glücklich aus. Er hatte einen weiteren Stapel Dokumente in der Hand. Ungefragt betrat er das Büro seiner Chefin und sah den jungen Mann aus dem Labor mit funkelnden Augen an.

„Und ihr Name war Yasmin, verstanden?"

Henrik trat von einem Bein aufs andere. Die Situation gefiel ihm nicht. Auf seiner Stirn bildeten sich kleine Schweißperlen. Wärme stieg langsam in seinem Gesicht empor und füllte seine Wangen mit Blut.

„Aber meine Mutter sagt immer, dass Türken nur zum Saubermachen da sind! Wieso darf diese Yasmin so wichtige Sachen machen?"

Nikolaus trat einen Schritt auf Henrik zu, dieser rückte einen Schritt zurück, stellte aber dann fest, dass hinter ihm ein großer Blumentopf mit einer wild wuchernden Palme stand. Die Gesichter der beiden Männer waren nur wenige Zentimeter voneinander entfernt.

„Hast du nichts zu tun, Henrik?"

„Nick, was hast du für mich? Henrik, du kannst gehen!"

Henrik ergriff die Gelegenheit und stahl sich hastig aus dem Büro der Ermittlungsleiterin.

Nikolaus Eifler trat zum Schreibtisch und überreichte seiner Chefin die Unterlagen, die er ausgedruckt hatte.

„Das war alles, was die Spurensicherung so kurzfristig aus ihrem PC an Internetprotokollen rausgeholt hat. Ihr Firmenrechner scheint sauber zu kein. Keine professionelle Software, um ins Darknet zu kommen. Man kann nicht sagen, wo sie sich im Darknet aufgehalten hat oder wie sie reingekommen ist."

„Habt ihr euch schon ihren privaten Computer vorgenommen?"

Nikolaus schüttelte den Kopf.

„Elena war mit ein paar Kollegen der Spusi in ihrer Wohnung. Da war kein Computer. Nicht mal ein Router fürs WLAN."

Jana richtete sich auf und sah ihren Kollegen mit hochgezogenen Augenbrauen an.

„Yasmin hatte keinen Computer in ihrer Wohnung? Seid ihr sicher?"

„Da war nicht die kleinste Spur einer EDV-Ausstattung, mit der man ins Internet kann. Sie scheint zu Hause sehr analog gelebt zu haben."

„War von euch nie jemand bei ihr? Ich dachte, ihr drei seid so dicke Freunde gewesen?"

Nikolaus trat ans Fenster und schaute auf den Stadtpark.

„Man merkt manchmal erst, wenn es zu spät ist, wie gut oder schlecht man jemanden kennt."

Er schaute kurz in Richtung Tür.

„Du meinst Henrik?"

Nikolaus drehte sich wieder zu seiner Chefin.

„Ja, mir war nicht klar, dass wir hier diesen offenen Rassismus haben. Für Henrik ist Yasmin einfach nur so eine

Türkin gewesen. Wahrscheinlich denkt er, dass sie ihm diese Stelle weggenommen hat. Hast du nicht bemerkt, wie abfällig er sich über Türken geäußert hat?"

„Doch, habe ich."

Jana erhob sich von ihrem Stuhl und trat zu Nikolaus ans Fenster. Sie schauten beide hinaus auf den Stadtpark.

„Es muss einen Weg geben, Yasmins Spuren zurückzuverfolgen. Irgendwo muss es einen Computer geben, mit dem sie ihre Recherchen gemacht hat. Findet diesen Computer! Fahrt noch mal in ihre Wohnung! Lasst euch was einfallen, wie ihr mehr über ihr Leben rausbekommt!"

Kapitel 12

Montag, 8. Juli 2019, 0 Uhr 12

Die zarten, fast weißen Hände flogen über die Tastatur hinweg und fanden die Buchstaben und Zahlen im Blindflug. Ihr Kopf war unbeweglich auf den Monitor ausgerichtet. Die Augen streiften über die Zeilen des Bildschirms, schauten mal nach rechts und dann wieder nach links. Sie bekam genau mit, was dort parallel passierte, aber sie blieb die ganze Zeit fokussiert.

Lasse bewunderte Blizzards adaptive Fähigkeiten. Er selber war ein ausgezeichneter Hacker, aber sie war um einige Klassen besser. Sie schien das Internet zu antizipieren, die Datenstraßen zu fühlen, auf denen man sich bewegen musste. Das Internet war für sie etwas Lebendiges. Während Lasse logisch vorging und immer bewusst abwog, wusste sie im Voraus, wo der Weg hinführte.

Lasse Henricksen kam sich neben Blizzard wie ein blutiger Anfänger vor. Diese junge Frau, die aus dem Nichts bei ihm aufgetaucht war, hatte ein intuitives Verständnis für die Bewegungen der Elektronen in den Leitungen des World Wide Web. Firewalls stellten kein Hindernis dar. Sie kannte sämtliche Hackertools, die es gab. Einige hatte sie selber zur Perfektion weiterentwickelt.

Die meisten Firmen gaben kaum Geld für die Sicherheit ihrer Systeme aus und mit ein wenig Recherche war es ein Leichtes, die Grenzen zu überwinden und den digitalen Zaun hinter sich zu lassen. Ab und zu gelangte sie an einen Zaun, der etwas höher war als die üblichen. Es gab Firmen, die verstanden wirklich etwas von Sicherheit und hatten ihr Netzwerk wie eine Burg gesichert, mit einem Graben, hohen Mauern und Schießscharten, die Angreifer in die Flucht jagen sollten. Diese Systeme waren die interessantesten.

Lasse hatte beobachtet, wie sie in so einem Fall zur Höchstform auflief und sich mit all den ihr zur Verfügung stehenden Werkzeugen daranmachte, eine Ebene nach der anderen auszuschalten. Während es Lasse immer genügt hatte, in so einem Fall einfach nur hineinzukommen und möglichst schnell zu suchen, bemühte sich Blizzard in aller Ruhe darum, die Mauer hinter ihr so gut es ging zu verschließen und sich selber mit einem Schutzmantel vor den neugierigen Augen der Überwachungsprogramme zu verbergen. All das erforderte Zeit und Leidenschaft. Beides besaß Blizzard im Überfluss!

Lasse war derjenige, der die Kontakte zu den Firmen herstellte und mit offiziellem Auftrag Sicherheitseinstellungen von Firmen überprüfte, aber seit Blizzard da war, schien sie das Kommando zu haben. Sie war ohne Zweifel besser. Sie erkannte die Schwachstellen der Firmen und legte den Finger in die Wunde. Am Ende ihrer Prüfungen wurden die Firmen viel Geld los, aber sie waren sehr gut gegen Cyberkriminelle geschützt.

Lasse hatte ihr die letzten vier Monate bewundernd über die Schulter geschaut. Sie war mit einer unglaublichen Energie bei der Sache. Es erschien ihm, dass sie ein persönliches Ziel verfolgte. Für sie war es keine Arbeit, sondern eine Mission. Eine Mission, an deren Ende der Erfolg stand. Um jeden Preis. Bis zur Selbstaufgabe.

Sie sah müde aus. Ihr Körper wirkte schlaff und die Ringe um ihre Augen wurden mit jeder weiteren Nacht dunkler. Während er seinem Körper alle paar Stunden eine Erholung gönnte, schien sie ununterbrochen wach zu sein. Die vielen Dosen Red Bull auf ihrer Seite des Schreibtisches erklärten alles.

Lasse saß an seinem Schreibtisch, den schwarzen Kapuzenpulli tief ins Gesicht gezogen. Er wollte noch immer nicht, dass jemand zu viel von ihm sah. Auch Blizzard durfte sein Gesicht nicht sehen. Obwohl seit dem Feuer so viel Zeit vergangen war, fühlte er sich noch nicht bereit. Seine Nerven in den Armen und im Gesicht waren fast komplett abgestorben. Er hatte Glück, dass seine Hände bis auf die Fingerkuppen unversehrt geblieben waren. Diese Finger waren jetzt sein Kapital!

Von dem Gesicht, das ihm der liebe Gott einmal gegeben hatte, war nicht mehr viel übrig. Er war einmal ein schöner Junge gewesen, die Mädchen auf dem Gymnasium waren alle hinter ihm her gewesen, obwohl er ein Computernerd gewesen war. Er hatte einmal schönes braunes Haar besessen, einen durchtrainierten Körper und die Kondition eines Marathonläufers. Jetzt war sein Schädel kahl und vernarbt. Die Nase war nur noch ein kleiner Stummel. Die Lippen waren rau und bleich.

Als Blizzard bei ihm aufgetaucht war, war das wie eine Offenbarung gewesen. Dieses schüchterne Mädchen mit den lila gefärbten Haaren und den Piercings in der Nase und über den Augen hatte ihn behandelt wie ihresgleichen.

Eines Tages hatte sie vor seiner Tür gestanden und freudestrahlend verkündet, dass sie kaum Schwierigkeiten gehabt hatte, seine Adresse über die IP-Adresse herauszufinden. Er hatte nie erfahren, wie sie das geschafft hatte.

Lasse betrachtete sie. Sie hockte da auf diesem Stuhl und wippte im Takt der Musik aus ihrem Kopfhörer hin und her.

„Ich hab Hunger."

„Was willst du? Wie immer?"

„Ne, heute kein Sushi. Ich will 'nen Burger."

„Wo soll ich jetzt einen Burger herkriegen? Weißt du, wie spät es ist? Wir sind hier nicht auf dem Kiez."

„Du bezahlst mich nicht für das Ansagen der Uhrzeit, oder?"

Er humpelte Richtung Tür.

„Du kriegst deinen Burger. Ich geh zum McD. Sonst noch ein Wunsch?"

„Nee, im Moment nicht."

„Wie weit bist du? Hast du schon den Zugang gefunden?"

„Ich brauch erst mal Zugang zum Gateway. Die haben 'ne neuartige SSL-Verschlüsselung. Die lässt sich nicht so einfach umgehen."

„Aber du schaffst es, oder?“

„Klar schaffe ich das.“

Natürlich war Blizzard in der Lage, diese Verschlüsselung zu durchdringen. Er ärgerte sich, dass er die Frage überhaupt gestellt hatte. Lasse verstand nicht einmal ansatzweise, was in dem Kopf dieser jungen Frau vorging. Aber das musste er auch nicht, er musste nur dafür sorgen, dass sie ihren Auftrag erfüllten.

Lasse schnappte sich Geld vom Schreibtisch, den Haustürschlüssel und ging hinaus in die Nacht.

Kapitel 13

Mittwoch, 7. August 2019, 8 Uhr 45

„Wir sollen uns was einfallen lassen. Was sollte der Spruch denn?“

„Ach komm schon, Nick, das musste sie sagen.“

„Du bist immer auf ihrer Seite. Na klar, bist ja auch eine Frau.“

Elena warf ihm vergiftete Blicke zu.

„Du bist manchmal so ein Arschloch, Nick!“

„Ich weiß.“

Nikolaus stand auf und holte sich eine Tasse Kaffee vom Automaten draußen auf dem Flur. Mit dem Becher in der Hand ließ er sich wieder in seinen Stuhl sinken und schnappte sich die Akte.

„Ich sehe nur eine Möglichkeit, wie wir ihre Freundin finden.“

„Und die wäre?“

„Das liegt doch auf der Hand. Wir müssen uns als Yasmin ausgeben.“

„Und wie soll das funktionieren? Wir wissen weder, wo sie sich im Netz herumgetrieben hat, noch kennen wir ihre Zugangsdaten. Das ist alles etwas schwierig ohne ihren Computer.“

„Hm, Mist, du hast recht.“

Er nahm einen Schluck Kaffee.

„Wir bräuchten jemanden mit ihren Fähigkeiten."

„Du meinst, einen Hacker?"

Er nickte.

„Hast du 'ne bessere Idee?"

Elena schüttelte den Kopf.

„Nein, aber wo kriegen wir einen Hacker her? Und was wird Jana dazu sagen?"

„Ich denke, es ist ihr ziemlich egal, solange wir vorankommen und 'ne Spur haben."

„Aber so ein Hacker steht nicht gerade im Telefonbuch."

Nick stand auf und ging zum Fenster, er blickte hinaus auf das Hamburger Stadtgebiet.

„Ne, aber so 'ne Art Verein gibt es schon."

Elena schaute ihn fragend an. Manchmal sprach ihr Kollege in Rätseln.

„Wir sollten erst mal ihre Wohnung unter die Lupe nehmen. Vielleicht bekommen wir da schon Hinweise."

Sie setzen sich ins Auto und fuhren zu Yasmins Wohnung. Sie wohnte auf St. Pauli, einem Hamburger Stadtteil, in dem auch Polizisten Schwierigkeiten hatten, einen Parkplatz zu finden.

„Was haben Sie sich dabei gedacht, Thiess?"

Maak hatte es sich hinter seinem Schreibtisch bequem gemacht. Die Barriere aus Büchern und Aktenordnern auf dem Schreibtisch des Dezernatsleiters waren seit ihrem ersten Aufeinandertreffen noch um einige Zentimeter angewachsen.

Der Anruf von Tamara Schäfer war unmissverständlich gewesen. Er solle sofort im Büro des Kriminalrats Dr. Maak erscheinen. Die Stimme der Sekretärin hatte hysterisch geklungen und Thiess waren beim Betreten des Vorzimmers die rot gefärbten Wangen aufgefallen. Sie hatte sich immer noch nicht beruhigt.

„Ich weiß nicht, was Sie meinen, Herr Maak. Ich habe nur die Liste abgearbeitet, die mir Ihre Sekretärin per E-Mail geschickt hat."

Der übergewichtige Kriminalrat beugte sich nach vorne und schaute durch die Lücke zwischen Aktenordnern und Bildschirm auf Thiess. Ein schmieriges Lächeln erschien auf seinem Gesicht.

„Es heißt Dr. Maak! Den Titel habe ich mir hart erarbeitet, Thiess."

Der Kriminalrat stützte die Hände auf die Schreibtischplatte und erhob sich schwerfällig. Er kam um den Tisch herum und baute sich vor Thiess auf.

„Sie glauben, dass Sie etwas Besseres sind, weil das BKA Ihren Wechsel unterstützt hat. Ist es nicht so?"

Maak stützte sich mit den Händen am Schreibtisch ab und schaute auf Thiess herab. Thiess schätzte den Kriminalrat auf ein Meter 85. Der Kopf war kahl geschoren und das Gesicht pausbäckig und von roten Adern unterlaufen. Auf der Stirn hatten sich bereits dicke Falten gebildet, dabei war der Dezernatsleiter vor wenigen Tagen erst 50 Jahre alt geworden. Thiess hatte mitbekommen, wie ein paar Kollegen für Günther Maak gesammelt hatten.

„Ich kenne den alten Hansen. Er sollte schon längst im Ruhestand sein. Seine Entscheidungen waren in letzter

Zeit nicht die besten. Ich habe gehört, dass er in Wiesbaden nicht mehr die allergrößte Unterstützung hat."

Maak verschränkte die Hände vor der Brust. Die Arme lagen auf dem überquellenden Bauch und der unterste Knopf des weißen Hemdes rutschte aus der Polizeiuniform heraus.

Thiess schaute Maak wieder ins Gesicht.

„Es geht Kriminaldirektor Dr. Hansen noch sehr gut."

Maak überging die kleine loyale Bemerkung mit einem Lächeln.

„Ich weiß, dass ihr in Wiesbaden etwas anders an die Dinge herangeht. Aber ich habe schon bei unserem ersten Treffen klargemacht, was ich von solchen Alleingängen und Improvisationen halte! Erinnern Sie sich?"

Thiess nickte. Er hatte verstanden, dass Maak niemand war, mit dem man gut argumentieren konnte. Also blieb er stumm.

„Gut, gut."

Maak ließ die Arme locker herabfallen und stützte sich dann auf dem Schreibtisch auf. Er bewegte leicht das linke Bein und bemerkte Thiess' Blick.

„Arthrose im Knie. Hab in meiner Jugend zu viele Ganoven gejagt."

Thiess nickte stumm, doch er vermutete, dass es wohl eher die schlechte Ernährung und mangelnde Bewegung waren, die zu den Schmerzen im Bein führten.

„Hansen war mal ein guter Polizist und er ist Ihr Fürsprecher. Aber Sie haben versucht, an Akten zu kommen, die unter Verschluss sind. Dafür sollte ich Ihnen eine Abmahnung erteilen."

Thiess griff in die Brusttasche seines Hemdes und zog den Zettel mit der E-Mail heraus. Er reichte Maak den Zettel.

„Diese Liste habe ich von Ihrer Sekretärin bekommen. Beim zweiten Namen hat das Programm kein Ergebnis ausgespuckt. Entweder ist das Programm Schrott oder Ihre Sekretärin hat mir falsche Namen gegeben. Ich habe das Programm nur auf seine korrekte Funktionalität überprüft."

Günther Maak überflog den Zettel. Er nahm die dünne Brille ab und kniff die Augen zusammen.

„Hm. Gut, gut", murmelte Maak und faltete den Zettel zusammen und legte ihn oben auf den schon leicht zur Seite geneigten Stapel Papiere.

„Ich kläre das mit Tamara. Aber noch einmal, Thiess ...", begann Maak und fuchtelte mit der Brille vor seinem Gesicht umher. „Tun Sie Ihre Arbeit, mehr nicht! Keine Alleingänge. Falls etwas unklar ist, melden Sie sich bei Ihrem Gruppenleiter oder kommen Sie direkt zu mir. Die Programme überprüft unsere interne IT. Öffnen Sie dort ein Ticket, wenn Sie den Verdacht haben, dass etwas nicht funktioniert. Ich schlage vor, dass Sie sich den Rest der Woche freinehmen und darüber nachdenken, was Teamarbeit bedeutet. Ich will Sie erst Montag wieder im Büro sehen!"

„Hier ist nichts."

Nikolaus stand in der Tür zum Schlafzimmer von Yasmins kleiner 30-Quadratmeter-Wohnung und schaute über den kurzen Flur ins Wohnzimmer. Elena stand mitten im Raum und starrte die Bilder an, die an der Wand hingen.

„Wusstest du, das Yasmin auf Frauen stand?“

„Wie meinst du das?“

Nikolaus kam zu seiner Kollegin ins Wohnzimmer und folgte ihrem Blick zu den gerahmten Fotos an der weißen Wand. Sie zeigten zwei Frauen in eindeutigen, innigen, liebevollen Posen. Eine der Frauen war Yasmin. Das Gesicht der anderen konnte man nicht erkennen. Sie sah hinunter auf den Fluss, ihre lila gefärbten Haare wehten im Wind. Yasmin lachte. Ihre Hand umfasste fest die Hüfte der anderen Frau.

„Anscheinend hatte sie eine Freundin.“

„Tja, man kennt seine Kollegen nie wirklich.“

„Du meinst, weil sie nicht auf deine Annäherungen eingegangen ist?“

„Hm?“

„Jeder hat gesehen, dass du was von ihr wolltest, Nick!“

Nikolaus kratzte sich am Kopf und schaute Richtung Balkon.

„Ich hab keine Ahnung, was du meinst. Such lieber nach dem verdammten Computer.“

„Hast du dir die Bilder mal genauer angeschaut?“

„Ne lass mal, ich steh nicht so auf den Lesbenkram.“

„Das meine ich nicht ... sieh mal hier ...“

Elena trat an die Wand und nahm eines der gerahmten quadratischen Bilder ab. Sie hielt den Rahmen in den Händen, drehte und wendete es. Aber da war nichts. Es war nur ein Bilderrahmen. Das Bild darin zeigte zwei junge Frauen, die sehr gelöst und vertraut miteinander umgingen. Ein Urlaubsschnappschuss.

„Sie stand auf Punker?"

Nikolaus war neben Elena getreten und schaute ihr über die Schulter.

„Sie sieht ein wenig abgedreht aus."

„Wegen der lila Haare? Du bist so spießig, Nick!"

Elena gab Nikolaus das Bild und holte den nächsten Rahmen von der Wand. Auch der war vollkommen harmlos. Schließlich hatte sie den dritten Bilderrahmen in der Hand. Das Bild zeigte die beiden Frauen, wie sie sich einfach nur anschauten. Ihre Blicke sagten viel über die Gefühle zueinander aus. Yasmin wirkte glücklich. Die Augen strahlten und erleuchteten die Szenerie. So hatten sie ihre Kollegin nicht gekannt. Elena erinnerte sich an Yasmins helles Lachen, während ihre Finger den 30 x 30 Zentimeter großen Rahmen in den Händen hielten und vorsichtig am Rand entlangfuhren. Nichts. Sie drehte den Rahmen um.

„Ich wusste es!", rief Elena und hielt ihrem Kollegen das Bild vor die Nase.

Auf der Rückseite befand sich ein USB-Stick, der mit Klebeband befestigt worden war.

Doch Nikolaus schaute nicht auf den USB-Stick. Seine Augen blickten wie hypnotisiert auf das Bild, das Elena in der Hand hielt.

„Das ist unsere Moorleiche!"

Kapitel 14

Montag, 8. Juli 2019, 22 Uhr 17

Ein Surren lag in der Luft. Es kam von den Ventilatoren der zwei Dutzend Computer, die im ganzen Raum verteilt waren und auf 2 Meter 50 hohen Metallracks standen. Sie produzierten eine enorme Wärme. Quer über schweren braunen Holzdielen lagen zentimeterdicke Kabelbäume und führten zu den Computerschränken, die untereinander mit farblich unterschiedlichen Kabeln verbunden waren.

Für einen Fremden sah das ehemalige 200 Quadratmeter große Kaffeelager in der Speicherstadt unaufgeräumt aus. Doch es war die Wohnung und Operationszentrale eines Computerhackers, der auf seinen Rechnern eine schon fast pedantische Ordnung hielt.

Lasse Henricksens Gehirn funktionierte in Bits und Bytes, so wie seine Computer. Jedes einzelne der Elektronengehirne diente einem Zweck. Zusammen bildeten sie eine Einheit, die nicht zu überwinden war. Lasse hatte sich einen künstlichen Schutzschild aufgebaut, unter dem er unbehelligt war und alles tun konnte, was er wollte. Jeder Angriff von außen wurde sofort registriert und ermöglichte ihm, entsprechend zu reagieren. Die Computer bildeten ein System aus mehrstufigen Firewalls, niemand würde unbemerkt eindringen. Doch er selber hatte alle

Möglichkeiten, hinauszugehen und sich auf den Milliarden verschiedener Wege der weltumspannenden Datenautobahn frei zu bewegen. Die Computer schirmten nicht nur sein Netzwerk, sondern sein ganzes Leben vor der Welt da draußen ab. Sie waren seine Tarnkappe.

Lasse streifte mit den Kuppen seiner behandschuhten rechten Hand über den Bildschirm und starrte schwer atmend auf das schwarze Display, auf dem sich die grünen Buchstaben flackernd vom Hintergrund abhoben. Es konnte nicht stimmen, was er dort sah. Seine trockenen Augen juckten und er blinzelte mehrmals, doch die Buchstaben veränderten sich nicht. Es war eindeutig. Diese sechs Buchstaben waren ihm so vertraut wie die seines eigenen Namens. Der Cursor blinkte fordernd auf der Kommandozeile des Terminals. Siebzehn Jahre lang war er mit einem Träger dieses Namens befreundet gewesen. Sie wären füreinander durchs Feuer gegangen. Doch dann war das Feuer real geworden und hatte alles zerstört, was sich zwei Kinder über viele Jahre aufgebaut hatten.

Er schaute unter seinem Kapuzenpullover verstohlen zu der jungen Frau hinüber, die sich Blizzard nannte.

„Was starrst du so?"

Lasse zuckte zusammen. Er hatte nicht bemerkt, dass sie seinen Blick bemerkt hatte.

Er wandte sich wieder seinem Bildschirm und dem Namen zu, der dort immer noch unbeweglich stand und die Verbindung zu seiner Vergangenheit war.

„Charles hat Kontakt zu diesem Mann aufgenommen!", rief Blizzard und ihre Finger flogen wieder über die Tastatur.

„Ich seh's", antwortete Lasse knapp.

Kapitel 15

Samstag, 6. April 2013, 15 Uhr 24

Tetjana Lyssenko war schon immer eine Suchende, eine Herumtreiberin gewesen. Sie war in einer Hochhaussiedlung in einer Industriestadt im Herzen der Ukraine aufgewachsen. Ihre Mutter Yelena war früh gestorben. Sie hatte schon lange vor der Geburt von Tetjanas Schwester Lena eine tiefe Traurigkeit mit sich herumgetragen. Am Tag nach der Niederkunft war sie zusammen mit der fünfjährigen Tetjana in den Wald gegangen und hatte sich mit Bittermandeln selbst vergiftet. Tetjana hatte alles mit angesehen. Sie war allein auf dem Waldboden zurückgelassen worden. Sie hatte instinktiv gespürt, dass ihre Mutter diese Welt nicht allein verlassen wollte, und hatte den ihr hingehaltenen Becher mit der Bittermandelmischung einfach aus der Hand der Mutter geschlagen. Ihr Vater hatte sie im Wald gefunden, neben der toten Mutter sitzend und deren roten Mantel mit beiden Händen fest umklammernd. Damals war der Vater noch stark gewesen, doch schon bald nach dem Tod der Mutter Yelena hatte Andrei Lyssenko seine Arbeit im Sägewerk verloren. Von einem Tag auf den anderen waren Gelder von den Firmenkonten verschwunden und das halbstaatliche Unternehmen war mit einem Mal bankrott und musste 750

Mitarbeiter entlassen. Andrei Lyssenko war unter ihnen. Er versuchte, für Tetjana und die fünf Jahre jüngere Lena so gut es ging zu sorgen. Doch die ukrainische Regierung machte es dem arbeitslosen Mann nicht leicht. Andrei musste sich mit Gelegenheitsarbeit über Wasser halten. Oft war er Tage weg, weil er irgendwo in der unwirtlichen Provinz einen Job als Holzfäller angenommen hatte. Tetjana und Lena wurden dann von den älteren Nachbarn betreut, die im Haus nur als Oma Irina und Opa Vladi bekannt waren.

Mit zwölf Jahren begann Tetjana, ihre Spielsachen in der Schule zu verkaufen, mit 15 fing sie an, Zeitungen auszutragen. Ihr Vater hatte drei Jobs gleichzeitig, doch es reichte nicht, um die Familie durchzubringen. Immer mehr Verantwortung lastete auf Tetjanas Schultern. Sie sorgte für sich und ihre kleine Schwester Lena, die nicht verstand, warum der Vater immer so traurig war und warum es immer so wenig zu essen gab. Die Kleider waren längst zu klein geworden und Tetjana begann heimlich in den Altkleidercontainern der Wohnsiedlung nach Kleidung zu suchen. Manchmal bekamen die Lyssenko-Schwestern auch etwas geschenkt. Oma Irina und Opa Vladi schenkten ihnen die abgetragenen Sachen ihrer Enkelkinder und versorgten die Kinder des Öfteren mit Essen, wenn der Vater es nicht rechtzeitig schaffte, nach Hause zu kommen, weil seine Arbeit zu weit entfernt war. Oder wenn er wieder mal nicht rechtzeitig ausbezahlt worden war.

Tetjana und Lena waren gerne bei den alten Leuten. Beim Essen erzählte die alte Frau, die nur Oma Irina genannt werden wollte, ihnen von den Enkelkindern, die in Deutschland lebten. Sie würden in Hamburg in einer schicken und modernen Wohnung leben und hätten alles, was man sich zum Leben wünscht. Oma Irina konnte mit ihren Enkeln über einen Computer sprechen. Doch eines Tages gab es keine neuen Geschichten mehr.

Tetjana war von der Schule gekommen und wollte ihre Schwester von den alten Leuten abholen. Doch als sie in den dritten Stock kam und an der Tür klingelte, bemerkte sie, dass die Tür offen stand. Sie rief laut nach den Nachbarn, doch niemand antwortete. Es roch seltsam in der Wohnung, doch Tetjana dachte sich nichts dabei. Sie rief immer wieder nach den Nachbarn und sie rief nach ihrer Schwester.

„Lena, wo bist du?"

„Lena, komm."

„Lena, wir müssen zu Papa."

Niemand antwortete auf ihr Rufen. Es war eine seltsame Stille, als sie langsam den Flur entlangging und an der Küche vorbei ins Wohnzimmer kam. Das Wohnzimmer war leer. Auf dem Wohnzimmertisch lag ein Zettel der Hausverwaltung, daneben standen eine Teekanne und zwei halb volle Tassen. Auf dem Teppich war ein feuchter Fleck zu sehen. Doch im Wohnzimmer war niemand. Tetjana ging zur Schlafzimmertür. Dort lagen sie. Die beiden alten Leute lagen friedlich auf dem Bett. Sie hielten sich an den Händen und schienen zu schlafen.

Tetjana trat näher. Irgendetwas stimmte nicht. Sie beugte sich über die Frau und begann sie zu rütteln.

„Oma Irina, aufwachen. Bitte wach auf, Oma Irina!"

Tetjana rüttelte fester, sie griff die Schultern an dem blümchenverzierten Hauswirtschaftskleid und zog so fest sie konnte. Doch der Körper bewegte sich nicht, er war steif. Oma Irina wollte nicht aufwachen. Tetjana war 16 und begriff, was passiert war. Oma Irina war nicht eingeschlafen. Sie war tot.

Tetjana schaute durch die offene Schlafzimmertür hinüber ins Wohnzimmer, zu den halb vollen Teetassen. Jetzt wusste sie, warum ihr der Geruch so vertraut vorkam. Bittermandeln! Derselbe Geruch, den sie damals bei ihrer Mutter gerochen hatte. Die Bilder aus dem Wald waren wieder hochgekommen, der Geruch aus dem Mund der toten Mutter hatte sich in Tetjanas Gehirn eingebrannt. Nach dem ersten Schock war sie aus der Wohnung in den fünften Stock in ihre eigene Wohnung gerannt. Sie fand ihre kleine Schwester weinend in ihrem Bett. Sie hielt sich den Magen.

„Oma Irina und Opa Vladi haben Mittagsschlaf gemacht. Die Tür stand offen, ich hatte Durst und habe mir Tee eingeschenkt. Aber er schmeckte scheußlich. Ich habe alles ausgespuckt. Oma Irina und Opa Vladi sind nicht wieder aufgewacht. Hab Angst bekommen und bin weggelaufen."

Tetjana schlang ihre Arme um ihre kleine Schwester und drückte sie fest an ihre Brust. Tränen liefen ihr übers Gesicht.

Tetjana ging noch einmal hinunter in die Wohnung von Oma Irina und Opa Vladi und rief die Ambulanz. Während sie wartete, baute sie den Computer ab und brachte ihn in ihren Keller hinunter. Sie versteckte ihn unter ein paar alten Kartons und kehrte zurück in die Wohnung. Erst dann warf sie einen Blick auf den Zettel auf dem Wohnzimmertisch. Die Hausverwaltung hatte den beiden die Wohnung gekündigt, weil sie illegal Strom abgezapft haben sollten. Tetjana wusste, dass das eine Lüge war, denn Oma Irina und Opa Vladi waren die ehrlichsten Menschen, die sie in ihren 16 Lebensjahren kennengelernt hatte.

Es dauerte noch eine ganze Stunde, bis der Krankenwagen kam und die alten Leute mitnahm. Die ganze Zeit über hockte sie im Wohnzimmer auf dem Boden und starrte auf die offene Schlafzimmertür.

Niemand vermisste den Computer, niemand vermisste die beiden alten Leute. Ein paar Tage wurde im Haus darüber gesprochen, aber schon bald kümmerte sich niemand mehr darum. Die Wohnung wurde vom Verwalter schnell leer geräumt. Die Kinder und Enkelkinder kamen nicht einmal zur Beerdigung.

Tetjana hatte den Computer in ihr Zimmer gebracht in ihrem Schrank versteckt. In der Nacht befasste sie sich mit dem Computer und seinen Möglichkeiten. Sie bewarb sich um einen Platz im Computerkurs der Schule und bekam ihn. In dem Kurs kam sie zum ersten Mal in Kontakt mit dem Internet. Nach der Schule hing sie in den Internetcafés rum. Sie tauchte ein in die Welt der Cyberjunkies und wurde jeden Tag besser im Hacken. Sie lernte schnell, ihr Gehirn saugte alles auf über Bits und Bytes. Sie wurde jeden Tag besser und begann gerne zur Schule zu gehen, weil sie dann den Computer der Schule nutzen konnte und Zugang zu Büchern und dem Internet hatte. Zu Hause hatten sie kein Internet.

Die Nachmittage verbrachte sie fast immer in einem der vielen Internetcafés der kleinen Stadt, in der sie lebte. Dort stieß sie das erste Mal auf einen anderen Hacker. Er war etwas älter, mit Dreitagebart und stechenden blauen Augen, einem verschmitzten Lächeln und einer Halbglatze. Er freundete sich mit ihr an, machte ihr Komplimente, gab ihr einen Kaffee aus und brachte ihr Kniffe auf dem Computer bei, die sie nicht kannte. Er zeigte ihr die dunklen Seiten des Internets, lange bevor jeder davon sprach.

Sie glitt immer weiter auf seine Seite. Auch Tetjana merkte, dass sie sich wohlfühlte in dieser geheimen, gefährlichen Welt. Sie kam immer seltener nach Hause, nur alle zwei Wochen brachte sie Geld vorbei, das sie bekommen hatte für ihre Dienste am Computer.

Tetjana war erfolgreich und clever. Charles machte sie noch besser. Bald schon war sie fast so gut wie ihr Mentor. Sie kam in die geheimsten Netzwerke rein, überwand die Firewalls großer Firmen und Institute und stahl die dreckigsten Geheimnisse. Dann erfuhr sie etwas, das ihr ganzes Leben infrage stellte und von ihr mutige Entscheidungen verlangte.

Kapitel 16

Mittwoch, 7. August 2019, 11 Uhr

Nach dem Anschiss von Dezernatsleiter Maak hatte Thiess sich auf den Heimweg gemacht. Sein neuer Chef verhielt sich komisch. In Wiesbaden war man froh gewesen, wenn die Mitarbeiter Eigeninitiative entwickelten und nach Spuren suchten, wo immer es ging. Aber Dr. Günther Maak fühlte sich von Thiess' Einzelaktivitäten auf den Schlips getreten. Oder verband ihn etwas mit der Toten, an deren Datensatz Thiess nicht gelangen konnte? Er war ein Idiot, so viel stand fest.

Der Verkehrsfunk hatte für den Innenstadtbereich um Barmbek und Hasselbrook massiven Stau aufgrund einiger Baustellen angesagt. Daraufhin hatte das Navi seines Handys dazu geraten, den aktuell schnelleren Weg über die westlich gelegene A7 zu nehmen. Von Alsterdorf bis Stellingen war der Verkehr ein wenig zähflüssig gewesen, aber sobald er die Autobahn erreicht hatte, kam Thiess gut voran. Es war erstaunlich wenig Verkehr für einen Mittwochmittag. Auch vom üblichen Stau vor dem Elbtunnel war heute weit und breit nichts zu sehen. Während Thiess seinen alten Fiat in die rechte Röhre des Tunnels brachte, wanderten seine Gedanken zurück zu den Ermittlungen. Er versuchte, das Rätsel logisch anzugehen. Darum war er in der IT gelandet, weil er einfach zu viel in logischen Mustern dachte. Aber was wusste er eigentlich wirklich? Eine Frauenleiche ohne Nase hinter seinem Boot, die sich als Polizistin entpuppt hatte. Wenn das allein kein Geheimnis war, warum war dann der Zugriff auf ihre Personalakte gesperrt? Hatte sie an etwas Geheimen gearbeitet? War sie vielleicht eine verdeckte Ermittlerin?

Thiess' Hände hielten sich mit aller Kraft an dem Lenkrad fest und die graugrünen Augen verengten sich zu schmalen Schlitzen. Er hasste das Autofahren unter Stress! Dann doch lieber eine moderne Firewall mit SSL/TSL-Verschlüsselung unter Zeitdruck knacken. Dabei konnte er entspannen.

Hinter ihm hupte es und riss ihn aus den Gedanken. Er blickte rasch in den Rückspiegel und dann auf den Tacho. Okay, 65 km/h, wo 80 erlaubt waren. Vielleicht war er etwas langsam unterwegs.

„Warum überholst du nicht, du Penner?", schimpfte Thiess und ging aufs Gas. Hinter ihm hupte es erneut und der silberne Mercedes schaltete zusätzlich die Fernlichter an und aus.

„Idiot!", entfuhr es Thiess und er senkte den Blick vom Rückspiegel und drückte das Gaspedal noch stärker durch. Im Außenspiegel sah er den silbernen Mercedes an seiner Stoßstange kleben. Thiess gab noch mehr Gas und kam dem Lkw vor sich gefährlich nah. Der Mercedes blieb kurz zurück, setzte die Lichthupe ein weiteres Mal ein und kam dann bis auf wenige Zentimeter herangerauscht.

Sein kleiner blauer Fiat Punto kämpfte sich an den Lkw heran, die Hände umklammerten das Lenkrad und Thiess betete, dass der Lkw jetzt nicht bremsen musste. Auf seiner Stirn bildeten sich kleine Schweißkügelchen und der Mund war mit einem Mal staubtrocken. Nach einem raschen Blick in den Außenspiegel setzte er zum Überholen an, doch plötzlich scherte der Mercedes hinter ihm aus und raste an ihm vorbei. Thiess riss das Lenkrad zurück und schlingerte hinter dem Lkw in der rechten Fahrspur des Elbtunnels. Der Fuß rutschte vom Gas und Thiess fiel mit seinem kleinen Fiat Punto zurück. Hinter ihm hupte es ein weiteres Mal und dann schoss ein grüner Opel an ihm vorbei. Als ob das nicht genug wäre, wurde der Lkw mit einem Mal langsamer und kam seiner Frontstoßstange gefährlich nah. Thiess trat urplötzlich auf die Bremse und betete, dass niemand hinter ihm war. Dann beschleunigte der Lkw ebenso unvermittelt wieder und gewann rasch an Distanz.

Thiess' Puls war am Anschlag und er bemühte sich, einen klaren Kopf zu behalten und sich aufs Autofahren zu konzentrieren. Vorne sah er bereits das Ende des Elbtunnels. Er atmete tief durch und ließ langsam wieder Blut in die weißen Handknöchel fließen.

Kapitel 17

Mittwoch, 7. August 2019, 13 Uhr 5

„Fingerabdrücke?"

Elena schüttelte den Kopf. Ihre langen roten Haare, die sie zu einem Zopf zusammengebunden hatte, bewegten sich leicht.

Nikolaus und Elena teilten sich das große Büro, eine Art Vorzimmer zum Dienstraum ihrer Chefin. In der Mitte stand ein kleiner Besprechungstisch. Die Schreibtische waren darum herum verteilt. Nikolaus saß mit dem Rücken zum Fenster, links von ihm hatte Elena ihren Schreibtisch. Gegenüber von Nikolaus befand sich der verwaiste Tisch von Yasmin.

Nikolaus hatte seine Lederjacke über die Rückenlehne geworfen und saß im blauen T-Shirt vor seinem Computer. Das Schulterholster mit der Waffe lag neben der Tastatur.

„Irgendwelche Daten?"

Elena schaute kurz zu Yasmins leerem Schreibtisch hinüber.

„Die KTU hat zwei versteckte Dateien auf dem Stick gefunden. Bei der einen handelt es sich um das Fragment eines Trojaners. Allein scheint diese Datei vollkommen harmlos zu sein."

„Und die andere Datei?"

„Nur eine harmlose Textdatei. Da stehen nur ein paar Zahlen und Buchstaben drin. Vollkommen ohne Sinn und Verstand."

Nick richtete sich auf.

„Vielleicht ein Zugangscode?"

„Vielleicht, aber wofür?"

„Yasmin wüsste sofort, worum es sich handelt!"

„Klar, weil sie es geschrieben hat."

„Das weißt du doch gar nicht."

„Stimmt."

Die Tür zu Jana Thordsens Büro öffnete sich und die Chefin der beiden Ermittler kam heraus.

„Habt ihr was?"

Elena setzte die leitende Ermittlerin von ihren Untersuchungen in Kenntnis.

„Was ist mit der unbekannten Frau auf den Fotos in Yasmins Wohnung? Unsere Moorleiche, wer war sie?"

„Das Foto hat bisher keinen Treffer in unserer Datenbank ergeben. Wir haben bei Interpol angefragt. Bis jetzt ohne Ergebnis."

„Chefin?"

„Ja, Elena?"

„Was ist mit einem Ersatz für Yasmin? Wir brauchen jemandem im Team, der sich mit diesem Computerkram auskennt. Wenn wir das immer erst an das Labor und die Kollegen der KTU geben, dauert es ewig, bis wir ein Ergebnis haben."

Kriminalhauptkommissarin Thordsen schaute auf den verwaisten Platz ihrer Computerspezialistin. Alles auf dem Schreibtisch stand so, wie Yasmin ihn vor einigen Monaten verlassen hatte. Die Kollegen hatten sie in den vermeintlichen Urlaub verabschiedet, doch in Wirklichkeit war sie undercover unterwegs gewesen.

„Ich weiß, Elena. Yasmin fehlt uns hier, nicht nur fachlich ist es ein Verlust. Ich habe schon bei HR nachgefragt, wann wir Ersatz bekommen. Aber es ist im Augenblick sehr schwer, qualifizierte Leute zu bekommen. Die IT-Spezialisten fallen nicht von den Bäumen. Yasmin war Polizistin. Es gibt nicht viele wie sie bei der Polizei."

„Und wenn wir jemanden von extern nehmen?"

„Dann haben wir tausend Sicherheitsüberprüfungen, bevor jemand eingestellt wird."

„Also machen wir erst mal so weiter?"

„Ja, Nick, und das bedeutet, dass ihr euch was einfallen lassen müsst, wie wir diese Freundin von Yasmin identifizieren. Wir müssen herausfinden, was die Verbindung ist!"

Janas Telefon klingelte. Sie hob ab und lauschte.

„Wir haben ihn!"

Sie stürmte aus dem Raum, Nikolaus und Elena ihr hinterher.

Kapitel 18

Sonntag, 23. Dezember 2018, 1 Uhr 10

Es war ein Tag vor Weihnachten, mitten in der Nacht. Im Shelter der Hackergruppe brannte noch immer Licht. Die Rechner liefen, die meisten Monitore waren an und die Lüfter surrten unaufhörlich an ihrer Belastungsgrenze. Es war ein Geräusch, als schwirrten Milliarden Fliegen umher. Die Computer waren wie bei einer LAN-Party in langen Reihen nebeneinander angeordnet. Dicht an dicht saßen hier an die 50 Kids und Jugendliche an den Rechnern und hackten um die Wette. Remote waren von überall auf der Welt noch mindestens die dreifache Menge zugeschaltet, verbunden über ein ausgeklügeltes Netz an eigenen VPN-Servern, die unter dem Deckmantel legaler Internet-Serviceprovider nicht weiter auffielen. Es wurde rund um die Uhr gearbeitet. Tetjana hatte schnell gelernt, dass sie bei einem Bulletproof-Hoster gelandet war, der die kriminellen Dienstleistungen gleich mitlieferte. Sie nannten sich Ukraine Secure Hosting, USH, und erweckten den Anschein, ein ganz normaler Internet-Serviceprovider zu sein. Neben der Dienstleistung für über 90 Prozent der Kunden, die Infrastruktur für deren kriminelle Tätigkeiten im World Wide Web zur Verfügung zu stellen, lieferte USH die Preisliste für Hacker-Dienste jeder Art gleich mit.

Jeder Einzelne der Hacker um sie herum hatte ganz spezielle Fähigkeiten. Es gab die Spezialisten für das Erstellen von Schadsoftware, von denen Viren und Trojaner als Auftragsarbeit sehr beliebt waren. Jene Hacker, die noch unerfahren, aber hungrig waren, wurden für die Recherche eingesetzt und sammelten alles an Informationen über potenzielle Zielpersonen, was sie im freien Internet finden konnten, und trugen es in Datenbanken ein. Es war ganz egal, ob es sich um Privatpersonen oder Firmen handelte, mit fast allem ließ sich Geld machen.

Die jungen, unerfahrenen Hacker verdienten sich ihre Sporen mit dem Hacken privater E-Mail-Accounts, dem Kapern von PayPal und Click&Buy. Hier waren die Verdienste am geringsten, aber die Hürden zum Kapern der Accounts auch sehr niedrig. Wer sich beim Hacken der primären Accounts als würdig erwiesen hatte, durfte bei den Angriffen auf Firmennetze mitmachen. Die Namen der Zielobjekte standen auf großen Flachbildschirmen, die an den Seitenwänden des Raumes über den Türen angebracht und somit von jedem Platz aus einsehbar waren.

Tetjana schlich zu ihrem Platz in der vorletzten Reihe des schummrigen Raumes. An jenem Abend waren die Rechner links und rechts neben ihr frei. Verstohlen schaute sie sich um, den Kopf leicht zwischen die hochgezogenen Schultern gepresst und die Hände in den tiefen Taschen ihres Kapuzenpullovers vergraben. Sie sah auf die leere Empore, dann zu den Monitoren darüber. Beide Spalten der Tabelle auf dem Display waren gefüllt. Das bedeutete, dass wieder zehn neue Namen zu recherchieren waren.

Firmennamen leuchteten in Rot, Privatpersonen in Blau. Hinter der grauen Stahltür unter dem 75 Zoll großen Monitor befand sich der Raum, in dem der Boss saß. Tetjana hatte ihn noch nie gesehen. Charles war der Einzige, der Kontakt zu Oleksay hatte. Oleksay war der Kopf der Gruppe, Charles sein Gehilfe, die rechte Hand. Einer der anderen namenlosen Hacker, ein älterer Typ um die 40, aus der westlichen Mongolei, mit verfilzten schwarzen Haaren und widerlichen gelbschwarzen Zahnstümpfen, hatte Tetjana zugeflüstert, dass Oleksay ein Krüppel war und im Rollstuhl saß. Er wollte ihr seinen Wochenlohn geben, wenn sie in den Raum ginge und mit ihrem Smartphone ein Foto von Oleksay machte. Doch an seinem schiefen Grinsen hatte Tetjana erkannt, dass er sie nur testen wollte, und sie hatte die schweißnasse Hand zur Besiegelung des Deals in der Luft hängen lassen. Niemand war je ohne Aufforderung in das Zimmer auf der Empore gegangen. Charles sorgte dafür, dass das auch so blieb. Nur er hatte den Anführer je gesehen.

Es gab Gerüchte unter den Hackern, nach denen USH ein Ableger des legendären Russian Business Network, RBN, war, welches im November 2007 entdeckt und angeblich von den Behörden abgeschaltet worden war. Oleksay wurde nachgesagt, einer der Systemadministratoren und der Kopf der Programmierer von RBN gewesen zu sein.

Charles liebte es, sich auf die Empore zu stellen und auf die Hacker herabzuschauen wie ein König. In der linken Hand hielt er immer eine brennende Zigarette und grinste, während sein Blick immer wieder über die vielen jugendlichen Hacker wanderte, die so begierig darauf waren, ihr

Wissen und ihre Fähigkeiten unter Beweis zu stellen, und denen es egal war, was sie anrichteten. Nicht selten entdeckte Charles ein auffallend hübsches Mädchen in den Reihen der Hacker. Er kam dann von seiner Kanzel herunter und trat neben den Computer des Mädchens, strich ihr übers Haar, säuselte ihr Komplimente ins Ohr und legte seine kräftige Hand auf ihren Rücken. Diese Hand ließ keinen Zweifel an seinen Absichten aufkommen. Der behutsam wachsende Druck von Daumen und Zeigefinger im Schultergelenk ließ keinen Widerspruch zu.

Während die Jungen ihn bewunderten und nachzuahmen versuchten, hatten die meisten Mädchen Angst vor ihm. Viele der Kinder kamen von der Straße, wie Tetjana, oder aus Heimen und sie waren glücklich, ein Dach über dem Kopf zu haben und etwas zu essen. Tetjana war froh, dass Charles sich ihr noch nicht direkt zugewandt hatte. Charles jagte auch ihr Angst ein, er schlug zu, wenn einer der Hacker nicht zügig die geforderten Ergebnisse präsentierte. Es waren schon Knochen gebrochen und Hacker verschwunden. An Charles' Hüfte baumelte ein kleines glänzendes Messer mit einem weißen Perlmuttgriff.

Tetjana schaltete den Monitor an und loggte sich in ihren Account. Sie öffnete ein Terminalfenster und rief die Log-Dateien ab. Sie hatte ein Programm geschrieben, mit dem sie die aktuellen Aktivitäten von Charles verfolgen konnte. Doch was er in der Vergangenheit getan hatte, lag noch in der Dunkelheit des Internets verborgen. Aber hoffentlich nicht mehr lange.

Nervös schaute Tetjana sich um, doch die Kids nahmen keine Notiz von ihr. Die meisten hatten Kopfhörer auf den

Ohren und ließen sich von aggressiv wummernder Musik beschallen.

In einem Terminalfenster etablierte sie eine sichere VPN-Verbindung über 128 über den ganzen Globus verteilte Proxyserver der Organisation. Sonst diente ihr die Infrastruktur als Schutznetz bei der Ausführung ihrer verbrecherischen Aktivitäten, aber jetzt half es ihr dabei, ihre Spuren zu verwischen.

Sie öffnete ein weiteres Terminalfenster und startete das selbst geschriebene Programm, mit dem jeder Tastendruck in einer sich alle zehn Sekunden ändernden Reihenfolge über die ganzen 128 Server verteilt wurde, bevor er dann auf dem zentralen Zielrechner wieder zu einer logischen Sequenz zusammengesetzt wurde. Mit ein paar Befehlen loggte sie sich dann in den privaten Chatraum ihres Kontaktes ein. Es wartete schon eine Nachricht von Data auf sie.

Hi Blizzard, habe neue Info in deiner Sache. Müssen dringend reden!

Tetjana schaute sich um. Niemand beobachtete sie. Ihre Finger glitten über die kalten Tasten.

Hallo Data, was für Infos?

Die Antwort kam prompt. Die Buchstaben bauten sich schnell auf dem schwarzen Screen auf.

Über den Holländer und deinen kahlen Raucher.

Pack es an den sicheren Ort!

Zu gefährlich. Zu brisant.

Tetjana starrte auf den Bildschirm. Diese Worte hauten sie um.

Du musst kommen!

Sie tippte.

Kann nicht. Bin gefangen.

Wieder ein schneller Blick in alle Richtungen. Tomasz, ein 16-jähriger Junge mit weiß gefärbten kurzen Haaren, der vor einem Monat hier unten angekommen war, sah sie verwundert von dem ein paar Meter entfernten Platz an. Ihre Blicke trafen sich. Tetjana legte mit bittendem Blick den Finger auf den Mund. Tomasz nickte stumm und wandte sich wieder seiner Aufgabe zu. Auf seinem Bildschirm liefen Zahlenkolonnen seines Entschlüsselungsalgorithmus von unten nach oben. Auf dem Schirm daneben prangte die Zugangsseite des städtischen Wasserwerks.

Ist aber wichtig! Kann dir die Daten nicht schicken.

Tetjanas Finger flitzten über die Tastatur. Sie war getrieben von dem Verlangen, mehr zu erfahren über die Machenschaften des kahlen Rauchers, wie sie Charles nannte. Es war reiner Zufall gewesen, dass sie die Logdatei gefunden hatte. Sie versuchte zu lernen und immer besser zu werden, so wie Charles es ihr beigebracht hatte, seit sie hier unten war. Also hatte Tetjana sich die Logdateien erfolgreicher Hackerangriffe der USH-Gruppe vorgenommen. Sie wollte lernen, sie wollte besser werden. Tetjana war getrieben von dem Gedanken, die beste Hackerin der Welt zu werden. Also durchkämmte sie die Logdateien von Charles, dem besten Hacker der Gruppe. Er war sehr strukturiert und hatte seine Erfolge nach Jahren und Kategorien archiviert. Ein Instinkt war es, der Tetjana neugierig auf das Jahr 2012 machte und sie die Unterordner mit den Firmen öffnen ließ. Sie wusste nicht, wonach sie suchte, aber der Name des staatlichen Sägewerks, in dem ihr Vater gearbeitet hatte, stand noch auf der ersten Bildschirmseite der Ergebnisliste und zog ihr die Wärme aus den Gliedern. Der Ordner war nicht gesichert und Tetjana studierte genau, wie Charles es gemacht hatte. Sie sah, lernte und begann zu verstehen, wie der kahle Raucher ein ganzes Unternehmen und 750 Familien in den Ruin getrieben hatte. Nur durch ein paar Klicks und das Einschleusen eines aggressiven Trojaners. Es war ein Testlauf gewesen für den Angriff auf ein Stromnetz im amerikanischen Staat Washington. Dieser Testlauf hatte das Leben ihrer Familie zerstört.

Okay, schick mir die Koordinaten. Ich komme.

Die Koordinaten erschienen auf dem Bildschirm. Tetjana prägte sich die Zahlen ein und schloss das Fenster. Sie löschte alle Protokolle ihrer Aktivität und beendete ihre Session. Zur Sicherheit riss sie die Monitorkabel heraus und ließ diese behutsam in ihre Hand gleiten. Vorsichtig legte sie die Kabel auf den Boden. Dann zog sie den USB-Stick ab und stopfte ihn in ihren BH. Ein kurzer Blick zur Empore. Charles und Oleksay waren noch immer in ihrem Büro. Die anderen Hacker waren in ihre illegalen Aktivitäten abgetaucht oder spielten auf den hochperformanten Rechnern westliche Computerspiele. Sie ignorierten Tetjana oder sahen sie einfach nicht. Tetjana war es egal. Sie streifte die Kapuze über den Kopf.

Dann schlich sie sich vorsichtig aus dem großen Computerraum und streifte durch die schummrigen und engen Gänge des unterirdischen Hacker-Camps.

Sie hatte keine Ahnung, wo sie eigentlich war. Als Charles sie hierhergebracht hatte, waren ihre Augen unter einer dicken Binde verborgen gewesen. Seit sie hergekommen war, hatte sie das Tageslicht nicht mehr gesehen. Sie hatte keine Orientierung und wusste nicht, wie weit es sein würde, bis sie bei Data ankäme. Aber sie musste zu ihm und deswegen sagte sie sich immer wieder die Zahlenreihen auf, die die Koordinaten seiner Unterkunft darstellten. Vorsichtig bewegte sie sich über die kalten Flure des unterirdischen Luftschutzbunkers. Die Lampen auf den Gängen flackerten mit halber Kraft.

Kein Wunder, dachte Tetjana, fast die komplette Leistung der drei Dieselmotoren wurde in die Stromerzeugung für die gut 100 Server gesteckt, die eine Ebene unter ihr in einem großen, streng gesicherten Raum standen. Alles, was geht, wurde in die Rechenleistung gesteckt.

Sie kam an die Kreuzung, wo es rechts zu den Schlafräumen ging und links in den Schalterraum. Dieser Bereich war verboten und Tetjana hatte sich noch nie getraut, dorthin zu gehen. Wie viele Wochen war sie jetzt eigentlich hier unten? Sie schaute auf ihre Hände, die Haut war bleich und fühlte sich wie Pergament an. Ihr Atem war ruhig und sie blickte vorsichtig in den rechten Gang. Dort war alles ruhig, hinter ihr war es ebenfalls ruhig. Die Schicht der aktiven Gruppe würde noch eine halbe Stunde dauern. Bis zum Wechsel der Hackergruppen würden noch 30 Minuten vergehen. Die anderen Hacker waren auf ihren Zimmern, die sie sich immer mit einem zweiten Jungen oder Mädchen teilten, oder in den großzügig mit Computerspiel-Equipment ausgestatteten Aufenthaltsräumen. Sie hatte also 30 Minuten, um hier herauszukommen.

Es gab einen Plan für dieses Labyrinth aus Gängen und kleinen Räumen. Elektronisch war der Grundriss nicht gespeichert, das hatte sie überprüft. Aber sie hatte ein Bild des Schalterraumes gesehen, auf dem eine Kopie des Grundrisses als Bild an der Wand hing. Die Auflösung des Bildes war zu schlecht für eine Vergrößerung gewesen. Sie musste persönlich in den Raum und sich die Zeichnung direkt ansehen.

Zaghaft trat sie in den linken Gang. Immer wieder wandte sie den Blick zurück und lauschte auf Geräusche. Aber außer ihren eigenen knirschenden Schritten war nichts zu hören. Ihr Atem wurde langsam schwerer und die Augen fielen ihr zu. Sie hatte zwei Schichten durchgearbeitet, eine kurze Pause gemacht und war dann wieder zurück in den Computerraum gegangen. Tomasz hatte sich gewundert, aber nichts gesagt. Tetjana gähnte und rieb sich die Augen. Sie blieb mitten im Gang stehen und schaute nach oben, zu den alten Rohren, die direkt unter der Decke über dem Gang verliefen und das frische Wasser aus der Zisterne in die Waschräume verteilte. An einem Verbindungsstück zweier Rohre hatte sich an der Schweißnaht eine undichte Stelle gebildet und Wasser tropfte vor ihr auf den Boden. Sie sah, wie sich an der Schweißnaht Tropfen um Tropfen sammelte, bis das Gewicht des Wassers zu schwer wurde und alles zu Boden fiel. Platsch, direkt vor ihre Füße.

Tetjana blickte auf und sah direkt in das kalte Gesicht von Charles, der keine zwei Meter von ihr entfernt an der

Betonwand lehnte, direkt unter einem gelben Warnschild, auf dem stand: *Rauchen strengstens verboten! Denk an deine Genossen!*

Charles hielt eine brennende Zigarette in der Hand und schaute sie mit stechendem Blick an. Seine Muskeln waren gespannt und er kam langsam auf sie zu.

„Hallo, Blizzard, was machst du so spät noch hier unten?“

Der Schlag traf sie unvermittelt und sie hörte die Knochen ihrer Nase brechen wie den Stiel eines Weinglases.

Der Schmerz kam in Wellen. Ihr Körper war eine einzige Wunde. Alles fühlte sich dumpf und dunkel an. Die Augen ließen sich nicht öffnen, in ihren Beinen hatte sie kein Gefühl und die Arme waren ihr fremd. Alles war taub und gefühllos. Charles' Faust in ihrem Gesicht hatte sie zu Boden geschickt. Es war dann aber nicht vorbei gewesen. Seine Füße trafen ihren Oberkörper und den Kopf. Sie wollte schreien, hatte aber keinen Ton herausbekommen.

Das Licht kam auf sie zu, immer näher, und blendete sie durch die geschlossenen Lider. Eine Autotür wurde geöffnet und wieder zugeknallt.

„Hallo, was ...? Oh mein Gott, was ist denn mit Ihnen passiert?“

Die Dunkelheit umgab sie noch immer. Ihr Körper zitterte unter den Decken, mit denen man ihren geschundenen Leib zugedeckt hatte. Minutenlang durchzuckte es sie und endlich war sie in der Lage, die Augen zu öffnen. Das Erste, was sie sah, war der glühende Stummel einer

Zigarette, der sich ihrem Gesicht näherte. Sie schrie, aber es gelang ihr nicht. Die rotleuchtende Spitze der Zigarette kam immer näher und sie fühlte die Hitze auf der Haut, wie sie durch den Verband hindurchging und sich langsam in ihre Haut einbrannte. Aus ihrem Mund kam kein Ton, der Körper spannte sich an und zuckte in spastischen Konvulsionen.

Sie erwachte und warf erschrocken den Kopf hin und her. Niemand außer ihr war im Raum. Sie war ganz allein. Eine kleine Lampe auf dem Nachttisch spendete Licht. Das Bett neben ihr war zerwühlt und leer. Wo war die alte Frau, die vorhin noch dort gelegen hatte?

Tetjana schloss die Augen und versuchte, die Tränen zu unterdrücken, die über ihre Wangen liefen, doch es gelang ihr nicht. Bevor sie die Augen wieder öffnete, roch sie den intensiven Geruch der billigen Zigaretten. Eine Hand legte sich auf ihren gesunden Arm und drückte fest zu. Sie drehte den Kopf so weit es ging, und schaute ihm in die eiskalten Augen. Ein Grinsen lag auf seinem Gesicht. Die Glatze glänzte und die Ringe unter den Augen waren dunkler als jemals zuvor.

„Hallo, Blizzard."

Charles zog sich einen Stuhl heran und setzte sich neben ihr Krankenbett. Seine Finger umklammerten immer noch ihren Arm, mit der anderen Hand streichelte er ihr über das Gesicht. Dabei beugte er sich so weit über ihren Oberkörper, dass sich ihre Gesichter ganz nahe waren.

„Du hast die Gruppe sabotiert, Blizzard. Dafür musste ich dich bestrafen. Das siehst du doch ein?"

Tetjana rührte sich nicht. Aus großen Augen starrte sie ihn an. Sie versuchte, ihren Arm aus seinem Griff zu befreien, doch es gelang ihr nicht. Sie war zu schwach. Ihr rechter Arm war gebrochen, ebenso ein paar Rippen, und der linke Knöchel verstaucht. Ein dicker Verband bedeckte ihren Kopf.

Seine Hand glitt über ihren Kopf und strich darüber. Er berührte die lila Strähne, die aus dem Verband herausschaute.

„Oleksay war nicht sehr erfreut, als er erfahren hat, dass du einfach abhauen und unsere Sache verraten wolltest. Er wollte, dass ich dich töte."

Charles beugte sich dicht an ihren Mund. In seiner Hand blitzte ein Skalpell auf, das sich langsam ihrem Gesicht näherte. Die scharfe Klinge fuhr zart über ihre bleiche Haut und näherte sich der geschwollenen Nase, leicht ritzte sie das Fleisch. Ein einzelner dunkelroter Blutstropfen lief über ihre Wange und benetzte ihre aufgeplatzten Lippen.

„Ich habe ihn überzeugt, dass es besser ist, dich noch nicht zu töten. Obwohl ich zugeben muss, dass es mir Vergnügen bereitet hat, deine Knochen brechen zu hören."

Tetjana versuchte Worte zu formen, doch es kam kein Ton aus ihrem Mund.

Charles lachte laut.

„Ich habe wohl deinen Kehlkopf ein wenig zu stark gestreichelt. Du kannst erst in ein paar Tagen wieder sprechen."

Ihre Augen weiteten sich.

„Und falls du irgendetwas von dem, was du heruntergeladen hast, veröffentlichst, wird dich zwar die ganze Gruppe jagen, aber ich …"

Das Messer kam näher an ihre Kehle und sie fühlte den kalten Stahl auf dem Hals.

„… aber ich werde dir höchstpersönlich die Zunge herausschneiden und deine Finger in Batteriesäure einlegen, sodass du nie wieder was sagen oder hacken kannst."

Charles lachte laut und strich mit dem Messer ihre Kehle entlang.

„Wenn du wieder gesund bist, wirst du zu uns zurückkommen. Wir haben noch ein paar Programme fertigzumachen. Die Attacke muss gut vorbereitet werden. Petya ist noch nicht gestorben!"

Ihre Augen folgten seinen Bewegungen, denn ihr Körper vermochte es nicht. Sie lag regungslos in ihrem Bett und fühlte den kalten Stahl auf der Haut.

Sie fiel in einen tiefen, traumlosen Schlaf. Als sie abermals erwachte, war Charles verschwunden.

Kapitel 19

Freitag, 1. Februar 2019, 4 Uhr 12

Sie stopfte ein paar Kleidungsstücke in den Rucksack, den sie einem Patienten aus dem Nachbarzimmer geklaut hatte, und dazu noch etwas Obst von den Servierwagen. Niemand bemerkte sie. Sie war unsichtbar, als sie über die Gänge humpelte.

Die Knochenbrüche an den Beinen waren verheilt. Sie musste fliehen, bevor Charles sie wieder zurückholte, möglichst weit weg. Es gab nur eine Option: Data. Sie hatte immer noch die Koordinaten vor Augen, die er ihr in jener Nacht des Schmerzes übermittelt hatte.

Aus dem Krankenhaus zu gelangen war nicht schwer. Das Personal des kleinen Bezirkskrankenhauses war unterbesetzt und keine Schwestern und Pfleger wuselten auf den Gängen umher. Niemand kümmerte sich um sie, als Tetjana vorsichtig durch die Gänge humpelte und zum Treppenhaus gelangte. Keuchend und auf jedem Absatz anhaltend gelangte sie langsam bis in die Tiefgarage. Sie drückte ihren zerschundenen Körper an der Wand der Garage hinter den parkenden Autos entlang und schlich vorsichtig zum Ausgang. Im Schutze der Dunkelheit verließ sie das Krankenhausgelände.

Tetjana hinkte die verschneite Straße entlang, immer im Schatten der Straßenlaternen. Der Schnee trieb ihr ins Gesicht und sie musste immer wieder die Kapuze zurück ins Gesicht ziehen, um am Kopf nicht zu nass zu werden. An einer Bushaltestelle wartete sie zitternd hinter einem Baum. Als nach einer Stunde endlich ein Bus hielt, löste sie das Ticket mit dem gestohlenen Geld ihrer Bettnachbarin und ließ sich ganz hinten im Bus in die letzte Sitzreihe fallen. Ihre Knochen schmerzten noch immer.

Sie fuhr bis zum Hauptbahnhof und schaute auf die Anzeigen. Es gab keine direkte Bahnverbindung nach Hamburg. Nur eine Gesellschaft steuerte ihr Ziel an. Tetjana ging zum Schalter. Der Mann hinter der Plexiglasscheibe schaute sie irritiert an. Sie musste schrecklich aussehen. Sie schob den vorbereiteten Zettel durch das Fach für das Geld und holte einen Geldschein aus der Hosentasche. Ein prüfender Blick des Mitarbeiters, dann stellte er das Ticket aus und gab ihr das Wechselgeld.

Tetjana humpelte aus dem Bahngebäude und ging zu den Fernbussen. Es wurde langsam hell. Sie fand das Terminal und stieg in den wartenden Bus. Sie ging ganz nach hinten durch und ließ sich in die letzte Reihe fallen. Kaum saß sie, vibrierte es in ihrer Jackentasche. Sie griff hinein und holte ein Handy hervor. Es war nicht ihres. Aber es ließ sich mit ihrem Fingerabdruck entsperren. Auf dem Display erschien ein Foto von Lena, ihrer kleinen Schwester. Tränen kullerten über ihr Gesicht. Dann erschien die SMS.

Wir kriegen dich, Blizzard. Ich habe es dir versprochen!

Kapitel 20

Mittwoch, 7. August 2019, 22 Uhr

Der Vorteil am Leben auf dem Boot bestand eindeutig darin, dass man nicht zu viel Ballast besaß. Thiess hatte sein Leben auf drei Kartons verteilt. Mit mehr war er nicht aus Wiesbaden nach Hamburg zurückgekehrt. Mehr brauchte er nicht. Sein Teleskop hatte noch zwei weitere Kartons gefüllt. Seine ganze Vergangenheit befand sich in diesen fünf Kartons, die er im Heck auf den Matratzen der dortigen Koje abgestellt hatte. Die Koje diente ihm als Abstellkammer. Ihm reichte das kleine Bett vorne im Bug.

In einem der Kartons befand sich eine Metallbox mit alten Fotos. Thiess kramte diese Box hervor und setzte sich auf die gepolsterte Holzbank in der Messe. Seine Finger wuselten in den Fotos herum. Bald hatte er das eine Foto gefunden, das so lange an seiner Pinnwand im Kinderzimmer gehangen hatte. Er starrte auf das Foto in seiner Hand. Mit einem Mal war alles wieder präsent, obwohl schon so viele Jahre vergangen waren.

Es war ein warmer Frühlingstag gewesen, am Himmel hatten sich den ganzen Vormittag über die dunklen Wolken hartnäckig gehalten, doch es war trocken geblieben. Auf dem Weg in die Kirche hatte der Regen dann vorsichtig eingesetzt, zuerst nur in leichten, kaum wahrnehmbaren Tropfen. Dann allmählich immer stärker werdend. Der Nieselregen war zu einem leichten Sommerregen geworden und dieser zu einem richtig ekligen Sturm. Typisch norddeutsch. Während er in der Kirche auf seinem Stuhl saß und darauf wartete, im Rahmen der Konfirmation nach vorne zu treten, hatte Thiess immer wieder abwechselnd durch die Fenster nach draußen geschaut oder nach hinten zur Kirchentür.

Je länger er auf das Familienfoto starrte, auf dem die gesamte Familie Riedel abgebildet war, desto lebendiger wurde die Erinnerung an diesen Tag, der alles verändert hatte. Eine Person fehlte auf dem Foto und Thiess wusste noch genau, wie er damals immer wieder zur Tür geschaut und gehofft hatte, dass er doch noch kommen würde.

Sein Vater, der eine Reihe hinter den Konfirmanden gesessen hatte und zu weit von ihm entfernt, um mit ihm zu sprechen, hatte sanft genickt. Er wird noch kommen, sollte das heißen, doch er kam nicht.

Bestimmt war der Regen schuld, der in heftigen Schlägen gegen die hohen Kirchenfenster peitschte und etwas von einem Weltuntergang hatte. Die Sträucher schlugen vom Wind getrieben gegen das Glas und übertönten die Gesänge und die Predigt. Thiess hatte sich so sehr auf diesen Moment gefreut und im Stillen gehofft, sein Großvater würde irgendwann auftauchen. Doch egal wie sehr er auch hoffte und flehend zur Tür schaute, der alte Mann kam einfach nicht.

Thiess ließ das Foto sinken und nahm einen Schluck Bier. Er lauschte in die Dunkelheit. Das Wasser schlug gegen den Rumpf des Bootes. Sein Magen knurrte. Der Blick fiel auf den Tisch, wo er die Fotos seiner Konfirmation ausgebreitet hatte. Es gab nicht so viele Fotos davon und das einzige Foto, auf dem fast die ganze Familie abgebildet war, war ziemlich unscharf. Es passte zu dem Tag, an dem die Aufnahme gemacht worden war. Es war nicht gerade der glücklichste Tag seines Lebens gewesen.

Thiess hatte trotzdem immer wieder nach hinten geschaut, zur Tür der Kirche. Doch sie öffnete sich nicht mehr. Alle Gäste waren bereits da. Sein Großvater würde nicht mehr kommen. Mittlerweile hatte er das verstanden. Doch er verstand nicht, warum sein über alles geliebter Großvater nicht kam. Was war passiert? Er wollte seinen Vater fragen, doch der saß zu weit entfernt. Die Konfirmation war in vollem Gang. Es wurde gesungen und Psalme wurden aufgesagt, doch Thiess war mit seinen Gedanken ganz woanders. Es fiel ihm schwer, sich auf diesen wichtigen Schritt zu konzentrieren. Viel lieber hätte er sich mit seinem besten Freund Lasse bei seinem Opa getroffen und in den Comics gestöbert, die der Opa in seiner Abstellkammer für sie bereithielt. Er war ein großer Fan von *Tim und Struppi* und *Asterix*, aber auch *Das Phantom* oder die *Batman*- und *Superman-Comics* gefielen ihm sehr. *Batman*, der maskierte Detektiv, war sein ganz besonderer Held! Thiess wünschte sich, so zu sein wie er. Ein Kämpfer für die Gerechtigkeit, für die gute Sache. Er wollte den Schwachen helfen und dafür einstehen, dass das Unrecht bekämpft wurde. Er wollte die Bösen zur Strecke bringen.

Während der Pastor vorne am Altar stand und etwas vom Erwachsenwerden erzählte und ein Kind nach dem anderen aufrief, wusste Thiess mit einem Mal, dass er Polizist werden wollte. Das gefiel ihm.

Er schaute wieder nach hinten zur Tür.

„Hey, Thiess, du bist dran", flüsterte Alexander neben ihm und stieß ihn an.

Erschrocken fuhr Thiess hoch, blickte kurz zu seinem Vater, der ein paar Reihen hinter ihm saß, und ging dann nach vorne zum Altar. Eine Träne kullerte über Thiess' Wange, doch er riss sich zusammen und spulte seine Aufgabe ab.

Nachdem Thiess die Segnung erhalten hatte und zusammen mit den anderen Konfirmanden die Kirche verließ, hatte er immer noch hoffnungsvoll Ausschau gehalten und sein Herz begann erwartungsvoll zu schlagen. Immer schneller, immer stärker. Aus Hoffnung wurde Erwartung, aus Erwartung wurde Glaube, doch dann brach die Realität über ihn herein und da standen die glücklichen Eltern und warteten auf ihre nun erwachsenen Schützlinge.

Er sah seinen Vater, er sah die Eltern und Geschwister der anderen Konfirmanden. Eine Menschentraube. Wieder keimte Hoffnung in ihm auf. Bestimmt stand er irgendwo da hinten und kam einfach nicht durch.

Thiess erinnerte sich nicht mehr, wie sein Vater es geschafft hatte, ihn schließlich nach draußen zu bekommen, wo sie unter dem schützenden Baldachin die Fotos machen wollten. Er hatte sich gewehrt, bestimmt hatte er das. Ohne den Großvater war das alles nichts wert.

Die Fotos hatten sie dann irgendwie gemacht, gestört von Wind und Regen, die jedes Licht gestohlen hatten und die Frisuren der Gäste in heillose Unordnung brachten.

Als Tage später die Fotos entwickelt waren, hatte Thiess sich einen Abzug geschnappt und dazu ein anderes Foto seines Großvaters genommen. Er hatte den Kopf ausgeschnitten und einfach auf das Gruppenfoto geklebt. Wochenlang hatte er dieses Foto unter seinem Kopfkissen im Bett liegen gehabt.

Thiess nahm das Foto erneut in die Hand und strich über die Stelle, wo der Kopf des Großvaters gewesen war. Es fehlte etwas, nicht nur hier, sondern in seinem Leben. Es war fort, seit damals am Tag seiner Konfirmation. Alle hatten immer erzählt, es würde ein besonderer Tag in seinem Leben werden. Das wurde er, aber im negativen Sinn.

Thiess legte das alte Foto zurück in die Blechkiste und nahm einen großen Schluck Bier. Eine Woche nach der Konfirmation hatte sein Vater ihn in der Werkstatt zur Seite genommen.

„Thiess", hatte sein Vater mit schwerer Stimme gesagt, „dein Großvater ist letzte Nacht gestorben. Er hatte einen schweren Autounfall!"

Thiess hatte seinen Vater nur stumm angeschaut. Er wollte es nicht glauben. Dann hatte er mit den Fäusten gegen die Brust seines Vaters geschlagen. Sein Vater hatte ihn ganz fest in den Arm nehmen wollen, doch Thiess hatte sich losgerissen.

„Das ist alles deine Schuld! Er ist nur wegen dir und deinem Alkohol weg! Du bist ein verfluchter Alki!“

Es war das erste Mal gewesen, dass sein Vater ihm eine Ohrfeige gegeben hatte. Direkt danach hatte sein Vater angefangen zu weinen und war mit schnellen Schritten aus der Werkstatt gegangen.

Thiess kniff die Augen zusammen. Nach dem Tod des Großvaters war sein Verhältnis zu seinem Vater nicht das beste gewesen. Er hatte es nicht verstanden und seinen Vater angeklagt. Sein Großvater war sein Held gewesen, er hatte immer Zeit für Thiess gehabt. Thiess hatte schon damals gewusst, dass er seinem Vater gegenüber ungerecht war. Aber in seiner Trauer hatte er nur reagiert und nicht nachgedacht.

Er nahm den Brief von Tante Annemarie und las ihn noch einmal. In den letzten Wochen hatte er ihn bestimmt an die dreißig Mal gelesen. In diesem Brief hatte Annemarie ihm erklärt, warum sie ihm ihr Boot vererbt hatte und wie lange sie schon von ihrer Krankheit wusste. Es hätte die Möglichkeit zur Behandlung gegeben, doch die Operation wäre sehr kostspielig und gefährlich gewesen und Annemarie hätte eine lange Zeit im Krankenbett verbringen müssen. Also hatte sie sich gegen die Behandlung entschieden und beschlossen, in den letzten verbleibenden Monaten nur noch das zu tun, wozu sie Lust hatte. Neben dem Reisen war das auch die Aufarbeitung des Todes ihres Vaters Heinrich Riedel, Thiess' Großvater. Sie war sehr erstaunt, wie sie Thiess in dem Brief mitteilte, dass ihre Recherchen dazu führten, dass sie ihren Vater ziemlich lebendig in einem Seniorenstift in Hamburg fand. Aber die Zeit reichte nicht mehr, Kontakt zu ihm aufzunehmen und zu erfahren, warum er damals verschwunden war.

Lieber Thiess, stand im letzten Absatz von Annemaries Brief, *ich wünsche mir nicht viel. Nur das eine: besuche meinen Vater, deinen Großvater, und finde heraus, warum er damals einfach gegangen ist. Warum hat dein Vater Johannes uns erzählt, er wäre tot?*

Kapitel 21

Donnerstag, 1. August 2019, 23 Uhr 17

Die Nacht war schwarz. Rabenschwarz. Die Dunkelheit hatte jeden kleinen Funken Licht verschluckt. Es war absolut finster in der Speicherstadt. Die traditionsreichen Teppichhändler in den historischen Gebäuden hatten längst ihre Showrooms geschlossen und waren nach Hause gegangen, ebenso die Mitarbeiter der Firmen, die sich in der hippen neuen Hafencity angesiedelt hatten. Nach 10 Uhr abends glich die Hafencity einer Geisterstadt. Nur die übermütigen Sportwagenbesitzer nutzten dann die Straße Am Sandtorkai für ihre illegalen Rennen. Das Heulen der Motoren war bis zur Mönckebergstraße zu hören.

Die Straßenlaternen im Holländischen Brook blieben heute dunkel, dafür hatte er gesorgt. Nur eine einzige Lampe hatte er intakt gelassen, direkt gegenüber dem Eingang zum roten Backsteinbau, den er von seinem Platz unter der tief hängenden Kastanie an der Brücke Dienerreihe gut beobachten konnte. Die Nacht war warm, der Himmel etwas bewölkt und die Sterne waren nicht zu sehen. Es war eine perfekte Nacht für sein Vorhaben. Sein Gehirn arbeitete präzise. Für ihn war das hier nichts weiter als ein Schachspiel, bei dem man seinem Gegenüber ein paar Züge voraus sein musste. Er war gut im Schachspielen.

Er stand unten an der Brücke und schaute in das Fleet. Aus dem Augenwinkel sah er, wie sich die schwarze eiserne Tür des Backsteingebäudes öffnete und der Mann mit dem Kapuzenpulli herauskam.

Seine Hand glitt in die Tasche seines langen Mantels und er spürte das Messer. Zufrieden lächelte er unter seiner Baseballmütze. Eine Annehmlichkeit des Westens. Er fühlte sich lächerlich, aber er war sicher, dass man ihn so nicht erkannte. Wenn er seinen Job erledigt hatte, würde er sich der Mütze, des Barts und Mantels entledigen, nur für den Fall, dass ihn jemand gesehen hatte.

Die Hand umklammerte das Messer. Der Griff fühle sich kalt an. Kalt war gut. Kalt war herrlich. Kalt war seine Heimat. Er liebte die Kälte des Nordens, er war in der Kälte aufgewachsen und hatte dort zu leben gelernt. Es machte ihm nichts aus, in der Kälte zu leben und in der Einsamkeit zu Hause zu sein. Kälte war gut. Kälte machte wachsam. Er hatte ein hartes Leben gehabt, doch er beklagte sich nicht. Es gab nichts, worüber er sich beklagen musste. Er hatte seinen Weg gefunden, er hatte einen Weg aus dem Chaos gefunden.

Vorsichtig näherte er sich der Haustür. Es war ein Glücksfall für ihn, dass der Kapuzenpulli so paranoid war und es vorzog, abgeschieden von anderen Menschen zu wohnen. Das erleichterte sein Vorhaben. Würde er in einem dieser grauen Wohnsilos leben, müsste er mit Zeugen rechnen, denen es aus dem Weg zu gehen galt. Aber hier gab es keine Zeugen, sie waren allein. Der Kapuzenpulli war weggegangen. 30 Minuten Zeit ab jetzt. Seine Hand umklammerte das Messer fester. Er spürte das Adrenalin in seine Adern fließen, aber er beherrschte sich. Es war wichtig, dass er konzentriert zu Werke ging. Er durfte sich keinen Fehler leisten.

Niemand war im Dark Web mit seinem richtigen Namen unterwegs. Jeder verschleierte seine Identität. Ihr Alias war Blizzard. Extrem hibbelig hockte sie vor den Bildschirmen. In den letzten Wochen waren sie gut vorangekommen. Sie waren ihnen auf der Spur, das spürte sie. Lasse wusste nichts von ihren wahren Zielen, aber das war auch besser so. Er war schon jetzt viel zu tief in die Sache verwickelt.

Ihr Kopf schmerzte etwas, das tat er immer, wenn sie stundenlang vor dem Computer hockte und sich in ihre Recherchen verbiss. Sie trank zu wenig und vergaß die Zeit. Es war gut, dass Lasse sich um ihr leibliches Wohl kümmerte. Er sorgte sich darum, dass es ihr gut ging. Wahrscheinlich wollte er mehr als nur ihre Computerkenntnisse. Aber sie war an einer sexuellen Beziehung zu einem Mann nicht interessiert. Sie mochte ihn. Aber sie hatte jemanden. Sie hatte die Frau vor zwei Jahren in einem Computercamp in Budapest kennengelernt. Sie hatten einen Sommer miteinander verbracht und standen seitdem über das Internet in Kontakt. Doch seit vier Monaten hatte sie von ihr nichts mehr gehört. Sie war wie vom Erdboden verschwunden.

Tiefe Ringe unter ihren Augen verrieten, dass sie die letzten 24 Stunden nicht geschlafen hatte. Neben ihr auf dem Schreibtisch stand die letzte Dose Red Bull. Sie hasste Kaffee und konnte nicht begreifen, wie Lasse dieses Zeug literweise in sich hineinschüttete. Red Bull war zwar nicht viel besser, es schmeckte nach flüssigen Gummibären, doch es machte sie einfach wacher. Das Klischee, dass Hacker sich nur von Kaffee und Zigaretten ernährten, stimmte bei ihr überhaupt nicht. Sie achtete meistens auf eine gesunde Ernährung. Aber manchmal verlangte ihr Körper nach Junkfood.

Sie bemerkte den Schatten zu spät, der sich langsam über den Monitor senkte. Der Schmerz fuhr unvermittelt in ihren Körper und ließ ihr keine Kraft mehr zum Schreien. Sie sackte von ihrem Sitz und fiel auf den Boden, das Blut sickerte aus ihrem Körper und ergoss sich über die alten Holzdielen.

Kapitel 22

Freitag, 2. August 2019, 0 Uhr 30

Charles zündete sich eine Zigarette an und wartete hinter der Häuserecke auf der anderen Straßenseite. Von dieser Position überblickte er den Hauseingang und einen Teil der Straße. Das Nikotin verdrängte das Adrenalin und ließ seine zitternden Hände allmählich zur Ruhe kommen. Nachdem das Messer endlich zwischen ihre Rippen gefahren war, hatte er seine Hände fast schon zärtlich um ihren Hals gelegt. Sie hatte ihn aus ihren großen Augen angestarrt und genau gewusst, dass sie nun bekam, was sie verdient hatte. Sie war nicht mehr in der Lage gewesen zu sprechen, nicht mal ein Röcheln war ihrer sterbenden Kehle entkommen. Sein Stich war nicht tödlich gewesen, aber er setzte sie außer Gefecht. Er wollte ihr persönlich das Leben nehmen.

Wie damals. Er war elf gewesen. Ein Junge aus der höheren Klasse war ihm dumm gekommen. Er hatte ihn zu dem See hinter der Schule gelockt. Der andere war ein kräftiger Junge gewesen und einen ganzen Kopf größer als Charles. Er hatte gedacht, Charles wolle sich mit ihm prügeln. Ausgelacht hatte er ihn und bespuckt.

„Du stinkst, du verrückter Hurensohn! Du musst dich mal waschen", hatte er Charles auf dem Weg zum See zugerufen.

„Ich kann riechen, dass du dich nicht wäschst."

Der andere Junge war bereit für die erneute Abreibung, die er dem verrückten Jungen verpassen wollte. Er und seine beiden Kumpel hatten Charles schon ein paarmal in der Schule auf dem Hof verprügelt. Der Verrückte bettelte förmlich um ein paar Schläge. Doch dass der erste Schlag von Charles kommen würde, damit hatte der große Junge nicht gerechnet. Der Stein traf den 17-jährigen Jungen unerwartet an der Schläfe und riss ihn zu Boden. Dann setzte sich Charles auf ihn und presste seine Hände um den Hals des zappelnden Jungen. Er drückte zu und sah die Angst in den Augen des anderen, die Füße zappelten wild hinter Charles' Rücken. Charles schnaufte und presste weiter und nach wenigen Minuten war der andere still. Charles lehnte sich zurück und betrachtete den schlaffen Körper unter sich mit einem Grinsen im Gesicht. Er zückte sein Messer und schnitt dem vorlauten Muskelprotz die verräterische Nase aus dem Gesicht. Danach ging er nach Hause, als wäre nichts gewesen.

Während er an der Ecke stand und rauchte, ging das Adrenalin langsam wieder herunter und sein Puls beruhigte sich. Er starrte auf den Hauseingang, dann nach oben zu den Fenstern im zweiten Stock. Dort brannte noch immer Licht. Plötzlich erlosch es und ein paar Minuten später öffnete sich die Haustür. Der Mann mit dem Hoodie kam eilig herausgelaufen. Er rannte zu einem kleinen silbernen Renault, der vor dem Haus stand, öffnete hektisch die Tür und raste in die Nacht hinein.

Grinsend verließ Charles den Schutz der Dunkelheit und schnipste die fast aufgerauchte Zigarette auf den Asphalt. Er zog seine Handschuhe an und schaute an der Dachrinne empor. Ein prüfender Blick, ein wenig Geruckel, dann umfasste er das Fallrohr und begann emporzuklettern.

Kapitel 23

Donnerstag, 8. August 2019, 18 Uhr 25

Es hatte den ganzen Tag geregnet. Er war dabei, die Einkäufe im Kühlschrank und den Schränken zu verstauen, als sein Handy klingelte. Am Telefon war der Chef seiner Cybercrime-Abteilung, Kriminalrat Dr. Günther Maak. Er hielt sich nicht mit langen Begrüßungsfloskeln auf.

„Riedel, kommen Sie aufs Präsidium!"

„Sie haben mich doch gestern nach Hause geschickt, Dr. Maak."

„Kann ich nicht ändern. Das LKA will Sie sehen, sofort! Also bewegen Sie Ihren Hintern hierher, und zwar sofort!"

Noch bevor Thiess etwas antworten konnte, hatte Maak schon aufgelegt. Kriminalrat Dr. Günther Maak mochte ihn nicht, das hatte Thiess vom ersten Tag an gespürt. Er stand unter gehörigem Druck und war nicht begeistert gewesen, dass man ihm jemanden aus Wiesbaden in die Abteilung gesetzt hatte. Maaks Abteilung war zwar unterbesetzt, weil Hamburg eine Hochburg der Abartigen und Kriminellen war. Aber Maak mochte es nicht, jemanden hingesetzt zu bekommen, der seinen eigenen Kopf hatte.

Karla hatte den Umzug nach Hamburg im Frühjahr nur widerwillig mitgemacht. Ihre ganzen Freunde waren in Wiesbaden. Doch sie hatte gewusst, dass es Thiess Traum gewesen war, nach Hamburg zurückzukehren. Er hatte genügend Urlaub und Überstunden gehabt, so dass sie einige Wochen Zeit gehabt hatten, sich in Hamburg einzuleben, bevor die Arbeit beim LKA beginnen würde. Niemand hatte geahnt, dass die gemeinsame Zeit so schnell vorbei sein würde.

Thiess starrte auf die Packung Ziegenkäse, den er aus reiner Gewohnheit eingekauft hatte. Karla liebte Ziegenkäse, er dagegen hasste den Geruch. Er trat auf den Hebel des Mülleimers und donnerte den Käse hinein. Dann schnappte er sich seine blaue Regenjacke und verließ das Schiff. Er lief durch den wieder einsetzenden Regen hinüber zum Parkplatz und stieg in seinen kleinen blauen Fiat Punto.

Kapitel 24

Donnerstag, 8. August 2019, 19 Uhr 35

Die Kälte der Vernehmungsprotokolle erfüllte den winzigen Befragungsraum. Die Papiere lagen auf dem Tisch zwischen ihnen. Darin stand das Geständnis, eine Frau ermordet zu haben.

Thiess las die Zeilen ein weiteres Mal durch. Die Person, die ihm gegenübersaß, war so anders als jener Junge, mit dem er seine Kindheit verbracht hatte. Das lag nicht nur an den Äußerlichkeiten. Große Teile seines Gesichtes waren verbrannt. Der Kopf war ein unförmiger Klumpen. Die Augen waren kaum sichtbar, keine Haare, keine rosige Haut. Nur Narben und künstliches Gewebe.

Nichts wies darauf hin, dass Thiess und er einmal die besten Freunde gewesen waren. Der fröhliche Junge mit den strubbeligen schwarzen Haaren, die nie gebändigt werden konnten und ihm immer irgendwie ins Gesicht hingen, war verschwunden. Zum Vorschein gekommen war ein Wesen, das wie ein Monster aussah. Das Protokoll sagte, dass er auch wie ein Monster gehandelt hatte.

Es kostete Thiess große Überwindung, seinen Freund aus Kindertagen anzuschauen.

„Du bist gar kein richtiger Polizist", krächzte Lasse mit zerrissener Stimme. Keine Frage, nur eine Feststellung.

Die behandschuhten Finger lagen bewegungslos auf der grauen Tischplatte. Thiess fand, dass Lasse nicht aussah wie jemand, der gerade einen kaltblütigen Mord begangen hatte. Aber wie viele Mörder hatte er denn auch schon persönlich gesehen? Keinen!

Die winzigen Augäpfel starrten Thiess aus ihren dunklen Höhlen an, sodass dieser dem Blick nicht mehr standhalten konnte und den Kopf wieder den Protokollen zuwandte. Als er sich auf den Bericht konzentrierte, schnalzte Lasse mit dem, was von seiner Zunge übrig geblieben war.

„Gewonnen!"

Thiess zuckte zusammen, doch er beherrschte sich und las die Zeilen des Geständnisses noch ein drittes Mal. Schließlich klappte er die Mappe zu und blickte Lasse geradeheraus an.

„Warum bin ich hier?"

„Lange nicht gesehen ..."

„Fünfzehn Jahre. Aber das weißt du ja."

Lasse grinste.

Thiess schluckte eine Antwort hinunter und versuchte, in Lasses Gesicht etwas zu lesen, was ihm einen Hinweis darauf geben konnte, worum es hier ging. Ihre Augen begegneten sich und beide hielten dem anderen stand. Ein Spiel, das sie schon in ihrer Kindheit ausgiebig gespielt hatten. Wer zuerst zur Seite schaute oder blinzelte, hatte verloren.

„Gewonnen!", sagte Lasse erneut und versuchte zu lächeln. Die Haut im Gesicht spannte sich auf unnatürliche, abstoßende Weise. „Du kannst gar nicht gewinnen, Thiess! Das konntest du noch nie! Weil du nicht bereit bist, die Regeln zu brechen!"

„Du bist auch noch das gleiche Arschloch wie früher.“

Lasse schwieg. Aber auf seinen verbrannten wulstigen Lippen war ein leichtes Zucken zu sehen.

„Nein, ich seh immer noch genauso hübsch aus wie damals ...“

Thiess’ Auge zuckte und er spürte den Blick von Lasse.

„Bist du deswegen hier? Wegen einer Sache, die vor 15 Jahren passiert ist?“

„15 Jahre und 2 Monate. Aber rechnen war ja noch nie deine Stärke.“

„Bist du deswegen hier? Du willst unser Jubiläum feiern?“

Thiess beugte sich vor.

„Was willst du eigentlich von mir? Ich sollte herkommen! Ich bin hier!“

Thiess verlor langsam die Geduld.

„Du bist doch nicht hergekommen, um Freundlichkeiten auszutauschen? Du hast zugegeben, ein Mädchen ermordet zu haben. Warum?“

Lasses Mundwinkel wurden schmaler und die winzigen Augen in den vernarbten Höhlen wurden kleiner und stechender.

„Ihr Name war Blizzard. Sie war ein Hacker-Genie.“

Thiess hob die Augenbrauen und er schaute Lasse direkt an.

„Blizzard? Ich habe nie von einem Hacker mit diesem Namen gehört. Ist sie neu in der Szene?“

Lasse beugte sich über den Tisch.

„Gewesen, Thiess. Sie ist tot.“

Thiess nickte.

„Warum hast du sie ermordet? Weil sie besser war und dein großes Ego das nicht ertragen hat?"

Lasse schwieg einen Moment und schaute zum ersten Mal nicht auf Thiess oder das Vernehmungsprotokoll. Er konzentrierte sich auf seine Atmung, die rasselnd und schwerfällig war, dann beugte er sich nach vorne und sprach direkt in das schmale silberne Mikrofon, das auf dem Tisch zwischen ihnen stand.

„Niemand ist besser als wir es waren! Wir waren die Besten! Aber hier geht es nicht um uns."

Lasse räusperte sich und brachte seinen Mund erneut ganz nah an das Mikrofon, während seine Augen Thiess fixierten.

„Ich habe sie nicht ermordet."

„Aber warum hast du es dann zu Protokoll gegeben? Das ergibt keinen Sinn!"

„Ach", zischte Lasse und schaute ihn verächtlich an. „Kommst du wieder mit deiner Mister-Spock-Attitüde! Die ging mir schon damals mächtig auf den Sack. Warum muss alles einen Sinn ergeben? Das ganze Leben ergibt keinen Sinn."

Thiess fuhr mit der rechten Hand an die Schläfe und massierte das Areal über der Augenbraue.

„Warum bin ich hier? Du hast recht: Ich bin kein Polizist, nur Forensiker. Ich kann dir absolut nicht helfen. Du hast gestanden. Man wird dich wahrscheinlich für lange Zeit wegsperren."

Lasse beugte sich wieder nach vorne, drückte seine Hand auf das Mikrofon und kam ganz nah an Thiess heran.

„Es geht darum, dass ich etwas für dich tun kann!“, flüsterte er mit krächzender Stimme.

Die Tür wurde aufgerissen und eine grauhaarige Frau stürmte herein.

„Die Unterhaltung ist beendet!“

Hinter der Frau tauchten zwei Männer in Uniform auf und begleiteten Thiess aus dem Verhörzimmer. Draußen auf dem Flur sank er auf die Bank und vergrub den Kopf zwischen den Händen. Er wusste nicht, wie er mit dieser unerwarteten Begegnung umgehen sollte.

Die Tür des Verhörzimmers öffnete sich und die beiden uniformierten Polizisten führten Lasse in Handschellen aus dem Raum und an ihm vorbei. Sie behandelten ihn wie einen Schwerverbrecher. Lasse zog sein rechtes Bein nach, doch darauf nahmen die Polizisten keine Rücksicht.

Thiess sprang auf und hielt den Polizisten fest, der Lasse die Hand auf den Rücken gedrückt hatte und mit der anderen die Handschellen festhielt, die kaum über die vernarbten Handgelenke passten.

„Hey, macht mal ein bisschen vorsichtig.“

Die Reaktion war ein grimmiger Blick vom Polizisten und die Hand des anderen, die ihn zurückzog. Lasse warf den Kopf herum, als er über den Flur geführt wurde.

„Willi ist wieder da! Frag Heinrich nach Kanada!“, rief er Thiess zu.

„Los, vorwärts!“, schimpfte der Polizist und trieb Lasse voran.

Thiess blieb ratlos zurück. Er sah den Polizisten zu, wie sie Lasse durch die Tür hinausbrachten. Zurück blieb ein Gefühl von Verwirrung und Zorn.

„Thiess Riedel."

Thiess fuhr herum und sah hinter sich die Frau, die ihr Gespräch so abrupt unterbrochen hatte. Es war die gleiche Person, die vor ein paar Tagen beim Boot die Ermittlungen geleitet hatte.

„Hauptkommissarin Thordsen vom LKA. Danke, dass Sie gekommen sind."

„Ich hatte kaum eine Wahl. Die Ansage meines Chefs war mehr als deutlich!"

Thiess verschränkte die Arme vor der Brust.

„Warum haben Sie mich holen lassen? Sie hatten doch bereits ein Geständnis."

Thordsen lächelte schräg und zog die Augenbrauen hoch.

„Nun, wir wollten unser psychologisches Profil erweitern. Es war sehr aufschlussreich, wie er sich Ihnen gegenüber verhalten hat."

Sie wedelte mit der Akte in ihrer linken Hand.

„Hier drin steht, dass Sie beide mal die besten Freunde waren. Sie sind zusammen aufgewachsen?"

Thiess zuckte mit den Schultern.

„Wenn das da drinsteht, wird es wohl stimmen."

Thordsen nickte. Sie kam mit dem Gesicht nah an Thiess heran.

„Was ist passiert, dass er Sie so abgrundtief hasst?"

Die Hauptkommissarin bot Thiess den freien Metallstuhl an, wo eben Lasse gesessen hatte. Sie selber blieb stehen.

„Ich weiß nicht, was Sie meinen."

„Hm, soso. Ich frage mich: Sind Sie verantwortlich für sein Aussehen? Haben Sie etwas mit dem Brand zu tun? Sind Sie ein kleiner Feuerteufel?"

Thiess' Augen verengten sich, seine rechte Schläfe begann zu pochen und das Fiepen in seinem linken Ohr nahm wieder zu. Er umklammerte instinktiv das rechte Handgelenk mit den Fingern der linken Hand.

„Wie gesagt, hier steht, dass Sie mal die besten Freunde waren. Als Kinder haben Sie ständig zusammengehockt. Und es gab noch einen Dritten in Ihrer Clique."

Der Metallstuhl war unbequem. Thiess ahnte, warum manch Verdächtiger schnell ein Geständnis ablegte. Man wollte einfach hier raus. Die LKA-Beamtin musste nicht alles wissen. Für diesen Fall war seine Vergangenheit nicht wichtig.

„Das ist lange her. Ja, als wir Kinder waren, wohnten wir in der gleichen Straße und haben miteinander gespielt."

„Auch mit dem Feuer?"

Thiess starrte die Hauptkommissarin an, wie sie so gegen die Wand gelehnt dastand, die Akte in der Hand, und ihn musterte.

Plötzlich ließ Thordsen die Arme herabfallen, zog den freien Stuhl heran und setzte sich ihm gegenüber. Ihre Augen fixierten einander.

„Vergessen wir das Feuer."

Sie breitete die Akte auf dem Tisch neben sich aus, sodass Thiess die Bilder sehen konnte, die darin lagen. Sie zeigten einen Serverraum. Bekanntes Terrain.

Thordsen sah seinen Blick und lehnte sich etwas zurück, gerade so weit, dass Thiess nicht mehr in die Akte schauen konnte. Doch das war nicht nötig, denn er wusste ohnehin, was dort drinstand.

„Reden wir über Lasse Henricksen, Ihren Kumpel. War er besser als Sie?“

„Besser? Worin?“

„Kommen Sie schon, Thiess, Sie wissen genau, was ich meine!“

Thordsens Blick wurde eindringlicher. Thiess spürte, dass sie sich langsam dem Kern der Befragung näherten. Aber er war noch nicht bereit, über alles zu reden. Schon gar nicht mit dieser Frau, die im ganzen Revier als kompromisslose Ermittlerin bekannt war.

„War Lasse besser als Sie? Hatte er es drauf und Sie waren nur der kleine Gehilfe? War er der Crack, zu dem Sie aufgeschaut haben?“

Thiess wich etwas zurück und umfasste das rechte Handgelenk stärker. Er konnte die wulstigen Linien unter dem Hemd deutlich spüren.

„Laut meiner Akte wurden Sie damals allein verantwortlich gemacht. Sie sind in die Server des Bundestags eingedrungen, haben die Homepage gekapert und gegen ein Bild von ... Biene Maja ausgetauscht.“

Thordsen hob die Augenbrauen.

„Warum Biene Maja?“

Thiess zuckte mit den Schultern.

„Ich fand es ziemlich komisch.“

Thordsen nickte und ein leichtes Lächeln glitt für eine Sekunde über ihre Lippen.

„Ich glaube nicht, dass Sie allein waren! Ich wette, dass Lasse Ihr Komplize war, wenn nicht sogar der Kopf des Anschlags!“

„Wenn Sie meinen, Frau Hauptkommissar.“

„Mich interessiert, was das zwischen Ihnen beiden ist. Warum dieser Hass?“

Thiess' Hände zuckten. Es fiel ihm sichtlich schwer, sich unter Kontrolle zu halten. Doch das musste er. Thordsen wollte ihn provozieren.

„Ich dachte, es geht hier um die Aufklärung eines Mordfalls?“

Die Tür ging auf und eine Frau und ein Mann kamen herein. Sie blieben gleich hinter der Tür stehen, nickten Thordsen zu und schlossen die Tür.

„Werde ich wegen irgendetwas verdächtigt? Ja, dann zeigen Sie mir den Haftbefehl. Ich habe mit der toten Frau nichts zu tun.“

Thiess stand auf und ging einen Schritt Richtung Tür, doch die beiden Polizisten blieben vor der Tür stehen und versperrten ihm den Weg. Sie sahen Thordsen an und schienen auf ihr Okay zu warten.

„Darf ich mal vorbei?“

Thiess schaute erst den Mann an, dann die Frau.

„Ich bin nicht Ihr Feind, Thiess“, kam es von hinten. „Aber ich muss wissen, was da los ist! Ihr Freund lügt, wenn er behauptet, der Mörder zu sein. Haben Sie seine Hände gesehen? Wie soll er damit jemanden umgebracht haben?“

Thordsen war neben ihn getreten und Thiess konnte nicht anders, als seine Aufmerksamkeit wieder der beharrlichen Kommissarin zuzuwenden.

„Sie haben eine beeindruckende Karriere als Hacker hinter sich und haben rechtzeitig den Absprung auf die richtige Seite geschafft. In der Hackerszene sind Sie eine Legende!“

„Kommt drauf an, wen man fragt", entgegnete Thiess mit einem schiefen Blick.

„Codename Flynn", warf der Mann an der Tür ein.

Thiess drehte kurz den Kopf zu dem blonden jungen Mann, dann wandte er sich wieder Thordsen zu.

„Das ist lange her."

Thordsen ging zum Tisch zurück und ließ die Unterlagen darauffallen. Sie schnappte sich den Stuhl, auf dem Lasse eben gesessen hatte, und ließ ihre Hände über das kalte Metall gleiten.

„Wie soll Lasse die Leiche der Frau bewegt haben? Auch wenn die Spusi das noch nicht bestätigt hat, wette ich meine Pension, dass der Hafen nicht der Tatort gewesen ist! Er müsste die Leiche also bewegt haben. Aber mit den Händen und dem kaputten Bein hätte er es niemals geschafft, sie zu tragen. Es wurden auch keine Schleifspuren gefunden."

Thiess atmete tief durch.

„Ich frage mich wirklich, warum kommt dieser Krüppel hierher und behauptet so etwas offensichtlich Unwahres? Es gibt nur einen Grund: Er wollte Sie sehen! Aber warum?"

„Sagen Sie es mir. Sie sind die Expertin, ich arbeite nur in der IT. 0 und 1 sind meine Welt."

„Und wer ist dieser Heinrich?"

„Darf ich jetzt gehen?"

Thordsen stand auf und kam zu Thiess. Ihre Gesichter waren nur wenige Zentimeter voneinander entfernt.

„Mich interessiert, warum Ihr Kumpel sich für einen Mörder ausgibt, obwohl er das auf keinen Fall sein kann. Was erwartet er von Ihnen? Hat er etwas gegen Sie in der

Hand? Haben Sie damals Unterlagen entwendet, mit denen er Sie nun erpresst?"

„Darf ich jetzt gehen? Ich habe keine Ahnung, was Lasse von mir will. Wir haben uns seit über 15 Jahren nicht gesehen. Ja, ich bin schuld an seinem ... Zustand. Aber mehr auch nicht. Ich habe keine Ahnung, worum es hier geht."

Jana Thordsen musterte ihn ein letztes Mal, dann entspannten sich ihre Gesichtsmuskeln und sie bedeutete Nikolaus und Elena, ihm Platz zu machen.

„Sie können gehen, Riedel. Aber halten Sie sich zu unserer Verfügung. Falls wir noch Fragen haben."

Thiess sah die Kommissarin einen Moment nachdenklich an. Dann drehte er sich um und verließ den Verhörraum. Er eilte den Gang entlang und verließ das Polizeipräsidium. Erst als er sicher war, dass er außerhalb neugieriger Ohren war, griff er zum Handy. Er war froh, dass er sein Diensthandy aus Wiesbaden noch behalten durfte. Es war abhörsicher. Er wählte eine Nummer aus der Kontaktliste, die er schon sehr lange nicht mehr angerufen hatte. Er erwartete nicht, dass die Nummer noch existierte.

„Hi, hier ist Flynn. Kannst du für mich was recherchieren? Details später. Und ich brauche den Brotkasten."

Kapitel 25

Donnerstag, 8. August 2019, 22 Uhr 36

Irgendetwas war anders. Waren es die pochenden Schmerzen in seinem Bauch? Er wusste es nicht. Er öffnete die Augen und griff im dunklen Zimmer nach dem Glas Wasser auf dem Nachttisch. Davor hatte er sich gefürchtet, dass die Medikamente nicht mehr halfen. Immer häufiger kamen die Wellen, die seinen Körper schüttelten und ihm bewusst machten, dass es bald vorbei war. Die Krämpfe wurden mit jedem Mal stärker. Ein Schmerz, der durch und durch ging und ihm den Schweiß auf die Stirn trieb. Da er nun wach war, bemerkte er, dass er sein T-Shirt komplett durchgeschwitzt hatte. Doch das war ihm egal. Er blieb im Bett liegen und starrte im Dunkeln an die Decke. Sein Brustkorb hörte allmählich auf, sich schnell und unkontrolliert zu bewegen. Er atmete tief und bewusst, wie er es damals in der Ausbildung gelernt hatte. Schmerzen ließen sich wegatmen. Aber seine Krämpfe kamen in immer kürzeren Abständen. Sie begannen im Oberbauch und setzten sich in seinem Darm fort. Wie Tausende kleiner Nadelstiche manifestierte sich der Schmerz in seinen Eingeweiden. Es schien kein Ende zu nehmen.

Götz Brandstädter streckte die Beine aus und schlug die Decke zurück. Langsam rollte er sich aus dem Bett heraus. Die Beine waren wackelig, er hielt sich am Stuhl fest, auf dem seine Kleidung achtlos hingeworfen lag. Heftig schnaufend griff er nach dem Stock, der an dem Stuhl lehnte. Langsam stolperte er über den Flur Richtung Küche. Er hatte keine Kraft, spürte die Beine kaum, aber er hatte ein Ziel. Götz wusste, was zu tun war, aber dass es schon so bald so weit sein würde, damit hatte er nicht gerechnet.

Götz tapste durch den Flur, hielt sich mit den Händen an den Wänden fest und bewegte sich langsam Richtung Werkzimmer. Er hatte Angst, dass er es nicht mehr rechtzeitig schaffte. Er wollte nicht so zugrunde gehen. Es war seine Entscheidung, sein Schicksal! Die Schmerzen wurden unerträglich. Der Schweiß lief die Stirn herunter. Er keuchte und hustete vor Anstrengung. Die schmerzhaften Wellen hämmerten in seiner Magengrube.

Im Werkzimmer öffnete er den Verbandskasten und holte mit zittrigen Fingern die Pistole hervor. Zitternde Finger führten die Waffe an die Schläfe, der Zeigefinger testete den Abzug. Sein Atem beruhigte sich, der Puls mäßigte sich. Er war bereit, wenn es jetzt so weit sein sollte.

Draußen war es stockdunkel. Der Mond hatte sich hinter ein paar dicken Wolken versteckt und es waren keine Sterne am Himmel zu sehen. Es sah nach noch mehr Regen aus. Das Gewitter hatte Götz verschlafen. Er hielt die Pistole noch immer an die Schläfe, als er mit einem Mal ein Geräusch hörte. Es war wieder da. Jetzt wusste er, warum er aufgewacht war. Er hatte es nicht geträumt. Das Geräusch kam von draußen.

Götz schleppte sich zum Fenster und zog schnaubend die Gardine beiseite. Er sah nichts, es war absolut finster. Nur ein paar Reflexionen auf dem Wasser zwischen den ordentlich vertäuten Schiffen. Die Boote bewegten sich leicht hin und her. Die Silhouetten waren vertraut, die Bewegungen der Boote gleichmäßig und rhythmisch. Vertraute Bewegungen, bekannte Abläufe. Alles war ruhig.

Er ließ die Gardine wieder zufallen und hielt abrupt inne. War da nicht ein Schatten gewesen? Bei dem Boot von Thiess? Seit dem Leichenfund vor ein paar Tagen hatte er ein besonders wachsames Auge auf die Boote in dem kleinen Hafen.

Er presste die Hand auf den schmerzenden Bauch und zog mit der anderen Hand die Gardine wieder ein wenig auf. Irgendetwas war dort draußen. Jemand schlich dort umher. Götz konnte nichts erkennen. Es war zu still da draußen. Sein Instinkt sagte ihm, dass hier etwas nicht stimmte.

Götz humpelte zurück ins Schlafzimmer und schlüpfte umständlich in seinen grauen Sweater, den er schon die ganze Woche angehabt hatte. Auf eine lange Hose verzichtete er, draußen waren es noch immer mindestens 15 Grad. Ein wenig Kühle würde ihn schon nicht umbringen. Er drückte zwei Schmerztabletten aus der Packung und warf sie sich in den Hals, kippte einen Schluck Wasser hinterher und ging in die Werkstatt. Unter erheblicher Anstrengung öffnete er die Tür und trat in die kühle Sommernacht hinaus. Die Luft war angenehm, es grummelte in der Ferne und ein weiteres Gewitter kündigte sich an. Die Luft roch nach Regen und nach Schlick.

Die Pistole lag sicher in seiner Hand. Das verlernte man nicht. Er hatte 15 Jahre in einer Mordkommission gearbeitet und hatte trotz seiner Position als Psychologe eine ganze Menge Außeneinsätze mitgemacht. Er konnte mit einer Pistole umgehen. So etwas verlernte man nicht.

Götz trat auf die Veranda und sah zu den Booten hinunter, die nur ein paar Meter entfernt im Wasser lagen. Es waren nur fünf Boote. Auf allen war es ruhig. Er hob die Hand mit der Pistole. Sein Herz schlug wieder schneller und auf seiner Stirn bildeten sich dicke Schweißperlen. Die Stille war unheimlich. Es war nur das leise Plätschern des Wassers zu hören, wenn es gegen die Bootsrümpfe schlug.

Er trat hinaus auf den Steg und fühlte eine frische Brise über seine Haut streichen. Da hörte er plötzlich ein leises, zurückhaltendes Geräusch. Schuhe, die beim Gehen auf den Holzdielen klebten. Er umklammerte die Pistole fester. Das Geräusch war direkt hinter ihm. Es wurde lauter. Die Finger krampften sich um den Griff. Götz fuhr herum und im nächsten Moment bekam er einen Schlag gegen den Kopf. Er fühlte noch, wie die Pistole aus seinen Händen glitt und zu Boden fiel, dann wurde es dunkel um ihn herum.

Kapitel 26

Donnerstag, 8. August 2019, 23 Uhr 15

Im Anschluss an den Besuch auf dem Präsidium war Thiess zurück nach Allermöhe gefahren, zum Liegeplatz des Bootes. Ein anderes Zuhause hatte er nicht. Unterwegs hatte sich die Vergangenheit unaufhaltsam zurück in sein Leben gedrängt. Ereignisse, die er vergessen wollte, ließen sich nicht ignorieren und kamen wieder hervor. Lasse, Heinrich, und dann die Erwähnung von Willi.

Was war mit Kanada? Was wollte Lasse von ihm? Thiess konnte sich keinen Reim darauf machen. Es war Thiess schwergefallen, sich aufs Autofahren zu konzentrieren. Er wunderte sich, dass Lasse über Heinrich gesprochen hatte. Vor allem schien er zu wissen, dass Heinrich lebte. Warum wusste Lasse das? Er selber hatte es erst vor Kurzem erfahren und niemandem erzählt.

Als damals die Sache mit dem Feuer passiert war, hatte Thiess kurz vorher erfahren, dass sein Opa Heinrich bei einem Autounfall ums Leben gekommen war. Nur darum hatte er an dem Abend bei Lasse und Annika übernachtet. Er hatte die Traurigkeit seines Vaters nicht ertragen und war zu seinem einzigen Freund geflüchtet. Es war im Juni 2004 gewesen. Durch das Feuer war er aufgewacht und alles war anders gewesen.

Seitdem hatte Thiess immer wieder versucht, sich die genauen Abläufe des Abends bewusst zu machen, an dem das Feuer ausgebrochen war. Er hatte von seinem Vater erfahren, dass sein Opa den Unfall mit dem Auto gehabt hatte. Sein geliebter Opa! Wütend und traurig war er rüber zu Lasse und Annika gerannt und hatte den beiden davon erzählt. Ihre Eltern waren nicht da gewesen. Sie hatten Pizza bestellt und vor der Playstation gesessen. Irgendwann war Thiess eingeschlafen und erst durch das Feuer wieder aufgewacht. Das Feuer, das alles zerstört hatte.

Thiess setzte den Blinker und fuhr von der Autobahn herunter. Als er auf den Parkplatz des Jachthafens einbog, dachte er darüber nach, dass Lasse auch Willi erwähnt hatte. Willi war wieder da. Was hatte das zu bedeuten? Es gab nicht viele, die Willi gekannt hatten. Sie hatten Willi damals kurz vor dem Feuer beerdigt. War er wiederauferstanden?

Thiess warf die Autotür zu und schloss ab, dann lief er hinunter zum Steg und schaffte es gerade noch, nicht komplett durchnässt aufs Boot zu kommen. Der Himmel ließ alles an Regen herunterlaufen, was die Wolken fassen konnten. Für Stunden hörte es gar nicht mehr auf zu regnen, begleitet von Blitz und Donner. Dicke Tropfen platterten auf das Segelboot und nach kurzer Zeit bildeten sich tiefe Pfützen an Deck und auf dem Bootsanleger.

Thiess erwachte mitten in der Nacht und schaute aus seiner Kabine nach draußen aufs Wasser. Es schwirrten so viele Gedanken in seinem Kopf umher. Er tapste hinüber in den Wohnbereich des Segelbootes und nahm einen Schluck aus der Wasserflasche, die auf dem kleinen Tisch stand. Dabei fiel ihm auf, dass drüben bei Götz Licht brannte. Wieso war ihm das vorhin nicht aufgefallen. Andererseits hatte es so geschüttet, dass er nur schnell ins Trockene wollte. Er überlegte, ob er ihn kurz auf dem Handy anrufen sollte. Aber wahrscheinlich hatte der alte Mann nur vergessen, das Licht auszumachen. Wenn er ihn jetzt weckte, dann würde er ihm das ständig vorhalten. Nein, er würde nicht anrufen.

Thiess entschloss sich, das Licht zu ignorieren und wieder schlafen zu gehen. Er knipste die Lampe in der Messe aus und schlurfte hinüber in seine Kammer. Der Wind fuhr kräftig durch die Bäume, die Blätter raschelten und der prasselnde Regen hämmerte auf das Deck und den Holzsteg. Aber da war noch ein anderes Geräusch. Eines, das er nicht zuordnen konnte. Er blieb im Türrahmen stehen und lauschte. Da war es wieder, etwas schlug gegen Holz. Immer und immer wieder, heftig und brachial. Es knallte und etwas zerbarst. Holz auf Holz.

Thiess kannte dieses Geräusch. Er hatte es oft genug in der Werkstatt seines Vaters gehört. Er streckte den Kopf zum seitlichen Fenster neben dem Steuerruder heraus und versuchte, durch den herniederprasselnden Regen etwas zu erkennen, doch auf dem Steg war alles dunkel. Die wenigen Lampen spendeten nicht genügend Licht. Götz hatte sie schon lange gegen hellere austauschen wollen, aber seine Krankheit hatte ihm einen Strich durch die Rechnung gemacht, und Thiess hatte bisher auch noch keine Zeit gefunden, sich darum zu kümmern. Zu gerne würde er Götz mehr helfen, aber er hatte selber einen Job, den er zu erledigen hatte.

Der Regen wurde nicht weniger und das Geräusch verschwand nicht. Da war es wieder. Thiess zog sich die Jacke über und ging an Deck. Er öffnete die Persenning und spähte vorsichtig in den Regen hinaus. Er suchte den Steg ab, doch da war alles dunkel. Die Augen wanderten höher und da sah er, dass die Werkstatttür von Götz offen stand und immer wieder gegen den Rahmen prallte. In der Werkstatt brannte Licht. Aber um diese Uhrzeit würde Götz unmöglich arbeiten.

Thiess schnappte sich die Schuhe und schlüpfte hinein, machte eine schnelle Schlaufe und sprang von Bord auf den Steg. Gebückt lief er durch den Regen Richtung Bootshaus, da sah er das Knäuel zusammengekrümmt liegen.

„Götz!"

Er rannte zu dem Körper, der vollkommen durchnässt war und heftig zitterte. Als Thiess neben ihm kniete, hörte er ihn leise stöhnen. Er berührte vorsichtig seinen Kopf und spürte etwas Feuchtes, das eindeutig kein Regenwasser war. Als er die Hand zurückzog und zu den Augen führte, erkannte er das Blut an den Fingern. Zitternd fingerte er das Handy aus der Jackentasche und wählte die Nummer vom Notruf.

Kapitel 27

Donnerstag, 8. August 2019, 23 Uhr 55

Keine zehn Minuten später war der Krankenwagen angekommen. Ein Notarzt und zwei Sanitäter kamen mit einer Trage auf den Steg gelaufen. Im leichten Nieselregen untersuchten sie Götz. Aus ein paar Metern Entfernung bekam Thiess mit, wie der alte Bootswart mit den Sanitätern diskutierte und sie zu überzeugen versuchte, dass es ihm besser ging. Doch der Notarzt machte deutlich, dass Götz keine Wahl hatte und er ihn wegen des Verdachts auf eine Gehirnerschütterung in jedem Fall mit ins Krankenhaus nehmen würde.

Die Sanitäter rollten die Trage mit Götz den Steg entlang zum Krankenwagen. Thiess versprach ihm, die Werkstatt abzuschließen und ins Krankenhaus nachzukommen. Er kehrte aufs Boot zurück, zog die nasse Kleidung aus und ließ sie im Bad liegen. In trockenen Sachen machte er sich dann auf den Weg ins AK Altona. Kurz vor Mitternacht war nicht viel Verkehr auf Hamburgs Straßen.

Thiess kam schnell voran und stellte das Auto auf dem Parkdeck ab. Er ging geradewegs zur Notaufnahme und erkundigte sich nach Götz Brandstädter. Als er zugab, dass er kein naher Verwandter war, verweigerte ihm die Schwester am Empfang die Auskunft. Thiess griff in die

Innentasche seiner Jacke, um seine Zugangskarte zu zeigen. Darauf war das Logo der Hamburger Polizei. Es war zwar kein echter Polizeiausweis, doch er hoffte, dass es Eindruck machte. Aber die Tasche war leer. Er hatte das Portemonnaie in der anderen Jacke vergessen. Jener Jacke, die jetzt vollkommen durchnässt auf dem Boden seiner Nasszelle auf der *Ronja* lag.

„Bitte, ich habe ihn gefunden. Ich bin sein Nachbar und muss wissen, wie es ihm geht. Er hat Bauchspeicheldrüsenkrebs."

„Warten Sie, ich frage mal die Ärztin."

Thiess nickte dankbar. Das war besser als gar nichts.

Wenig später erschien eine junge rothaarige Frau und sah ihn mit großen, erstaunten Augen an.

„Thiess Riedel! Du wagst dich hierher!"

Im nächsten Moment knallte ihre Hand gegen seine linke Wange und er fühlte die Wärme in seinem Gesicht aufsteigen.

Die Schwester hinter dem Tresen sah erschrocken zu der Ärztin, wandte sich aber schnell wieder ihrem Computer zu. Thiess schaute verwundert von der Schwester zur Ärztin. Er rieb sich die brennende Wange, dann fiel sein Blick auf das Namensschild der Ärztin und ihm wurde noch ein wenig heißer.

„Annika ...", murmelte er schuldbewusst, „ich wusste nicht, dass du hier arbeitest."

Dr. Annika Henricksen schwieg und musterte ihn von oben bis unten.

„Du willst wissen, wie es Herrn Brandstädter geht?"

Thiess nickte.

„Tut mir leid, das darf ich dir nicht sagen. Ärztliche Schweigepflicht."

„Annika, bitte, er ist mein Nachbar und ich habe ihn gefunden. Wäre ich nicht gewesen, wäre er jetzt tot."

„Ach, hast du so ein gutes medizinisches Wissen, dass du das beurteilen kannst? Ich wusste nicht, dass du Medizin studiert hast!"

Thiess schüttelte den Kopf.

„Nein, aber ich weiß, dass er sehr krank ist. Er hat Krebs und nicht mehr lange zu leben. Wir sind ... gute Freunde."

Annika Henricksen schnaubte verächtlich.

„Was weißt du schon über Freundschaft?"

Sie drehte sich auf dem Absatz um und ließ Thiess auf dem Gang stehen.

Thiess hatte sich in den Wartebereich begeben, einen schlechten Kaffee aus dem Automaten gezogen und sich auf einen der unbequemen grauen Plastikstühle gesetzt. Stunden vergingen. Er hatte gewartet. Als draußen die Sonne aufging, kam Annika wieder vorbei.

„Mitkommen!"

Thiess sprang auf und folgte ihr. Annika öffnete die Tür zu einem Zimmer, schaute kurz hinein und zog Thiess dann in den leeren Behandlungsraum.

„Weißt du eigentlich, was Lasse durchgemacht hat?"

Thiess stand da wie ein begossener Pudel. Er schaute Annika an. Sie hatte sich verändert. Aus dem Mädchen mit der Zahnspange und den roten Zöpfen, das ihn und Lasse immer beim Spielen genervt hatte, war eine schöne Frau geworden. Sie hatte damals eine bewundernswerte

Energie aufgebracht und war den beiden Jungs durch ganz Meiendorf gefolgt. Sogar auf den nächtlichen Ausflügen in den unheimlichen dunklen Wald war sie ihnen hinterhergeschlichen, obwohl sie sich vor der Dunkelheit fürchtete. Aber ihre Lust nach Abenteuer war stärker gewesen als die Angst.

Schon damals hatte sie nie abgewartet, dass jemand antwortete. Ihre braunen Augen waren wie kleine Haselnüsse, ihre Haare lodernde Flammen. Ein falsches Wort und Blitze schossen aus ihren Augenhöhlen heraus und würden Thiess vernichten. Er erinnerte sich an das eine Mal, als er ihr sein letztes Kaugummi verweigert hatte. Annika hatte ihn zu Boden geworfen und sich auf ihn gesetzt. Mit den Ellenbogen hatte sie seine Arme an den Boden gedrückt und dann seine Taschen nach dem Kaugummi durchsucht. Damals war sie ein kleines pummeliges Mädchen, mit einem dicklichen Gesicht, an dem immer irgendeine Süßigkeit klebte, vornehmlich der Apfelkuchen ihrer Großmutter. Ihr Apfelkuchengesicht war nicht nur für Thiess sehr lustig gewesen. Aber während Thiess belustigt gelächelt hatte und es irgendwie süß fand, waren die Jungs in der Straße von einem ganz anderen Kaliber gewesen.

Heute war von dem kleinen pummeligen Mädchen nichts mehr zu sehen. Sie war zwar nicht dürr, hatte aber einige Kilos verloren. Statt einem Rest von Apfelkuchen schmückte ein dezentes Rot ihre Lippen. Thiess staunte über die Wandlung und merkte, wie das Gefühl von Unsicherheit wieder zurückkam, das er im letzten Jahr vor dem Feuer einige Male verspürt hatte, wenn

Annika ihre freien Nachmittage mit ihm und Lasse verbracht hatte.

Thiess räusperte sich, doch nicht, um etwas zu sagen, sondern nur, um seine abschweifenden Gedanken wieder in die Gegenwart zu holen. Ihre roten Zöpfe waren weg, die krausen Haare zu einem Pferdeschwanz zusammengebunden.

„Die Flammen haben 42 Prozent seines Körpers verbrannt, sein Kopf und sein Gesicht wurden fast ausgelöscht. Sein Kopf war auf die doppelte Größe angeschwollen, als er ins Krankenhaus kam. Er hatte einen Beckenbruch, der in einer Notoperation stabilisiert werden musste. Außerdem mussten innere Blutungen gestoppt werden."

Ihre Stimme wurde lauter.

„Im RTW haben sie ihn gleich ins künstliche Koma versetzt, sonst wäre er jetzt tot."

„Annika, beruhig dich bitte, ja?"

„Ich bin ruhig! Bin die Ruhe selbst! Warum auch nicht. Du hast meinen Bruder nur zum Krüppel gemacht. Warum sollte ich da nicht ruhig bleiben?"

Sie kam auf ihn zu, so nah, dass er das dezente Parfüm roch. Ihre braunen Augen durchdrangen ihn, sie schauten in seine Seele. Das hatte sie schon früher fertiggebracht. Thiess fühlte sich wieder so schutzlos wie damals mit sechs.

„Acht Wochen wurde er intensivmedizinisch behandelt. Während dieser Zeit und der folgenden Wochen und Monate wurden 60 Prozent seiner Haut mit Kunsthaut bedeckt. Bis an sein Lebensende wird er immer wieder Operationen über sich ergehen lassen müssen. Zwei Jahre musste er sein Gesicht mit einer Schutzmaske bedecken. Aber weißt du, was am schlimmsten für ihn war?"

Thiess schüttelte den Kopf. Doch sie beachtete ihn gar nicht. Ihre Augen trafen einander. Für einen kurzen Moment schaffte es Thiess, ihrem Blick standzuhalten. Aber dann war sie es, die zuerst den Kopf senkte und auf den Boden blickte, die Stimme jetzt etwas leiser.

„Es war sehr schlimm für ihn, dass er zeitweise nichts mehr sehen konnte. Er hatte keine Orientierung, weder am Unfallort noch auf der Intensivstation. Ich war nicht bei ihm, weil unsere Eltern mich auf diesen dummen Schüleraustausch geschickt hatten. Ich sollte mich ablenken! Aber weißt du, was noch schlimmer war als die Blindheit? Weißt du das?"

Thiess schüttelte vorsichtig den Kopf. Er hatte Angst vor der Antwort, die er eigentlich schon kannte.

„‚Wo ist Thiess?', hat er unsere Mutter mehrmals gefragt. Es war am schlimmsten für ihn, dass du ihn nicht besucht hast. Warum nicht, Thiess? Warum warst du nie im Krankenhaus bei ihm? Mama hat gesagt, dass er nach dir gefragt hat, oft!"

Thiess hatte darauf keine Antwort. Er hatte sich diese Frage selber schon tausend Mal gestellt.

„Ihr wart mal die besten Freunde, Thiess! Warum hast du ihn nicht besucht?"

Die vor Feuchtigkeit glänzenden braunen Augen schauten ihn nur noch an. Annika hatte ihre ganze Kraft verbraucht. In den letzten Jahren hatte sich viel Hass in ihr angestaut. Thiess hatte immer geahnt, dass sie es ihm sehr übel genommen hatte, dass er nicht bei Lasse im Krankenhaus aufgetaucht war. Auch in die Reha hatte er sich nicht getraut.

Thiess drehte ihr den Rücken zu.

„Ich weiß es nicht, Annika. Wirklich nicht. Ich glaube, ich habe mich einfach geschämt ... auch wenn ich immer noch überzeugt bin, nicht für das Feuer verantwortlich zu sein."

„Du machst also immer noch deine retrograde Amnesie für alles verantwortlich. Das ist wirklich erbärmlich."

Thiess schluckte.

„Ich kann mich einfach nicht an die Minuten vor dem Feuer erinnern."

„... und willst damit einfach in den Raum stellen, dass mein Bruder für das Feuer verantwortlich ist?"

Thiess hatte eine trockene Kehle und schrecklichen Durst.

„Ich will nichts in den Raum stellen. Aber könnte es nicht sein? Besteht denn nicht die Möglichkeit, dass er vielleicht selber ..."

Die Ohrfeige traf ihn erneut unvorbereitet und vollkommen zu Recht. Seine linke Wange brannte wie Feuer.

„Raus, verschwinde hier! Ich will dich nie wieder sehen!"

„Annika, überleg doch mal. Warum sollte ich das Feuer legen?"

„Wenn du nicht willst, dass dich gleich ein Kollege wieder zusammenflicken muss, solltest du jetzt besser gehen."

Besorgt schaute Thiess auf das Skalpell in ihrer Hand.

„Das würdest du tun?"

„Ich würde noch ganz andere Sachen mit dir anstellen. Du hast sein Leben zerstört!“

Nicht nur seins, dachte Thiess und verließ den Raum.

Kapitel 28

Sonntag, 2. Mai 2004, 16 Uhr 4

Johannes Riedel stieg auf den Dachboden hinauf und schaute sich das Chaos an. Überall standen Kartons herum, alte Lampen und Kinderbetten, kaputte Holzstühle, von denen sich seine Frau Inge nie hatte trennen können, und ordentlich verpackte Kisten mit Geschirr und Gläsern, die mal aus einem Nachlass übrig geblieben waren. Er hätte schon längst aufräumen sollen, aber nach Inges Tod hatte er keine Kraft dafür aufbringen können. Er war schockiert, wie viel sich in den letzten Jahren hier oben angesammelt hatte. Wo sollte er bloß anfangen? Es gab so vieles, das entsorgt werden musste. Auch das Spielzeug seiner Kinder Thiess und Torben war in den letzten Jahren aus ihren Kinderzimmern auf den Dachboden gewandert. Seit Thiess einen Computer in seinem Zimmer stehen hatte, wurde das andere Spielzeug gar nicht mehr angerührt. Sein älterer Sohn Torben hatte dagegen nur seine Autos im Kopf.

Johannes schaute auf die ganzen Kartons, die hier oben auf dem staubigen Dachboden standen. Er ahnte, welche Arbeit auf ihn zukam. Und das nach diesem anstrengenden Tag auf der Baustelle. Er wusste nicht, wo er anfangen sollte.

Er strich sich über die schütteren Haare. Auf seinem Hinterkopf bildete sich bereits eine lichte Stelle, die mit jedem Monat größer wurde. Er wurde eben nicht jünger. Johannes war 1 Meter 82 groß und korpulent. Aufrecht konnte er nicht auf dem Spitzboden umhergehen. Er seufzte beim Anblick der vielen hastig aufeinandergestapelten Kartons. Die wenigsten waren mit Aufklebern versehen. Ganz hinten an der Wand zum Nachbarhaus standen ein paar graue Kartons, die er noch nie gesehen hatte. Spinnenweben hingen quer über den drei großen Kästen. Daneben waren gestapelte Schachteln mit den ausgelesenen Comics seiner Kinder. Gebückt hob er den obersten an und versuchte, den untersten Karton herauszuziehen. Er war mit *Asterix* beschriftet. Ein Kunde hatte ihm gesagt, dass sich damit noch ein paar Euro verdienen ließen. Es gab im Internet ein Portal für solche Sachen, hatte der Kollege gesagt. EBay. Aber Johannes hatte keinen Draht zu den Computern. Er würde versuchen, die Comics über die Annoncen Avis zu verkaufen. So hatte man das früher immer gemacht.

Die unterste Schachtel mit den *Asterix*-Comics war verkantet. Johannes rüttelte und zog, doch sie rührte sich nicht. Er zog kräftiger und stieß mit dem Ellenbogen gegen den großen grauen Karton daneben. Der Stapel begann zu wackeln und noch ehe Johannes reagieren konnte, kippten die drei unbeschrifteten Boxen um.

Die Deckel fielen zur Seite und der Inhalt ergoss sich auf die alten Holzdielen des Dachbodens. Papiere und Fotos flatterten umher und wirbelten dichte, flauschig-dicke Staubwolken empor.

„Verfluchter Scheiß!"

Johannes fiel auf den Hosenboden und schaute auf die verteilten Blätter und Fotos vor sich. Er griff nach den Bildern und Papieren und stopfte die Sachen wieder in die Box. Da bemerkte er, dass es alles alte Schwarz-Weiß-Fotos waren. Er kannte diese Aufnahmen nicht. Sie gehörten weder ihm, noch hatte Inge welche besessen. Johannes nahm eines der Bilder in die Hand. Seine Kehle schnürte sich augenblicklich zu.

Vor einem Tor lehnten ein paar junge Soldaten mit Zigaretten in der Hand. Sie lachten und feixten. Über ihnen hing ein Schild. *Arbeit macht frei* stand darauf. Johannes kam die Galle hoch. Er erkannte die Person, die dort auf dem Foto ganz links außen posierte. Es war ein altes Bild und der Mann war noch ein junger Mann, doch das längliche Gesicht mit den blonden Haaren kannte er nur zu gut. Er hatte das Bild schon sehr oft gesehen, aber immer nur als Ausschnitt mit dem Kameraden, der dem blonden Jüngling den Arm um die Schulter gelegt hatte. Der blonde Jüngling war sein Vater Heinrich. Er stand vor dem Tor in Auschwitz und grinste schamlos in die Kamera.

Johannes spürte sein Herz schneller schlagen, doch sein restlicher Körper war wie gelähmt. Er hatte immer angenommen, sein Vater wäre im Lazarett an einem ganz anderen Frontabschnitt eingeteilt gewesen, und nicht in Auschwitz, im Zentrum des Bösen. Sein Vater hatte ihn belogen. Johannes war enttäuscht und wütend. Er schämte sich. Eine Träne auf seiner Wange tropfte ungehindert auf den staubigen Boden und setzte ein paar Flusen frei, die sich im Licht der Abendsonne nach oben bewegten. Mit dem Handrücken wischte er die Tränen weg und holte tief Luft. Er nahm sich ein weiteres Bild aus dem Stapel, steckte das Foto in seine hintere Hosentasche und stand mühsam auf. Johannes hatte zum Aufräumen keine Lust mehr. An der Treppe blieb er kurz stehen. Hatte da nicht jemand leise gelacht? Er schüttelte den Kopf und stapfte langsam die Stufen hinunter. Er musste mit seinem Vater reden.

Kapitel 29

Freitag, 9. August 2019, 8 Uhr 25

Das Ermittlungsteam war im großen Besprechungssaal zusammengekommen. Die Fotos von Yasmins Leiche hingen an der Präsentationswand und dokumentierten ihr Martyrium.

„Wir haben den Stick ein paar Leuten beim Chaos Computer Club gezeigt."

„Alles Nerds, wenn du mich fragst", warf Elena ein und schüttelte den Kopf.

„Die haben mich kaum wahrgenommen. Wie können sich diese Computerheinis eigentlich fortpflanzen? Die sehen ja nicht mal, dass es überhaupt Frauen gibt."

Nikolaus grinste und Jana schmunzelte.

„Also, was habt ihr herausgefunden?"

„Zumindest ist da keiner, der sich für Yasmin ausgeben könnte. Aber wir haben vielleicht 'ne andere Spur."

Nikolaus Eifler verdunkelte den Saal und schaltete den Beamer an. Auf der weißen Leinwand erschienen ein paar Codezeilen.

„Diese Codefragmente gehören zu einem Trojaner. Das hatte die KTU ja auch schon herausgefunden."

„Wissen wir, wofür dieser Trojaner gedacht ist?"

„Nein, es handelt sich nur um ein Fragment. Aber das Interessante ist, dass die Typen vom CCC uns einen Namen nennen konnten, der früher mal mit so was rumgespielt hat."

Jana schaute auf. Nikolaus hatte diesen wichtigen Unterton in seiner Stimme.

„Lasse Henricksen. Den Namen haben sie auch Yasmin genannt, als die vor ein paar Wochen bei ihnen aufgetaucht ist."

Jetzt wurde Jana hellhörig. Davon hatte Yasmin in ihren Berichten nichts geschrieben.

„Der Lasse, der den Mord an dieser Tetjana gestanden hat?"

Elena nickte.

„Yasmin hat jemanden gesucht, der ihr einen Trojaner bauen kann. Die Typen vom Klub haben sie erst mal abgewiesen, weil sie keine illegalen Sachen machen – zumindest nicht nach außen hin."

Nikolaus Eifler ließ die nächste Folie auf der weißen Leinwand erscheinen.

„Von diesem Lasse gibt es keine Informationen außer einer kurzen Nachricht in den Zeitungsarchiven von 2004. Da hat es wohl einen Brand gegeben, in den er verwickelt war. Dieser Thiess war da auch involviert."

„Wie hat Yasmin von diesem Lasse erfahren? Du hast gesagt, dass sie Yasmin erst abgewiesen haben."

„Du kennst doch Yasmin", seufzte Elena. „Sie konnte ganz schön hartnäckig sein."

„Stur ist das bessere Wort", warf Nick ein.

„Jedenfalls hat sie einen Sitzstreik vor deren Vereinsräumen gemacht und damit gedroht, eine offizielle Untersuchung anzuzetteln und alles zu konfiszieren, sollten die ihr nicht einen Namen nennen."

Jana hob die Augenbrauen.

„Ein wenig melodramatisch, oder? Das klingt irgendwie nicht nach Yasmin."

„Aber sie war es. Wir haben die Bilder der Überwachungskamera gesehen. Die Typen sind zwar Nerds, aber auch sehr auf Sicherheit bedacht. Da wird alles überwacht. Die haben unzählige Terabyte an Daten von Überwachungsvideos."

„Es hat 15 Stunden gedauert, bis sich einer bereit erklärt hat, mit ihr zu sprechen. Ein gewisser Willem Sneider. In der Hackerszene nennt er sich Deaftone. Er ist wohl der Leiter der lokalen CCC-Niederlassung."

Nikolaus schob seiner Chefin die Akte rüber.

„Über diesen Willem Sneider gibt es auch nicht viel zu berichten. Im wirklichen Leben ist er Lehrer für Informatik und Mathematik an einem Gymnasium in Volksdorf."

Jana schnappte sich die Akte und warf einen Blick hinein.

„Hier steht, es gab mal eine Anzeige gegen ihn wegen des Verstoßes gegen das Urhebergesetz § 106. Die Anklage wurde dann aber fallen gelassen."

Jana starrte auf die Leinwand.

„Okay, wir nehmen uns Lasse noch mal vor."

Jana Thordsen klappte Deaftones Akte zu.

„Dieser Brand ... was ist da genau passiert?"

Elena suchte in ihren handschriftlichen Unterlagen nach den Notizen.

„Da gibt es nicht viel. Das Haus von diesem Lasse ist fast abgebrannt. Er musste Monate im Krankenhaus verbringen. Es gab wohl auch eine Anzeige wegen Brandstiftung. Aber die Daten hierzu sind versiegelt, da der mutmaßliche Täter noch nicht voll strafmündig war."

„Aha, das klingt doch interessant."

Sie schnappte sich Lasses Akte.

„Ich werde mal ein paar Telefonate führen."

Jana erhob sich und ging zur Tür. Die Hand am Türgriff, blieb sie stehen und drehte sich noch einmal zu ihren Kollegen.

„Ich habe das Gefühl, dass es hier um mehr geht als den Tod einer Polizistin."

Plötzlich öffnete sich die Tür des Besprechungsraums und Henrik, der Botenjunge aus dem Labor, steckte seinen blonden Schopf durch die Tür.

„Petterman hat versucht, euch zu erreichen. Sie haben die Nase der Türkin gefunden."

Er blieb im Türrahmen stehen und wartete auf die Reaktion der Polizisten, die ihn fassungslos anschauten.

„Wo?"

Ein leichtes Grinsen glitt über Henriks Lippen, als er seine Worte formulierte.

„In ihrem Mund. Steckte wohl in der Speiseröhre fest."

Kapitel 30

Freitag, 9. August 2019, 11 Uhr 40

Früher war der kleine Elektroladen in Norderstedt nur Tarnung gewesen. Man bekam alles Mögliche an Computerequipment, von der speziellen Schraube für ein 19-Zoll-Computerrack bis hin zu einem vollständig ausgestatteten Spielecomputer. Gamer und Cracks aus ganz Hamburg und Umgebung waren damals in den nördlichen Speckgürtel Hamburgs gepilgert, um Teile für ihre getunten Computer zu erstehen. Die neuesten Festplatten und Grafikkarten gab es hinter der kleinen Theke in Norderstedt im Kösliner Weg, wenige Meter vom örtlichen Edeka und Aldi entfernt.

Ein großer Raum im Keller des Computerladens wurde zum Ort konspirativer Treffen. Damals war Thiess mit dem Rennrad aus Meiendorf gekommen und hatte ganze Nachmittage und Abende hier verbracht. Es hatte ihm nichts ausgemacht, dass er dafür eine Stunde unterwegs war. Damals war er fit gewesen und hatte täglich das Rad genommen.

Er parkte den kleinen blauen Fiat Punto vor dem großen Fenster und stieg aus. Sein Auto war das einzige auf dem Parkplatz. Hinter der Glasscheibe war alles dunkel. Im Schaufenster standen diverse Computerracks, Grafikkarten und Verkaufskartons der neuesten CPUs. Dazwischen große Pappaufsteller von Lara Croft und Monitore, auf denen Screenshots aus dem aktuellsten *Tomb-Raider*-Spiel in Großaufnahme dargestellt waren.

Thiess hielt sich nicht mit der Klingel auf, er hämmerte direkt mit der Faust gegen das Glas. Die Tür schwang nach innen auf. Es war nicht abgeschlossen. Der Laden war leer. Ein paar Ventilatoren surrten. Sein Blick schweifte über die Regale. Festplatten, CPUs und Fachzeitschriften hatten sich damals dort gestapelt. Jetzt lag dort nur zentimeterdicker Staub. Das Geschäft lief wohl nicht mehr so gut. Thiess sah die Kameras über dem Verkaufstresen, die direkt auf ihn gerichtet waren.

Aus dem Hinterraum hörte er jemanden die Treppe hinaufkommen. Den schweren Schritt und das asthmatische Keuchen, das den ehemals besten Hacker Hamburgs ankündigte, kannte er gut. Deaftone schob seine 120 Kilo durch den Vorhang und trat an den Tresen. Ein dichter grauer Bart verdeckte die untere Hälfte des Gesichts und ein weißer Pferdeschwanz baumelte an seinem Hinterkopf.

„Lange her, Flynn."

„Nenn mich nicht so, Willem. Das ist lange her."

„Wenn du nicht mehr so genannt werden willst, warum hast du mich dann angerufen?"

Thiess zuckte mit den Schultern.

„Du hättest mir sonst nicht zugehört, vermute ich. Aber die Zeit ist vorbei. Ich hab damit nichts mehr zu tun."

Der dicke Mann hinter dem Tresen strich sein schwarzes T-Shirt glatt und grinste Thiess an.

„Ja, das habe ich auch gehört. Du hast dich erwischen lassen. Kein Wunder, dass du lange nicht hier warst. Durftest keinen Computer benutzen, hab ich recht?“

Thiess ging nicht weiter darauf ein. Beide wussten, dass Willem Sneider recht hatte.

„Lass uns gleich zum Punkt kommen.“

Der Mann nickte, trat hinter dem Tresen hervor und kam nach vorne zur Tür. Er verriegelte sie und klappte das Schild um.

„Wir wollen doch nicht, dass jemand einfach so hereinplatzt.“

Willem Sneider schob seinen Körper hinter den Tresen und trat durch den Vorhang.

„Dann komm mal mit. Ich habe nach deinem Anruf gleich angefangen, danach zu suchen.“

Sie traten in die Werkstatt und Thiess blieb hinter dem 120-Kilo-Mann, als dieser schwerfällig die graue Steintreppe hinunterstieg. Inmitten unzähliger Computerracks und herumstehender Monitore aller möglichen Größen ließ sich der ältere Mann auf einem Sessel im Zentrum des Chaos nieder. Er wies auf einen kleinen Holzschemel ihm gegenüber, doch Thiess schüttelte den Kopf. Es hatte sich nichts verändert, seit Lasse und er hier ihre ersten Programmiererfahrungen gesammelt hatten. Deaftone war ein guter Lehrer gewesen, der das Potenzial der beiden Kinder erkannt und ihnen einige Tricks gezeigt hatte.

Deaftone zog sein schwarzes T-Shirt glatt und legte ein Bein auf dem Holzschemel ab, den er eben noch Thiess angeboten hatte.

„Willi ist aktiv?“

Thiess nickte.

„Das ist nicht gut."

Deaftone streichelte nachdenklich seinen spitzen grauen Bart.

„Das ist gar nicht gut."

Er griff nach dem Wasserglas auf dem kleinen Tisch neben seinem Sessel und kippte den braunen Inhalt in einem Rutsch herunter.

„Du bist sicher?"

„Ich habe die Signatur erkannt. Es war nur ein Fragment, aber es war ohne Zweifel ein Teil des Codes, den wir mit dir zusammen entwickelt haben."

„Hey, ich habe gar nichts damit zu tun! Das wart ihr, ich habe euch bloß gezeigt, wie die Syntax der Sprache ist. Den Rest habt ihr gemacht!"

Deaftone sah Thiess mit ernstem Blick an.

„Habt ihr euch mal gesehen, seit ... der Sache?"

Thiess schüttelte den Kopf. Deaftone nickte wissend.

„Das passt zu euch. Hochintelligent, aber manchmal wie kleine Kinder."

„Wie meinst du das?"

„Wie ich es gesagt habe, Flynn!"

Deaftone erhob seinen übergewichtigen Körper aus dem Sessel und schob sich an Thiess vorbei zu einem Stapel Laptops, die in einem Metallregal lagen. An der schmalen Seite der Laptops prangten weiße Aufkleber mit dicken schwarzen Buchstaben. Er griff in den Stapel und holte die Vergangenheit in Thiess' Leben zurück. Er reichte Thiess den Laptop. Thiess legte ihn auf das Regal neben sich und fuhr den Rechner hoch. Er kannte immer noch den genauen Ablageort ihres Sourcecodes. Der Zeitstempel zeigte, dass nichts verändert worden war.

„Ist er mal hier gewesen? Habt ihr gemeinsam an dem Code gearbeitet?"

Deaftone hob abwehrend die Hände.

„Bist du verrückt? Damit will ich nichts mehr zu tun haben."

„Du selber hast uns mal gesagt: Einmal Hacker, immer Hacker! Das ist eine Lebenseinstellung, kein Job, den man mal eben so wechselt."

„Hm, hätte nicht gedacht, dass du dir das gemerkt hast!"

„Wie meinst du das?"

„Du warst ein guter Hacker, Thiess. Nicht umsonst habe ich dir den Codenamen Flynn verpasst. Der Film Tron ist genial, das musst du doch zugeben. Ihr habt den Film geliebt. Erinnerst du dich?"

Thiess erinnerte sich gut an die Sonntage, als sie hier unten gehockt hatten und gemeinsam Filme geschaut und Computerprogramme entwickelt hatten.

Deaftone blickte ihn eindringlich an.

„Du warst gut, Thiess, wirklich gut! Lasse war fleißig und hatte das bessere Equipment, weil seine Eltern Schotter hatten. Aber du hast den Code im Blut gehabt und ihn eingeatmet. Sehr faszinierend, um es mit den Worten des großen Vulkaniers Spock zu sagen."

Deaftone kicherte glucksend in sich hinein.

Thiess hob irritiert die Augenbrauen.

„Rauchst du immer noch dieses Zeug?"

„Keine Ahnung, was du meinst, Junge."

Erst jetzt fiel Thiess das T-Shirt auf. Eine glimmende Hasch-Zigarette war dort abgebildet, darunter der Spruch: *Burn forever.*

Thiess zeigte auf das Shirt. Gleichzeitig rümpfte er die Nase.

„Das ist mir eigentlich auch echt egal. Ich bin nicht wegen deiner Drogen hier, sondern wegen Willi."

Auf der Werkbank rechts neben Thiess glimmte der Lötkolben vor sich hin. Die Temperaturanzeige leuchtete grün. Daneben lag eine Platine in der Größe einer EC-Karte.

„An was bastelst du gerade? Ich hoffe, nichts Illegales?"

„Hey ... Flynn."

Der ehemalige ältere Lehrer und nun ehrbare Betreiber eines Computerladens in Norderstedt breitete fast spirituell seine Arme aus.

„Ich mach doch schon lange nichts Verbotenes. Ich zahl sogar mein Netflix-Abo selber."

Thiess nickte nur.

„Hast du eine Idee, wer Lasse bei der Fertigstellung des Codes geholfen haben könnte? Ich erinnere mich, dass wir das Projekt damals beendet haben, weil wir nicht über diese eine Stelle im Code hinwegkamen. Es hat einfach nicht funktioniert."

Deaftone war seinem Blick gefolgt und schüttelte den Kopf, sodass der weiße Pferdeschwanz umherschwang.

„Nein, ich habe Lasse schon seit Jahren nicht mehr gesehen. Das letzte Mal im Krankenhaus, als er da so an den ganzen Schläuchen hing. Dich habe ich da nie gesehen, Thiess. Warum eigentlich nicht?"

Irritiert kniff Thiess die Augen zusammen und wich dem Blick seines ehemaligen Mentors aus.

„Warum hast du ihn nicht besucht, Thiess?"

„Was wird das hier? Ein Verhör? Ich hab gerade schon eines hinter mir."

„Ach, daher weht der Wind."

Willem griff in eine Seitentasche seines Sessels und holte einen Joint hervor. Er zündete ihn an und zog einmal genüsslich daran. Der süßliche Geruch verbreitete sich sofort im ganzen Kellergewölbe.

„Hm, jemand hat also Willi benutzt und mächtig Scheiße gebaut. Du verdächtigst jetzt Lasse? Aber ihr wart mal gute Freunde!"

Thiess wanderte ein paar Schritte in der vollgestellten Werkstatt umher. Seine vernarbten Handgelenke juckten.

„Du hättest ihn wenigstens mal besuchen und dich entschuldigen können!"

„Wieso sind eigentlich alle überzeugt, dass ich das war?"

Der alte Hacker kratzte sich seinen Bart, lehnte sich wieder in seinem Sessel zurück und nickte langsam.

„Gut, nehmen wir mal an, du warst es nicht. Wer dann? Der große Unbekannte? Das gibt es nur im Film."

„Ich habe keine Ahnung, das ist es ja, was mich seit Jahren so verrückt macht!"

Thiess ließ sich auf den gepolsterten Gamersessel fallen, der neben der Werkbank stand. Der Traum eines jeden Vollzeitcomputerspielers. Seine Hände glitten augenblicklich über die eleganten Formen des Stuhls und er spürte ein elektrisierendes Kribbeln durch seinen Körper ziehen. So hatte er sich zuletzt gefühlt, als er und Lasse in die Server des Bundestags eingedrungen waren. Er hatte es noch nicht verloren. Diese ganze Atmosphäre hier, er liebte das ganze Drumherum. Hacking war seine Welt. Aber jetzt war er auf der Seite des Gesetzes. Er arbeitete für die Polizei, auch wenn er kein Polizist war. Genauso wenig war er ein Brandstifter, der seinen besten Freund verkohlen ließ.

„Ich habe keine Idee, wer es gewesen sein könnte. Ich habe nur immer wieder diesen einen Traum vom Feuer, das immer näher kommt. Und einer Fratze, die näher kommt und mir irgendetwas über den Kopf schlägt."

„Eine Fratze? Echt jetzt?"

Deaftone nahm einen tiefen Zug und sank etwas weiter in den Sessel.

„Du glaubst mir also auch nicht."

„Nur du und Lasse wart in dem Raum. Hätte der Nachbarsjunge nicht die Feuerwehr gerufen, dann wärt ihr beide jetzt tot."

Thiess war das alles schon so oft durchgegangen, aber der Traum blockierte ihn. Seine Hände strichen über die mit Stoff bezogenen, elegant geschwungenen Armlehnen.

„Den hier hätte ich früher gut gebrauchen können ..."

„Nimm ihn, kostet bloß 879,99. Ist ein Freundschaftsangebot für dich. Wird auch geliefert."

„Welcher Nachbarsjunge?"

„Hm?"

„Du hast eben gesagt, der Nachbarsjunge hat die Feuerwehr gerufen? Woher hast du das?"

„Na, von Lasse. Und im Polizeibericht steht es auch. Er hat von seinem Zimmer aus die Flammen gesehen und hat dann den Notruf gewählt. Danach hat er deinen Großvater gesucht."

Thiess runzelte die Stirn.

„Mein Großvater war in Lasses Haus? Warum hätte er da sein sollen?"

„Ja, ich kann mich zwar nicht mehr an alles erinnern, aber ich weiß noch, dass es so in dem Bericht stand. Wenn ich so drüber nachdenke, schon komisch."

„In welchem Zimmer wurden wir gefunden?"

Deaftone zuckte mit den Schultern.

„Mann, woher soll ich das denn wissen? Das ist so lange her! Ich habe den Bericht nur einmal gesehen. Lasse hatte mich gebeten, ihn zu beschaffen."

„Du hast dich in den Polizeicomputer gehackt und Lasse den Bericht gegeben?"

Deaftone grinste.

„War leicht. Nur 'ne Fingerübung."

Deaftone beugte sich zu ihm.

„Für dich sollte das doch noch leichter sein. Du bist ja jetzt bei dem Verein."

„Aber jetzt habe ich einen Job zu verlieren, wenn ich da in alten Akten rumschnüffle. Die Polizei hat einiges getan, um ihre Systeme sicherer zu machen."

„Komm schon, Flynn. Es juckt dich doch in den Fingern. Ich sehe es dir an."

Thiess konnte nicht abstreiten, dass er schon lange das prickelnde Gefühl vermisst hatte, sich in fremde Computer zu hacken und dort ein wenig auf Entdeckungsreise zu gehen. Aber jetzt hatte er sehr viel mehr zu verlieren als damals.

Thiess klappte den Laptop zu.

„Hast du den Brotkasten noch?“

„Das alte Ding? Du weißt schon, dass wir im 21. Jahrhundert angekommen sind?“

„Ja, aber ich mag die alten Sachen.“

Der schwergewichtige Computerhacker steckte sich den Joint zwischen die Lippen und ging zu einem Stapel Kartons, die in einem Regal aufgetürmt waren. Er nahm den obersten Karton herunter und gab ihn Thiess.

Thiess packte den Laptop dazu und nahm ihm den Karton ab.

„Danke.“

Deaftone nickte und ließ sich zurück in den Sessel fallen.

„Klar, was tut man nicht alles für seine Freunde.“

Thiess blieb vor dem alten Hacker stehen.

„Hat Lasse dir mal was über den Nachbarsjungen erzählt?“

„Nö. Nur, dass das wohl ein ziemlich schräger Typ war. Osteuropa. War sehr an Lasses Schwester interessiert.“

„Wirklich? Das wusste ich gar nicht. Ich kann mich gar nicht mehr an ihn erinnern. Ich weiß nicht mal mehr, wie er ausgesehen hat.“

Deaftone schüttelte den Kopf.

„Du hast ja damals auch nur Bits und Bytes im Kopf gehabt. Du warst so sehr in der Computerwelt, wie ich es nie gewesen bin. Was meinst du, warum ich dir den Namen Flynn gegeben habe? Du warst Flynn! Und Lasse war Tron! Ihr seid wie siamesische Zwillinge gewesen, die nichts als Computer im Kopf hatten. Ich wette, du hast nicht mal gemerkt, dass seine Schwester was für dich übrighatte?"

Thiess blieb am Treppenabsatz stehen und drehte sich um.

Mit einer Geschwindigkeit, die Thiess dem korpulenten Mann nicht zugetraut hätte, kam Deaftone aus dem Sessel hoch.

„Hab ich mir gedacht, Junge. Du hast nur Computer im Kopf gehabt. Wahrscheinlich hast du immer noch keine Freundin, oder?"

Deaftone baute sich vor Thiess auf, den fast verglommenen Joint in der rechten Hand haltend.

„Wie groß sind die Schwierigkeiten, in denen Lasse steckt?"

Thiess drehte sich um und ging weiter hinauf. Auf der obersten Stufe drehte er sich noch einmal um.

„Er hat einen Mord gestanden."

Kapitel 31

Freitag, 9. August 2019, 12 Uhr

Professor Pettermann und seine Assistenten untersuchten die Nase von Yasmin. Das gesäuberte und präparierte Organ lag auf einem sterilen Tablett unter einem beleuchteten Mikroskop. Pettermann führte die Pinzette zu dem deformierten Stück Fleisch und zupfte vorsichtig an der Schnittkante. Der Rand war nicht gleichmäßig, was ihn verwunderte.

„Das Organ wirkt auf den ersten Blick wie abgerissen. Die Ränder sind ausgefranst und ungleichmäßig. Es wurde kein medizinisches Skalpell verwendet."

Pettermann pausierte die Aufnahme und wies seine Assistenten an, den Seziertisch besser auszuleuchten.

„Es findet sich kein Blut an den Schnittkanten. Daraus schließe ich, dass ihr die Nase nach dem Tod entfernt wurde."

Der Gerichtsmediziner hatte die Polizistin, deren Nase vor ihm auf dem Tisch lag, nie persönlich kennengelernt. Er kam selten aus seinem Institut und die Datenanalystin des LKA hatte sich nie in die Rechtsmedizin nach Eppendorf verirrt. Dennoch berührte ihn ihr Schicksal und er spürte zum ersten Mal seit langer Zeit so etwas wie individuelles Interesse, alles zu tun, damit dieser Fall so schnell wie möglich aufgeklärt würde.

Der junge Rechtsmediziner Carl Clausen und die Sektionsassistentin Frauke Henning standen um den Tisch herum und beobachteten jeden Handgriff des berufserfahrenen Mediziners. Beide Assistenten waren gerade erst nach Hamburg ans Institut für Rechtsmedizin gekommen. Während Clausen in Kiel schon einige ungewöhnliche Leichenschauen als Assistent begleitet hatte, war Frauke Henning direkt aus Freiburg nach Hamburg gekommen. Diese Stelle am renommierten Institut des Universitätsklinikums Eppendorf in Hamburg war ihre erste Anstellung nach der Ausbildung. Sie hielt sich etwas im Hintergrund, während Clausen kein Hehl daraus machte, welche Hierarchie seiner Meinung nach herrschte.

Es war still in dem Sektionssaal. Nur das Klackern des Sektionsbestecks war zu hören, wenn Pettermann es wieder zurück auf die Ablage legte. Er hob vorsichtig die ausgefransten Hautlappen an.

„Haben Sie das gesehen, Clausen? Diesen Pulverrückstand hier an der Seite. Ich frage mich, was das ist."

Sektionsassistent Clausen beugte sich über den Tisch, wobei sein Bauchansatz die Kante des Tisches berührte, und sah von der Seite auf das Mikroskop. Er verspürte ein leichtes Kribbeln in seiner Nase und einen stechenden Schmerz im vorderen Stirnbereich. Sofort riss er den Kopf wieder zurück.

„Professor, haben Sie das hier gesehen?"

Der Assistent nahm ein Skalpell und führte es vorsichtig zum Nasenrücken.

„Ich vermute, dass hier die Säge angesetzt wurde. Das hier sind doch Knorpelreste."

Pettermann nahm den Kopf vom Mikroskop und folgte Clausens Blick.

„Da könnten Sie recht haben, Clausen."

Er nahm ein Wattestäbchen und führte es vorsichtig in das linke Nasenloch.

„Sehen Sie ... die weißen Körner zwischen den Härchen."

Pettermann schabte ganz behutsam etwas aus dem linken Nasenflügel und ließ die Reste auf den Objektträger fallen. Der Blick kehrte zurück zum Okular.

„Was ist das?"

„Dreck. Ganz ordinäre Erde, würde ich sagen."

Mit einem feinen Spatel verteilte Pettermann den Dreck auf dem Plättchen.

„Aber da ist noch was anderes. Ich habe hier wieder diese weißen Körner. Die Struktur ist mir unbekannt. Wir sollten das in die Toxikologie geben."

„Darf ich mal schauen?"

Bisher war Henning stumm geblieben und hatte das Gespräch der beiden Mediziner verfolgt.

„Ich habe im letzten Semester Toxikologie 1 bei Professor Wieser gehört. Das Wissen ist also noch sehr frisch."

Pettermann trat einen Schritt zurück und lächelte der jungen Assistentin zu.

„Bitte, versuchen Sie Ihr Glück."

Clausen rieb sich mit grimmiger Miene das Kinn.

Die junge Frau nahm den Platz von Pettermann ein, der einen Schritt zur Seite trat, und neigte ihren Kopf über das Mikroskop. Sie justierte die Schärfe.

„Ich bin mir nicht sicher, aber das sieht sehr nach Cyanid aus. Das dazwischen ist gewöhnliche Erde, aber diese weißen Rückstände sind Cyanid sehr ähnlich. Wir sollten eine Spektralanalyse machen, dann wissen wir mehr."

„Natürlich machen wir eine Spektralanalyse, Henning. Wir sind hier keine Anfänger!"

Pettermann schaute den erfahreneren Assistenten Clausen scharf an.

„Ruhe bitte. Wir sind nicht auf der Kirmes!"

Zu Henning gewandt meinte er: „Und Sie bereiten bitte alles für die Spektralanalyse vor. Ich muss hier noch eben ..."

Das Skalpell entglitt seinen Händen und fiel scheppernd zu Boden, der Körper des drahtigen Rechtsmediziners sackte zusammen auf den gekachelten Boden.

„Raus!", rief Clausen.

Henning packte die Arme des Professors und zog ihn Richtung Tür. Clausen griff sich den Behälter, in dem das gebrauchte Sezierbesteck zur späteren Reinigung gesammelt wurde, und kippte den Inhalt aus. Rasch stülpte er den Behälter über die Nase, dann packte er die Füße des Professors und half der Assistentin, den Professor in Sicherheit zu bringen.

Als sie die Schleuse passiert hatten, ließen sie den schlaffen Körper los. Clausen schlug mit der flachen Hand auf den Alarmknopf und eine Sirene ertönte. Der Raum wurde versiegelt. Außer Atem beugte er sich über den Körper des Professors und untersuchte ihn. Er fühlte einen Puls und die Atmung war zwar flach, aber wahrnehmbar. Plötzlich öffnete der Professor die Augen und sah in die erstaunten Gesichter seiner beiden Assistenten.

„Wie geht es Ihnen, Professor?"

„Wie lange war ich weg? Was ist passiert?"

„Sie sind einfach zu Boden gegangen", sagte Frauke Henning und half dem etwas benommenen Rechtsmediziner in eine aufrechte Position.

Pettermann rieb sich den Kopf.

„Ich habe plötzlich einen beißenden Geruch in der Nase verspürt und alles drehte sich."

„Das muss an den weißen Kügelchen liegen", bemerkte Frauke Henning.

Pettermann nickte.

„Das kann gut sein. Ich hatte gerade eine dieser Kugeln unabsichtlich mit dem Skalpell zerdrückt, als ich zu Boden ging."

Clausen schaltete sich ein.

„Ich sage Dr. Bergmann Bescheid, dass er nachher mit Sicherheitsanzug noch mal reingeht und die Untersuchung zu Ende macht."

„Das kann ich doch auch. Wir müssen nur eine von diesen Kugeln unbeschadet in den Spektrografen bekommen."

Pettermann schüttelte den Kopf.

„Nein, Frau Henning, das ist zu gefährlich. Sie sehen doch, was mir passiert ist."

„Ich werde vorsichtig sein, Professor."

Clausen packte die Assistentin am Oberarm und zog sie vom Professor fort.

„Henning, Sie haben den Professor gehört! Sagen Sie Dr. Bergmann Bescheid, dass er sofort herkommen soll."

Er drängte die Assistentin in Richtung Tür.

„Los, holen Sie Dr. Bergmann."

Clausen schob sie durch die Tür und trat dann wieder zum Professor.

Henning lief den Gang hinunter. Sie kam am zweiten toxikologischen Labor vorbei und spähte vorsichtig hinein. Es war leer. Sie schlich sich hinein, schnappte sich den weißen Schutzanzug und ging zurück ins erste Labor. Pettermann hockte immer noch am Boden, von Clausen keine Spur. Der Professor sah sie wie durch einen Nebel an und winkte ihr zu.

„Dr. Bergmann. Schön, dass Sie so schnell kommen konnten."

Henning schaute erschrocken auf den Professor, dann an sich herab. Auf ihrer Brust prangte das Namensschild von Dr. Bergmann. Sie hatte unbeabsichtigt dessen Schutzanzug gegriffen. Sie winkte dem Professor zurück und ging dann in Richtung der Schleuse.

Kapitel 32

Freitag, 9. August 2019, 12 Uhr 20

„Hey Süße, warum machst du das denn nicht mit dem Computer?"

Der Pfleger Philip Hänsel stützte seinen Oberkörper auf dem Tresen ab und beugte sich zur Pflegekraft Yvonne herunter, die damit beschäftigt war, mit einem schwarzen Kugelschreiber die Einträge in den Essensplan vorzunehmen. Sie hatte den Kopf gesenkt und kicherte.

„Der stürzt doch ständig ab. Oberschwester Hannah hat gesagt, da ist wohl ein Virus drauf."

„Wenn da ein Virus ist, dann brauchst du Medizin, meine Süße!"

Yvonne kicherte verlegen und wandte sich wieder dem Essensplan zu.

„Ich habe da eine ganze besondere Medizin für dich."

Philip griff nach einer Strähne ihres Haares und streichelte sie vorsichtig.

„Philip, du bist unmöglich."

„Das magst du doch so, Süße."

„Aber wenn die Oberschwester kommt."

„Dann werde ich ihr mal die Meinung geigen", säuselte Philip und knabberte an Yvonnes rechtem Ohr.

„Herr Hänsel!"

Oberschwester Hannah Voss baute ihren massiven Körper neben dem Empfangstresen auf. Sie knallte einen Stapel Akten auf den Tresen und schaute Philip herausfordernd an.

„Petersen bekommt sein Essen und Frau Müller muss zur Physio. Und zwar heute noch!"

„Ich bin ja schon auf dem Weg, Oberschwester Hannah."

„Davon sehe ich aber nichts. Du lenkst hier die anderen von der Arbeit ab."

„Ich sorge nur dafür, dass die Moral hoch bleibt."

Oberschwester Hannah ließ sich von dem Geturtel nicht beeindrucken. Sie entsprach nicht seinem Beuteschema.

„Die Moral ist gut!"

Hannah baute sich mit ihrem matronenhaften Körper vor Philip auf. Sie überragte ihn fast um einen Kopf.

„Wenn du nicht sofort Herrn Petersen sein Essen bringst und Frau Müller zur Massage bringst, kannst du ab morgen wieder im Fitnessstudio den Boden wischen."

Yvonne kicherte verlegen und Philip warf ihr einen kurzen, giftigen Blick zu, ehe er sich die Hände an seiner Arbeitskleidung abwischte und versuchte, Hannahs Blick zu erwidern.

Das süffisante Grinsen auf ihrem Gesicht ließ ihn die Fäuste zusammenballen und auf dem Absatz kehrtmachen.

Mit energischen Schritten schnappte er sich ein Tablett vom Essenswagen und fuhr damit in den zweiten Stock. Er servierte Herrn Petersen sein nobles Menü und schlenderte dann den Gang entlang zum Eckzimmer.

Philip hielt vor der Tür von Heinrich und drückte den Griff herunter. Privatsphäre gab es hier nicht. Der alte Knacker saß vor dem Fenster und starrte auf die Außenalster. Das war sein Lieblingsplatz.

„Opa Riedel, du warst heute nicht beim Mittagessen!"

Philip schloss die Tür. Mit langsamen Schritten kam er auf Heinrich zu, der bewegungslos in seinem Sessel am Fenster saß und hinausschaute.

„Alter Mann, redest du nicht mehr mit mir?"

Philip stellte sich vor das Fenster, beugte sich zu Heinrich herab und schaute ihm direkt ins Gesicht.

„Hey, ich mag das nicht, wenn man mich ignoriert!"

Er schlug Heinrich mit der flachen Hand ins Gesicht und lachte.

„Das ist nur ein Vorgeschmack. Komm nicht auf die Idee, mich verarschen zu wollen."

Heinrich schenkte dem jungen Pfleger nur einen wütenden Blick, schluckte das Blut herunter und wischte sich mit dem Handrücken über den Mund. Philip holte erneut aus, doch er schlug nicht zu. Etwas hielt ihn zurück.

„Opa, wir müssen wieder in den Wald gehen! Ich brauche Kohle!"

Der dürre Kopf bewegte sich langsam zur Seite und die Augen richteten sich auf den blonden Schopf mit den gegelten Haaren.

„Ich kann das nicht mehr machen. Ich höre auf!"

„He? Ich hör wohl nicht richtig. Jetzt legen wir erst richtig los!"

Philip fing an zu lachen und schlenderte durch das geräumige, luxuriöse Apartment. Seine Hände glitten über die Andenken aus dem Zweiten Weltkrieg, die in den Regalen und in den beleuchteten Vitrinen lagen.

Heinrich schaute sich nicht um, als er antwortete.

„Es ist genug. Es ist unrecht!"

„Alter, spinnst du?"

Jetzt war nur noch Wut in Philips Stimme. Er riss Heinrichs Drehsessel herum und drohte ihm mit dem Finger.

„Wage es ja nicht, mich auszubooten! Wer soll denn für dich die Sachen aus dem Versteck holen? Meinst du, du schaffst das noch, du alter seniler Sack! Du kannst dich doch keine zehn Meter mehr ohne Stock bewegen."

Für einen Moment loderte ein Feuer in Heinrichs Augen.

„Ich höre auf, Philip. Es gibt keinen Ersatz. Es gibt kein Geschäft mehr! Es ist jemand gestorben."

Philip brachte sein Gesicht ganz nah an das von Heinrich Riedel und grinste.

„Dann weißt du ja, was dir blüht, wenn du jetzt einfach aussteigst."

Philip lachte immer noch sein schmieriges Lachen. Sein Handy vibrierte und er schaute auf die SMS: *Massage: Frau Müller.*

„Oh Mann, Opa Riedel, du hast echt Mumm. Ich glaube, ich muss dir mal ein paar meiner Freunde vorbeischicken. Die hätten echten Spaß an dir. Danach wünschst du dir, du hättest mir zugehört."

Philip ließ lachend von Heinrich ab und ging zur Tür.

„Wir sprechen uns noch, alter Mann. Jetzt hast du Glück gehabt, aber beim nächsten Mal bin ich nicht mehr so nett. Überleg dir besser, wann wir wieder in den Wald gehen."

Kapitel 33

Freitag, 9. August 2019, 13 Uhr

Nach dem Besuch bei dem älteren Computerhacker war Thiess in sein Auto gestiegen und hatte sich auf den Weg nach Hause gemacht. Doch beim Kreisel, der die Segeberger Chaussee, die Schleswig-Holstein-Straße und die Langenhorner Chaussee miteinander verband, fiel ihm wieder der Brief seiner Tante Annemarie ein. Der Inhalt hatte ihn förmlich von den Füßen gerissen und sein ganzes Leben auf den Kopf gestellt.

Während er noch über den Brief nachdachte, drehte er einige Runden im Kreisel. Die anderen Autofahrer hinter ihm dachten wahrscheinlich, dass er total durchgeknallt war.

Schließlich nahm er die Ausfahrt zur Langenhorner Chaussee und folgte dem Weg in die Innenstadt. Es war Freitagmittag und der Feierabendverkehr hatte bereits eingesetzt. Die Sommerferien waren seit etwas mehr als einer Woche vorbei und die Blechmassen waren wieder auf die Straßen zurückgekehrt. Der Verkehr rollte zwar, aber in den stockenden Phasen hatte Thiess immer wieder die Möglichkeit, über Annemaries Brief nachzudenken. Das Gespräch mit seinem väterlichen Freund Willem Sneider alias Deaftone verdrängte er erst mal. Hinter ihm auf der Rückbank lag der Karton, den er aus dem Computerladen mitgenommen hatte. In dem Karton befand sich seine Vergangenheit. Eine Vergangenheit, die er längst hinter sich gelassen glaubte. Er versuchte, dies zu ignorieren.

Thiess umfasste das Lenkrad fester. In seinem Magen fing es zu grummeln an und er realisierte, dass er vollkommen vergessen hatte zu frühstücken. Das war ihm noch nie passiert. Auf der Fahrt in die Innenstadt kamen die Erinnerungen an das Feuer wieder hoch. Es war das erste Mal, dass er bei vollem Bewusstsein den Feuertraum hatte. Doch die Bilder waren keineswegs klarer als bei seinen nächtlichen Albträumen. Die Fratze blieb undeutlich. Dann erlosch das Licht, es knisterte und überall waren Flammen.

Thiess fuhr rechts ran und schaltete den Warnblinker an. Sein Kopf fiel auf das Lenkrad. Seine Hände zitterten und sein Puls raste. Er war unterzuckert und fühlte sich ein wenig unwohl. Langsam lenkte er den Fiat wieder auf die Straße.

Thiess stand vor dem großen gusseisernen Zaun am Harvestehuder Weg und blickte durch die Gitter des drei Meter hohen Eingangstors auf das dahinterliegende Anwesen. So ein vornehmes Altersheim hatte er bisher noch nicht gesehen. Schon die Umgebung, in der sich das eher an ein Schloss erinnernde Heim befand, war alles andere als gewöhnlich. Direkt an der Fahrradstraße des Harvestehuder Wegs gelegen, hatten die Bewohner des Seniorenwohnheims Alter Kamerad es nicht weit zur Alster. Er fragte sich, wem der zitronengelbe Mercedes AMG gehörte, der direkt auf dem Sandstreifen vor der Buchenhecke parkte. Einem der Heimbewohner doch wohl nicht?

Thiess hatte sein Auto an der Hundewiese direkt beim AlsterCliff geparkt und war die paar Meter zu Fuß gegangen. Sofort waren ihm die vielen Scheinwerfer in den Baumkronen über der Hecke aufgefallen, darunter mindestens fünf steuerbare Kameras, die sowohl den inneren Teil der Anlage als auch das Gebiet außerhalb der Hecke im Blick hatten. Für eine normale Seniorenresidenz waren das sehr viele Sicherheitsmaßnahmen.

Thiess wunderte sich, wie sein Großvater, der nun plötzlich von den Toten auferstanden war, sich eine Wohnung in einer so teuren Wohnanlage leisten konnte. Sein Vater war mit dem eigenen kleinen Tischlerbetrieb gerade so über die Runden gekommen. Hätte sein Vater gewusst, dass der Großvater über so viel finanzielle Rücklagen verfügte, dann hätte er ihn doch bestimmt um Hilfe gebeten.

Thiess drückte auf den golden glänzenden Klingelknopf und nannte seinen Namen und zu wem er wollte. Mit einem leisen Knacken entriegelte sich das Tor und er konnte es aufziehen. Dahinter befand sich im Schutz der Buchenhecke ein kleines Pförtnerhäuschen. Ein knapp zwei Meter großer, schwarz gekleideter Mann kam aus dem Häuschen und hielt ihm schweigend ein Klemmbrett entgegen, auf dem er unterschreiben musste. Dann wies er ihn an, einen Arm auszustrecken, und klebte ihm einen dünnen weißen Streifen mit einem Barcode um das Handgelenk. Er zog sein Handy hervor und scannte den Barcode.

„Den ausgeschilderten Weg entlang! Nicht auf den Rasen treten!“

Er wies auf den rustikalen, in Steinoptik gehaltenen geschwungenen Weg, der in einem leichten Bogen zum Haupthaus führte. An der Seite des ganz in Weiß gehaltenen Gebäudes thronte ein Turm mit dicken Zinnen. Aus dem Zentrum des Turms ragte eine dunkle Fahne empor, deren Symbol Thiess aufgrund der Windstille nicht ausmachen konnte. Ein zweiter schwarz gekleideter Mann stand neben dem Fahnenmast und schaute auf Thiess herab.

Seltsames Altersheim, dachte Thiess und schritt langsam den Steinweg an der dichten Hecke entlang. Er spürte die Blicke der beiden Wachleute auf sich gerichtet und wunderte sich über die vielen Sicherheitsvorkehrungen.

Er hatte ein mulmiges Gefühl, als er den langen, kalten Gang entlangging. Ob Opa Heinrich immer noch so schlaksig und hager war? Er hatte auf Thiess immer einen unterernährten Eindruck gemacht. Heinrich hatte sich nie einen Wohlstandsbauch zugelegt, wie das bei vielen während der Nachkriegsjahre in der Wirtschaftswunderzeit passiert war.

Wirtschaftswunder hin oder her, Opa Heinrich hatte immer zu jenen gehört, die für schlechte Zeiten vorsorgten und mit ihren Ressourcen vorsichtig umgingen. Thiess erinnerte sich an seine Worte: „Der Krieg hat mich erwachsen gemacht!“

Der 7. Mai 2004 war der Tag gewesen, als er Heinrich das letzte Mal gesehen hatte. Der Abend vor seiner Konfirmation. Ein Freitag. Heinrichs Haar war dünn und weiß gewesen, die Haut fahl und an den Händen gelb von den vielen Zigaretten. Er hatte im Türrahmen von Thiess' Kinderzimmer gestanden, als dieser vor dem Spiegel seinen Konfirmationsanzug anprobiert hatte. Mit sanftem Schritt war er zu ihm gekommen, hatte die schief gebundene Krawatte gerichtet und ihm liebevoll über den Kopf gestrichen. Dann war Heinrich wieder hinunter in die gute Stube gegangen, das Wohnzimmer. Thiess hatte gewusst, dass sein Vater da unten vor dem Fernseher in seinem Sessel saß und wahrscheinlich schon mehr als ein Bier intus hatte. Er hatte die lauten Stimmen gehört, wie sie sich stritten.

Dann war es still im Haus geworden. Thiess saß mittlerweile in dem schicken neuen Anzug an seinem Schreibtisch und versuchte, an dem Computerprojekt zu arbeiten, das er mit seinem besten Freund Lasse in den letzten Weihnachtsferien begonnen hatte. Sie verbrachten jede freie Minute vor dem Computer. Beide waren gut im Programmieren, es war ein Wettstreit, aber jeder hatte seine Spezialkenntnisse.

Thiess steckte gerade an einer kniffligen Stelle im Code des Programms und grübelte über dem Algorithmus, den Lasse ihm per E-Mail geschickt hatte, als er hörte, wie die Haustür mit einem lauten Knall ins Schloss fiel. Kurz darauf vernahm er den typischen Motorsound des alten gelben VW Käfers von Opa Heinrich. Danach hatte er seinen Opa nie wiedergesehen.

Thiess blieb auf dem Gang stehen, ihn fröstelte. Draußen erinnerte alles an ein Schloss, eine Burg aus dem Mittelalter, hier drinnen wirkten die Wände und die ganze Einrichtung wie ein hochmodernes Krankenhaus. Selbst die weißen Bilderrahmen an den Wänden strahlten Kälte aus. Eigentlich sollten Menschen sich hier wohlfühlen.

Im Gebäude selber war alles auf höchste Sicherheit ausgerichtet. An jeder Tür musste Thiess seinen Arm mit dem Barcode am Handgelenk vor einen Scanner halten. Auf diese Weise wurde sein Bewegungsprofil ganz genau aufgezeichnet. Er fragte sich, wozu ein Altersheim das nötig hatte.

Thiess stand vor der Tür zu Zimmer 25 und traute sich nicht zu klopfen. Er roch den Zigarettenqualm durch die geschlossene Tür und wusste, dass sein Großvater da war. Wie sollte er ihn begrüßen? *Hallo, Opa?* Ne, das klang blöd. *Großvater?* Das war auch nicht viel besser.

Thiess hob zögernd den Arm und klopfte mit der rechten Hand gegen die Tür.

Kapitel 34

Freitag, 9. August 2019, 13 Uhr 15

Nikolaus Eifler brütete über den Untersuchungsergebnissen aus der Rechtsmedizin. In den Unterlagen stand, dass die Kriminaltechnik in der Wohnung von Lasse Henricksen ein Amulett gefunden hatte.

„Chinesische Philosophie!"

Nikolaus drehte den Kopf zu seiner Kollegin.

„Was sagst du?"

„Die haben am Tatort ein Ying-Yang-Symbol gefunden."

„Du meinst, am vermeintlichen Tatort. Da war ja keine Leiche, nur etwas Blut auf dem Boden."

Elena beugte sich über den Schreibtisch. Dann griff sie nach dem Aktensammler und blätterte durch die Fotos. Schnell wurde sie fündig und trat mit dem Foto in der Hand zu Nikolaus. Sie knallte ihm das Foto auf den Tisch.

„Hier, ich wusste doch, dass ich es schon gesehen hatte."

„Ich kann dir nicht folgen."

„Schau doch mal auf das Bild an der Wand, die beiden Frauen."

Nikolaus brachte sein Gesicht so nah an das Foto heran, dass die Nasenspitze das Papier fast berührte. Es ließ sich nicht länger leugnen, dass er allmählich eine Brille brauchte.

„Ying und Yang sind zwei Begriffe der chinesischen Philosophie, ich glaube, sie kommen aus dem Daoismus. Sie stehen für polar einander entgegengesetzte und dennoch aufeinander bezogene duale Kräfte oder Prinzipien, die sich nicht bekämpfen, sondern ergänzen."

„Ja?"

„Schau doch mal genau hin, du Blindschleiche. Sieh dir das Foto von Yasmin an!"

Nikolaus konzentrierte sich auf Yasmin. Es war eines der wenigen Fotos aus ihrer Wohnung, auf der die junge Kollegin zu sehen war. Sie stand vor einer Brücke und posierte für den Fotografen. Sie lachte und strich sich durch das Haar, ein perfekter Moment ausgelassener Laune und gelöster Stimmung.

„Was meinst du, ich sehe nicht ... ach du Scheiße, an ihrem Hals!"

„Genau! Sie trägt ein Amulett, unser Amulett. Ich wette, du hast wieder nur auf ihren Ausschnitt geschaut. Typisch Mann."

Nikolaus grinste schief.

„Okay, wir wissen also, dass Yasmin und unsere Moorleiche was am Laufen hatten."

Elena nickte.

„Aber wir wissen immer noch nicht, wer die andere Frau ist."

„Wenn dieser Freak nicht Bullshit erzählt hat. Ich meine, diese Computernerds sind alle sehr merkwürdig. Aber vielleicht hatte er ja auch was mit Yasmin. Vielleicht war sie zumindest in seiner Wohnung?"

Elena zog ihren Schreibtischstuhl heran und setzte sich neben Nikolaus an den Tisch. Sie starrten gemeinsam auf die Fotos, die Nikolaus vor seinem Computer ausgebreitet hatte.

„Du meinst, dieser Lasse war vielleicht ihr Kontakt vom Chaos Computer Club?"

„Das hat doch dieser Typ – wie hieß er noch? Sneider? – vom Klub gesagt, oder?"

Elena erinnerte sich an ihr Gespräch mit Willem Sneider und wie der korpulente ältere Mann ihr immer wieder auf den Busen geschaut hatte.

„Ja, wir sollten Lasse noch mal nach seiner Verbindung zu Yasmin befragen."

Kapitel 35

Freitag, 9. August 2019, 14 Uhr

Er stand in der Wohnung seines Großvaters. Der alte Mann sah sehr zerbrechlich aus. Thiess rechnete nach. Heinrich musste jetzt etwa 94 Jahre alt sein.

Auf sein Klopfen hatte zunächst niemand reagiert, also hatte Thiess geklingelt. Ein zaghafter Ruf von innen forderte ihn auf, zu warten. Kurz danach wurde die Tür geöffnet und er blickte in das Gesicht seines Großvaters. Eine Minute lang sagte keiner von ihnen etwas.

„Hallo, Thiess, komm rein."

Die Stimme war nur ein kraftloses Flüstern.

Thiess trat in den breiten Flur und schloss die Tür hinter sich. Heinrich schleppte sich langsam in das Wohnzimmer und ließ sich in den braunen Ledersessel fallen. Thiess sah den Rollstuhl, der danebenstand.

„Den brauch ich nur, wenn ich hier mal rauswill."

Er bot Thiess einen Platz auf dem Sofa vor dem Fenster an. Thiess schaute hinaus und blickte auf die Alster in der Ferne.

„Nett hier."

„Danke. Schön, dass du endlich da bist."

„Wusste ja nicht, dass du hier bist."

Heinrich senkte für einen kurzen Moment den Blick.

„Ich habe Fehler gemacht, Thiess. Das tut mir wirklich leid!“

„Bist du die ganzen Jahre hier gewesen?“

Heinrich ruckelte etwas in seinem Sessel herum.

„Du bist groß geworden, Thiess. Mann oh Mann, richtig erwachsen.“

Thiess setzte sich auf das Sofa und starrte auf den grauen Teppich.

„Was hast du erwartet? Es sind 15 Jahre vergangen.“

„15 Jahre?“

Heinrich wirkte ehrlich erstaunt.

„Das ist eine lange Zeit. Wie geht es deinem Vater?“

Thiess blickte auf und schaute Heinrich erstaunt an.

„Der ist doch schon tot. Seit fünf Jahren.“

Heinrichs Augen zuckten. Er griff nach der halb vollen Flasche Aprikosenbrand auf dem kleinen Dreibeintisch neben dem Sessel und goss sich mit leicht zitternder Hand einen Schnaps ein. Er fragte Thiess nicht einmal, ob er einen wollte. Heinrich führte das Glas zum Mund und kippte den Schnaps herunter.

Thiess Kopf wandte sich seinem Großvater zu.

„Und was ist mit Torben? Hast du vergessen, dass ich noch einen Bruder habe?“

„Torben? Richtig, wo bin ich nur mit meinen Gedanken.“

Er goss sich noch einen weiteren Aprikosenbrand ein und kippte auch den in einer schnellen Bewegung herunter.

„Warum bist du hier?“

Thiess holte den Umschlag aus seiner Jackentasche und legte ihn neben die Flasche mit dem Aprikosenbrand.

„Annemarie hat mir einen Brief geschrieben. Bis vor einer Woche habe ich noch geglaubt, du wärst tot! Bei einem Autounfall umgekommen. Und jetzt sitzt du hier und bist ... nun ja ... irgendwie lebendig."

Heinrich hob die Hand.

„Lebendig nennst du das?"

Er schlug mit der flachen Hand auf den Rollstuhl.

„Ich bin draußen auf dieses Ding angewiesen. Meine Beine machen nicht mehr mit, nicht so wie früher. Ich verbringe meine Tage damit, den Kanufahrern auf der Alster zuzuschauen oder den Radfahrern, wie sie den Harvestehuder Weg entlangstrampeln. Die Zeitung habe ich schon um 10 Uhr ausgelesen. Nicht sehr produktiv."

Thiess nickte. Er schaute auf die Uhr.

„Aber erzähl mal von dir, mein Junge."

„Ich arbeite bei der Polizei."

Heinrich zuckte kurz zusammen.

„Bei der Polizei? Interessant. Fängst du Mörder?"

Thiess schüttelte den Kopf.

„Nein, ich bin auch kein Polizist. Ich bin in der Datenanalyse."

Ein Lächeln glitt über Heinrichs Gesicht und entblößte dabei die gelb verfärbten Zähne.

„Ich erinnere mich, du warst ja schon immer so in diese Dinger vernarrt. Computer waren dein Leben. Du und dein Freund – wie hieß er noch?"

„Lasse."

„Lasse, genau. Ihr wart ja unzertrennlich. Habt immer vor dem Computer gehockt."

Er goss sich noch einen Schnaps ein, ließ das Glas aber stehen.

„Ist Lasse auch bei der Polizei? Ihr habt ja fast alles zusammen gemacht."

„Lasse ist auch bei der Polizei ... gewissermaßen."

Heinrich schaute ihn fragend an.

„Was meinst du? Ist er bei der Polizei oder nicht?"

„Er sitzt aktuell in einer Zelle. Er hat einen Mord gestanden. Aber das ist nicht das Interessante. Er hat mir etwas über dich erzählt."

Heinrich ruckelte wieder nervös in seinem Sessel herum. Er griff nach dem Schnaps und kippte ihn herunter.

„Was hat er denn erzählt?"

Thiess ging darauf nicht ein. Er sah noch einmal zur Alster, auf der ein paar Segler über das Wasser zogen, dann blickte er seinem Großvater direkt in die Augen.

„Hast du etwas mit dem Tod der Polizistin zu tun?"

Was sollte Thiess lange um den heißen Brei herumreden? Heinrich verriet mit keiner Miene, dass er ertappt worden war.

„Wo denkst du hin, mein Junge? Dieses arme Mädchen. Es stand im Hamburger Abendblatt, ich habe davon gelesen. Es tut mir wirklich leid um das Mädchen, mein Junge. Aber ich habe damit nichts zu tun. Mir ist kalt und ich bin müde."

Heinrich ließ sich in den Rollstuhl fallen.

Thiess ging Richtung Tür. Doch dann blieb er stehen und drehte sich zu Heinrich um.

„Was ist mit Kanada?"

Kapitel 36

Freitag, 9. August 2019, 15 Uhr

Die Spektralanalyse hatte die Vermutung bestätigt. Frauke Henning hatte dafür einen erheblichen Rüffel bekommen, aber Professor Pettermann hatte sich anschließend bei ihr für ihren Einsatz bedankt und ihr versichert, dass aus ihr eine sehr gute Rechtsmedizinerin werden würde und er es begrüßen würde, wenn sie das Medizinstudium aufnähme. Clausen war fast an die Decke gegangen, konnte sich aber nicht gegen die Meinung des Professors wehren. Das Resultat hatte die Umstände in den Hintergrund gerückt.

In den Schnitträndern der abgetrennten Nase war Blausäure in sehr geringer Konzentration identifiziert worden sowie etwas feuchte Erde. Die Analyse hatte ergeben, dass es sich um Torf aus der Region handelte. Die Blausäure war chemisch verändert worden, sodass sie sich an der Luft nicht sofort verflüchtigte.

Diese Art von Blausäure war nirgendwo im Handel erhältlich, wie die Recherchen von Hauptkommissarin Thordsens Team ergeben hatten. Jana Thordsen war ratlos, wie das Cyanid in die Nase gekommen war. Wo war Yasmin da hineingeraten? Die Richtung, in die sich diese Ermittlung bewegte, gefiel der erfahrenen Polizistin überhaupt nicht. Sie hatte die Verantwortung für ihre

Leute. Yasmin war eine junge, aufstrebende Polizistin gewesen, die ihr Team mit ihren speziellen Fähigkeiten perfekt verstärkt hatte. Es fehlte jemand mit ihren analytischen Fähigkeiten. Es gab selbstverständlich in der Hamburger Polizei viele exzellente IT-Spezialisten, aber niemand mit einer Erfahrung, wie sie Yasmin vorzuweisen hatte. Sie war jemand gewesen, der die Schattenseiten des Internets kannte. Sie war eine Hackerin gewesen, die sich mit dem, was sie untersuchte, bestens auskannte. Es würde sehr schwer werden, wieder so jemanden zu finden.

Es war ein sehr langer Tag gewesen. Das Ermittlungsteam um Hauptkommissarin Jana Thordsen saß im Besprechungsraum zur täglichen Runde zusammen. Sie hatten ihre Erkenntnisse zusammengetragen, die in diesem Fall sehr dürftig waren. Die Spurensicherung hatte keine neuen Hinweise gefunden. Das Verhör von Lasse Henricksen hatte ebenfalls nichts gebracht. Jana Thordsens Versuch, über den Konflikt mit Thiess an ihn ranzukommen, war gescheitert. Lasse hatte geschwiegen. Außer dem falschen Geständnis, dass er den Mord begangen hatte, hatten sie nichts von ihm. Die beiden Hauptspuren, eine Leiche ohne Nase und ein USB-Stick mit einem unvollständigen Stück Code, der einem Trojaner ähnelte, hatten sie bisher keinen Meter vorangebracht. Unterdessen schmorte Lasse in seiner Zelle. Doch lange konnten sie ihn ohne Anklage nicht mehr festhalten. Sie mussten etwas finden, das ihn belastete. Außer seinem Geständnis gab es keine Verbindung zu der toten Hackerin. Der Staatsanwalt wollte eine wasserdichte Anklage haben. Ohne Beweise, die Lasses Geschichte bestätigten, würden sie ihn wieder freilassen müssen.

Ihnen fehlte ein wichtiger Teil ihres Teams. Yasmin war unglaublich gut in der Recherche gewesen. Sie hatte Informationen in einer so kurzen Zeit zusammengetragen, dass es den Kollegen manchmal unheimlich gewesen war. Im Nachhinein betrachtet fragten sich die verbliebenen Teammitglieder schon, über welchen fragwürdigen Kanal Yasmin an ihre Informationen gekommen war.

„Dieser Lasse wird uns nicht weiterhelfen mit dem Stick."

Nikolaus brachte es auf den Punkt.

„Nein", bestätigte Jana, „das wird er nicht. Darum habe ich ja auch Thiess herbringen lassen."

Elena und Nikolaus blickten erstaunt auf ihre Chefin.

„Psychologie! Dieser Thiess ist nicht so cool, wie er tut. Da war noch eine ganze Menge Feuer zwischen den beiden, im wahrsten Sinn!"

„Und wie soll uns das weiterhelfen? Soll Thiess jetzt den Code für uns knacken?"

„Gute Idee, Nick. Da wäre ich gar nicht drauf gekommen."

Jana verzog die Mundwinkel zu einem leichten Lächeln, dann schaute sie wieder in die Akten.

„Aber wir können ihm nicht einfach den Stick geben und ihn bitten, den Code zu entschlüsseln. Das wird er nicht tun. Wir brauchen einen Anreiz, einen Grund, dass er es tun *will*."

„Ein Anreiz? Woran hast du gedacht?"

„Wir geben ihm Yasmins Job!"

Elena und Nikolaus schauten ihre Chefin fassungslos an.

„Wie bitte", rief Nikolaus und sprang aus dem Stuhl. „Das kann nicht dein Ernst sein! Du willst diesen kriminellen Hacker zu uns ins Team holen?"

„Nick, beruhig dich!"

„Ich will mich nicht beruhigen, Elena. Das ist 'ne verrückte Idee. Der Typ hat sich in den Bundestag gehackt und wir wollen ihn auf die Datenbanken der Polizei loslassen? Geht's noch?"

Jana sah Nick eindringlich an.

„Ich bin nicht bis hierher gekommen, Nikolaus, indem ich unüberlegte Entscheidungen treffe. Ich habe mir schon was dabei gedacht. Und nein, ich will ihm natürlich nicht uneingeschränkten Zugriff geben. Aber er arbeitet ja schon für die Polizei. Seine Sicherheitsstufe ist zwar im Moment nicht so hoch, doch das können wir ändern. Wir geben ihm einfach einen neuen Aufgabenbereich. Er wird nicht merken, dass er für uns arbeitet."

„Hältst du ihn für bescheuert? Der wird sofort wissen, dass du dahintersteckst!"

„Vielleicht. Aber ich denke, dass er neugierig ist und sich die Chance nicht entgehen lässt."

„Wo arbeitet er denn jetzt?"

„Im Bunker."

Kapitel 37

Freitag, 9. August 2019, 18 Uhr

Der Bunker war eine Spezialabteilung für Datenanalyse des LKA Hamburg und befand sich im fensterlosen Kellergeschoss des fünfstöckigen Polizeipräsidiums. Die Abteilung war über drei gesonderte Fahrstühle zu erreichen. Thiess hatte schon während seiner Zeit beim BKA in Wiesbaden von der Existenz dieser besonderen Einheit gehört. Aber aufgrund seiner eigenen nicht ganz lupenreinen Vergangenheit hatte er nie damit gerechnet, dass er diese hohe Sicherheitsfreigabe bekommen würde, um auf die hochkritischen Datenbanken zuzugreifen. Die Akkreditierung war gestern Nachmittag auf seinem Schreibtisch gelandet.

Er vermutete, dass Hauptkommissarin Thordsen etwas damit zu tun hatte. Sein Vorgesetzter Maak hatte von Ressourcenengpässen geredet, aber für Thiess war es eindeutig gewesen, dass die LKA-Ermittlerin dahintersteckte. Bisher hatte er mit seiner geringen Freigabe nur oberflächliche Recherchen betrieben und hatte keinen Zugriff auf die wirklich interessanten Datenbanken des LKA gehabt.

Nach dem Verhör mit seinem ehemals besten Freund Lasse war Thiess wachgerüttelt worden. Die Vergangenheit hatte ihn wieder eingeholt. Die Ereignisse, die sein

Leben so nachhaltig verändert hatten, ließen sich nicht länger ignorieren. Fünfzehn Jahre hatte er versucht, einen anderen Weg zu gehen und nicht mehr an jenen Abend zu denken, der nicht nur sein Leben, sondern auch oder gerade das von Lasse komplett verändert hatte. Das Feuer hatte ganze Arbeit geleistet und aus dem beschaulichen, nach etwas Abenteuer dürstenden Leben zweier Heranwachsender ein Leben voller Schmerz und Entbehrungen gemacht.

Während Thiess nur mit zwei verletzten Handgelenken davongekommen war, hatte sein Freund Lasse lebenslang bekommen. Sein Körper war für immer von dem Feuer gezeichnet, einzig die Hände waren damals wie durch ein Wunder verschont geblieben. Thiess hatte schon daran gedacht, dass sie auf die Art immer noch eine Einheit darstellten. Damals waren sie unschlagbar gewesen und hatten nur zum Spaß so manches Unternehmen angegriffen und ausgespäht.

Im Alter von zehn Jahren hatten sie sich in die städtische Stromversorgung gehackt und dort ein bisschen in den Datenbanken gestöbert. Andere Firmen waren gefolgt und es war meistens sehr einfach gewesen. Das war jetzt fast 20 Jahre her. Seitdem hatte sich auf dem Computersektor viel getan. Die Werkzeuge für Hacker waren besser geworden, die Schutzbarrieren der Firmen nicht unbedingt. Manchmal zuckte es Thiess in den Fingern und er fragte sich, wie einfach oder schwer es wohl sein mochte, in ein größeres Unternehmen reinzukommen und ein bisschen Unfug zu stiften. Er wollte nichts kaputt machen, nur schauen, ob er es noch konnte.

Aber er war älter geworden, vernünftiger, wie manche sagten. Das Studium der Informatik hatte er nach kurzer Zeit hingeschmissen und sich für eine eher praktische Ausbildung bei der Polizei entschieden.

Jetzt stand er im Fahrstuhl und hielt seine Zugangskarte vor den Sensor. Das Feld leuchtete grün und er wählte die Keller-Etage, den Bunker.

Auf seinem Schreibtisch lag der USB-Stick. Hauptkommissarin Thordsen hatte keine Zeit verloren. Sie ging ein Risiko ein, dass sie ausgerechnet ihn mit dem Knacken des Codes beauftragte. Thiess fragte sich, warum keiner der anderen fähigen Datenanalysten und Cyberpolizisten im Bunker mit der Aufgabe betraut worden war. Wenn er ehrlich zu sich selbst war, dann wusste er, dass niemand gut genug sein konnte, um dem Stick sein Geheimnis zu entlocken.

Der kleine externe Datenträger war vor allem eines: klein und unscheinbar. Thiess wusste, dass die Spurensicherung die Oberfläche des Sticks gründlich untersucht hatte, darum verzichtete er auf die Handschuhe. Er wog den Stick in den Händen, drehte und wendete ihn, dann steckte er ihn in den kleinen Laptop, der auf dem Schreibtisch genau für diesen Zweck stand. Abgetrennt vom Internetzugang und mit einer Vielzahl von Analyseprogrammen ausgestattet, war dieser Laptop dafür da, verdächtige Hard- und Software zu untersuchen. Das war mal etwas anderes als die Recherchen zu Kreditkartenbetrügern und Pädophilen.

Thiess durchsuchte die Filestruktur des Sticks und startete in einem parallelen Terminalmodus sein eigenes

Skript, mit dem er den Code der auf dem Stick befindlichen Dateien analysieren konnte. Während die Analyse lief, kehrten seine Gedanken zu dem Verhör mit Lasse zurück. Woher hatte Lasse gewusst, dass sein Großvater lebte? Er erinnerte sich gut an die Zeit vor dem Feuer, kurz nach seiner Konfirmation. Bald danach war sein ganzes Leben den Bach runtergegangen.

Thiess hatte ein schlechtes Gewissen, wenn er daran dachte, dass sein Opa ihm sehr viel mehr bedeutet hatte als der eigene Vater. Aber Opa Heinrich war die ganze Kindheit für ihn da gewesen, hatte immer Zeit gehabt. Lasse und er durften in seinem Garten herumtoben, auf die Apfelbäume auf seinem Grundstück klettern und sich in den Büschen verstecken und Cowboy und Indianer spielen. Als Thiess neun Jahre alt war, veränderte sich die Situation. Immer öfter verschwand Heinrich und kam mit Kisten zurück, die er aus seinem klapprigen VW Käfer auslud und in die Garage schaffte. Er hatte Thiess verboten, die Kisten anzurühren. Da sind nur Pflanzenschutzmittel drin, hatte Heinrich immer gesagt und sowohl ihn als auch Lasse eindringlich gebeten, nichts anzufassen. Aber die beiden waren Kinder und sie waren extrem neugierig und natürlich hatten Lasse und Thiess versucht, sich dieses Pflanzenschutzmittel anzuschauen. Ebenso selbstverständlich wurden sie von Heinrich erwischt, wie sie in der Garage gerade den Deckel des Kastens öffneten. Zum ersten Mal in seinem Leben hatte Thiess eine Backpfeife von seinem Opa bekommen. Das Feuer auf der Haut brannte noch immer, wenn er daran dachte und in die Augen seines Großvaters sah. Thiess erinnerte sich, dass da keine Wut gewesen war, sondern etwas anderes. Angst! Er hatte einfach nur Angst um seinen Enkelsohn gehabt.

Mit einem kurzen Piepton meldete das Analyseprogramm, dass es seine Arbeit beendet hatte. Auf dem Bildschirm erschien die Protokolldatei. Das Ergebnis verschlug ihm glatt die Sprache.

Thiess griff zum Handy und wählte wieder die Nummer, die er eigentlich nie wieder kontaktieren wollte. Aber es ging nicht anders. Er konnte dieses Rätsel nicht allein lösen. Kurz blickte er sich um, doch die meisten der Kollegen hatten Noise Cancelling Kopfhörer auf den Ohren und bekamen nichts von dem mit, was er tat. Sie waren alle in ihre Arbeit vertieft. Am anderen Ende der Leitung wurde nach dem dritten Klingeln abgenommen und eine dunkle Stimme meldete sich mit einem einfachen „Ja".

„Willi hat Nachwuchs bekommen", sagte Thiess und legte wieder auf. Er kritzelte ein paar Worte auf ein Post-it und klebte diesen an seinen Bildschirm. Dann ging er zum Fahrstuhl. Es war an der Zeit, sich der Vergangenheit zu stellen.

Kapitel 38

Samstag, 10. August 2019, 9 Uhr

Die vergangenen zwei Tage hatten sich hingezogen zwischen Vernehmungen, Seelenschmerzen und Beruhigungstabletten, alles war wie in einen dichten Nebel gehüllt. Lasse hockte in dem kleinen Zimmer, in das man ihn eingesperrt hatte, und vegetierte vor sich hin. So hatte er sich das nicht vorgestellt. Es fühlte sich nicht richtig an. Thiess sollte ihn hier schnellstens wieder rausholen. Doch stattdessen hatte man ihn weggesperrt. Was war schiefgelaufen?

Zitternd saß er auf dem schmalen Bett und starrte auf den kalten Boden. Es passte nicht. Die Wände engten ihn ein, der Raum war zu klein. Lasses Atmung beschleunigte sich. Aber er durfte jetzt keinen Anfall bekommen. Seine Medikamente waren zu Hause und die Bullen würden ihm das nicht abnehmen. Er musste sich zusammenreißen. Thiess würde ihn herausholen, er würde ihm helfen. Auf Thiess war Verlass, so war es immer gewesen. Er würde ihm die kleine Unehrlichkeit schon verzeihen, irgendwann. Unter Freunden verzieh man sich. Doch, er kannte ihn, er war zu gutmütig. Intelligent, aber viel zu weich. Zwei Tage waren vergangen. Warum war Thiess noch nicht wieder aufgetaucht?

Lasse schritt unsicher in der kleinen Vier-Quadratmeter-Zelle auf und ab. Sein linkes Bein schmerzte beim Gehen, er zog es etwas nach. In den letzten Wochen waren die Schmerzen manchmal unerträglich geworden. Die Lymphen waren angeschwollen. Doch noch gab er sich nicht auf.

Er wischte sich mit der knorpeligen Hand über die Krater in seinem Gesicht. Früher hatte er dort einmal Schweißdrüsen gehabt, doch das war lange vorbei. Die meiste Haut gehörte streng genommen nicht einmal ihm. Es war die Haut eines toten Mannes.

Er hörte Schritte auf dem Gang vor seiner Zelle. Das Schloss öffnete sich knarrend und die Tür wurde geöffnet. Zwei uniformierte Polizisten standen davor.

„Lasse Henricksen, Sie können gehen."

Lasse erstarrte und blieb in der hinteren Ecke neben der Pritsche stehen.

„Nehmen Sie Ihre Sachen und folgen Sie mir."

Lasse schaute den drahtigen jungen Mann an, dessen Oberarme so muskulös waren wie sein eigener oberflächlich verbrannter Oberschenkel.

Lasse hatte nichts, was er zusammenpacken musste. Er schritt auf den muskelbepackten Beamten zu und folgte ihm auf den Flur.

Kapitel 39

Sonntag, 11. August 2019, 11 Uhr

Die Messe des Segelbootes glich der Werkstatt von Willem Sneider. Überall auf dem Holzboden lagen Kabel und Stecker herum. Er hatte nicht erwartet, dass er die Sachen so schnell brauchen würde.

Der Karton stand neben dem Tisch auf dem Boden. Er hatte die Büchse der Pandora wieder geöffnet. Aber er redete sich ein, dass es notwendig war. Der Laptop aus ihren Jugendtagen stand auf dem Tisch, daneben hatte Thiess den alten C64 aufgebaut, der von den meisten Nutzern seiner Zeit den Spitznamen Brotkasten bekommen hatte. Auf ihm hatten Lasse und er sich ihre ersten Sporen in der Programmierung verdient. Sie waren etwa acht Jahre alt gewesen, als Deaftone ihnen den ausgemusterten Computer zum Spielen gegeben hatte. Mit großen Augen hatten sie damals auf das kleine viereckige Teil geschaut, in das Deaftone eine Kassette geschoben hatte. „Das ist die Datasette", hatte der Ältere ihnen erklärt. „Ihr könnt ganz normale Kassetten nehmen, um eure Programme darauf zu speichern."

Fasziniert hatten die Jungs auf das kleine Gerät geschaut, das wie ein normaler Kassettenrekorder aussah. Obwohl sie selber kein Kassettenabspielgerät zu Hause hatten, kannten sie diese Technologie von ihren Eltern. Deaftone hatte gelacht und ihnen gezeigt, wie sie mit dem Gerät umgehen mussten. Die Produktion des C64 war zwar schon 1994 ausgelaufen, aber in seinem Laden standen noch ein paar unverkaufte Exemplare. Er konnte sich aus Nostalgie einfach nicht von ihnen trennen. Augenzwinkernd und mit dem Unterton eines geheimnisvollen Verschwörers hatte er den beiden heranwachsenden Computernerds erklärt, dass sich viele echte Hacker auf diesem robusten und für die damalige Zeit sehr leistungsstarken Computer ihre ersten Sporen verdient hatten.

Irgendwann hatte es Thiess und Lasse nicht mehr gereicht, irgendwelche unbedeutenden „Hallo Welt“-Programme zu entwickeln, die keinen echten Mehrwert hatten. Realitätsnahe Anwendungen mussten her. In Deaftones Werkstatt fanden sich genügend Teile, aus denen sie ihren ersten einfachen Computer zusammenlöteten und programmierten. Sie waren ein sehr gutes Team, das sich blind aufeinander verlassen konnte und gut ergänzte. Thiess kümmerte sich um die Bauteile und das Verlöten, Lasse übernahm die hardwarenahe Programmierung. Heraus kamen ein paar einfache, aber äußerst robuste Einplatinencomputer, die für unterschiedliche sensorische Aufgaben ausgelegt waren.

Zum Glück hatte Deaftone den Karton nicht angerührt. Das alte Abspielgerät und die Kassetten waren noch in dem Karton. Er nahm sich eines der unbeschrifteten Bänder, steckte es in die Datasette und schaute auf die Notizen auf der Hülle. Als er den Abspielknopf betätigte, klemmte dieser etwas. Doch mit sanftem Druck ließ er sich herunterdrücken. Er blickte auf den kleinen Zähler und spulte bis zur entsprechenden Position auf dem Band vor. Er hatte die Datasette mit dem C64 verbunden und an den Videoport ihren selbst gebauten Adapter für den Laptop angeschlossen. Im Userport steckte eine Platine. Die Platine war total verstaubt gewesen und ein paar Bauteile waren leicht verbogen. Thiess hoffte, dass sie trotzdem noch funktionierte.

Unbewusst hielt er den Atem an, als er seine Finger auf die klobigen Tasten legte und den Befehl eingab.

Load Willi

Er wusste nicht mehr, wer von ihnen auf diesen Namen gekommen war. Keiner von ihnen war ein Fan der Serie Biene Maja gewesen. Aber Annika hatte ein paar Videokassetten mit den Folgen aus dem Fernsehen zu Hause gehabt und in Dauerschleife angeschaut. Ein einziges Mal hatte Thiess sich dazugesetzt und versucht zu verstehen, was Lasses Schwester so besonders schön an der Zeichentrickserie fand. Doch er hatte es nicht verstanden. Lasse und er standen auf Captain Future und Tron, nicht diesen Mädchenkram.

File not Found erschien auf dem Bildschirm des Laptops.

Das war seltsam. Er versuchte es noch einmal. Doch die Datasette spuckte die Datei nicht aus. Der Bildschirm des Laptops blieb schwarz bis auf den blinkenden Cursor hinter der Fehlermeldung. Thiess überlegte, wie er an die Datei kommen könnte. Er konnte ja schlecht die Kassette unters Mikroskop legen und die Bits und Bytes abmalen. Er musste irgendwie an die Informationen auf dem

Magnetband kommen. Es musste doch einen Weg geben, die Daten auf den Laptop zu übertragen. Vielleicht war ja auch die Datasette kaputt.

Thiess lehnte sich auf der Sitzbank zurück und starrte auf den Laptop. Der Cursor blinkte stetig weiter. Fast hypnotisch bewegte sich das leuchtende Kästchen auf dem schwarzen Bildschirm des Terminalfensters. Plötzlich sprang Thiess auf, schnappte sich die Schlüssel und verließ das Boot. Er lief hinüber zum Haus des Bootswarts und sah, dass Götz vor seinem Haus am Wasser saß und auf die Dove-Elbe starrte. Er ging außen rum und trat auf die kleine Außenveranda.

„Hi."

Gequält lächelnd schaute Götz auf. Thiess nahm an, dass er immer noch starke Schmerzen hatte.

„Hallo Junge, wie geht's? Hab gehört, dass die Ärzte dich nicht zu mir lassen wollten."

Thiess blickte auf die Pistole, die im Schoß des älteren Mannes lag. Götz folgte seinem Blick, sein Gesichtsausdruck verfinsterte sich. Dann legte er eine Decke über die Waffe und sah Thiess wieder an.

„Du bist aber nicht gekommen, um zu sehen, wie es mir geht?"

„Nein. Ich brauche deinen Kassettenrekorder!"

Götz hob die buschigen weißen Augenbrauen.

„Ich sollte jetzt wohl fragen, woher du weißt, was ein Kassettenrekorder ist. Aber mich würde mehr interessieren, wofür du ihn brauchst!"

„Sagen wir einfach, ich arbeite an einem privaten Projekt. Reicht dir das als Antwort?"

„Hat es was mit dem Fund der Leiche zu tun?"

„Das weiß ich noch nicht."

Götz schlug die Decke zurück, in die er die Waffe eingewickelt hatte, und ging zurück ins Haus. Thiess hörte, wie er herumkramte. Wenige Minuten später kam der Bootswart aus dem Haus zurück und überreichte ihm den alten Kassettenrekorder.

„Ich habe auch noch ein paar Mixtapes aus den 80ern, wenn du ein bisschen gute Musik brauchst."

Thiess winkte schweigend ab, nahm den Rekorder und ging zurück aufs Boot. Er wühlte in dem Gewirr aus Kabeln auf dem Boden neben dem Tisch und fischte das richtige Übertragungskabel heraus. Er verband Rekorder mit Laptop und steckte dann die Kassette aus der Datasette in den Panasonic-Kassettenrekorder. Dann startete Thiess das Programm Audacity auf dem Laptop, das er eigentlich nur zum Digitalisieren der Schallplatten seiner Eltern nutzte. Aber für die alten Kassetten war es genauso gut geeignet. Während die Kassette in Echtzeit digitalisiert wurde, ging er hinüber in den Küchenbereich und machte sich einen Kaffee. Eine halbe Stunde und zwei Tassen Kaffee später war die Digitalisierung abgeschlossen. Thiess schnappte sich seinen USB-Stick und übertrug die Daten auf den Stick. Dann schaute er sich genauer an, was Audacity da übertragen hatte. Es waren die Dateien, die Lasse und er vor einer gefühlten Ewigkeit erschaffen hatten. Der Sourcecode von Willi schien vollständig zu sein. Thiess lud die Datei in einen Texteditor und überflog die Zeilen. Es sah alles ganz normal aus. Dann schaute er sich die versteckten Dateien im Explorer an. Da war eine

Datei, die seine ganze Aufmerksamkeit erregte. Sie trug einen Zeitstempel, der erst ein paar Tage alt war. Das war interessant. Es juckte ihm in den Fingern. Was hatte er schon zu verlieren? Er war Security-Experte und wusste genau, dass man nicht auf irgendwelche dubiosen Links klickte. Doch hier war es etwas anders. Dieses Programm hatte er in großen Teilen selber geschrieben und er wusste ziemlich genau, was das Programm machen sollte.

Thiess starrte auf den Bildschirm, den Kopf auf die Hände gestützt. So saß er ein paar Minuten vor dem kleinen Laptop, dann glitt seine Hand zum Touchpad und er führte den Doppelklick aus.

Kurz blitzte das Startfenster von Willi auf, doch dann tat sich nichts mehr. Thiess war versucht, das Programm ein zweites Mal zu starten. Doch eine innere Stimme sagte ihm, dass Willi aktiv war. Er öffnete das Fenster der Hintergrundprozesse und sortierte die Liste nach den Programmnamen. Da war es: Willi! Willi lebte und war äußerst aktiv. Sein CPU-Verbrauch war extrem hoch. Thiess schaute sich die offenen Netzwerkverbindungen an. Dann wechselte er in den Explorer und suchte nach dem Pfad, wo Willi seine Logdateien ablegen sollte. Er schaltete die versteckten Dateien und Ordner an. Doch Willi war schreibfaul. Er protokollierte nichts. Jemand hatte die Protokollierung abgeschaltet.

Thiess wollte gerade einen Texteditor öffnen und sich den Quellcode von Willi anschauen, als sich etwas tat. Der Tor-Webbrowser wurde gestartet.

„Sehr seltsam ...", murmelte Thiess. Er hatte den Tor-Browser nie auf dem Laptop installiert. Aber das und das modifizierte Programm machten klar, dass dieser Laptop und der alte C64 in letzter Zeit von jemandem anderen angefasst worden waren. Deaftone hatte ihn belogen. Thiess kannte nur eine Person, die in der Lage wäre, Willi so zu modifizieren, dass es nicht sofort auffiel.

„Lasse."

Er starrte auf den Bildschirm und sah in das Gesicht seines alten Freundes.

„Hallo, Thiess. Du hast es also geschafft. Ich wusste, dass du noch so neugierig wie früher bist."

„Du Idiot!", entfuhr es ihm.

„Das hier ist 'ne Aufzeichnung. Nur für den Fall, dass du glauben solltest, ich hätte deine Kamera gekapert. Hör zu, ich habe nicht viel Zeit. Ich weiß nicht warum, aber sie haben mich plötzlich aus der U-Haft rausgelassen."

Lasse drehte den Kopf, als erwartete er, dass jeden Moment jemand ins Zimmer kam.

„Ich bin da in was Blödes reingeraten."

Thiess schnappte sich sein Handy vom Tisch und schaltete die Videoaufnahme ein. Er hielt die Kamera auf den Laptopbildschirm.

Lasse hockte auf einem hässlichen Plastikstuhl. Hinter ihm lag nur eine Matratze, ansonsten schien der Raum leer zu sein. Er war mit Sicherheit nicht in seiner Wohnung. Er hockte in irgendeinem geheimen Unterschlupf. Aber sollte er nicht noch im Gefängnis sitzen, in Untersuchungshaft? Er hatte doch einen Mord gestanden.

„Willi funktioniert! Er funktioniert sogar sehr gut. Im echten Leben könnten wir mit dem Programm 'ne Menge

Geld machen. Okay, ich würde das meiste davon bekommen, weil es mir gelungen ist, die Fehler auszumerzen, die uns damals in den Wahnsinn getrieben haben!“

Thiess erinnerte sich an ihre letzten gemeinsamen Programmiersessions. Es war ihnen nicht gelungen, Willi so laufen zu lassen, dass er von den üblichen Sicherheitsprogrammen nicht wahrgenommen wurde. Jedes normale Antivirenprogramm hatte Willi damals aufspüren können und damit war ihr Versuch, ein Spionageprogramm für das Internet zu entwickeln, zum Scheitern verurteilt gewesen.

„Gut, ich hatte etwas Hilfe. Ich habe diese Hackerin kennengelernt, ihr Name ist Blizzard. Sie war wirklich gut. Nicht so gut wie wir waren, aber gut! Und sie war heiß!“

Lasse ruckelte auf dem Stuhl, er senkte den Kopf.

„Kleiner Nachteil, sie stand nur auf Frauen. Sie hatte was mit ’ner Hackerin namens Blackarc am Laufen.“

Lasse glitt mit seinen Fingern über die künstliche Haut im Gesicht.

„Ihr richtiger Name war Tetjana. Sie ist tot, aber ich habe sie nicht getötet!“

Er lachte heiser und blickte dann direkt in die Kamera.

Plötzlich wurde Lasses Gesichtsausdruck ernst, die verbrannten Hautlappen spannten sich und der stechende Blick schien durch den Bildschirm zu ihm zu dringen.

„Sie wurde in meiner Wohnung ermordet! Ich habe ihre Leiche gesehen. Aber die Bullen haben nichts gefunden. Irgendetwas geht hier vor, Thiess, und ich habe keine Ahnung, was!“

Thiess beugte sich wieder vor und versuchte, sich auf Lasses Augen zu konzentrieren. Sagte er die Wahrheit?

„Wir haben Willi benutzt, um ein paar Hacker zu suchen, die was Großes am Laufen haben. Irgendeine Organisation in der Ukraine. Größer und mächtiger als das Russian Business Network oder McColo. Dabei sind wir auf etwas anderes gestoßen. Ich kann dir nicht genau sagen, um was es geht! Tetjana hat mir auch nicht mehr erzählt. Ich habe sie übers Darknet kennengelernt."

Lasse senkte den Kopf, dann blickte er herausfordernd in die Kamera.

„Ja, ich weiß, was du jetzt denkst: Der Kerl ist doch selber schuld, wenn er sich in die Scheiße reitet! Verbreitet all die Jahre das Gerücht, dass du für das hier verantwortlich bist."

Er zeigte auf sein Gesicht und hielt die Hände in die Kamera.

„Ich bin auch älter geworden, Thiess, glaub mir. Die letzten Jahre waren interessant, irgendwie zumindest. Ich wünschte, du wärst ein Teil davon gewesen. Wir hätten viel erreichen können."

Lasses Gesicht kam näher an die Kamera. Thiess versuchte, anhand der Augen zu erkennen, ob der alte Kumpel bluffte oder die Wahrheit sagte. Aber die ganze künstliche Haut um die Augenpartie und die fehlenden Augenbrauen machten es ihm schwer, ein ehrliches Gefühl abzulesen.

„Tetjana hat für diese Organisation gearbeitet. Ich habe für sie Recherchen im Darknet durchgeführt und versucht, einiges an Informationen über ein paar Bulletproof

Hoster in Deutschland zu erfahren. Du glaubst gar nicht, wie viele es davon gibt. Heute kannst du das schlimmste Zeug auf ganz legalen Servern speichern und keiner kann dich verknacken. Im Taunus gibt es einen alten NATO-Bunker, der als Rechenzentrum dient. Die haben dort sogar 'ne Buchhalterin, die den ganzen Papierkram macht. Da werden Einnahmen, die das Unternehmen mit der Vermittlung von Drogengeschäften, Kinderpornografie und Mordaufträgen gemacht hat, ganz normal verbucht. Abartig!"

Lasse schüttelte den Kopf.

„Ich habe Beweise gefunden, dass die von dort im November 2016 den Angriff auf Router der Deutschen Telekom durchgeführt haben. Erinnerst du dich? Mehr als 1,2 Millionen Kunden der Telekom konnten nicht aufs Internet zugreifen und fernsehen. Der Schaden betrug mehr als 2 Millionen Euro. Aber darum geht es nicht. Ich will, dass du das Schwein findest, das Tetjana ermordet hat. Ich glaube, es hat was mit einem Mann zu tun, den sie den kahlen Raucher nannte. Er war richtig sauer, dass sie damals aus der Ukraine abgehauen ist, nachdem er sie durch die Mangel gedreht hat. Blizzard hatte immer Angst, dass er ihr folgt und sie findet. Ich wette, dieser Typ hat sie gefunden."

Lasse kam mit dem Kopf nun ganz nah an die Kamera und blickte Thiess über den Bildschirm direkt in die Augen.

„Du musst mehr über diesen kahlen Raucher herausfinden. Schau dir das Video an und zeig mir, dass du noch genauso gut wie damals bist."

Lasse drehte den Kopf zur Seite, atmete tief durch und sah dann wieder in die Kamera.

„Schau genau hin und du wirst es selber erkennen! Und frag Heinrich nach Kanada! Kanada ist der Schlüssel!"

Das Bild von Lasse verschwand und ein Video wurde gestartet. Es ruckelte sehr. Eine weitere Handykamera. Es war dunkel. Thiess konnte nichts erkennen. Er beugte sich näher zu dem Bildschirm. Plötzlich fuhr die Kamera herum und richtete sich auf ein Gebäude. Es sah aus wie ein Bauernhof. Schreie waren zu hören, die Kamera ruckelte wieder und wurde mit einem Mal nach rechts gerissen. Flammen schossen aus dem Dach des Gebäudes empor.

Plötzlich war das Video zu Ende. Von Lasse war nichts mehr zu sehen. Thiess beendete die Handyaufnahme.

Er versuchte Willi noch ein weiteres Mal zu starten. Doch nun erschien nur der normale Startbildschirm, in den man einen Suchbegriff eingeben konnte. Kein weiterführender Link ins Internet. Aber er hatte sich die Adresse des Videos gemerkt und kritzelte die Buchstabenkombination auf ein Stück Papier. Die Datei lag auf irgendeinem Server im Darknet, wie die kryptische Zeichenfolge vermuten ließ. Thiess startete Tor und gab den Link Buchstabe für Buchstabe ein. Da war das Video! In einem zweiten Fenster öffnete er das Terminalprogramm und lud das Video auf seinen Rechner herunter.

Thiess schaute sich die Videoaufnahme noch einmal an. Er sollte genau hinsehen, hatte Lasse gesagt. Das tat er. Doch er konnte nichts Ungewöhnliches auf dem Video entdecken. Nur ein Gebäude, das in Flammen stand. Das Gebäude war ein Bauernhof, wie er überall in den landwirtschaftlich genutzten Regionen stand. Er ging mit dem Handy zu seinem eigenen Laptop und übertrug die Videodatei auf den Rechner, dann sicherte er auch diese Datei auf dem USB-Stick und packte den Stick in einen wasserdichten Beutel. Er musste erst mal in Ruhe nachdenken, was er mit den Informationen anfangen konnte.

Kapitel 40

Sonntag, 11 August 2019, 16 Uhr

Schau genau hin, hatte Lasse auf dem Video gesagt. Daraufhin hatte er sich das Video immer und immer wieder angesehen. Doch außer dem Feuer war nichts zu erkennen. Die Aufnahmen waren verwackelt gewesen und dunkel. Es war unmöglich, die Stimmen eindeutig zu identifizieren. Nicht mit seiner veralteten Ausrüstung. Er brauchte professionelles Equipment, um mit dem Material was anzufangen.

Thiess steckte den USB-Stick in die Hosentasche und schnappte sich die Autoschlüssel vom Tisch. Er wusste, wo er die entsprechende Ausrüstung finden würde. Da hörte er die vorsichtigen Schritte auf dem Deck.

„Hallo, ist da jemand?"

Kurz darauf erschien ein weißer Sneaker durch die Luke, gefolgt von einem zweiten Sneaker und ein paar langen Beinen in einem leichten weißen Sommerkleid mit roten Blumen. Annika fuhr sich mit beiden Händen durch die zerzausten roten Haare und versuchte, etwas Ordnung in die durcheinandergewirbelte Frisur zu bringen.

„Antwortest du nicht mehr?"

„Was machst du hier?"

„Netter Empfang. Aber so warst du ja schon immer."

Sie suchte nach einer Möglichkeit, sich zu setzen, doch jeder freie Platz war von elektronischen Bauteilen in Besitz genommen. Also ließ sie sich auf der Treppenstufe nieder und stellte ihren kleinen Rucksack daneben. Ihre rechte Hand zeigte zu seiner Wange.

„Ich wollte mich entschuldigen. Das im Krankenhaus war nicht nett. Aber es hatte sich so viel aufgestaut."

Thiess nickte stumm, klappte den Deckel des Laptops zu und schob ihn beiseite, sodass er Platz auf der Kante des Tisches hatte. Er musterte die Schwester seines ehemals besten Freundes. Sie war eine sehr hübsche und kluge Frau geworden.

„Was willst du, Annika? Ich meine, was willst du von mir?"

„Das habe ich doch gesagt. Mich entschuldigen."

Ihre Finger nestelten an dem Saum ihres Kleids herum.

„Ich bin Ärztin und hab einfach unprofessionell gehandelt. Du warst da, weil du einen Freund besucht hast, dem du wahrscheinlich mit deinem Handeln das Leben gerettet hast. Und ich hatte nichts Besseres zu tun, als dir die alten Sachen vorzuwerfen."

Sie hob ihren Kopf und schaute Thiess mit einer Mischung aus Reue und Angriffslust an.

„Auch, wenn du es verdient hattest!"

Sie stand auf und kam näher. Sie schaute sich um.

„So lebst du also jetzt. Auf einem Boot."

„Woher wusstest du, wo ich wohne?"

„Die Adresse deines Freundes. Du hast gesagt, er ist dein Nachbar. Da war es nicht so schwer, herauszufinden, wo du wohnst. Vorausgesetzt, du hattest die Wahrheit gesagt."

„Hab ich dann ja wohl."

„Offensichtlich, ja."

Annika blickte verwundert auf die Kabel und elektronischen Bauteile, die überall auf dem Tisch und der Bank lagen.

„Was machst du hier? Hast du Arbeit mit nach Hause genommen?"

Thiess antwortete nicht, er schaute sie nur an und lächelte.

„Du bist noch genauso neugierig wie früher."

„Hey, das da sieht aus wie der Computer, mit dem ihr euer ‚geheimes Projekt' entwickelt habt!"

„Was?"

Thiess blickte sie irritiert an.

„Woher weißt du von dem Projekt? Und woher weißt du von dem C64?"

„Der Computer heißt so? Komischer Name."

Sie beugte sich über den Tisch und sah sich den Computer genau an.

„Ja, Lasse hatte so einen zu Hause. Er hat oft abends noch programmiert. Wollte unbedingt den Fehler finden, hat er immer gesagt. Mama und Papa haben ihn gelassen."

Annika kam wieder hoch und fuhr herum, sie schauten sich direkt in die Augen.

„Sie waren froh, dass er ein Hobby hatte und Freunde gefunden hatte, nachdem wir hierhergezogen waren."

„Weißt du, wo er den Computer herhatte? Und wo das Stück jetzt ist?"

Annika schüttelte den roten Wuschelkopf.

„Das ist so lange her. Hat mich auch nie interessiert. Ich hab nie verstanden, was so toll an den Dingern ist. Wahrscheinlich ist das Zeug noch in irgendeiner Kiste in unserem alten Keller. Aber das Haus wird ja bald abgerissen."

„Echt? Warum?"

Annika wich seinem Blick aus. Sie schob ein paar der Kabel beiseite und ließ sich auf der Sitzbank nieder. Sie stopfte sich eines der Kissen in den Rücken und schaute Thiess an, der noch immer auf der Ecke des Tisches saß.

„Meine Eltern haben sich schon vor langer Zeit getrennt, mein Vater lebt jetzt mit meiner neuen Schwester in Portugal. Und meine Mutter hat 'ne kleine Wohnung in Winterhude. Es gibt keinen Grund, das alte Haus noch länger verfallen zu lassen."

Sie zeigte auf das Equipment.

„Also, was ist das hier? Und sag mir nicht, dass du arbeitest. Das glaube ich dir nämlich nicht. Hat es was mit meinem Bruder zu tun?"

Thiess klappte den Laptopdeckel hoch.

„Das hat mir dein Bruder geschickt. Eine sehr kryptische Nachricht. Ich versuche herauszufinden, was er von mir will."

Annika richtete sich schlagartig auf.

„Lasse? Zeig es mir!"

Thiess startete das Video. Das Knistern der Flammen war unglaublich laut. Thiess erwartete nicht, dass Annika irgendetwas zu dem Video sagen konnte. Doch sie zögerte. Beim dritten Anschauen seufzte sie und ließ sich in das Kissen im Rücken fallen.

„Nein, keine Idee, wo das ist."

Thiess klappte den Laptop wieder zu.

„Schade. Aber ich habe auch nicht ernsthaft erwartet, dass du damit etwas anfangen kannst."

„Wieso", giftete sie, „weil ich eine Frau bin?"

Angriffslustig hatte sie sich nach vorne gebeugt und ihren athletischen Körper auf Spannung gebracht. Thiess hatte wahrscheinlich kaum eine Chance gegen sie.

Er hob die Hände.

„Ganz ruhig, Annika. Ich glaube bloß, dass Lasse einfach nur einen Hinweis gestreut hat, von dem er geglaubt hat, dass nur ich ihn verstehen würde. So ist er immer schon gewesen. Erinnere dich an die Geburtstagsfeiern und die Rätselspiele, die wir gemacht haben."

Für weitere 30 Sekunden hielt sie die Spannung aufrecht, dann sackte sie zusammen.

„Du hast ja recht. Ja, ich erinnere mich an die Geburtstage. Ich habe ihn dafür gehasst. Ihr habt diesen Geheimcode gehabt, den nur ihr zwei verstanden habt. Ich habe mich da immer so ausgegrenzt gefühlt."

„Lasse fand es komisch. Er wollte zeigen, dass er besser ist. Und du weißt, dass er es immer schon lustig fand, wenn er dich ärgern konnte."

Annikas Handy klingelte. Sie zog es aus der Hosentasche hervor und schaute kurz drauf. Dann nickte sie und erhob sich von der Bank. Sie schnappte sich ihren kleinen Rucksack und trat auf die Treppe. Den linken Fuß bereits auf der Stufe, drehte sie sich noch einmal um und schaute Thiess an.

„Was, wenn er dieses Mal dich ärgern will?"

Nachdem Annika gegangen war, hatte Thiess sich das Video noch ein weiteres Mal angeschaut. Annikas letzter Satz wollte nicht mehr aus seinem Kopf verschwinden. Vielleicht wollte Lasse ihn wirklich nur ärgern, ihm zeigen, wer besser und cleverer war. Dann hätte die Kommissarin recht behalten und es ging immer noch um den Wettstreit der beiden talentierten Hacker.

Aber wenn das nicht der Fall war, wenn Lasse wirklich in Schwierigkeiten steckte, dann brauchte er Hilfe. Dann bestand die Chance, dass er Thiess einen versteckten Hinweis hinterlassen hatte, den nur er finden konnte.

Thiess schloss die Luke zum Innenraum hinter sich ab und sprang von Deck auf den Steg. Er ging an dem Haus von Götz vorbei. Dort war alles ruhig. Einen kurzen Moment überlegte Thiess, ob er anklopfen und nach ihm schauen sollte, verwarf den Gedanken und schritt zum Parkplatz hinüber, wo sein Auto parkte. Er fuhr auf die A25 und war erstaunt, wie wenig Verkehr heute am Sonntag herrschte. Im Einzugsbereich der Hamburger Innenstadt stockte der Verkehr wie immer und in Borgfelde stand Thiess kurz im Stau. Er war so in Gedanken versunken, dass er auf der Uhlenhorst vergaß, sich auf der richtigen Spur einzuordnen, um auf die Oberaltenallee zu gelangen. Hinter ihm wurde wild gehupt, als er in letzter Sekunde auf die richtige Fahrspur wechselte. Doch von da an lief es wieder rund und er erreichte das LKA in nicht einmal 40 Minuten.

Auch am Sonntag war hier einiges los. Thiess parkte nicht auf dem offiziellen Parkplatz. Er stellte seinen kleinen Fiat außerhalb ab, auf einem Seitenstreifen an der

Hindenburgstraße. Dann setzte er seine absolut unschuldigste Miene auf und ging locker in das Gebäude. Keiner wunderte sich, dass er außerhalb der normalen Schicht hier auftauchte. Von den Leuten am Empfang hatte niemand einen aktuellen Arbeitsplan und für kurzfristige Einsätze musste seine Zugangskarte immer freigeschaltet sein. Thiess achtete darauf, dass ihm niemand begegnete, der mit ihm zusammen im Bunker arbeitete.

Er ging zu den Fahrstühlen und fuhr hinab in den Keller. Alles lief glatt. Keiner begegnete ihm. Niemand stellte Fragen. Das war gut, er wollte nicht lügen müssen. An seinem Arbeitsplatz angekommen, steckte er den Stick in die sichere Ladevorrichtung und übertrug die Daten auf einen abgeschotteten Bereich, sodass er ohne Gefahr von Viren die Analyse der Daten vornehmen konnte.

Als das Programm fertig war, schaute er sich das Ergebnis an. Aufgesplittet in einzelne Frames lag die Datei auf dem Server, Stück für Stück analysiert. Nicht nur oberflächlich, sondern auch alle Metadaten waren untersucht worden. Dabei war etwas Interessantes herausgekommen. Aber viel wichtiger war im Moment, dass der Computer herausgefunden hatte, wo die Aufnahme gemacht worden war. Es war versucht worden, die GPS-Daten zu verschleiern, aber in einem der bearbeiteten Frames hatte der Algorithmus dann doch etwas gefunden.

Thiess beendete das Suchprogramm und schloss alle Fenster. Dann kramte er den kleinen USB-Dongle aus der Hosentasche und steckte ihn in den USB-Anschluss seiner Tastatur. Er war so winzig, dass er unter dem Rand der Tastatur nur einen halben Millimeter hervorschaute.

Ein kurzer Blick auf die LED zeigte ihm, dass der Dongle sich mit dem WLAN des LKA verbunden hatte. Zufrieden stellte Thiess die Tastatur unter die Monitorhalterung und klebte einen Zettel auf den Monitor:

Laufende Rechercheaufgaben, Arbeitsplatz nicht benutzen!

Kapitel 41

Sonntag, 11. August 2019, 19 Uhr 30

Der Geruch von glühender Asche lag in der Luft. Thiess fühlte eine seltsame Nähe zu diesem Ort, gleichzeitig hasste er es, zu sehen, was das Feuer aus diesem Haus gemacht hatte. Die GPS-Koordinaten aus der Videodatei hatten ihn zu diesem Asylantenheim im Osten Hamburgs geführt, auf dem Land eines Rinderzüchters.

„Verschwinden Sie! Wir brauchen hier keine Gaffer!“

Gleich darauf ertönte ein lautes Bellen, und als Thiess sich in Richtung der Stimme umdrehte, kam der Schäferhund schon auf ihn zugelaufen. In einiger Entfernung sah er einen älteren Mann mit Hut herbeihumpeln. In seiner linken Hand schwang er drohend einen langen Stock, der ihm offensichtlich als Gehhilfe diente. Thiess rührte sich nicht, denn der Hund stand direkt vor ihm, fletschte die Zähne und war zu einem bedrohlichen Knurren übergegangen.

„Hauen Sie ab, sonst hetze ich den Hund auf Sie! Euch braunes Gesocks wollen wir hier nicht.“

„Ich glaube, Sie verwechseln mich mit jemandem ...“, begann Thiess, doch das Knurren des Hundes wurde lauter. Er ließ die Hand wieder sinken und wartete, bis der alte Mann herangehumpelt kam und den Stock sinken ließ. Mit der rechten Hand griff der Mann das Halsband des Hundes.

„Sitz, Charlie!“

Der Hund schaute kurz zu seinem Herrchen empor, dann setzte er sich. Das Knurren aber kam weiter aus der zitternden Kehle des Hundes. Seine Augen ließen Thiess nicht eine Sekunde in Ruhe.

„Hören Sie, ich parke da vorne auf der Straße. Ich habe nur das Haus hier gesehen und wollte nach dem Rechten schauen.“

„Nach dem Rechten schauen ...? Das habt ihr doch schon Samstag! Habt ihr nicht genug angerichtet?“

Die Knöchel, mit denen er den Stock umfasst hatte, wurden weiß und der alte Mann begann zu zittern.

Thiess griff in seine Jackentasche und zog den Dienstausweis hervor.

Der alte Mann sah nicht einmal auf den Ausweis. Verächtlich spukte er in Thiess’ Richtung.

„Den hatte der andere auch, als ob das einen Unterschied macht.“

Thiess war verwundert über diese Aussage. Er versuchte, dem alten Mann klarzumachen, dass er keiner jener Menschen war, die bei dem Brandanschlag dabei gewesen waren. Er erfuhr von dem alten Mann, dass vor ein paar Tagen ein paar Nazis diese umgebaute Scheune, die ein paar Flüchtlingen als Zuflucht diente, angezündet hatten. Eine syrische Familie mit kleinen Kindern hatte Zuflucht gesucht und war mitten in der Nacht aus dem Schlaf gerissen worden. Die herbeigerufene Polizei hatte nichts unternommen.

„Da war so ein junger, schmächtiger Kerl, mit 'nem komischen Tattoo auf dem Hinterkopf. Ich konnte es nicht lesen, aber es war was Nazimäßiges."

„Würden Sie es wiedererkennen?"

Der Mann überlegte und kratzte sich am Hinterkopf, während sein Hund ungeduldig an der Leine zu ziehen begann.

„Tja, diese Tattoos sehen ja doch irgendwie alle gleich aus."

Der Mann versuchte sich zu erinnern.

Traurig schüttelte er den Kopf und sah zu der Ruine hinüber.

„Die armen Menschen ... kommen von so weit her, mussten ihre Heimat verlassen und all ihre Habseligkeiten zu Hause lassen. Und wie empfangen wir sie? Es ist eine Schande!"

Stumm nickte Thiess. Er wusste nicht, was er darauf sagen sollte.

„Das ist wie damals nach dem Krieg. Wir sollten es eigentlich besser wissen!"

Der alte Mann schüttelte immer wieder den Kopf. Der Hund schaute sein Herrchen aus traurigen Augen an und legte den Kopf gegen das Knie des alten Mannes.

Instinktiv fuhr Thiess dem Schäferhund über den Kopf. Der Hund blieb ruhig und schaute Thiess an. Er schien einen Moment zu überlegen, dann hob er die Hinterläufe und kam auf Thiess zu, legte die Schnauze in seine Hand und ließ sich am Kopf kraulen.

Verwundert rieb sich der alte Mann den Kopf.

„Na so was, das macht Charlie sonst nie mit Fremden! Ja, mein Charlie ist ein intelligenter Hund. Aber er ist ja auch schon alt und nicht mehr so gut zu Fuß. Aber intelligent ist er."

Thiess griff in seine Jackentasche und zog seine Zugangskarte hervor und hoffte, dass sie als Dienstausweis durchging.

„Ich arbeite beim LKA Hamburg und untersuche den Vorfall. Ich könnte mir vorstellen, dass Charlie hier einige der Leute wiedererkennen würde, wenn er sie riechen könnte."

„Die Nase ist noch in Ordnung."

Thiess griff die Schnauze mit beiden Händen und kraulte dem sichtlich zufriedenen Schäferhund mit beiden Händen über Kinn und Kopf.

„Ja Charlie, du bist ein toller Hund. Und du bist unser bester Zeuge!"

„Zeuge?"

Thiess schaute zu dem Bauer auf.

„Ich denke, dass Charlie eine Identifizierung durchführen könnte."

„Ist so was denn erlaubt?"

„Wer soll das verbieten? Es ist vielleicht kein einhundertprozentiger Beweis, aber ein guter Anfang."

Erneute kratzte sich der Bauer am Kopf. Charlie schaute von Thiess zu seinem Herrchen und zurück zu Thiess, der sich mittlerweile wieder erhoben hatte.

„Hören Sie, das ist vielleicht etwas ungewöhnlich, aber ich vertraue Charlies Nase. Sie haben selber gesagt, dass es eine Schande ist, wie die Menschen hier behandelt wurden. Ich finde, wir sollten uns darum kümmern, dass die Menschen zur Verantwortung gezogen werden, die so etwas angestellt haben."

Die Augen des Mannes verfinsterten sich.

„Ich zeig Ihnen mal was. Das haben die Drecksäcke hiergelassen."

Der alte Bauer humpelte zurück zur Scheune und kam wenige Minuten später wieder. In der Hand hielt er eine kleine Dose, total vergilbt und verrostet. Aber man konnte noch lesen, was einmal auf dem Rand gestanden hatte: *Zyklon B*.

„Was ist das?"

„Damit haben die Nazis die Juden ausgerottet. Und jeden, den sie loswerden wollten. Die tödlichste Waffe des Zweiten Weltkriegs. Und die grausamste!"

„Wo haben Sie den Behälter her?"

„Den haben die Drecksäcke mitgebracht. Sollte 'ne Warnung für die Ausländer sein!"

„Warum haben Sie das nicht der Polizei übergeben?"

„Sie sind nicht von hier, junger Mann?"

„Was hat das damit zu tun?"

„Eine ganze Menge!"

Der alte Mann packte Charlie am Halsband und drehte sich auf dem Absatz um.

„Wenn Sie einen haben, kommen drei neue hinterher. Das Gesocks ist hier überall. Es werden immer mehr. Wie damals, 45, werden es immer mehr. So viele, die blind sind."

„Darum müssen wir versuchen, sie aufzuhalten!"

Der alte Mann schüttelte den Kopf.

„Ich lebe hier, Junge, ich bin der nächste, dem sie den Hof unter dem Arsch wegbrennen. Erst sind es die Ausländer, dann die, die mit ihnen sympathisieren. Nee, ich habe nichts gesehen, und Charlie auch nicht."

Damit ließ er Thiess einfach stehen und ging humpelnd und auf den Stock gestützt den Weg zurück zum unversehrten Nebenhaus. Charlie blickte noch einmal zu zurück, trottete dann aber treu hinter seinem Herrchen her.

Thiess' Handy klingelte.

Eine SMS war gekommen.

Was ist mit Kanada?

Er wurde abrupt unterbrochen, als der Bauer wieder zurückkam und ihn am Arm packte. Er drückte Thiess den Zyklon-B-Behälter in die Hand und hob seinen Stock, während er sprach.

„Weil Charlie Sie so mag: Hier stand so ein gelber Sportwagen am Abend vor dem Feuer. Der Fahrer ist nicht ausgestiegen, nur der andere. Als es anfing zu brennen, ist der Junge sofort zurück ins Auto und sie sind über die B75 Richtung Hamburg gefahren."

Kapitel 42

Montag, 12. August 2019, 8 Uhr

„Wie konnte das denn passieren?"

Thordsen schüttelte seit einer gefühlten Ewigkeit den Kopf. Ihr gegenüber saßen Nikolaus Eifler und Elena Bennecke.

„Die IT sagt, wir haben ein Leck in der Firewall. Wird mit dem nächsten Update gefixt."

Thordsens Augen fixierten die Gesichter ihrer Kollegen.

„Es ist mir ziemlich egal, wo das Leck ist und wann es gefixt wird. Ich möchte wissen, warum niemand nachgefragt hat, ob die Entlassung auch wirklich genehmigt war."

„Chef, das System hat gesagt, das ist okay."

„Dann hat also das System Mist gebaut?"

Nikolaus und Elena nickten einhellig.

„Ich habe Computer schon immer gehasst. Wer von euch ist eigentlich demnächst zur Fortbildung für diesen Computerkram?"

Nikolaus und Elena sahen sich an und zuckten mit den Schultern.

„Welche Fortbildung?"

„Jede Abteilung muss zukünftig eine Verbindungsperson zur Cyberabteilung haben. Darum muss aus unserem Team jemand diese dreimonatige Fortbildung machen."

Elena kräuselte die Stirn und schaute ihre Chefin vom anderen Ende des Besprechungstisches an.

„Drei Monate? Ich nehme mal an, dass das neben dem normalen Job zu erfolgen hat?“

„Richtig, Frau Bennecke. Neben dem normalen Job. Und da gibt es auch für unsere Abteilung keine Ausnahme.“

„Hey Chefin, und warum stellt uns die Cyberabteilung nicht einfach jemanden zur Seite, der uns unterstützt?“

„Personalknappheit, wie überall. Die sind froh, dass sie genügend Leute haben, um diese ganze Scheiße mit der Kinderpornografie untersuchen zu können. Für alles andere ist da keine Zeit mehr.“

Thordsen strich über ihre Schläfe und schaute dann wieder auf die Unterlagen.

„Haben wir einen Hinweis, wohin er gegangen sein könnte? Hat er Freunde? Verwandte?“

Elena und Nikolaus studierten die Notizen aus den Untersuchungsmappen und schauten in ihre Merkbücher.

„Ich habe hier was über eine Schwester, Annika. Sie arbeitet als Assistenzärztin am AK Altona.“

„Danke, Elena. Nick, versuch doch mal, die Verbindung zu diesem Thiess Riedel zu überprüfen. Ich habe das Gefühl, dass zwischen den beiden irgendwas nicht stimmt.“

„Wie meinst du das, Jana?“

„Dieser Riedel war nicht gerade froh, Lasse Henricksen zu sehen. Er hätte auf die Begegnung gerne verzichtet.“

„Was ist mit der Schwester?“, erkundigte sich Elena. „Sollten wir die vielleicht besser überwachen? Vielleicht meldet er sich bei ihr.“

„Das glaube ich nicht“, murmelte Thordsen, erhob sich von ihrem Platz und trat an die Wand. Sie nahm das Bild von Thiess Riedel und hängte es an die Pinnwand direkt unter Lasse und malte ein Fragezeichen auf die Verbindung der beiden Personen.

„Da stimmt was nicht. Es macht für mich keinen Sinn, dass Lasse diese Frau ermordet hat. Für einen Mord in der Hackerszene ist das Ganze zu normal.“

„Zu normal?“

„Ja, diese Hackertypen sind doch alle irgendwie ... seltsam. Welches Motiv hat Lasse, diese junge Hackerin zu ermorden? War es ein Wettstreit? Und wenn er sie ermordet hat, hat er dann auch was mit Yasmins Mord zu tun? Immerhin fehlt beiden Frauen die Nase, was auf denselben Täter deutet.“

„Du meinst, jemand versucht ihm die Tat anzuhängen?“

Elena stand auf und trat an die Wand.

„Wer? Dieser Thiess?“

„Aber bei diesem Thiess wurde doch Yasmins Leiche gefunden“, warf Nikolaus aus dem Hintergrund ein.

Thordsen starrte auf die Fotos.

„Aber trotzdem ...“

„Ich glaube nicht, dass Thiess sich da verstellt hat.“

„Was soll das werden, Elena? Weibliche Intuition?“

Sie zuckte mit den Schultern.

„Nenn es wie du willst, ich glaube nicht, dass Thiess Riedel was damit zu tun hat.“

Thordsen drehte sich herum und sah ihre Kollegen an.

„Okay. Nick, du besorgst mir den Background von dieser Annika Henricksen, der Schwester von Lasse. Und Elena, versuch mal, mehr über Thiess Riedel herauszufinden, und am besten über die Beziehung zwischen ihm und Lasse. Ich will unabhängige Aussagen!“

Nikolaus und Elena schnappten sich ihre Unterlagen und verließen das Besprechungszimmer.

Kaum dass die beiden das Büro verlassen hatten, klingelte Janas Telefon. Sie setzte das Headset auf und meldete sich.

„Thordsen.“

Kapitel 43

Montag, 12. August 2019, 20 Uhr 54

Der Wind war zum Erliegen gekommen und hatte mit letzter Kraft die Wolken beiseitegeschoben und Platz geschaffen für einen fantastischen Sonnenuntergang. Thiess und Götz hatten zwei Klappstühle mitten auf den Steg gestellt und saßen dort mit einer Flasche Bier und schauten auf die Ausfahrt des kleinen Sportboothafens. Ein paar größere Schiffe zogen langsam vorbei und verursachten Wellen, die bis in den Hafen hineinschwappten.

Die beiden hatten bisher kein Wort miteinander gesprochen. Götz war mit dem Sixpack Bier auf dem Boot erschienen und hatte Thiess überredet, das Wetter zu genießen. Sie hatten sich zwei Stühle geschnappt und sich auf den Bootssteg vor Thiess' Boot gesetzt. Die erste Flasche Bier hatte jeder in kompletter Stille ausgetrunken. Nicht einmal der Verkehr der nahen Straße drang zu ihnen herunter.

„Sag mal, ist eigentlich schon wieder Schlagermove?"

Thiess schaute irritiert zu Götz herüber.

„Der war doch schon im Juli. Wieso?"

„Ich hab gestern beim Leeren der Mülleimer 'ne komische Perücke gefunden, zusammen mit 'nem künstlichen Bart und ein paar stinkenden Klamotten. Da hat sich wohl jemand als Penner verkleidet. Ich dachte, das ist so'n Schlagermove-Kostüm."

„Ne, keine Ahnung. Wahrscheinlich irgendein Witzbold. Es laufen ja überall genügend davon rum."

„Stimmt."

Götz nahm einen Schluck aus der Flasche und verfolgte die unauffälligen Wellenbewegungen des Wassers.

„Was ist mit dem Rekorder? Hab ihn ewig nicht mehr ausprobiert. Funktioniert er noch?"

Thiess folgte dem Blick von Götz aufs Wasser. Er nahm ebenfalls einen Schluck aus der Flasche, bevor er antwortete.

„Ja, perfekt."

Er klammerte sich an der Bierflasche fest und beugte sich vor.

„Hinter meinem Boot wird eine Leiche aus dem Wasser gefischt, die keine Nase mehr hat, und mein ehemals bester Freund behauptet, den Mord begangen zu haben."

Thiess nahm einen großen Schluck Bier.

„Das passt nicht. Ich weiß es nicht ..."

Götz zuckte kurz zusammen und hoffte, dass Thiess es nicht bemerkt hatte. Doch der blickte ungerührt auf das Wasser, die halb volle Flasche zwischen den Händen haltend.

„Ich habe 15 Jahre nichts von ihm gehört. Plötzlich taucht er auf und mein Leben gerät durcheinander. Was will er von mir?"

„Hat er das nicht gesagt?"

„Er wollte mir was über meinen Großvater sagen, das war alles."

Götz kräuselte die Stirn und fuhr mit der Hand über sein faltiges Gesicht.

„Kennt dieser Lasse deinen Großvater?“

„Ja, als wir klein waren, hat er oft in seiner Laube auf uns aufgepasst.“

„Und jetzt?“

Thiess schüttelte den Kopf und leerte die Flasche Bier. Er drehte den Kopf zur Seite und bemerkte, dass Götz aus seiner zweiten Flasche noch nicht einen Schluck genommen hatte. Sein Gesicht war schmerzverzerrt.

„Alles okay? Soll ich dich wieder ins Krankenhaus bringen?“

„Nein!“, rief Götz. Auf seiner Stirn hatten sich dicke Schweißperlen gebildet und sein Gesicht wirkte noch bleicher als sonst.

„Die können mir sowieso nicht helfen. Geht gleich wieder ...“

Götz atmete tief ein und aus und fokussierte sich auf das Wasser, das leicht gegen den Bug von Thiess Boot schwappte.

„Dieser Lasse ... gibt es jemandem, dem er vertraut?“

Mir hat er vertraut, dachte Thiess.

„Seiner Schwester.“

„Könnte die was wissen?“

„Nicht über sein Hobby. Sie hat es schon immer gehasst, wenn wir uns früher mit den Computern beschäftigt haben.“

„Aber vielleicht weiß sie, wo sich ihr Bruder aufhält.“

„Du meinst, ich soll sie beschatten?“

„Wenn sie dir den Ort nicht verrät, dann ist das wohl die einzige Möglichkeit!“

Thiess nahm einen großen Schluck und stellte die Flasche neben den Stuhl. Er griff seine Jacke und lief zum Parkplatz hinüber.

Kapitel 44

Dienstag, 13. August 2019, 16 Uhr

Lasse lag auf der Matratze in der Ecke des kahlen Raumes und wartete. Er hatte sich in seine sichere Unterkunft zurückgezogen, denn er ahnte, dass er auf der Liste der Person stand, die Tetjana getötet hatte. Thiess hatte nicht auf die SMS reagiert. Was konnte er jetzt noch tun? Er hatte niemanden mehr, der ihm helfen konnte. Vielleicht war die Idee, sich selber anzuzeigen, nicht so gut gewesen. Dabei hatte er doch darauf vertraut, dass Thiess alles erkennen würde und ihm helfen konnte.

Lasse griff zur Dose Red Bull und nahm einen großen Schluck. Er wusste, dass das Zeug nicht gut für ihn war, aber er brauchte das Koffein, um wach zu bleiben. Er durfte nicht einschlafen, auch wenn er sehr müde war. Sein Magen knurrte. Er hatte Hunger. Aber jetzt hinauszugehen würde bedeuten, dass man ihn entdeckte und er wieder ins Gefängnis wanderte. Es war ein Glück gewesen, dass er freigekommen war, doch es hatte nicht lange gedauert, bis er begriffen hatte, dass die Freilassung nur eine Finte gewesen war. Der Einzige, der ein Interesse daran hatte, dass er wieder frei war, konnte nur der Mörder von Tetjana sein. Lasse hatte in seinem Versteck schon viel Zeit gehabt, sich über das Motiv Gedanken zu machen. Es musste etwas mit ihren Recherchen zu tun haben. Aber wer außer ihm und Tetjana hatte davon gewusst?

Er schloss die Augen und fiel zurück auf die Matratze. Das Sitzen strengte ihn zu sehr an. Er lauschte auf die Geräusche. Lkws fuhren auf der Straße vorbei. Er wurde müde. Er konnte sich gar nicht dagegen wehren. Langsam wurden die Glieder immer träger und die Lider öffneten sich nicht mehr. Er dämmerte in den Schlaf hinüber und hörte das Knatschen von Schuhen erst, als es schon zu spät war.

„Hallo, Lasse, lange nicht gesehen!"

Lasse starrte irritiert den Mann an, der sich vor ihm aufgebaut hatte. Er war groß und sehr kräftig. Er hatte den Typen schon mal gesehen, aber er wusste nicht, wo. Der Glatzkopf hielt eine Pistole in der Hand, die geradewegs auf sein Gesicht gerichtet war.

„Steh auf und glotz nicht so. Du bist auch nicht gerade eine Schönheit. Hahaha."

Das heisere Lachen jagte ihm einen Schauer über den Rücken. Dazu diese stechenden Augen! Beides weckte Erinnerungen, von denen er gehofft hatte, dass sie für immer in seinem Unterbewusstsein vergraben bleiben würden.

Das Feuer! Er hörte die knisternden Flammen und spürte die Hitze am ganzen Körper. Seine Narben schmerzten plötzlich. Er konnte der Person keinen Namen zuordnen.

Sein Blick war starr auf die Waffe gerichtet. Er hatte keine Chance, er würde ihm nicht entkommen. Lasse war sicher, dass der Fremde ihm mit bloßen Händen das Genick brechen konnte.

„Wer bist du und was willst du von mir?"

Der Glatzkopf grinste und wedelte mit der Pistole. Lasse setzte sich langsam in Bewegung in Richtung Tür.

„Das wirst du noch früh genug erfahren!"

Der Schlag in den Nacken traf ihn unvorbereitet. Seine Knie sackten weg und er fiel zu Boden.

Kapitel 45

Dienstag, 13. August 2019, 20 Uhr 52

Annika fuhr mit dem Aufzug hinunter in die Empfangshalle und nickte der blonden Frau zu, die gelangweilt hinter dem Tresen saß und gerade einem Rentner mit Gehwagen den Weg zu den Toiletten gezeigt hatte.

„Schönen Feierabend, Dr. Henricksen. Bis morgen!"

„Bis morgen", rief Annika zurück, beschleunigte ihren Gang und trat durch die elektrische Schiebetür nach draußen. Sie eilte die Stufen hinab und ging zum Fahrradständer.

Annika gehörte normalerweise nicht zu jenen, die schnell nach Hause eilten. Es wartete weder ein Freund noch ein Hund auf sie. Ihre Wohnung war leer. Hier im Krankenhaus war immer etwas los. Es waren immer eine Handvoll Menschen auf dem Gelände. Entweder wurden Patienten gebracht, abgeholt oder die Patienten standen draußen und rauchten. Gelegentlich versuchte Annika, die Raucher zu belehren, doch immer öfter unterließ sie es. Sie erreichte ohnehin keinen von ihnen mit ihrem Appell.

Die Arbeitstage in dem Krankenhaus wurden länger und länger. Vieles hatte sich verändert, seit sie ihre Assistenzstelle angetreten hatte. Heute hatte Annika keine

Augen für den Sonnenuntergang. Sie wollte nur so schnell wie möglich losfahren, bevor Marta ebenfalls Feierabend machte und womöglich vorschlug, gemeinsam zu radeln. Sie hatte einfach keine Lust auf Small Talk, vor allem nicht mit Marta, dieser Hexe.

Annikas Fahrradschloss klemmte. Während sie mit der einen Hand am Schlüssel ruckelte, streifte sie mit der anderen den Riemen ihrer Umhängetasche über den Kopf. Endlich gab das Schloss nach und fiel auf den Boden. Annika stopfte es mit fahrigen Bewegungen in die Tasche, zerrte ihr Rennrad vom Ständer, schwang sich auf den Sattel und warf einen letzten Blick über die Schulter Richtung Ausgang.

Schemenhaft sah sie die vertraute Person durch die Glastür treten und ihr zuwinken. Marta. Sie trat in die Pedale und fuhr auf dem Fahrradweg über den Parkplatz Richtung Ausgang, vorbei an der Autoschranke und dem kleinen blauen Fiat Punto, der in verkehrter Richtung auf dem Seitenstreifen stand. Sie legte sich leicht in die Kurve und schloss für einen kurzen Moment die Augen, spürte den Fahrtwind im Gesicht. Die letzten Sonnenstrahlen drangen durch die geschlossenen Lider und sie atmete tief ein und aus, bevor sie dann stärker in die Pedale trat. Die frische Luft tat ihr gut, endlich mal keine Desinfektionsmittel, kein Geruch von kranken Menschen.

Annika schaltete einen Gang höher, strampelte schneller und schnaufte heftig, als sie auf den Othmarscher Kirchweg einbog und an der Loki-Schmidt-Schule vorbeifuhr. An der Ecke Griegstraße bog sie nach rechts in diese ab und fuhr bis zur Bernadottstraße, vorbei am Rathenaupark und dem Altonaer Friedhof. Bei Jools Café bog sie in die Arnoldstraße und achtete nicht auf die Autos hinter ihr. Sie genoss die Fahrt auf dem Rad in der Abendluft dieses schönen Augusttages. Ihre Muskeln arbeiteten unaufhörlich und brachten sie schnell voran, bis zur Max-Brauer-Allee, wo sie direkt hinter dem Platz der Republik in diese abbog und nach wenigen Metern rechts in die Schomburgstraße abbog. Dann noch einmal links und anschließend rechts in den Balthasarweg und sie konnte die alte Dame schon von Weitem am Straßenrand sehen. Sie schien auf Annika zu warten. Etwas fülliger gebaut, überragte der gelbe Bulli die anderen Autos. Er wirkte deplatziert. Den vorderen Reifen fehlte etwas Luft, ebenso wie Annika, die noch immer schnaufte, als sie mit dem Rad neben ihrem Bulli zum Halten kam. Der gelbe Lack leuchtete auf den ersten Blick einladend, doch er splitterte und rostete an einigen Stellen. Ein paar kleine Schrammen bezeugten die Lebenserfahrung. Annika hatte auch ihre Schrammen, nicht so sichtbar wie die alte Dame, aber sie waren da.

„Hallo, Lotte“, flüsterte Annika leise in Richtung des Bullis, während sie ihr Fahrrad an der Straßenlaterne neben dem Bulli anschloss.

Annika trat ins Haus, ließ ihre Tasche direkt hinter der Wohnungstür fallen, schleuderte die Schuhe von den Füßen und schaffte es gerade noch, eine Flasche Weißwein aus dem Kühlschrank zu greifen, bevor sie sich auf das Sofa fallen ließ. Ihr Blick fiel auf die vier abgegriffenen Bilder, die sie in exakt gleichem Abstand an die Wand gepinnt hatte. Die Texte auf der Rückseite kannte sie auswendig. Ihr Herz schlug ein wenig schneller beim Anblick der Fotos. Eines der Bilder zeigte die beiden Jungs Lasse und Thiess und sie auf einem Kindergeburtstag im Meiendorfer Wald. Es war Lasses 9. Geburtstag und er hatte ihn unbedingt mit einer Schnitzeljagd im Wald feiern wollen.

Annika goss sich ein Glas Weißwein ein und lümmelte sich auf dem grünen Sofa unter ihre warme Decke.

Als sie am Morgen aufwachte, fand sie sich in derselben Position wieder, in der sie abends auf dem Sofa eingeschlafen war. Hatte es geklopft? Zumindest in ihrem Kopf pochte es und der Blick auf die leere Weinflasche auf dem Boden bestätigte die Ursache ihres Kopfschmerzes. Langsam wälzte sie sich vom Sofa. Es klopfte erneut. Annika schlurfte zur Tür und öffnete sie einen Spalt.

„Du bist ja doch schon wach!"

Annikas Mutter drückte die Tür weiter auf.

„Ich hab dir Kaffee und Brötchen mitgebracht."

„Danke", brummte Annika. „Komm rein."

Die Aufforderung war überflüssig, denn ihre Mutter hatte sich längst in die enge Wohnung gezwängt und schaute um sich.

„Hast du noch gar nichts gepackt?", fragte sie.

„Doch, klar", log Annika. „Ist alles schon in Lotte."

Annikas Mutter ging in die Küche, legte die Brötchen in den Brotkorb und holte den Aufschnitt aus dem Kühlschrank.

„Wie geht es der alten Dame denn? Läuft alles? Ich mache mir doch etwas Sorgen, ob sie die lange Reise übersteht? Die vorderen Reifen sehen etwas platt aus."

Annika ging in ihr Schlafzimmer und stopfte schnell ein paar Kleidungsstücke in ihren Rucksack.

„Das schafft sie schon", versuchte sie halbherzig zu argumentieren.

„Du weißt ja, wie das mit uns alten Damen ist: Wir werden störrisch", entgegnete ihre Mutter.

Annika verdrehte die Augen und wühlte im Schrank nach ihrem Schlafsack.

„Du bist ja doch noch nicht fertig!" Plötzlich stand ihre Mutter in der Tür des Schlafzimmers. Sie war eine talentierte Anschleicherin. „Und du siehst so müde aus. Lässt dich diese Marta immer noch nicht in Ruhe?"

„Ich will jetzt nicht darüber sprechen. Jetzt ist Urlaub", gab Annika zurück. Es war wirklich noch zu früh für ein Kreuzverhör. Doch ihre Mutter gab nicht nach.

„Urlaub? Haben sie dir die Auszeit nicht genehmigt?"

„Nein, ich habe nur eine Woche bekommen. Ich weiß, ist ein schlechter Kompromiss. Wegen Vancouver."

„Aber vielleicht reicht das ja, um mal ein bisschen auszuspannen."

„Vielleicht, auf jeden Fall besser als nichts."

Zum ersten Mal an diesem Morgen schaute Annika ihrer Mutter ins Gesicht. Die Sorgenfalte zwischen ihren Augen zeichnete sich deutlich ab, doch ihre blonden Locken leuchteten in der Sonne, die durchs Wohnzimmerfenster hereinschien. Sie trug ihr Lieblingskleid mit den roten Blumen.

„Gut siehst du aus", sagte Annika.

Annikas Mutter griff sie bei den Schultern. „Du leider nicht, Kind. Aber ich glaube, die Reise wird dir guttun."

„Danke für deine Ehrlichkeit."

Annika machte sich los, ging zum Kleiderschrank und wühlte in den Untiefen nach ihrem Schlafsack. Sie wollte nichts lieber, als dieses Kreuzverhör zu beenden, und erhöhte ihr Packtempo. Doch ihre Mutter war noch nicht fertig.

„Hast du deinem Vater eigentlich geschrieben, dass du kommst?"

Annika steckte den Kopf aus dem Schrank. Mit der Frage hatte sie gerechnet. Sie wusste trotzdem nicht, was die richtige Antwort darauf war. Sollte sie die Wahrheit sagen?

„Nein."

Ihre Mutter nickte wissend.

„Er wird zu tun haben, das weißt du. Und dein Bruder, hast du dich von ihm verabschiedet?"

„Das mache ich gleich auf dem Weg zur Autobahn", gab Annika zur Antwort. Sie hatte ihrer Mutter nicht erzählt, dass Lasse einen Mord gestanden hatte, im Gefängnis gewesen war und sich nun nicht mehr meldete.

Ihre Mutter brauchte die Wahrheit nicht zu wissen. Sie liebte ihre Kinder, aber sie verstand sie nicht. Für ihre Mutter war es gut, dass sie wusste, dass Annika sich um ihren Bruder kümmerte. Während Lasse damals immer wieder monatelang im Krankenhaus gelegen hatte, hatte ihr Vater eine Affäre mit seiner Sekretärin begonnen. Als Lasse aus dem Krankenhaus entlassen wurde, hatte Annikas neue Halbschwester ihren 2. Geburtstag gefeiert. Ihr Vater lebte nun mit seiner neuen Frau in Portugal.

Annika hatte sich geschworen, sollte sie eines Tages eigene Kinder haben, ganz anders mit ihnen umzugehen und immer Interesse für ihre Kinder zu haben, für alles, was sie taten. Es fehlte nur der richtige Partner für dieses Vorhaben.

„Ich muss dann auch los. Hab dich lieb, Mama.“

Annika drückte ihre Mutter, griff sich Rucksack und Schlafsack, schnappte den Autoschlüssel vom Wandbrett und ging Richtung Tür.

„Grüß deinen Bruder von mir! Sag ihm, er soll sich mal wieder melden!“

„Mach ich“, antwortete Annika und entschwand durch die Tür. Sie schlenderte zu Lotte und warf die Sachen hinten rein. Sie stutzte, als sie auf der gegenüberliegenden Seite einen blauen Fiat Punto sah. Doch sie konnte keine Verbindung herstellen.

Sie ließ den Motor an und fuhr los. Aus dem Augenwinkel sah sie, wie sich der andere Wagen ebenso in Bewegung setzte.

Kapitel 46

Mittwoch, 14. August 2019, 8 Uhr

Die Schmerzen kamen zurück. Doch das war nicht das Schlimmste. Am meisten Unbehagen bereitete ihm die absolute Dunkelheit. Er war zwar ein Bewohner der Schattenwelt geworden, aber diese Finsternis erinnerte ihn an die Wochen nach dem Feuer, als sein ganzes Gesicht von desinfizierenden Mullbinden bedacht gewesen war und er über einen langen Zeitraum nichts sehen konnte. Für ihn war es Nacht gewesen. Es war eine Zeit gewesen, in der konstante Schmerzen seinen Körper gefangen gehalten hatten. Endlose Schmerzen, die jede Faser durchdrangen, von den amputierten Zehen bis hin zu seiner verbrannten Kopfhaut. Sein Körper war so sehr angeschwollen, dass er sich davor gefürchtet hatte, zu platzen. Dieser innere Druck war unerbittlich gewesen. Er war nicht einmal in der Lage gewesen zu weinen. Sämtliche Tränenkanäle waren verbrannt. Er bekam künstliche Tränenflüssigkeit, damit die Augen nicht austrockneten.

Seine Beine waren stark geschwollen und in den Ohren pochte es. Er tastete auf dem Boden umher, um zu fühlen, wo er sich befand. Sein Hinterkopf schmerzte, dieser Typ hatte ihn einfach in den Wagen geworfen, wie ein Stück

Dreck. Die Finger konnten nur einen glatten Boden ertasten. Metallplatten, kalt und glatt.

Hygienisch, dachte Lasse verwundert. Es war überall um ihn herum glatt und steril und erinnerte an die Krankenhäuser, von denen er schon so viele von innen gesehen hatte, dass er ihre Architektur und das kalte Weiß der Wände fühlen konnte. Aber es herrschte absolute Finsternis.

Seit er aufgewacht war, hatte der andere sich noch nicht blicken lassen. Nicht einmal eine Stimme war zu hören gewesen. Lasse fragte sich, was der Typ von ihm wollte. Hatte es mit den Recherchen zu tun, die er mit Blizzard durchgeführt hatte? Waren sie auf etwas Bedeutsames gestoßen? Etwas, für das Blizzard sterben musste?

Er dachte daran, wie er den Leichnam auf dem Boden gefunden hatte. Für einen Moment wünschte er sich, er könnte weinen. Aber er konnte es nicht. Er konnte nur wütend sein. Es wollte sich einfach keine echte Trauer einstellen. Alles was er fühlte, war Wut und Schmerz.

Ein Riegel wurde zur Seite geschoben und es drang etwas Licht in den dunklen Raum hinein. Ein Schatten erschien in dem Licht und kam auf ihn zu. Lasse rührte sich nicht, er war paralysiert.

Er wurde am Arm gepackt und hochgezogen. Lasse strauchelte, doch er fing sich wieder und fiel auf die Beine. Der andere ging mit ihm durch die Dunkelheit und hielt plötzlich an. Lasse war verwundert, denn er hatte sich sein Gefängnis noch gar nicht richtig ertastet. Er war nur in seiner Ecke gewesen. Doch das änderte sich jetzt. Er wurde auf einen Stuhl gesetzt und festgeschnallt. Lasse widersetzte sich nicht. Er hatte Angst.

Und dann wurde das Licht angeschaltet, grell wie tausend Sonnen!

Kapitel 47

Mittwoch, 14. August 2019, 11 Uhr

Die Dunkelheit war zurückgekehrt. Nach Stunden im grellen Licht herrschte nun wieder absolute Finsternis. Zu dem Licht war auch noch Lärm hinzugekommen. Er war aus Lautsprechern gekommen, die unter der Decke angebracht waren. Jetzt lag alles wieder im Dunkel.

Lasse war müde und erschöpft, aber er konnte nicht schlafen. Im Licht war der Fremde nicht gekommen. Er kam immer nur, wenn es dunkel war. Die wechselnden Phasen zerrten an seinen Nerven, aber noch schlimmer war, dass er nicht wusste, warum er eigentlich hier war und sich diesen Dingen aussetzen musste. Was hatte er verbrochen? Wenn der andere es ihm doch wenigstens sagen würde. Aber er hatte noch nichts gesagt, nicht einmal eine Frage gestellt. Er kam immer nur herein, überprüfte die Fesseln, mit denen er ihn auf dem Stuhl festgeschnallt hatte, und ging wieder. Sobald er wieder draußen war, wurde das Licht entweder an- oder ausgeschaltet.

Lasses Kopf hing schlaff herab und er konnte spüren, dass seine Beine auf die doppelte Größe angeschwollen waren. Er fühlte sich absolut elend.

Wo war er? Und warum war er hier?

Nachdem die Prozedur noch dreimal wiederholt wurde, war Lasse endgültig gebrochen. Er hatte seinen Widerstand aufgegeben und wusste, dass er alles sagen würde, um endlich erlöst zu werden. Er wollte nicht länger leiden, er wollte reden, aber er wusste nicht, was. Im Fieberwahn fing er dann an, von Heinrich Riedel zu erzählen. Er berichtete, was er und Blizzard alles herausgefunden hatten.

Am Ende nahm der Fremde seine Maske ab und schaute Lasse lachend an. Die Erinnerung war mit einem Mal wieder da!

„Du?“, entfuhr es Lasse voller Staunen, dann wurde er ohnmächtig.

Kapitel 48

Mittwoch, 14. August 2019, 11 Uhr 15

Annika stieg aus dem Bulli und ging durch die Toreinfahrt in den Hinterhof des Lagergebäudes. Sie schaute sich um. Niemand folgte ihr. Sie war noch nie hier gewesen, aber er hatte ihr die Adresse mal für Notfälle genannt. Nachdem sie den Hof durchquert hatte, kam sie zu einer Anlieferrampe, die mit einem elektronischen Schloss versehen war. Die Werbeplakate eines Reifenhandels klebten an den mit Graffiti verzierten Wänden. Der Geruch von Gummi und Abgasen lag immer noch in der Luft.

Sie holte ihr Handy aus der Tasche und öffnete Threema. Die SMS, die sie am Sonntag nach dem Besuch auf Thiess' Boot bekommen hatte, war kurz gewesen. Nur ein paar Zahlen, doch diese Zahlen sorgten nun dafür, dass sich das metallene Tor langsam und quietschend hob. Sobald es hoch genug war, bückte sie sich und schlüpfte darunter hindurch. Auf der anderen Seite betätigte sie mit der Faust den Schalter am Türrahmen und das Tor setzte sich sofort wieder in Bewegung nach unten. Sie ließ die mitgebrachten Utensilien auf den Boden fallen und schaute sich in der großen Halle um. Es war ein kalter Platz, kälter als die Operationssäle im Krankenhaus. Außer ein paar provisorischen Schreibtischen mit Unmengen an Computerequipment stand hier nichts.

Nachdem der Bulli am Straßenrand gehalten hatte, war Thiess in seinem blauen Fiat auch zum Halten gekommen. Er parkte hinter einem Lieferwagen ein paar Meter entfernt und beobachtete verstohlen, wie Annika ausstieg und die mitgebrachten Sachen aus dem Auto holte. Sie verschwand in der Toreinfahrt. Das war der Moment für ihn, sein Auto zu verlassen. Er lief zu der Einfahrt und spähte vorsichtig um die Ecke. Annika hatte gerade das Tor hochgefahren und tauchte darunter hindurch. Langsam setzte es sich wieder in Bewegung und fuhr herunter.

Thiess lief über den Hof und sah das eiserne Tor gemächlich aus 3 Meter Höhe herunterrutschen. Es war noch knapp einen Meter über dem Boden, doch der Hof war bestimmt 10 Meter lang. Thiess spurtete und setzte zum Sprung an, doch bevor er losspringen konnte, knallte das Tor mit einem lauten Krachen auf den harten Betonboden. Er verschnaufte und rüttelte dann an dem Tor, doch es ließ sich nicht hochheben. Es hatte auch keinen Sinn, auf dem Zahlenschloss herumzutippen. Er wusste ja nicht einmal, aus wie vielen Zeichen der Code bestand. Er hob den Kopf und schaute sich im Innenhof um. Er bemerkte, dass im zweiten Stock ein Fenster nur gekippt war. Daneben führte die Regenrinne hinauf zum Dach. Das sah nach einer guten Gelegenheit aus.

Vorsichtig umfasste er die Regenrinne und stieß sich mit den Füßen nach oben. Er klammerte sich an der Schelle fest und versuchte, die Fußspitzen in den Ritzen der Wand unterzubringen. Es war nicht einfach, doch er konnte sich ein paar Zentimeter hochziehen. Es reichte, um das untere Fensterbrett zu erwischen. Mit dem Fuß stieß er sich auf der Schelle ab und kam noch ein paar Zentimeter weiter hoch. Dann konnte er das Brett greifen. Doch er begann zu rutschen und schaute ängstlich nach unten. Es waren zwar nur zwei Meter, aber wenn er unglücklich aufkam, konnte das schmerzhaft werden.

„Du hättest auch klingeln können!"

Er riss den Kopf nach oben und sah in das grinsende Gesicht von Annika, die ihm ihre Hand hinhielt.

Schweigend griff er sie und fasste mit der zweiten Hand nach und stemmte sich durch das Fenster. Auf der anderen Seite ließ er sich auf den Boden fallen.

„Was machst du hier?"

„Bin dir gefolgt."

„Das weiß ich. Dein blauer Fiat ist ja nicht zu übersehen."

Thiess schaute sich um. Der Raum war fast leer, bis auf eine Matratze am Boden und eine halbleere Flasche Cola.

„Was ist das hier?"

„Wonach sieht es denn aus?"

„Nach einem Versteck?"

„Richtig, Schlaumeier! Eigentlich wäre ich jetzt auf dem Weg nach Lissabon, wenn ihr mich nicht in euer Spiel hineingezogen hättet."

Sie ging unruhig in dem leeren Zimmer herum, schaute in jede Ecke und kam dann wieder zurück zu Thiess, der noch immer vor der Matratze stand. Er kniete nieder und deutete auf einen roten Fleck am Kopfende der Matratze.

„Könnte das Blut sein?“

Sie beugte sich herunter und er fühlte, wie ihre Schulter ihn berührte. Annika streckte den Finger aus und strich vorsichtig über den roten Fleck.

„Ich fürchte, ja. Aber erwarte jetzt nicht, dass ich dir die Blutgruppe verrate, indem ich daran lecke, und wir dann wissen, wer es ist. So was funktioniert nur im Fernsehen. In Realität brauche ich dafür unser Analysegerät aus dem Labor. Aber auch dann kann ich dir nur die Blutgruppe verraten, mehr nicht.“

Thiess drehte den Kopf herum und schaute sie an. Ihre Köpfe trennten nur noch wenige Zentimeter und er fühlte ihren frischen, leicht nach Minze duftenden Atem im Gesicht.

Sein Blick schweifte ab und fuhr im Zimmer umher.

„Was ist das hier?“

„Das Bild? Das hing früher in meinem Kinderzimmer. Das habe ich seit Jahren nicht gesehen.“

„Es ist dreckig.“

„Ja, das Haus ist es ja auch. Es soll bald abgerissen werden.“

„Was macht das Bild hier?“

„Wie meinst du das?“, wiederholte Thiess eindringlich.

„Jemand muss das Bild vor Kurzem aus eurem Haus geholt haben!“

Annika richtete sich auf und streckte den Oberkörper. Sie nahm ihm das Bild ab und betrachtete das Foto. Eine Kopie davon hing bei ihr zu Hause im Flur. Ihr

9. Geburtstag, den sie im Meiendorfer Wald gefeiert hatten.

„Mir fällt gerade ein, dass die Kopie aus unserem Haus bei mir in der Wohnung hängt, an der Pinnwand im Flur."

„Und diese hier? Hat Lasse eine Kopie davon?"

Annika zuckte mit den Schultern.

„Ich habe keine Ahnung. Eigentlich macht er sich nicht viel aus solchen Erinnerungen."

Thiess nahm ihr den Rahmen ab und knallte das Glas auf die Ecke des Fensterrahmens und riss das Bild heraus.

Er schaute sich das Foto genau an. Sie thronten zu dritt auf ein paar Baumstämmen, die der Förster im Meiendorfer Wald am Wegesrand gestapelt hatte. Thiess hockte links, Lasse rechts und in der Mitte war Annika. Alle drei lachten und streckten dem Fotografen die Zunge raus. Thiess versuchte, sich zu erinnern, wie alt er bei der Aufnahme gewesen war.

„Weißt du noch, wann das aufgenommen wurde? Und wer das Foto gemacht hat?"

Als sie ihm das Foto abnahm, berührten sich ihre Finger für einen winzigen Moment und das sorgte in seinem Körper für ein angenehmes Prickeln.

„Mein 9. Geburtstag", erklärte Annika und begann zu lächeln. „Wir sind zu viert durch den Wald gezogen und Lasse und du wolltet uns euer Baumhaus zeigen, das ihr gebaut habt."

„Was meinst du? Wer war noch dabei?"

„Na, einer hat doch das Foto gemacht. Da war doch dieser Junge aus dem Osten. Ich glaube, seine Eltern waren aus Russland nach Deutschland gekommen. Er hat immer versucht, mit euch zu spielen. Zu Anfang habt ihr ihn mit auf eure Streifzüge genommen. Aber irgendwann hörte das auf."

Thiess nahm das Foto wieder in die Hand und schaute sich die fröhlichen Gesichter der drei Kinder an. Die Erinnerung an diese Zeit war tief vergraben und kam nur langsam wieder ans Tageslicht. Aber allmählich hatte Thiess das Gefühl, dass es ihm guttat, sich mit der Vergangenheit zu befassen. Vielleicht war die Vergangenheit der Schlüssel zu all dem, was in der letzten Zeit passiert war.

„Weißt du noch, wie der Nachbarsjunge hieß?"

Annika schüttelte den Kopf.

„Hey, ihr seid mit ihm in den Wald gezogen und habt euch die Nächte um die Ohren geschlagen. Aber als ihr dann den Computer entdecktet, hattet ihr keine Lust mehr, mit dem Russenjungen zu spielen. Irgendetwas muss damals vorgefallen sein."

Sie hörten die Autotür gleichzeitig ins Schloss fallen und ahnten, dass es nun Ärger geben würde. Die schnellen Schritte auf dem Hof verleiteten Thiess, einen Blick aus dem Fenster zu werfen. Er sah Thordsen und einen jungen Mann über den Hof laufen. Sie wurden begleitet von zwei Streifenpolizisten.

„Ich borg mir das mal aus, wenn's recht ist", sagte Thiess und knickte das Foto und steckte es in seine Jackentasche.

Thiess und Annika erkannten, dass es keinen Sinn hatte, einen Fluchtversuch zu unternehmen. Der Weg war ihnen abgeschnitten. Sie warteten geduldig, bis die Polizisten das Tor gewaltsam geöffnet hatten und eingedrungen waren. Es dauerte nicht lange, bis die Schritte auf der Treppe zu hören waren.

„Was machen Sie hier?"

Thordsen stand im Türrahmen und hinter ihr erschien etwas außer Atem der junge Nikolaus Eifler. Der Hauptkommissarin schien das Laufen nichts auszumachen. Sie war topfit und kein bisschen kurzatmig.

„Ich habe mich nur umgesehen", antwortete Annika, obwohl die Frage an Thiess gerichtet war.

„Es ist die Wohnung meines Bruders. Was machen Sie hier? Wie sind Sie reingekommen? Ich habe Sie nicht hereingelassen und das Tor war verschlossen."

„Hören Sie mal zu, Frau Henricksen, Ihr Bruder Lasse steht in dringendem Verdacht, eine junge Frau ziemlich unschön getötet zu haben."

Thordsen kam auf Annika zu und blieb direkt vor ihr stehen. Ihre Gesichter waren keine 20 Zentimeter voneinander entfernt, auch wenn Annika einen Kopf kleiner war als die ergraute Hauptkommissarin.

„Wenn Sie etwas wissen, dann müssen Sie es mir sagen. Ich versuche nur, ihm zu helfen!"

„Ach, ist das so? Wenn ich mich richtig erinnere, haben Sie versucht, ihm einen Mord anzuhängen!"

Annika hob herausfordernd die Augenbrauen und drehte sich auf dem Absatz um. Sie griff die Hand von Thiess, doch Thordsen stoppte sie.

„Ich habe gar nichts versucht. Er ist zu uns gekommen und hat einen Mord gestanden."

„Und warum wurde er dann wieder freigelassen?“

Thordsen schaute zu Boden, Nikolaus Eifler im Hintergrund hatte gerade sein Handy gezückt und telefonierte.

„Woher wissen Sie davon?“

„Ich habe so was gehört.“

Thordsen drehte sich zu Thiess.

„Haben Sie ihr was gesagt?“

„Ich?“, rief Thiess. „Ich hatte ja selber keine Ahnung.“

Thordsen sah sich in dem Zimmer um und entdeckte die Matratze mit dem Blut.

„Nick, sag mal der KTU Bescheid!“

Der junge Polizist schnappte sich erneut sein Smartphone und führte das Telefonat mit der Kriminaltechnik. Unterdessen entschied sich Kriminalhauptkommissarin Thordsen, mit offenen Karten zu spielen.

„Es gab eine kleine Panne.“

„Eine Panne? Was für eine Panne?“

„Jemand ist in unsere IT-Systeme eingedrungen und hat die Firewalls gehackt.“

Annika umklammerte Thiess’ Hand.

„Wer sagt mir, dass mein Bruder nicht aufgrund dieser Computerpanne überhaupt verhaftet wurde?“

Jana Thordsen blieb ruhig und versuchte ein zaghaftes Lächeln. Doch es wurde gequält und müde.

„Ich betone es noch mal: Ihr Bruder hat sich gestellt!“

Sie schaute Thiess durchdringend an.

„Haben Sie was damit zu tun, Thiess? Wenn Sie ihm geholfen haben, sind Sie die längste Zeit bei der Polizei gewesen. Ich war bisher auf Ihrer Seite.“

Nikolaus gesellte sich dazu. Er taxierte Annika, dann baute er sich vor Thiess auf und ließ unter seiner Lederjacke die aufgepumpten Muskeln spielen.

„Hast du Flynn wieder zum Leben erweckt? Ich hab gehört, du hast wieder Kontakt zu deiner alten Hood aufgenommen?“

Thordsen und Annika schauten erstaunt zu Nikolaus. Jana mochte es überhaupt nicht, wenn man ohne ihre Zustimmung die Taktik der Zeugenbefragung änderte. Doch manchmal hatte Nikolaus auch intuitiv gute Einfälle. Wenn dies so ein Moment war, durfte man ihn nicht zurückhalten.

„Ich habe keine Idee, was Sie meinen“, antwortete Thiess.

„Dann schau mal hier!“

Nikolaus zückte sein Smartphone und öffnete die Bilder- und Video-App. Auf dem Telefon erschien ein Screenshot von Thiess, wie er in den Laden von Willem Sneider ging.

„Ich dachte, du hast mit deiner Vergangenheit abgeschlossen. Warum jetzt wieder dieser Kontakt zu Willem Sneider, deinem ehemaligen Mentor?“

„Ich habe mir Sorgen um Lasse gemacht und dachte, dass Willem vielleicht etwas weiß.“

„Oh Thiess, das kannst du doch sicher besser ...“

Nikolaus zeigte ihm ein Video. Darauf war zu sehen, wie Thiess den Computerladen mit einem großen Karton verließ.

„Was ist in dem Karton?“

„Computerkabel. Ich bin grad erst aufs Boot gezogen und mein Router war noch nicht verbunden.“

Annika packte seine Hand fester und zog ihn sanft von den beiden Polizisten fort.

„Suchen Sie meinen Bruder und den richtigen Mörder, Kommissar. Er hat den Mord nicht begangen! Was immer er Ihnen gesagt hat! Sie sind die Polizisten und müssen herausfinden, was passiert ist!“

Ohne auf Thordsens oder Nikolaus' Antwort zu warten, eilte sie mit Thiess im Schlepptau zur Tür und hinunter ins Erdgeschoss. Sie liefen an den Streifenpolizisten vorbei, die sich verwundert anschauten, wo die beiden Personen herkamen.

Annika und Thiess eilten zu dem gelben Bulli, der noch immer an der Straße parkte.

Sie öffnete die Fahrertür, schmiss den Rucksack auf den Beifahrersitz und stieg ein. Thiess stand am Straßenrand und schaute ihr zu. Sie ließ den Motor an. Die alte Dame röchelte, doch sie berappelte sich und nach kurzer Zeit schnurrte sie.

Annika kurbelte das Fenster runter.

„Ich weiß wirklich nicht, wo er ist. Ich hatte gehofft, dass er hier ist.“

„Das hier ist seine sichere Unterkunft?“

„Ja. Und es ist die einzige.“

„Hat er Freunde, wo er unterkommen könnte?“

„Nein, du warst der einzige Freund.“

Die Hände in den Hosentaschen schaute sich Thiess nervös um. Er kam einen Schritt näher an das Fenster.

„Ich habe wirklich keine Ahnung, was damals passiert ist! Das musst du mir glauben! Aber ich weiß, dass ich ihm helfen kann. Dieses Mal!“

Annika schien zu überlegen, sie schaute nach vorne auf die Straße und auf die S-Bahn in der Ferne, die oberhalb der Straße verlief. Gerade fuhr eine S-Bahn in die Haltestelle Hammerbrook ein.

„Annika, ich bin mir ziemlich sicher, dass ich das Feuer nicht gelegt habe! Aber das ist jetzt egal. Jetzt geht es darum, deinen Bruder zu finden. Ich habe ihn im Verhörraum gesehen. Er wird das nicht lange durchhalten, wenn die Polizei ihn jagt."

„Er ist sehr stark, Thiess! Hast du das vergessen?"

Thiess rollte mit den Augen.

„Du meinst die alte Geschichte ... nein, wie könnte ich das jemals vergessen."

Instinktiv glitt seine rechte Hand an den Oberarm und befühlte ihn.

„Wie alt wart ihr beide? Er war sechs und du warst fünf? Als ihr unbedingt im Meiendorfer Wald übernachten wolltet und den Eltern nichts davon erzählt habt. Dann habt ihr Angst bekommen und seid auf einen Baum geklettert. Ihr habt Geräusche gehört, vom Förster, der am Waldrand wohnte. Als du dann wieder runtersteigen wolltest, hast du dir an einem Ast den Oberschenkel aufgerissen und konntest nicht laufen. Es hat geblutet."

Thiess schloss die Augen und war für einen Moment wieder zurück im Meiendorfer Wald. Es war ein warmer Sommertag gewesen.

„Mein Bruder hat sein Hemd ausgezogen und dir einen Verband gemacht und dich dann huckepack bis nach Hause getragen. Einen ganzen Kilometer!"

„Ich will ihm ja helfen, auch wenn er manchmal ein echtes Arschloch sein kann! Hat er irgendein anderes Versteck?“

„Ich weiß nicht. Ich kannte nur diese Wohnung.“

Ein größerer Polizeitransporter hielt vor dem Gebäude und vier Personen in weißen Schutzanzügen stiegen mit ihren Koffern aus dem Auto und traten durch den Bogen in den Hinterhof.

Thiess beobachtete die Kriminaltechniker, bis sie im Treppenhaus verschwanden.

„Hat er vielleicht irgendwo Back-ups seiner Daten aufbewahrt? Er hat irgendetwas herausgefunden. Er muss mit dieser Blizzard irgendetwas gesucht haben.“

„Blizzard?“

„Das war ihr Alias im Netz.“

„Eine Frau? Mein Bruder hatte ’ne Freundin? Das hat er mir nicht erzählt.“

Annika war sichtlich überrascht. Sie griff zur Tür ihres Bullis und verharrte. Plötzlich drehte sie noch einmal den Kopf herum, dass ihre roten Haare zur Seite flogen, und schaute ihm geradezu ins Gesicht. Ihre Augen taxierten ihn. Sie war gut darin, zu erkennen, ob er sie anlog. Das hatte sie schon als Kind gut gekonnt.

„Er wollte, dass du ihm hilfst?“

Thiess kam sich vor wie ein kleiner Schuljunge, der seiner Lehrerin beichten muss, dass er die Hausaufgaben vergessen hat. Aber es gab keinen Grund für dieses Gefühl.

„Ja, aber ich werde nicht schlau draus. Er hat in Rätseln gesprochen.“

Ihr Handy klingelte.

„Ja, Annika Henricksen hier."

Ihre Augenbrauen zuckten und die Stirn kräuselte sich.

„Ja, verstehe. Ein Notfall. Nein, ich bin noch in Hamburg. Okay, bis gleich."

Sie legte das Handy auf den Beifahrersitz und schaute einen Moment durch die Windschutzscheibe nach draußen.

„Ist alles okay?" Thiess stand noch immer am Fenster des Bullis. „Das Krankenhaus?"

„Meine Chefin. Prof. Dr. Marta Schröder. Ein Kollege hat sich ein Bein gebrochen. Das war's mit Portugal."

Sie ließ den Motor an und Thiess trat einen Schritt zurück.

Annikas Augen wurden größer, ihre Stimme flatterte, als sie Thiess eindringlich anschaute.

„Bring meinen Bruder zurück! Das bist du ihm schuldig ... und mir auch!"

Thiess nickte und blickte dem gelben Bulli hinterher, wie er langsam über das Kopfsteinpflaster fuhr und am Ende nach rechts abbog.

Kapitel 49

Mittwoch, 14. August 2019, 12 Uhr

Die beiden Streifenpolizisten standen vor dem elektrischen Tor und bewachten den Ausgang. Nikolaus untersuchte unterdessen die untere Etage. Doch da war nichts Aufregendes zu sehen. Der Schreibtisch war leer bis auf die beiden großen Monitore. Es gab keinen Rechner. Die Kabel deuteten darauf hin, dass ein Laptop auf dem Tisch gestanden hatte; sowohl Stromkabel für den Laptop als auch Maus befanden sich noch dort.

Der Raum war funktional eingerichtet. Es gab nichts Persönliches in dieser Wohnung.

„Das sieht hier aus wie ein Büro", bemerkte Nikolaus zu den Streifenpolizisten, die ihn verwundert ansahen und dann nach draußen gingen, um eine Zigarette zu rauchen.

„Oben ist nichts zu finden."

Thordsen war die Treppe heruntergekommen, stand im Raum und schaute sich um.

„Leben alle Hacker so? Ich habe nicht mal einen Kühlschrank gefunden."

Nikolaus schüttelte den Kopf.

„Nein. Ich glaube nicht. Von irgendetwas muss er doch gelebt haben."

„Nichts gefunden?“

„Nein, nicht mal leere Pizzakartons. Nur ein paar Dosen Red Bull. Hier auf dem Schreibtisch stand mal ein Laptop. Aber ich sehe nicht mal einen Netzwerkanschluss.“

„Hier hat ein Geist gelebt.“

Thordsens Telefon klingelte. Nikolaus Eifler bedachte seine Chefin mit einem kurzen Blick, doch das Gespräch dauerte nicht lange.

„Wir wissen jetzt, das die Leiche im Wittmoor zu dem Blut in Lasses Wohnung gehört.“

Nikolaus schaute seine Chefin fragend an.

„Was ist da passiert?“

„Das würde ich diesen Lasse gerne mal fragen! Sucht ihn!“

Kapitel 50

Mittwoch, 14. August 2019, 13 Uhr 30

Lasses Worte auf dem Video hatten ihn nicht zur Ruhe kommen lassen. Die Tatsache, dass nicht einmal seine Schwester Annika wusste, wo sich Lasse Henricksen aufhielt, hatte ihn nachdenklich gemacht. Vielleicht steckte doch mehr hinter der Sache mit Kanada. Warum wollte Lasse unbedingt, dass er Heinrich nach Kanada fragte?

Nach dem vergeblichen Versuch, Lasse in seinem Versteck zu finden, hatte Thiess sich in sein Auto gesetzt und war von Hammerbrook an die Alster gefahren. Er parkte seinen kleinen Fiat wieder an der Hundewiese und ging zu Fuß zur gehobenen Seniorenwohnanlage in bester Lage an der Alster. Es hatte ihn schon bei seinem ersten Besuch gewundert, wie sein Großvater sich dieses Heim leisten konnte. Aber da hatte er nicht näher darüber nachgedacht. Woher kam das Geld für die Miete? Schon eine normale Wohnung im Bereich Harvestehude war kaum bezahlbar.

Vor dem Tor stand wieder der gelbe AMG-Sportwagen. Einem Instinkt folgend zog Thiess sein Smartphone aus der Jackentasche und schoss vorsichtig ein Foto des AMG. Dann trat er an das große gusseiserne Tor und drückte auf die Klingel. Er bekam wieder das Armband mit dem Barcode und entdeckte auch sofort den Wachmann auf dem weißen Turm, der alles genau im Blick hatte.

Thiess nahm den direkten Weg durch den Garten und trat zu einer kleinen Nebentür, die weit offen war. Er war im Begriff, durch die Tür hineinzugehen, als er etwas hinter sich hörte und sich umdrehte. Heinrich saß in seinem Rollstuhl und schaute ihn erschrocken an.

„Was machst du hier?", blaffte Heinrich.

„Ich muss mit dir über Kanada reden!"

Heinrichs Augen flackerten in dem faltigen Gesicht. Er kam auf Thiess zugerollt und da erkannte Thiess die kraftvollen Arme, mit denen er den Rollstuhl bewegte. Auf dem linken Unterarm schimmerte am Rand des Hemdes ein Tattoo hervor. Er versuchte, sich an Thiess vorbeizudrängen.

„Ich habe jetzt keine Zeit. Ich bin müde. Ich brauche meinen Mittagsschlaf!"

Heinrich rollte in das Gebäude zum Fahrstuhl, Thiess folgte ihm mit großen Schritten. Als die Fahrstuhltür aufging, huschte er schnell hinein.

Heinrich vermied es, Thiess anzusehen. Seine Augen waren starr auf die Wand des Aufzugs gerichtet. In der dritten Etage angekommen, fuhr Heinrich geradewegs zu seiner Wohnung.

„Wenn du schon hier bist, mach mal die Tür auf."

„Der Schlüssel?"

„Die Wohnung ist nicht abgeschlossen."

Thiess drückte die Klinke herunter und stieß die Tür auf, sodass Heinrich hindurchrollen konnte.

„Privatsphäre gibt es hier nicht", warf er hinterher und rollte zu seinem Sessel. Er hob seinen dürren Körper aus dem Rollstuhl in den braunen Sessel und stöhnte erleichtert auf. Thiess bemerkte die Flasche Schnaps, die auf dem kleinen Tisch neben dem Sessel stand. Heinrich folgte seinem Blick.

„Willst du einen? Ist aber ziemlich stark. Kommt aus Russland."

Thiess schüttelte den Kopf.

„Mir ist immer noch nicht ganz klar, was du eigentlich von mir willst, Thiess."

„Erzähl mir von Kanada. Dieses Mal aber keine Ausflüchte, Opa."

Heinrich drehte den Kopf und sah seinen Enkel regungslos an. In seinen Augen war keine Wut zu sehen, nur Traurigkeit. Das faltige Gesicht wirkte etwas älter und fahler als beim letzten Besuch. Die Lippen des alten Mannes fingen an zu zittern und Thiess erwartete eine Schimpftirade oder irgendeine Art von wütendem Geschrei, doch Heinrichs Stimme war kaum zu hören, als die Worte seinen Mund verließen.

„Ich war in Auschwitz."

Thiess starrte seinen Großvater fassungslos an. Er hatte mit allem Möglichen gerechnet, aber nicht mit dieser Aussage. Das war etwas, das ihm seine Eltern nie erzählt hatten. Heinrich konnte Gedanken lesen.

„Nicht einmal deine Eltern wussten davon. Ich habe das tief in mir begraben. Niemand sollte es je erfahren."

„Warum nicht? Papa hätte es geholfen, wenn er es gewusst hätte."

Heinrich schüttelte den Kopf und krallte die Hände fester um die Armlehnen seines Sessels.

„Nein, das hätte es nicht. Es hilft niemanden, es zu wissen. Und mich wird es noch ins Grab bringen."

„Aber du hast es überlebt!"

„Ja, ich habe es überlebt. Falls man das hier Leben nennen kann."

Sie schwiegen einen Moment und starrten aneinander vorbei aus dem Fenster.

„Du warst aber kein Gefangener ... obwohl du eine Tätowierung hast?"

Heinrich hob bewundernd die Augenbrauen.

„Gut beobachtet, mein Junge. Woher weißt du das?"

Thiess zuckte mit den Schultern.

„Nur ein Verdacht. Die Art, wie du darüber redest, zeigt eher ein schlechtes Gewissen als die Wut auf das, was damals passiert ist. Du benimmst dich nicht wie ein Opfer, eher wie ein ..."

„Täter?"

Thiess nickte.

Auch Heinrich nickte. Er wandte den Blick wieder ab und schaute hinaus. Es war so ein schöner, sonniger Tag, doch in seinem Herzen war schon lange keine Sonne mehr. Seine Stimme wurde ruhig und schwer, als er hinaus auf die Alster blickte und die Bäume beobachtete, die sich mit ihrem herbstlich verfärbten Blätterkleid über den Kanal beugten.

„Die Reise nach Auschwitz war beschwerlich. Als ich 1942 dorthin kam, über Breslau und Kattowitz, bis zu dieser ominösen Station Auschwitz, hatte ich eine Bahnfahrt voller Torturen hinter mir. Du kannst es dir nicht vorstellen. Der Zug war voller Soldaten, die aus dem Urlaub oder dem Lazarett oder beidem kamen."

„Und die Juden? Ich glaube, die wurden nicht so komfortabel nach Auschwitz gebracht!"

Darauf antwortete Heinrich zunächst nicht.

„Wir kamen in Auschwitz an, und es gab all diese Dinge, die wir schon lange nicht mehr gesehen hatten", sagte Heinrich. „Ölsardinen, Speckstreifen und vor allem: Wodka, Wodka, Wodka."

Heinrich nahm sich die volle Halbliter-Wasserflasche vom Tisch.

„Ich mach das jetzt wie in Auschwitz mit dem Wodka."

Dann kippte er die halbe Flasche in einem Zug herunter.

Er sitzt da, als ob es sich um Urlaubserinnerungen handelt, dachte Thiess.

„Es gab da dieses Spiel: Mützenwerfen", sagte Heinrich und war sich sofort Thiess' Aufmerksamkeit sicher.

„SS-Wachtposten rissen den Häftlingen die Mützen von den Köpfen und warfen sie über eine Linie, die kein Häftling übertreten durfte. Dann befahlen sie ihnen, die Mützen zurückzuholen. Sobald ein Gefangener die Linie übertrat, wurde er erschossen. Er hatte ja schließlich versucht zu fliehen."

Thiess starrte ihn an. War das wirklich sein Großvater? Das klang nicht wie ein Mensch, vielmehr wie eine Bestie! Es fiel ihm schwer, zu glauben, dass dies der gleiche Mann war, der ihn als Baby auf den Knien geschaukelt hatte.

„Mein Name war auf einer Liste von etwa 4000 Männern und Frauen, die damals in Auschwitz-Birkenau eingesetzt worden waren, alle unsere Daten mit Adresse, Beruf und SS-Dienstgrad. Wir waren Wachmänner, Lastwagenfahrer, Sanitäter, Fernschreiberinnen oder Buchhalter, wie ich einer war."

„Aber sie haben dich nie angeklagt?"

„Nein, ich hatte Glück. Es wurden 2011 rund 50 Namen ausgesucht, mehr oder weniger zufällig."

„Was meinst du mit: Mehr oder weniger?"

„Mein Name hat nie den Weg in die offiziellen Anklageschriften gefunden. Das muss reichen."

Heinrich rollte vom Tisch fort und zum Fenster hinüber. Er starrte auf den Garten und das Wasser der Alster. Thiess betrachtete die Bilder, die Heinrich aus dem Schrank geholt und auf dem Esstisch ausgebreitet hatte.

„Weißt du, im Krieg wird eben geschossen und dann bleibt einer liegen. Das ist nun mal so. Und wenn die Juden als Feinde des deutschen Volkes ausgemerzt werden mussten, dann war das eben so."

Bei den letzten Worten brach seine Stimme und von der Seite sah Thiess, wie seine Augen zu zittern begannen und etwas Flüssigkeit über die Wange floss. Nach mehr als 70 Jahren war die Erinnerung an die professionelle, industrialisierte Vernichtungsmaschinerie allgegenwärtig.

„Es gibt so viele, die Schlimmeres getan haben als ich."

Schweigen. Thiess ließ ihn weiterreden. Er kannte das Dritte Reich nur aus dem Geschichtsunterricht in der Schule. Aber wie sein Großvater jetzt redete, da hatte er das Gefühl, dieser lebte noch immer in jener Welt, die von

Fremdenhass und Diskriminierung geprägt gewesen war. Jener Zeit, in der Menschen zu Hunderttausenden systematisch und maschinell getötet worden waren.

„Hunde bellten bei jedem neuen Zug, der ankam. Der Ablauf war präzise geplant. Die Angekommenen mussten sich in Fünferreihen aufstellen, Männer und Frauen getrennt. Ich weiß, es gibt eine Schuld, die nicht verjährt. Ich habe mit angesehen, wie der Doktor mit einer winzigen Geste über Leben und Tod entschieden hat. Einmal kamen zwei Frauen ins Lager und der Doktor hat sie sich angesehen. Er war immer sehr freundlich. Er sah diese Frauen und sie sahen sich sehr ähnlich. Seid ihr Zwillinge?, hat er sie gefragt. Er war so freundlich. Niemand ahnte, dass er mit ihnen Experimente vorhatte."

Schweigen.

„Allen wurden die Haare abrasiert. Es wurde Garn daraus gemacht. Und Filzstiefel für die Soldaten."

Thiess erinnerte sich, einmal gelesen zu haben, dass man bei der Befreiung des Lagers durch die Rote Armee 7,7 Tonnen menschliches Haar gefunden hatte.

„Was habt ihr den Menschen gesagt, die nach ihrer Familie gefragt haben?"

Heinrich schaute in die Ferne, als versuche er dort die Erinnerung wieder zu bekommen. Doch sie war nicht weg. Sie lag tief in seinem Innersten.

Heinrichs Stimme wurde leise, als er die Erinnerung wieder hervorkramte und Thiess das sagte, was er seit 70 Jahren versucht hatte zu vergessen.

„Wir haben auf die Schornsteine gezeigt und gesagt: Dort sind sie, im Rauch."

Thiess starrte ihn fassungslos an.

„Im April 1945 wurde das Lager dann evakuiert und ich musste sie begleiten. Todesmarsch haben die Juden das genannt, weil kaum einer die Evakuierung überlebt hat. Die Rote Armee hat uns unterwegs angegriffen und viele Häftlinge befreit. Mir gelang es, die Kleidung eines kurz zuvor an Schwäche gestorbenen Häftlings anzuziehen. Ich wollte ja nicht sterben. Ich war jung, ich hatte das ganze Leben noch vor mir."

Schließlich traute sich Thiess, doch etwas zu fragen.

„Warum bist du überhaupt dabei gewesen?"

„Mein Bruder Hermann und ich sind in einer adolftreuen Familie aufgewachsen. Unsere Erziehung war geprägt von militärischem Drill. Unsere Mutter starb, als ich vier Jahre alt war, und Vater ist nie der sanfte Typ gewesen. Hermann, der drei Jahre älter gewesen ist, hat mich erzogen. Er hatte immer Spaß an den Uniformen und ich fand es ganz toll, einen großen Bruder zu haben, der einen beschützte. Hermann hat mich immer beschützt. Ich war schon immer ein schwächliches Kind, aber ich wollte mehr. Ich wollte dieser zackigen Truppe angehören, die von den hervorragend schnellen Feldzügen gegen Polen und Frankreich zurückgekehrt war. Sie haben in 18 Tagen die Polacken verhauen. Also ging ich nach meiner Banklehre zur Waffen-SS."

„Was ist mit Kanada?"

Heinrich starrte Thiess an.

„Es wird Zeit, die Vergangenheit ruhen zu lassen. Ich bin müde, ich will jetzt meinen Mittagsschlaf machen."

Er erhob sich langsam und wollte hinüber ins Schlafzimmer gehen.

„Opa, was ist Kanada? Lasse weiß etwas über dich. Ich kann auch zu ihm gehen und ihn fragen. Es wäre schöner, wenn du es mir erklärst."

Heinrich blieb in dem Türrahmen stehen und drehte sich um. Er sah nun viel älter aus als 94 Jahre. Seine Augen wirkten eingefallen und der Körper drohte in sich zusammenzufallen. Er räusperte sich.

„Kanada ist die Bezeichnung für das Effektenlager in Auschwitz gewesen. Dort haben wir all die Sachen gelagert, die den Juden abgenommen wurden."

Er machte eine Pause und schien erneut zu überlegen, wie viel er Thiess erzählen wollte.

„Nicht alles, was dorthin gekommen ist, wurde nach dem Krieg auch gefunden."

„Jemand hat es gestohlen?"

„Ich bin jetzt wirklich müde, Thiess. Lass uns ein anderes Mal weiterreden."

Er verschwand im Schlafzimmer und schloss die Tür hinter sich.

Kapitel 51

Donnerstag, 15. August 2019, 17 Uhr

Hexenhaus, war sein erster Gedanke, als er die alte Bruchbude sah. Das Haus lag am Rand des Meiendorfer Waldes, umgeben von einigen einhundert Jahre alten Kastanien und einer großen Buche. Die Äste der Kastanien hingen schwer über dem Dach und drohten, darauf hinabzustürzen. Die Hälfte der Schindeln fehlte, das Mauerwerk hatte tiefe Risse, die sich bis zum Dachfirst zogen, und der Vorgarten war ein Urwald. Pflanzen wucherten zwischen dem hüfthohen Gras, von denen Thiess noch nie etwas gesehen oder gehört hatte. Ein modriger und fauler Geruch kam aus dem Haus.

Er traute sich nicht, die Pforte zu öffnen und das Grundstück zu betreten. Es war ihm schon schwergefallen, als er noch ein Kind war. Lasse und er hatten immer nur vom Nachbargrundstück herübergeschaut. Die drei Meter hohe Hecke stand noch immer zwischen den Grundstücken, aber inzwischen war dort alles für den Bau eines neuen Hauses vorbereitet worden. Ein hoher Metallzaun mit Überwachungskameras umgab das Grundstück. Annika hatte das nicht gewusst. Thiess hatte gehofft, in dem ehemaligen Elternhaus von Lasse und Annika etwas zu finden, was ihm bei der Suche nach Lasse weiterhalf.

Jetzt stand er ein paar Meter daneben und schaute auf das Haus der verrückten Nachbarsfamilie.

Seine Hand griff nach der Klinke und versuchte, sie herunterzudrücken. Die Scharniere quietschen und die Pforte leistete Widerstand, doch mit etwas Druck ließ sie sich aufschieben. Thiess trat auf das Grundstück, das er in den letzten 27 Jahren genau ein Mal betreten hatte. Es war absolut still um ihn herum. Es waren keinerlei Vögel zu hören und der Wind war eingeschlafen. Ein leichtes Frösteln machte sich auf dem Rücken breit.

Der Weg zum Haus war zugewuchert mit Gras und Moos, die grauen Waschbetonplatten waren kaum noch zu erkennen. Efeu rankte sich an den roten Klinkersteinen empor und hatte sich wild um die Fenster im ersten Stock geschlungen. Dort im ersten Stock, wo wahrscheinlich das Kinderzimmer gewesen war, war die Scheibe eingeschlagen. Damals hatten sie oft den russischen Jungen hinter der vergitterten Glasscheibe gesehen.

Unweigerlich musste er an das Märchen Hänsel und Gretel denken. Es fehlte nicht viel und die Hexe kam aus der Vordertür, tief gebeugt, mit nur einem Zahn und fettigen Haaren, und lockte ihn hinein, wo sie ihn verspeisen würde. Doch die Dachschindeln waren nicht aus Lebkuchen, sie waren aus Ton und hatten dicke Löcher, einige lagen unten auf dem Rasen, zerbrochen und zersplittert über das ganze Gras verteilt. Ein dicker Ast der Kastanie steckte im Dach und hatte ein großes Loch hineingerissen, der abgerissene Stumpf stand links neben dem Haus an der Grenze zu Lasses ehemaligem Elternhaus. Der letzte Herbststurm hatte hier heftig gewütet.

Thiess schritt vorsichtig durch den Vorgarten auf die Eingangstür zu. Er war sich nicht sicher, was er in dem Haus zu finden hoffte. Ein Schritt in die Vergangenheit?

Die Haustür ließ sich nicht öffnen. Irgendetwas blockierte sie. Die Türangeln waren intakt, wahrscheinlich war nur abgeschlossen.

„Was mach ich eigentlich hier?", murmelte Thiess und drehte sich auf dem Absatz um. Er schaute an dem Haus hinauf und besah sich dies Relikt, das Teil seiner Vergangenheit war. Es war sicher besser, jetzt einfach wieder zu gehen. Er konnte in sein Auto steigen und nach Hause fahren. Hier gab es nichts zu sehen.

Thiess trat die Stufen hinab auf den Rasen und schlenderte um das Haus herum. Irgendwo musste die Terrassentür sein oder ein Kellereingang. Er blieb zwischen der dichten, drei Meter hohen Thujahecke und der umgestürzten Kastanie stehen und schaute an dem Haus hinauf. Es gab nur ein Fenster auf dieser Seite des rotgeklinkerten Hauses, es war vollständig von Efeu umrankt und hatte Gitter vor dem Fensterglas. Die Gitter hatte er als Kind oft gesehen und sich gefragt, wer sein Kind so einsperrte!

Sein Blick wanderte von dem vergitterten Fenster hinüber zu dem Platz, wo Lasses Haus stand. Er konnte Annikas altes Zimmer sehen. Es war auf der gleichen Ebene wie das vergitterte Fenster. Das war ihm früher nie aufgefallen. Vielleicht hatte er es aber auch nur verdrängt. Lasse und er hatten sich damals nur für Computer interessiert und nicht für den verschrobenen Nachbarsjungen, der dort gewohnt hatte. Das vergitterte Zimmer musste dem Jungen gehört haben. Wie war noch mal sein Name gewesen? Thiess erinnerte sich nicht. Irgendetwas Altmodisches.

Das Gras war zu einer dichten Wildwiese angewachsen. Seit Jahren war der Rasen nicht mehr gemäht worden. Die Rückseite des Hauses war unauffällig. Hier waren die Terrasse und der kleine Garten. Das Gras war längst zwischen den Waschbetonplatten hochgekommen und hatte sich überall ausgebreitet. Auf der Rasenfläche, jetzt eine Wiese wie an den Seiten des Hauses, lagen stapelweise Müllsäcke. Thiess rümpfte angewidert die Nase. Er hatte die Quelle des Gestanks gefunden.

Die Terrassentür war ebenfalls verschlossen. Thiess schaute zum Nachbargrundstück. Dort war alles still. Es waren keine Geräusche von drüben zu hören und er konnte sich nicht erinnern, in der Einfahrt irgendein Auto einer Baufirma gesehen zu haben. Sein Blick richtete sich zum Boden und es dauerte einen Moment, bis er gefunden hatte, was er jetzt brauchte. Er umfasste den Stein und schleuderte ihn gegen die Terrassentür. Mit einem lauten Krachen zerbarst das Glas, leichter, als er gedacht hatte. Nur mit der Taschenlampe seines Smartphones bewaffnet trat Thiess in das alte Gemäuer ein, direkt in das Wohnzimmer.

Das Wohnzimmer sah ganz normal aus. Alles war wie in einem normalen Einfamilienhaus. Der Fernseher war der Mittelpunkt des Zimmers, direkt an der Wand, etwa 50 Zentimeter im Durchmesser und superflach. Davor eine Spielekonsole mit einem Controller, daneben eine Stereoanlage und auf dem Boden verteilte CDs. Schlager und russische Volkslieder. Es gab nur einen Sessel im Wohnzimmer, ansonsten keine Möbel.

Das war ungewöhnlich. Wenn Thiess sich richtig erinnerte, dann hatte hier eine Familie mit einem Kind gelebt. Auch der Name fiel ihm wieder ein. Charles. Er war sehr seltsam gewesen. Er hatte immer versucht, in seine und Lasses Clique zu kommen. Er wollte Teil ihres Hacker-Klubs werden. Doch sein Vater hatte verhindert, dass er nach draußen kam. Er hatte sich immer rausgeschlichen, und wenn der Vater das mitbekam, dann hatte er Charles eingeschlossen und verprügelt. Einmal hatte Charles ihnen die Striemen auf dem Rücken gezeigt.

Während Thiess durch das Wohnzimmer ging, erinnerte er sich an den Gesichtsausdruck, den Charles dabei gemacht hatte. Das Grinsen war nicht aus seinem Gesicht gewichen, so als sei er stolz darauf, dass sein Vater ihn verprügelte. Für ihn schien die Gewalt eine Art Liebesbeweis zu sein.

Nun machte der einzelne Sessel im Wohnzimmer auch Sinn. Hier hatte nur der Vater gesessen, sonst niemand. Hatte es keine Mutter gegeben? Thiess erinnerte sich nicht, jemals die Mutter von Charles gesehen zu haben.

Überall hingen Spinnweben von den Decken und der Staub rieselte aus den Wänden. Die Tapeten hingen in Fetzen herab, so als habe jemand in Rage daran gezogen und versucht, das Haus mit den Händen einzureißen. Kaum war Thiess durch die Wohnzimmertür ins Haus eingetreten, hatte er die aus den Angeln gerissene Küchentür gesehen. Das Glas war zersplittert und lag auf dem Boden verteilt, zusammen mit allerlei Dreck und Zeitungspapier. Er schaute in die Küche hinein und erwartete stapelweise liegen gebliebenes Geschirr und verschimmeltes Essen.

Doch die Küche sah aus, als sei erst vor Kurzem ein Reinigungstrupp hindurchgelaufen. Bis auf den Staub und etwas abgeplatzten Mörtel auf dem Boden und der Arbeitsplatte war alles ordentlich. Die Küchengeräte waren alle an ihrem Platz.

Thiess ging weiter in den Flur. Der muffige Geruch trieb ihm die Tränen in die Augen. Wahrscheinlich waren das irgendwelche toten Ratten, die hinter den Möbeln elend verreckt waren.

Hinter ihm raschelte es. Thiess fuhr herum und hielt inne. Er lauschte und hörte es leise trippeln. Er ging zur Treppe, die hinauf ins erste Stockwerk führte. Die Stufen knarzten bedrohlich, als er langsam hinaufging. Bei jedem seiner Schritte hatte er das Gefühl, gleich durchzubrechen und bis in den Keller hinabzufallen. Auch wenn es ihm widerstrebte, hielt er sich am Handlauf fest und fühlte seine Hände in den zentimeterdicken Staub eintauchen wie in Watte.

Oben angekommen trat er nach links in das kleine Zimmer. Kleidungsstücke lagen überall auf dem Boden verteilt, auch hier waren die Angeln aus den Türen des einst weißen Schranks herausgerissen worden. Die grüne Gardine war vom Fenster gerissen und hing nur noch in Fetzen an der Stange. Irgendetwas war mit einem Stift auf die Scheibe geschmiert worden, doch er konnte es nicht lesen. Es waren kyrillische Buchstaben.

Thiess zog sein Handy hervor und machte ein Foto.

Er trat ins Schlafzimmer, das etwa 25 Quadratmeter groß war. Das kleine Bett wirkte sehr verloren darin. Das Bett war gemacht, die Bettdecke war ordentlich zusammengelegt und das Laken glatt gezogen. War dies das Kinderzimmer? Aber die Bilder an den Wänden deuteten eher auf das Elternzimmer. Seltsam, nur ein kleines Bett.

Vom Schlafzimmerfenster aus hatte man einen sehr guten Blick hinüber in Lasses alten Garten. Man konnte den Apfelbaum sehen und die kleine Ecke hinter der Thujahecke, die ihr Versteck gewesen war.

Wie oft hatten Lasse und er dort gehockt und sich vor Annika versteckt, die unbedingt Teil ihrer Clique sein wollte? Aber große Schwestern waren doof, auch wenn sie nur zehn Minuten älter waren als man selber. Und sie war ein Mädchen und hatte in der Jungenclique einfach nichts zu suchen gehabt.

Thiess wandte sich vom Fenster ab.

Im ersten Obergeschoss gab es nicht viel zu sehen. Der unangenehme Geruch und der Müll empfingen ihn im ganzen Haus. Auch das Dachgeschoss war vollgemüllt.

Langsam ging er die Treppe hinab in Richtung Keller. Er wusste nicht, was er zu finden hoffte. Irgendetwas an diesem Haus war merkwürdig. Der größte Teil wirkte wie eine vor Jahrzehnte verlassene Ruine, einzelne Räume machten jedoch den Eindruck, dass hier vor wenigen Tagen noch jemand gewesen war.

Seine Hand griff nach der Kellertür. Sie war etwas verbogen und ließ sich schwer öffnen. Der Lichtschalter funktionierte nicht, sodass er sein Handy hervorholte und die Taschenlampe anmachte.

Vorsichtig stieg er die steinernen Stufen hinab. Faule Luft schwappte ihm entgegen und füllte seine Lungen, sodass er husten musste und sich augenblicklich die Hand vor den Mund hielt. Er wollte umkehren. Da hörte er die raschelnden Geräusche aus der Finsternis.

Ratten, dachte Thiess. Er schluckte einmal kurz, dann packte er das Handy fester und nahm die nächste Stufe hinab. Die Treppe machte eine leichte Linksbiegung. Der muffige Geruch wurde intensiver. Spinnenweben verfingen sich in seinen Haaren, er fühlte die Feuchtigkeit auf seiner Haut. Das Rascheln kam aus allen Richtungen.

Er hasste Ratten wie kein anderes Tier. Diese borstigen Viecher, die berüchtigt dafür waren, Krankheiten zu übertragen, ekelten ihn. Er gab sich einen Ruck und nahm die nächste Stufe hinab, bis er das Ende der Treppe erreicht hatte. Mit der Lampe seines Handys leuchtete er von links nach rechts und sah in einer Ecke die Stapel an Altpapier und Kartons, die sich auftürmten. Ein fragiles Gebäude aus Pappe, Papier und noch ganzen Kartons reichte bis an die Decke. Links davon sah er Hunderte von leeren Flaschen, die auf dem Boden lagen. Ein paar steckten in braunen Papiertüten. Scherben lagen zwischen den intakten Flaschen und säumten den Kellerboden. Es knirschte, als er sich vorsichtig um die Ecke des Treppenabgangs zwängte. Die Scherben drückten sich durch die Sohle der Sneakers durch.

Mit dem Handy leuchtete er umher. Es gab drei weitere Kellerräume. Geradeaus war ein großer, offener Raum. Weiter rechts befanden sich zwei nicht einsehbare Räume, deren Türen verschlossen waren. Er entschied sich für die Tür rechts.

Es war eine schwere graue Stahltür. Um sie zu öffnen, musste Thiess das Handy wegstecken. Jetzt war es dunkel. Er holte tief Luft und ignorierte das Rascheln um sich herum. Etwas streifte sein linkes Bein und ließ ihn erschauern. Seine Nackenhaare stellten sich auf. Aber er riss sich zusammen. Sein Puls beschleunigte sich. Irgendetwas war hinter dieser Tür.

Thiess holte erneut das Handy hervor und leuchtete umher. Er suchte nach einem Werkzeug, einem großen Schraubenzieher, den er als Hebel benutzen konnte, um die Tür zu öffnen. In dem linken Raum fand er, nachdem er die verschlossene Tür hatte aufbrechen können, eine kleine Werkzeugkiste. Sie lag unter ein paar zerbrochenen Latten. Er kramte in dem verrosteten Kasten und fischte einen verrosteten Schraubendreher hervor. Er setzte das Werkzeug an und versuchte, die Tür aus den Angeln zu heben. Doch das gelang nicht. Aber es hatte gereicht, um die Verkantung des Schlosses zu lösen. Mit einem lauten Knarren öffnete sich die schwere Tür und ein Schwall modriger, fauler Luft schwappte ihm entgegen. Wie eine Welle abgestandenen Brackwassers ergoss sich die feuchte Luft in den Kellerflur und umhüllte Thiess. Es widerte ihn an, weiterzugehen. Doch ein unsichtbares Band zog ihn in den Kellerraum hinein.

„Verfluchte Scheiße."

Er fühlte das kalte Wasser, das seinen rechten Fuß umschloss. Er war in eine Pfütze getreten.

Langsam ging er weiter. In der hintersten Ecke stand ein alter Bauernschrank. Er war verschlossen, aber er sah nicht sehr widerstandsfähig aus. Thiess griff nach dem Schlüssel und versuchte, die Tür zu öffnen. Das alte Stück wehrte sich. Er zog kräftiger und befürchtete, gleich unter dem Schrank begraben zu werden. Doch nichts dergleichen geschah. Die Tür sprang mit einem lauten Knarzen auf und etwas Weiches fiel ihm entgegen.

Er hielt das Handy darauf. Ein alter Rucksack, den man in den vollen Schrank gestopft hatte. Soweit er das in dem schlechten Licht sehen konnte, hatte der Rucksack überall weiße Stockflecken und stank, als sei er nach dem letzten Regenguss vor 20 Jahren nicht getrocknet worden.

Angeekelt ließ Thiess den Rucksack zu Boden fallen und leuchtete in den Schrank hinein. Ein dunkler Schatten befand sich an der rückwärtigen Wand des Schranks. Die rechte Seite des Schranks war komplett leer geräumt. Seltsam für einen Kellerschrank. Thiess erinnerte sich, dass zu Hause bei seinen Eltern jeder Schrank und jedes Regal vollgestellt gewesen war. Wieso gab es hier eine leere Abstellfläche?

Er streckte vorsichtig die Hand nach der dunklen Fläche aus und spürte kalten Stahl darunter. Mit der Taschenlampe des Handys leuchtete er weiter und entdeckte den Handgriff. Es knarrte, doch erstaunlicherweise öffnete sich die Stahltür in dem Schrank leicht und glitt in den Raum dahinter.

Ein Schwall von kalter Luft schlug ihm entgegen. Thiess zog sich das T-Shirt über die Nase. Vorsichtig leuchtete er in den Raum hinein, konnte aber nichts entdecken. Es war stockdunkel. Er riss die Bodenbretter heraus und betrat den Schrank. Er musste den Kopf etwas einziehen, um durch die Tür zu treten.

Hier hatte jemand einen Luftschutzbunker eingerichtet.

Seine Hand glitt an der Innenseite der linken Wand entlang. Er versuchte, sich abzustützen, als er über die

Schwelle in das Gewölbe eintrat, und spürte dabei einen alten Drehschalter. Instinktiv drehte er ihn herum und hörte mit einem Mal das Klacken der Relais und das Brummen eines sehr alten Generators, der ansprang. Über ihm flackerte und blinkte es und ein paar alte Deckenlampen sprangen an und hüllten den Raum in ein schummriges Licht.

„Wahnsinn!", murmelte Thiess, als er nach vorne blickte und erkannte, was er vor sich hatte. Der Bunker war ein langer Schlauch, etwa drei Meter breit an der Stelle, wo er durch den Schrank hineingetreten war. Weit hinein konnte er nicht sehen, direkt neben ihm war ein Schreibtisch mit einem alten Computer. Ein C64 stand auf dem Metalltisch, daneben eine Datasette und ein Nadeldrucker. Eine Metallpinnwand hing an der Wand. An der Wand hingen Fotos, Dutzende Fotos. Thiess leuchtete auf die Wand und erschrak sofort. Was er sah, gefiel ihm ganz und gar nicht. Er hatte solche Bilder schon im Internet gesehen. Sie zeigten die kranke Welt eines notorischen Gewalttäters. Ein Junge und eine Frau waren darauf abgebildet, wie sie angstvoll in die Kamera blickten. Die Augen groß, die Hände zusammengebunden. Sie hatten Striemen am ganzen Körper und waren nackt.

Das hier war eine Folterkammer. Seine Augen brannten, er musste sich abwenden und schaute in den Raum hinein. In der Ecke stand ein Feldbett. Ein paar Kissen lagen darauf, zusammengeknüllt. Seine Beine trieben ihn dorthin und er ließ sich auf das Bett fallen. Im nächsten Moment fiel eines der Kissen mit einem lauten Krachen zu Boden und Thiess erschrak. Das waren keine Kissen auf dem Feldbett, das war etwas anderes. Er leuchtete mit der Lampe und fuhr angewidert hoch. Eine mumifizierte Leiche lag auf dem Bett. Neben dem Bett lag der Kopf.

Kapitel 52

Donnerstag, 15. August 2019, 17 Uhr 30

So einen Auflauf hatte das Gebäude lange nicht gesehen. Im Garten des ehemaligen Wohnhauses von Charles und seiner Familie war ein mobiles Zelt errichtet worden. In dieses Zelt hatte man die Mumie gebracht. Eine Handvoll Gestalten in weißen Schutzanzügen wuselten durch den Garten und gingen im Haus ein und aus.

Thiess war des Grundstücks verwiesen worden, um den Tatort nicht zu kontaminieren. Er stand vor der Hecke und schaute sich das Treiben an. Viel tun konnte er nicht. Niemand hatte ihm gesagt, dass er noch gebraucht wurde. Seine Personalien waren aufgenommen worden. Gerade als er sich auf den Weg machen wollte, hielt ein schwarzer BMW an der Straße und Hauptkommissarin Thordsen stieg aus dem Auto. Die Beifahrertür öffnete sich und der junge Mann, den Thiess schon vom Verhör auf dem Kommissariat kannte, stieg aus. Die beiden kamen auf ihn zu.

Thordsen blieb direkt vor ihm stehen, gab ihrem Kollegen ein Zeichen, ins Haus zu gehen.

„Warum wundere ich mich nicht, Sie hier zu finden?"

Thordsen blickte zu dem weißen Zelt.

„Haben Sie eine Idee, wer das sein kann?"

Thiess schüttelte den Kopf.

„Nicht wirklich. Ich weiß, dass die Bewohnerin dieses Hauses angeblich schon länger verschwunden ist."

„Interessant? Woher wissen Sie das?"

„Ich bin dort hinten aufgewachsen, am Anfang der Straße."

„Sie wissen also, wer hier wohnt?"

„Ja, zumindest, als ich noch ein Kind war."

Thordsen griff seinen Arm und zog ihn etwas vom Haus fort.

„Erzählen Sie mir mehr! Ich bin nicht Ihr Feind, Thiess."

Thiess schaute kurz zu Boden.

„Ich weiß. Aber es gibt da ein paar Dinge, auf die ich nicht besonders stolz bin."

Thordsen kräuselte die Stirn. Sie packte Thiess am Arm und zog ihn zu ihrem Wagen, öffnete die Beifahrertür und drängte Thiess auf den Sitz. Sie ließ sich hinters Steuer fallen.

„Also, schießen Sie los."

Thiess schaute auf das alte Haus und die Menschen, die dort jetzt Spuren sicherten und die Vergangenheit wieder aufwühlten.

„Die Sache mit der Hackerei wissen Sie ja schon."

Thiess hob den Kopf. „Eigentlich kein Ding! Man hätte mich nicht fangen dürfen. Jemand hat mir damals eine Falle gestellt und eine von mir gelöschte Protokolldatei wieder hergestellt. Irgendjemand hat gewusst, was ich an dem Abend vorhatte."

„Haben Sie eine Ahnung, wer das gewesen ist?"

Thiess drehte ihr den Kopf zu, seine Hände zitterten leicht, doch er sagte nichts und lehnte sich wieder zurück.

„Okay, Sie wissen, wer es war, können aber nichts sagen. Geschenkt. Die Computersache interessiert mich nicht."

Thordsen beugte sich vor und kam Thiess' Gesicht sehr nahe.

„Mich interessiert, was das mit meinem Fall zu tun hat! Wir haben zwei tote Personen. Eine davon wurde in der Nähe Ihres Bootes gefunden, die andere im Moor. Ihr ehemals bester Freund gesteht, die Frau im Moor getötet zu haben, was aber nicht möglich ist. Jetzt ist er verschwunden. Und jetzt finden Sie hier diese Mumie im Nachbarhaus Ihres alten Computerkumpels. Was hat das alles zu bedeuten, Herrgott noch mal?"

Erstaunt sah Thiess sie an.

„Woher ich weiß, dass Ihr Hackerkumpel nebenan wohnte? Ich mache meinen Job!"

Thiess nickte, aber er schwieg weiter.

„Was ist damals noch passiert? Nachdem Sie aufgeflogen sind?"

Thiess atmete tief durch und schaute auf die dichte, drei Meter hohe Thujahecke vor dem Parkplatz des Autos.

„Ja, was ist damals passiert? Ich wurde dazu verdonnert, erst mal ein Jahr keinen Computer anzurühren. Und das auch nur, weil sich jemand für mich eingesetzt hat. Aber ich habe natürlich schon versucht herauszufinden, wer mich da gelinkt hat."

„Wie? Ohne Computer?"

Thiess grinste.

„Nur, weil ich keinen hatte, heißt das nicht, dass meine Freunde keinen hatten."

„Lasse hat Ihnen geholfen?"

„Lasse?" Thiess schluckte und rückte auf dem Sitz hin und her. „Nein, Lasse hat mir nicht geholfen."

„Sie haben gedacht, dass er Sie verraten hat?"

Thiess schaute sie an.

„Wir haben als Kinder immer zusammengehockt und unsere ersten Erfahrungen mit Computern gemeinsam gemacht. Er hat mir alles beigebracht und irgendwann war ich besser als er. Das konnte seine Hacker-Ehre nicht ab. Er war oft wütend deswegen. Wir wollten das gemeinsam durchziehen, doch an dem Abend hatte er Bauschmerzen und hat unseren Hack abgesagt. Aber es war alles vorbereitet, wir brauchten nur loslegen. Also habe ich es allein gemacht und bin auch bis ans Ziel gekommen. Doch dann wurde ich erwischt."

Thiess lehnte sich zurück und schloss die Augen.

„Was haben Sie danach gemacht?"

„Mein Vater war ziemlich wütend auf mich. Es war zwar kein finanzieller Schaden entstanden, aber man sprach über mich. Als ich am nächsten Tag in die Schule kam, stand da Lasse am Eingang und grinste mich breit an. Er sagte kein Wort, aber ich wusste, dass er dafür verantwortlich gewesen ist."

„Und da haben Sie sich an ihm gerächt? Wie? Indem Sie ein Feuer gelegt haben?"

Thiess ließ den Kopf herumfahren.

„Woher ..."

„Ich kann eins und eins zusammenzählen, vergessen?"

„Ich habe das Feuer nicht gelegt ... ich meine, ich kann mich an die Stunden vor dem Feuer nicht erinnern."

Thiess schluckte und stemmte die Hände gegen das Armaturenbrett.

„Klar, ich war wütend auf ihn, weil er mich in die Pfanne gehauen hat. Aber wir waren Kinder. Ich hätte ihm einfach eine ähnliche Falle gestellt. Es ging doch nicht darum, jemand anderen fertigzumachen. Wir wollten einfach nur unsere Fähigkeiten ausprobieren und dem anderen zeigen, wer der bessere Hacker ist!"

„Danach ist der Kontakt abgebrochen?"

„Erst mal. Ein paar Wochen später hatten wir dann einen Kurs zusammen. Da kam er zu mir und hat behauptet, dass er nichts damit zu tun hat, dass ich erwischt wurde. Jemand anderer hätte mir die Falle gestellt."

„Haben Sie ihm geglaubt?"

„Ja."

„Wann ist das mit dem Feuer passiert?"

„Ein paar Wochen später. Ich weiß es nicht mehr genau. Da ist so ein weißer Fleck in meinem Gehirn, wenn es um das Feuer geht. Ich habe an dem Abend in meinem Zimmer gesessen und irgendetwas programmiert. Das hab ich immer gemacht, wenn ich nachdenken musste. Mein Vater hatte mir am Nachmittag erzählt, dass Opa Heinrich einen tödlichen Unfall hatte."

Thiess starrte durch die Windschutzscheibe nach draußen. Seine Augen waren starr ins Leere gerichtet und Jana Thordsen beobachtete ihn ruhig.

„Irgendwann hatte ich Hunger und bin ich runter und habe gesehen, dass mein Vater wieder betrunken vor dem Fernseher eingeschlafen ist. Also bin ich rüber zu Lasse und wir haben an seiner Playstation gezockt. Ich bin wohl auf der Couch bei ihm eingeschlafen und dann irgendwann im Krankenhaus aufgewacht, hatte 'ne Rauchvergiftung und angesengte Haare und ein paar leichte Brandwunden."

Er rieb unbewusst seine Handgelenke.

„Sie wissen nicht, was dazwischen passiert ist?"

Thiess schaute sie fragend an.

„Ich weiß es nicht, das sagte ich doch schon. Der Teil ist komplett weg aus meinem Gehirn."

„Aber irgendetwas müssen Sie doch noch wissen. Da kann doch nicht alles weg sein? Wollten Sie sich an ihm rächen und haben sich gedacht: Da stecke ich mal das Haus in Brand?"

„Quatsch!"

Thordsen lehnte sich im Wagen zurück.

„Annika Henricksen ist eine attraktive Frau. Es ist doch oft so, dass Brüder es nicht gerne haben, wenn der beste Freund was mit der Schwester anfängt. Waren Sie scharf auf Annika?"

„Geht's noch?", rief Thiess und war drauf und dran, den Wagen zu verlassen.

Thordsen griff nach seinem Arm und hielt ihn fest.

„Es wäre nicht das erste Mal, dass sich alles um eine Frau dreht. Ich habe gehört, dass Sie viel zu dritt unternommen haben. Das Mädchen ist älter als Sie. Sie waren verknallt, konnten aber nicht bei ihr landen ..."

„Spielen Sie jetzt einfach alle Theorien durch und warten, bis ich irgendwo zucke, oder was?"

„Und?"

„Was?"

Zucken Sie?

Thiess riss sich los und öffnete die Tür des BMW. Er beugte sich noch einmal in den Fahrzeugraum.

„Schauen Sie sich die Fotos an. Die zeigen ziemlich deutlich, was das hier für eine kranke Familie gewesen ist!"

„Welche Fotos?"

„Na, die Fotos an der Pinnwand, in dem Schutzraum."

Thordsen schüttelte den Kopf.

„Da war nichts. Das hätte die Spurensicherung gesagt. Wir haben nur die Mumie gefunden."

„Dann muss noch jemand unten gewesen sein, nachdem ich Ihnen Bescheid gesagt habe."

„Wer soll das gewesen sein? Warum sollte das jemand gemacht haben?"

„Weil die Fotos zeigen, was hier im Haus abgegangen ist ... damals, als wir alle noch Kinder waren. Ich vermute, da unten war auch kein Computer mehr?"

Thordsen schüttelte den Kopf.

„Nur die Mumie!"

Thiess knallte die Tür zu und ging zu seinem Auto. Irgendjemand hatte die Fotos und den Computer mitgenommen. Jemand von der Spurensicherung? Nein, das ergab keinen Sinn. Aber er hatte vorhin ja schon das Gefühl gehabt, dass jemand unten im Keller gewesen war. Vielleicht war es ja eine besondere Ratte, die da herumgeschlichen war.

Ihm wurde kalt und heiß zugleich, als er daran dachte, dass er nicht allein dort unten gewesen war. Er ließ sich hinters Steuer seines kleinen blauen Fiat Punto fallen und suchte in seiner Jackentasche nach dem Schlüssel. Zitternd steckte er ihn ins Zündschloss und schnallte sich an. Er schaffte es nicht, den Zündschlüssel umzudrehen. In ihm reifte ein Verdacht. Seine Träume wurden Wirklichkeit. Das Bild aus seinen Albträumen nahm langsam Konturen an und langsam ergab alles einen Sinn. Aber er musste noch ein paar Recherchen anstellen. Sein Verdacht durfte sich nicht bestätigen.

Kapitel 53

Donnerstag, 15. August 2019, 21 Uhr 30

Heinrich saß in seinem Rollstuhl am Fenster und schaute hinaus. Er wirkte schwach, aber er leistete keinen Widerstand mehr, über Auschwitz zu erzählen.

„Was war deine Aufgabe?"

Abwesend schaute Heinrich weiterhin aus dem Fenster.

„Ich war ja noch jung, weißt du. Obwohl ich 'ne anständige Ausbildung hatte, konnten sie mit mir erst mal nichts anstellen. Mich haben sie erst mal an der Rampe eingesetzt. Drei Wochen habe ich dort gestanden, sah die Menschen an mir vorübergehen."

Thiess hatte von der Rampe gehört.

„Schrecklich, sach ich dir, schrecklich. Hunde bellten bei jedem neuen Zug, der ankam. Der Ablauf war präzise geplant. Die Angekommenen mussten sich in Fünferreihen aufstellen, Männer und Frauen getrennt."

„Warum bist du überhaupt dabei gewesen?"

Heinrichs Hände zitterten, als er in die Tasche seines Jacketts griff und ein glänzendes Feuerzeug hervorholte. Mit der anderen Hand griff er nach den Zigaretten auf der Fensterbank vor sich und zündete sich eine filterlose Zigarette an. Er inhalierte tief, bevor er antwortete.

„Mein Bruder Hermann und ich sind in einer adolftreuen Familie aufgewachsen. Unsere Erziehung war geprägt von militärischem Drill. Unsere Mutter starb, als ich vier Jahre alt war, und Vater ist nie der sanfte Typ gewesen. Hermann, der drei Jahre älter gewesen ist, hat mich erzogen. Er hatte immer Spaß an den Uniformen und ich fand es ganz toll, einen großen Bruder zu haben, der einen beschützte. Hermann hat mich immer beschützt. Ich bin schon immer ein schwächliches Kind gewesen, aber ich wollte mehr. Ich wollte dieser zackigen Truppe angehören, die von den hervorragend schnellen Feldzügen gegen Polen und Frankreich zurückgekehrt war. Sie haben in 18 Tagen die Polacken verhauen. Also ging ich nach meiner Banklehre zur Waffen-SS."

Thiess hielt es nicht mehr aus. Das hatte Heinrich schon erzählt. War es Demenz oder Alzheimer, die seinen Opa befallen hatte? Er stand auf und ging hinüber in die kleine Küche, um sich ein Glas Wasser zu holen. Heinrich rauchte in Ruhe weiter und schaute dabei auf die Segler, die in der Ferne über die Alster fuhren. Als Thiess zurückkam, schaute er kurz über seine Schulter.

„Willst du jetzt hören, wie es war, oder nicht? Dann musst du dir aber alles anhören, sonst höre ich sofort wieder auf und sage nie mehr ein Wort zu diesem Thema!"

Thiess ließ sich auf einem kleinen Stuhl nieder und nahm einen Schluck Wasser. Das verstand Heinrich als Aufforderung, weiterzureden.

„Mein Name war auf einer Liste von etwa 4000 Männern und Frauen, die damals in Auschwitz-Birkenau eingesetzt worden waren, alle unsere Daten mit Adresse,

Beruf und SS-Dienstgrad. Wir waren Wachmänner, Lastwagenfahrer, Sanitäter, Fernschreiberinnen oder Buchhalter, wie ich einer war."

Heinrich starrte auf die Alster.

„Als Auschwitz dann befreit wurde, habe ich es geschafft, mich unter die Häftlinge zu mischen. Ich stand da zwischen den Baracken neben dem Haufen stinkender, blutender Leichen. Ich musste nicht lange nachdenken. Die Toten brauchten ihre Sachen nicht mehr, also habe ich mir meine Uniform ausgezogen. Glaub mir, das war kein Spaß! Es war Winter, überall lag zentimeterhoher Schnee. Aber ich wollte leben! Also hab ich eine der Leichen von dem Haufen hinter der Scheißhausbaracke heruntergezogen und ihr Hemd und Hose ausgezogen. Der tote Polacke hat meine Uniform gekriegt. Ich brauchte sie nicht mehr."

Heinrich zündete sich die nächste Zigarette an und der beißende Qualm fing an, in Thiess' Augen zu brennen. Doch er traute sich nicht, ein Fenster oder die Terrassentür aufzumachen. Er wollte nicht, dass Heinrich aufhörte zu erzählen.

„Im Gänsemarsch stolperte ich neben den Häftlingen her. Von weiter hinten hörte ich immer wieder Pistolen- und Gewehrschüsse. Es gab genügend Häftlinge, die zu schwach waren, um den Weg zu schaffen. Der Weg führte von Auschwitz nach Brieg. Ich lief zwischen den halb toten Häftlingen. Wir kamen vollkommen erschöpft in der Stadt Brieg an, nur mehr die Hälfte der Häftlinge hatten den Marsch überlebt. Die andere Hälfte markierte als Leichen den Weg von Auschwitz nach Brieg."

Heinrich machte eine seufzende Pause.

„Was ist mit Kanada?“

Heinrich zuckte zusammen. Er drehte den Kopf zu Thiess.

„Du lässt nicht locker.“

„Nein, es ist wichtig.“

Thiess hätte beinahe *Opa* hinzugefügt, doch das verkniff er sich im letzten Moment.

Heinrich nickte. Plötzlich fuhr er den Rollstuhl herum und schaute Thiess geradewegs an. Der war überrascht von der Geschicklichkeit seines Großvaters und hätte fast das Glas Wasser fallen lassen.

„Ein paar Jahre später hatte ich mir ein neues Leben in Barmbek aufgebaut. Mit deiner Großmutter Anna-Sophie habe ich im Getränkehandel ihres Vaters mitgearbeitet. Da kommt plötzlich dieser Butscher in den Laden und fragt nach Heinrich Riedel. Ich war hinten im Lager und hab gerade ein paar Milchkanister sauber gemacht. Bin dann nach vorne und habe den Jungen gesehen. Ein echter Dreckspatz, keine acht Jahre alt. Er gibt mir den Zettel. Da stand nur ein Wort drauf.“

Heinrich griff erneut nach dem Feuerzeug und zündete sich eine weitere Zigarette an. Thiess wurde langsam ungeduldig. Heinrich blies den Rauch hastig hinaus und hustete.

„*Wittmoor* stand drauf, mehr nicht. Kaum hatte ich den Zettel genommen, da hielt mir der Butscher seine dreckige Hand entgegen und verlangte nach einer Belohnung. Anna-Sophie, die gute Seele, hat ihm dann ein paar Pfennige gegeben. Ich hab natürlich mit ihr geschimpft, denn wir hatten selber wenig. Aber sie hat sich immer um die

Straßenkinder gekümmert und hatte für jedes Kind, wie dreckig es auch sein mochte, ein bisschen Geld oder was zu essen übrig."

Heinrich machte ein paar Züge, dann betrachtete er die Zigarette und drückte sie im Aschenbecher aus.

„Ich hab deiner Großmutter nichts gesagt und bin dann nach Sonnenuntergang raus ins Wittmoor gefahren. Einer der Abfüller hat mich mit nach Norderstedt genommen. Am alten Rathaus hat er mich rausgelassen und mir sein altes Fahrrad in die Hand gedrückt. Damit bin ich dann zum Wittmoor gefahren."

„Von wem war der Zettel? Wer wollte, dass du ins Wittmoor kommst?"

„Na wer wohl, mein Bruder Hermann natürlich!"

Heinrich schüttelte verärgert den Kopf.

„Hörst du denn nicht zu? Soll ich weiterreden oder weißt du alles besser?"

Thiess hob abwehrend die Hände.

Heinrich begann wieder zu reden und zog dabei mit zittriger Hand ein Stofftaschentuch aus der Innentasche seines grauen Jacketts und wischte sich über die Stirn. Er war blass.

„Das Wittmoor", begann Heinrich und knautschte das Taschentuch fest zusammen, „dort haben wir als Kinder gespielt."

Sein Atem wurde schwerer.

„Ich wusste darum auch ganz genau, wo ich hinkommen sollte. Den Weg hätte ich mit verbundenen Augen gefunden. Aber es war hell, ich glaube es war Vollmond, aber ich kann mich auch irren. Das Moor ... es verschluckt viel. Manches, was ins Moor hineingeht, kommt nicht wieder hinaus."

Eine Pause, in der sich Heinrich zu besinnen schien. Er hatte die Augen geschlossen, saß ruhig in seinem Rollstuhl, perfekt angezogen in dem grauen Anzug, die schwarze Krawatte unter der dunkelgrauen Weste sauber mit einem Windsorknoten gebunden.

Kapitel 54

Montag, 18. September 1950, nach Mitternacht

„Du hast dich nicht verändert, Heinrich! Immer der Letzte! Hier entlang!“

Heinrich drehte sich hastig und beeilte sich, seinem Bruder durch die kleine Tür zu folgen, die hinter der Treppe in einen weiteren Gang führte. Diese Tür war vorher nicht zu sehen gewesen. Sie lag fast vollständig im Dunkeln und er musste sich bücken, um unter der Treppe hindurchzukommen. Dahinter befand sich ein geheimer Durchgang, an dessen Ende ein großer Raum lag.

Dieser Raum war anders als der Rest des Bunkers. Frisch gestrichene weiße Wände bildeten die Basis. Hell leuchtende Lampen an jeder Wand präsentierten ihm das Innere des Lagerraums. Heinrich schätzte die Maße auf etwa 40 Quadratmeter. 2 Meter 50 hohe Regalreihen, unter der Decke befestigt mit Schrauben und Nieten. Auf den Regalen standen Kisten. Die Kisten waren beschriftet.

Heinrich folgte Hermann, der durch die Reihen ging und die Hand fast liebevoll über die Kisten gleiten ließ.

„Wir haben viel hierhergeschafft. Das alles hier ist aus Auschwitz, Birkenau, Monowitz, Majdanek, Belzec, Sobibor und Treblinka.“

Heinrichs Augen zuckten, als er seinem Bruder stumm durch die Gänge folgte und las, was auf den Karten der Kisten stand: *Zahngold, Haare, Kleidung, Edelmetalle, Geld.*

Am anderen Ende des Raumes gab es einen weiteren Durchgang. Hier waren Musikinstrumente und Koffer untergebracht.

„Ist das nicht fantastisch?"

Hermann trat zu seinem Bruder und zeigte auf die vielen Kisten.

„Das haben meine Männer aus den Lagern herausgeschafft. Wir mussten schnell handeln. Die Russen waren ja schon so nah."

Hermann trat von einer Kiste zur anderen und zeigte seinem Bruder den ganzen Bunker.

„Das hier ist wie ein kleines Labyrinth angelegt. Man kann sich schnell verlaufen, wenn man nicht weiß, worauf man achten muss."

Sie gingen durch weitere Gänge und Hermann bewegte sich sicher und zielstrebig. Kammer um Kammer war gefüllt mit all den Habseligkeiten, die aus den Effektenkammern der Konzentrationslager zusammengetragen waren. Die Amerikaner und Russen hatten bei ihrer Befreiung nur einen winzigen Teil dessen vorgefunden, was in den Lagern gesammelt worden war. Heinrich hatte immer geahnt, dass in den Effektenkammern in Auschwitz nicht einmal ein Bruchteil dessen angekommen war, was den KZ-Insassen abgenommen wurde. Wohin es verschwunden war, hatte er nie erfahren.

„Weißt du, ich habe damals den Architekten dieser Bunker getroffen. Wir haben zusammen Karten gespielt und ein bisschen was getrunken. Es war ein lustiger Abend. Na ja, für ihn nicht unbedingt, denn er hatte am nächsten Morgen einen mächtigen Kater und 2000 Reichsmark weniger. Konnte nichts vertragen, der Gute. Aber in seinem Suff hat er mir verraten, womit er beauftragt worden war. Ein paar hochrangige Generäle haben ihn dieses unterirdische Lagerhaus bauen lassen und es immer wieder gefüllt."

Hermann zündete sich eine Zigarette an und blies Heinrich den Rauch ins Gesicht. Seine eisblauen Augen starrten ihn erbarmungslos an. Das war nicht der liebevolle Bruder, mit dem er aufgewachsen war. Das hier war jemand anderer, ein Monster. Vielleicht sogar Schlimmeres. Er, Heinrich, war aber kein Monster. Er war ein Mensch. Er hatte denen doch geholfen. Er war immer hilfsbereit gewesen und hatte auch mal eine Scheibe von seinem Brot liegen lassen. War er nicht ein guter Soldat gewesen?

Auf jedem Fall war er ein Menschenfreund. Und doch hatte er bezahlt! Er hatte fast zwei Jahre in russischer Gefangenschaft zugebracht. Im Arbeitslager und im Stollen. Harte Arbeit war das gewesen, viele seiner Mitgefangenen hatten das nicht überlebt. Aber er, Heinrich Riedel, er hatte es überlebt.

„Seine Asche ist am nächsten Tag durch den Schornstein gegangen", sagte Hermann ohne eine Spur von Emotion in der Stimme. Er grinste breit und paffte an der Zigarre.

„Ich fand seinen Plan hervorragend und meine Männer ebenso. Aber wir mussten auf der Hut sein. Man war uns schon bald auf die Schliche gekommen."

Heinrich schaute seinen großen Bruder fassungslos an. Er bekam keinen Ton heraus. Aber die Augen sagten mehr, als es tausend Worte hätten tun können. Hermann ignorierte den stummen Protest.

„Sagt dir der Name Konrad Morgen etwas?"

Heinrich krallte die Finger enger um die Säume der zerschlissenen Jacke. Er sah aus wie ein Lumpensammler, ganz das Gegenteil seines Bruders in der stattlichen Uniform. Statt einer Antwort nickte er nur. Der Name allein reichte aus, um die ganze Erinnerung wieder zurückzubringen. Hermann wies auf die beiden grünen Schemel unter der Lampe in der Mitte des Raumes.

„Sein Vater war Lokomotivführer in Frankfurt. Doch daran hatte unser Freund Morgen kein Interesse. Er wollte Jurist werden, etwas Besseres. Was ist so falsch daran, ein ordentlich arbeitender Lokführer zu sein?"

Hermann schüttelte den Kopf.

„Aber als Jurist war er gut, das muss man ihm lassen. Nach dem Studium hat er sich mit seiner hartnäckigen Art schnell hochgearbeitet. 1933 Eintritt in die NSDAP und schon 1939 die erste Stelle als Richter. Ich kenne keinen, der das so schnell geschafft hat. Aber wie heißt es so schön: Hochmut kommt vor dem Fall! 1942 wurde er von Himmler seines Amtes enthoben und degradiert."

Hermann rückte unruhig auf seinem Schemel hin und her. Dann beugte er sich zu seinem Bruder, verschwörerisch näherte er sein glatt rasiertes Gesicht dem stoppeligen, mit einer dünnen Schmutzschicht überzogenen Gesicht Heinrichs. Heinrich bemerkte eine kleine Narbe unter dem linken Auge, die bei ihrer letzten Zusammenkunft vor dem Krieg noch nicht da gewesen war. Ein Schmiss, wie er in den Studentenverbindungen beim Duell zugefügt wurde. Doch Hermann war nie in einer derartigen Verbindung gewesen, und alle Studentenverbindungen waren seit 1936 für NSDAP-Mitglieder verboten gewesen. Vielleicht hatte sich Hermann einer der NS-Kameradschaften angeschlossen.

Heinrichs Gedanken wurden durch Hermann unterbrochen, der mittlerweile daran Gefallen gefunden hatte, über Konrad Morgen zu erzählen.

„Bereits im Mai 1943 ist der gute Konrad von Himmler persönlich am Reichskriminalpolizeiamt in Berlin eingesetzt worden."

Hermann Riedel schob seinem Bruder den mit grünem Stoff bespannten Klappstuhl hinüber. Heinrich, dem der kalte Schweiß die Stirn hinablief, ließ sich dankbar auf den einfachen Stuhl nieder. Die beiden Männer waren so dicht beieinander wie schon seit Jahren nicht mehr.

Hermann nahm eine weitere Zigarette aus dem glänzenden Etui und steckte sie an. Er nahm einen tiefen Zug und blies den Rauch an die Decke des hohen Raumes. Die grauen Schwaden umkreisten die Lampe wie eine Wolke.

„Dann kam der Herbst 1944. Morgen wurde SS-Chefrichter in Krakau und damit auch zuständig für Auschwitz."

Hermann zog erneut sehr tief an seiner Zigarette und schloss die Augen. Heinrich beobachtete ihn, wie er es zu genießen schien, die giftigen Stoffe in seine Lungen zu ziehen. Er hatte Sehnsucht nach einer guten Zigarette, nach dem Geschmack an den Lippen und dem Gefühl, wenn sich die Lungen mit dem Rauch füllten und die Energie in seine Adern floss und ihn beruhigte.

„Hast du gehört, dass er in Buchenwald den Karl Koch und seine Frau Ilse wegen Korruption, Mord und Körperverletzung angeklagt hat?"

Heinrich nickte stumm und hing mit den Augen an der Zigarette, die zwischen den Händen seines Bruders klemmte und so rein und kraftvoll aussah.

„Er ist nicht dumm, dieser Konrad Morgen, wirklich nicht. Beinahe hätte er uns einen Strich durch die Rechnung gemacht. Als er den Wachmann entdeckte, der das Kilo ungeschmolzenes Zahngold mit einem Feldpostpaket an seine Frau schicken wollte, da rechneten wir schon mit dem Schlimmsten. Doch es gab zum Glück nichts, was auf uns deutete. Dieser Wachmann war zwar ein Dieb, aber ein dummer Dieb, zu unserem Glück."

Heinrich saß verkrampft auf dem Feldstuhl da und starrte auf den Boden. Hermann nahm einen tiefen Zug an der Zigarette und blies den Rauch in Heinrichs Richtung.

„Himmler hat ihm zwar im April 1944 den Befehl erteilt, seine Untersuchungen auf den Fall Karl Koch zu beschränken, aber dieser Morgen war ein Bluthund. Er hatte seine Fährte aufgenommen und war sich sicher, dass es außer dem Wachmann noch mehr gab."

Hermann schloss die Augen und nickte. Er führte die Zigarette zum Mund, inhalierte tief und blies den Rauch nach oben.

„Und er hatte ja recht ..."

Hermann griff in seine Feldtasche und holte zwei Dinge hervor. Einen Schlüssel und ein kleines, in dunkles Leder geschlagenes Notizbuch. Beides streckte er Heinrich entgegen.

„Konrad Morgen ist uns schon viel zu nah gekommen. Es ist besser, wenn wir für eine gewisse Zeit abtauchen. Wir haben in Übersee eine paar Freunde, die unsere Gesinnung teilen."

Heinrich schaute auf.

„Es ist nicht nötig, dass du unseren Aufenthaltsort kennst, Bruder. Dann kannst du auch nichts erzählen. Nicht, dass ich dir nicht trauen würde, aber dieser Konrad Morgen hat gewisse Methoden, jemanden zum Sprechen zu bringen. Er hätte eine große Karriere in der SS haben können. Oh ja, solche wie ihn hätten wir immer gerne genommen."

Heinrich war froh, dass er nichts wusste. Ihm war es sehr recht, dass er im Ungewissen gelassen wurde. Sollte sein Bruder ruhig seine Geheimnisse haben. Die Offiziere hatten immer irgendwelche Geheimnisse. Er hatte das schon damals im Lager nicht verstanden. Er war seinem Bruder zwar unendlich dankbar, dass er dank seiner Hilfe nicht an die Front hatte gehen müssen, aber das Leben im Lager war nicht unbedingt besser gewesen. Er hatte die Grausamkeiten im Lager nur schwer ertragen.

„Verwahre beides gut. Wir werden wiederkommen und dann werden wir reich, unsagbar reich!"

Kapitel 55

Donnerstag, 15. August 2019, 21 Uhr 55

Heinrich schlug die Augen auf.

„Wir werden reich. Ja, das hat er zu mir gesagt. Aber um welchen Preis."

Die Betroffenheit hatte sich in Thiess' Gesicht eingebrannt. Er schaffte es nicht, seinem Großvater in die Augen zu schauen. Zu sehr hatte ihn der Bericht aufgewühlt. So blieb er stumm neben seinem Großvater sitzen und sie schauten gemeinsam schweigend aus dem Fenster. Plötzlich griff Heinrich in sein Jackett und fischte etwas aus der Innentasche heraus. Er streckte die knochige Hand aus und forderte Thiess mit einem Nicken auf, seine Hand auszustrecken. Er ließ etwas Metallenes in seine Hand fallen und Thiess sah das Totenkopfsymbol auf dem Zigarettenetui. Es grinste ihn herausfordernd an. Ein Schaudern lief über seinen Rücken.

„Was, glaubst du, ist dieses Etui wert?"

Zum ersten Mal seit seiner Ankunft in dem Altenheim klang die Stimme kraftvoll und sicher.

„Ich weiß nicht, ich kenne mich damit nicht aus. Es sieht etwas mitgenommen aus."

Thiess drehte das Etui in den Händen und sah ein paar Gebrauchsspuren, doch im Großen und Ganzen war es gut gepflegt. Es glänzte silbern, war von beiden Seiten glatt und mit kleinen Symbolen verziert. In der Mitte prangte in dicker schwarzer Farbe ein glänzender Totenkopf.

„25 Euro?"

Heinrich schüttelte den Kopf.

„Ich bekomme dafür 250 Euro, in gewissen Kreisen."

Thiess horchte auf.

„Was für Kreise sind das?"

Heinrich drehte langsam den Kopf Richtung Fenster, weg von seinem Enkel.

„Die Sachen stammen aus Kanada, dem Effektenlager in Auschwitz. Dieses Feuerzeug hat mal einem Juden gehört, dem Hermann es abgenommen hat, kurz bevor er durch den Kamin gegangen ist. Viele solcher Sachen lagerten in großen Baracken in Auschwitz. Mein Bruder hat mit ein paar Gefolgsleuten sehr regelmäßig und ohne dass es aufgefallen ist, das meiste aus Auschwitz herausgeholt und in einem Bunker im Wittmoor versteckt."

Heinrich blickte in die fassungslosen Augen seines Enkels.

„Ich war schon sehr erstaunt, wie groß der Markt für solche Sachen ist. Über die Jahre sind meine Umsätze mit den Nachlässen der Häftlinge und der Soldaten immer größer geworden. Ich musste immer öfter ins Wittmoor fahren und Dinge aus dem Bunker holen."

Heinrich berichtete Thiess, wie er angefangen hatte, sich in den entsprechenden Kreisen umzuhören, und wie er immer mehr Abnehmer für die Sachen fand. Das schlechte Gewissen, das sich anfangs noch gebildet hatte, verdrängte er, als es seiner Frau Anna-Sophie immer schlechter ging. Er brauchte sehr viel Geld für die Ärzte und der Getränkeladen seines Schwiegervaters, den er inzwischen übernommen hatte, warf schon lange nicht mehr so viel Geld ab, dass er davon eine vierköpfige Familie ausreichend versorgen konnte. Das schlechte Gewissen wurde weniger und er begann, aus dem, was Hermann ihm hinterlassen hatte, Kapital zu schlagen.

Er fand seine Käufer über Mundpropaganda. Als Erstes war die Gürtelschnalle mit dem Logo der Waffen-SS verkauft worden. 1500 DM hatte er dafür bekommen. Ein reicher Geschäftsmann aus dem Erzgebirge hatte die Schnalle gekauft. Der Mann meldete sich immer öfter bei Heinrich und wollte neue Sachen haben. Für sein privates Museum, wie er sagte. Heinrich ging immer öfter in den Wald und besorgte ihm Dinge. Er wunderte sich, was er alles verkaufen konnte. Briefe, Postkarten, Brillen und teilweise gut erhaltene Kleidungsstücke. All das fand seine Abnehmer.

Heinrich lernte, was Marktwirtschaft bedeutete. Er passte seine Preise der Inflation an und begann, klug zu investieren. An die Opfer dachte er nie. Es fiel ihm nicht ein, dass hinter den Sachen, die er verkaufte, Gesichter von unglückseligen Menschen standen, deren Leben von einer Sekunde auf die andere grausam ausgelöscht worden war. Heinrich war Teil des Systems gewesen, das zur Auslöschung beigetragen hatte. Doch er bereicherte sich an ihrem Leid, noch Jahrzehnte später.

Als er mit seinem Bericht fertig war, wirkte Heinrich erschöpft. Die Wangen waren eingefallen und er sah blass aus.

„Soll ich dir ein Glas Wasser bringen?“

Heinrich lehnte ab.

„Nein, ich muss nur etwas schlafen. Dann geht es schon.“

Er schaute Thiess geradeheraus an.

„Du bist jetzt schockiert, hab ich recht? Du hättest nicht gedacht, dass dein Opa solche Dinge gemacht hat.“

Thiess stand hilflos vor seinem Großvater. Der alte Mann hatte recht, er wusste nicht, was er tun sollte oder wie er reagieren sollte. Was war richtig? Musste er dem alten Mann, der ja sein Großvater war, verzeihen, was er in Auschwitz und danach gemacht hatte?

„Du hast das nicht allein gemacht, Opa. Mit dem Rollstuhl kommst du doch nicht mehr ins Wittmoor.“

Heinrich lächelte verhalten und die Hand umklammerte die Lehne des Rollstuhls.

„Ich bin noch ganz gut in Schuss, mein Junge. Nur weil ich im Rollstuhl sitze, gehöre ich noch nicht zum alten Eisen!“

Er machte sich daran, ins Schlafzimmer zu fahren.

„Jetzt bin ich müde, lass mich bitte allein.“

„Ja, Opa. Ich muss auch wieder los. Aber eine Sache würde ich noch gerne wissen. Ich habe da draußen so einen gelben Sportwagen gesehen, einen AMG. Weißt du, wem der gehört? Irgendjemand hat dem schönen Auto eine kräftige Beule verpasst.“

Heinrich verharrte kurz, dann rollte er weiter ins Schlafzimmer und schloss die Tür hinter sich.

Auf dem Weg zum Ausgang dachte Thiess darüber nach, was eben in dem Gespräch alles ans Tageslicht gekommen war.

Mit diesen deutlichen Worten hatte der junge Computerspezialist nicht gerechnet. Natürlich war ihm klar gewesen, dass sein Großvater aufgrund des hohen Alters in irgendeiner Weise am Zweiten Weltkrieg beteiligt gewesen sein musste, aber dass er eine so gravierende und bedrückende Rolle gespielt hatte, das schockierte Thiess dann doch sehr.

Thiess fuhr mit dem Fahrstuhl wieder hinab und nahm den Weg über den Haupteingang. Am Empfang saß eine sehr junge, blond gelockte Pflegekraft, die unentwegt auf ihr Handy starrte und erst aufschaute, als Thiess direkt vor ihr stand und sie geradeheraus anlächelte.

„Hi, ich möchte nicht stören, aber vielleicht können Sie mir weiterhelfen, Schwester Yvonne."

Yvonne legte erschrocken das Handy hinter den Counter und setzte ihr freundlichstes Lächeln auf.

„Wie kann ich helfen?"

„Ich habe da draußen diesen gelben AMG gesehen. Wissen Sie, wem der gehört? Jemand hat beim Rangieren eine kräftige Beule gemacht."

„Oh je, das wird Philip aber gar nicht gerne hören. Das Auto ist sein Ein und Alles!"

„Ich wollt's ja nur gesagt haben. Tschüss, schönen Tag noch."

Thiess ging geradewegs zum Hauptausgang. Er hörte, wie die Pflegekraft hinter ihm zum Telefon griff und den besagten Philip anrief.

Er ging durch den großen grünen Garten zum gusseisernen Tor und trat durch die Pforte. Der gelbe AMG stand direkt auf einem der Besucherparkplätze. Thiess wartete die drei Radfahrer ab, die auf der stark befahrenen

Fahrradstraße Harvestehuder Weg an ihm vorbeirauschten, und lief hinüber auf die andere Straßenseite. Er setzte sich auf eine Bank, von der er den Eingang der Seniorenresidenz gut im Blick hatte. Er holte das Handy aus der Jackentasche und setzte die Kopfhörer auf und tat so, als würde er Musik hören. Es dauerte keine zehn Minuten, da kam ein kräftiger junger Mann angelaufen und besah sich sehr intensiv den gelben Sportwagen.

Thiess schoss ein paar Fotos mit der Handykamera. Er beobachtete den Pfleger, wie dieser sich jeden Zentimeter seines Autos anschaute. Als er nichts entdeckte, ging er laut vor sich her fluchend wieder zurück in die Anlage.

Thiess schaute sich die Fotos an, die er geschossen hatte. Er wählte Deaftones Telefonnummer. Der alte Hacker ging nach dem dritten Klingeln ran.

„Hier ist Flynn. Ich brauch doch noch mal deine Hilfe. Kannst du für mich rausfinden, ob es was über einen Pfleger mit dem Namen Philip gibt? Er arbeitet in der Seniorenresidenz Alter Kamerad am Harvestehuder Weg."

Kapitel 56

Freitag, 16. August 2019, 4 Uhr 45

Den Ton konnte er zunächst nicht einordnen und wälzte sich auf dem harten Bett umher. Er hatte gestern Abend lange wach gelegen und nicht einschlafen können. Bis weit nach Mitternacht hatte er sich von links nach rechts gedreht, immer wieder die Augen geöffnet und festgestellt, dass er auf dem Boot war. Die Ruhe der Umgebung hatte ihn dann schließlich einschlafen lassen.

Dann erklang der Ton ein zweites Mal, piepend und sehr durchdringend, und dann realisierte Thiess, dass es sein Handy war, das da klingelte. Er griff im Dunkel der Kabine nach dem Handy auf dem Nachttisch und entsperrte das Display. Mit einem Klick hatte er Threema geöffnet und las die SMS, die gekommen war. Es waren nur wenige Worte, doch es reichte, dass er aus dem Bett krabbelte und hinüber in den Wohnbereich ging, wo der Laptop auf dem Wohnzimmertisch stand. Er schaltete ihn ein und dank der SSD-Platte war der Laptop in Windeseile oben.

Draußen war es noch dunkel, die Scheiben waren beschlagen aufgrund der Feuchtigkeit in der Kajüte.

Thiess öffnete das Mailprogramm.

In diesem Moment klingelte sein Handy.

„Ein bisschen früh, um zu plaudern."

„Wenn ich plaudern wollte, würde ich in die Kneipe gehen."

„Du gehst in keine Kneipe, du hasst Kneipen und öffentliche Einrichtungen, wo Menschen sind! Ein Wunder, dass du einen Laden für Computer besitzt."

Am anderen Ende war Schweigen.

„Hör zu, bin nicht in der Stimmung für Small Talk. Ich hab was über diesen Philip rausgefunden. Willst du die Info oder nicht?"

„Ja, lass hören!"

„Sein voller Name ist Philip Hänsel. Er arbeitet seit etwa drei Jahren in der Seniorenresidenz. Vorher hat er im UKE gearbeitet, auf der ..."

„Station für Brandopfer!", vollendete Thiess den Satz. Nun wusste er, woher er das Gesicht kannte. „Er hat sich eine Zeit lang um Lasse gekümmert."

„Ja, woher weißt du ..."

„Sein Gesicht kam mir so bekannt vor, aber ich konnte ihn nicht richtig einordnen. Ich habe einmal versucht, Lasse im Krankenhaus zu besuchen. Aber als ich ihn da an diesen ganzen Schläuchen gesehen habe, konnte ich nicht. Dieser Pfleger hat sich damals um ihn gekümmert."

Thiess hörte, wie der erfahrene Hacker am anderen Ende der Leitung laut atmete.

„Aber dein Pfleger hat noch ein paar Hobbys. Er liebt schnelle Autos und ist in der rechten Szene sehr aktiv. Man sieht ihn öfter mal auf Kundgebungen der AfD."

„Weißt du, ob er einen gelben AMG fährt?"

„Wow, das ist aber ein Geschoss! Ist das nicht ein bisschen teuer für einen Pfleger? Wusste nicht, dass die jetzt so gut verdienen."

Über das Telefon hörte Thiess, wie die dicken Finger des Hackers seine Anfrage direkt in den Computer gaben. Es dauerte keine zehn Sekunden, da hatte er das Ergebnis.

„Auf seinen Namen ist nur ein roter Alfa Romeo zugelassen. Baujahr 1985."

„Oh, ich dachte ..."

„Lass mich doch mal ausreden, Flynn. Ich habe hier einen AMG, der ist auf einen gewissen Heinrich Riedel zugelassen. Heinrich Riedel, ist das nicht der Name deines Großvaters?"

„Ja. Aber vielleicht ist das ja nur Zufall. Hast du auch eine Adresse von dem Pfleger?"

„Ja, warte kurz."

Deaftone nannte ihm Straße und Hausnummer. Als er aufgelegt hatte, überlegte Thiess, ob er den Hacker hätte fragen sollen, wie er an die Informationen gekommen war. Er hatte wohl immer noch genügend Kontakte, um an sensible Daten zu kommen. Thiess hätte die Daten auch über das LKA abfragen können, aber dann wäre er ganz schnell seinen Job los gewesen.

Kapitel 57

Freitag, 16. August 2019, 10 Uhr 45

Der glatzköpfige Mann hatte sich direkt vor dem erschlafften Körper positioniert. Wie ein getriebener Wolf schritt er vor seinem Opfer hin und her und besah sich seine Beute. Der andere hatte den Kopf gesenkt. Blut tropfte aus der Nase.

Ein leichter Windhauch zog über Lasses vernarbtes Gewebe. Der Glatzenmann kam einen Schritt näher, sodass Lasse den nach Zigaretten stinkenden Atem roch. Die Glatze streckte ihre Arme aus und drückte sie auf die Handgelenke, die an den Stuhl gefesselt waren, und beugte ihren Kopf näher an das mit künstlicher Haut überzogene Gesicht. Die Augen kamen Lasse nahe und er hätte am liebsten den Kopf nach vorne gerissen, um dem Glatzenmann eine Kopfnuss zu verpassen. Doch die metallene Garrotte umschloss seinen Hals wie ein Handschuh. Lasses Hände zitterten und die Augen waren weit aufgerissen. Den Schmerz in den Beinen konnte er nicht länger ignorieren und er fürchtete, dass der Glatzenmann die Metallbänder noch enger zusammenziehen würde.

„Du hast Angst. Ich kann es riechen."

Lachend schaute der Glatzenmann nach unten zwischen Lasses Beine, wo sich ein dunkler Fleck auf der Hose gebildet hatte, der rasch größer wurde.

„Du bist ein Ferkel!“

Der Schlag traf Lasse unvorbereitet und brach ihm die Nase ein weiteres Mal, das Blut lief über die Lippen und auf seine Brust. Augenblicklich verschwamm alles um ihn herum. Er versuchte, etwas zu sagen, aber die Stimme versagte ihm. Sein Hals war so trocken, dass er keinen Ton herausbrachte. Längst war er vollkommen ausgetrocknet und am Ende seiner Kräfte. Er ließ den Kopf fallen, sodass er nur von der Garrotte gehalten wurde.

Der andere ließ seine Arme los und schritt langsam um den Stuhl herum. Lasse spürte den Blick, der an ihm klebte. Seine Gedanken spielten Achterbahn. Blizzard tauchte vor seinem inneren Auge auf und auch Annika war da. Er sah Blizzards toten Körper auf den Holzdielen, wie das Blut aus ihrem Bauch auf den Boden sickerte und eine große Lache bildete. Er versuchte, ihr zu helfen, und presste seine Hände auf die Wunde, aus der das Blut herauspumpte. Annika stand daneben und sah ihn mit überkreuzten Armen an. Sie rief ihm etwas zu. Aber er hörte sie nicht.

Lasse wollte schreien, doch es kam kein Ton aus seinem Hals. Die Garrotte wurde eine Umdrehung engergezogen und schnürte ihm weiter die Luft ab.

Das Letzte, was er sah, bevor er ohnmächtig wurde, war Blizzards Kopf hinter einem dichten Schleier. Ihr Gesicht kam näher, schaute ihn mit seltsamen, glasigen Augen an und ihre Hand näherte sich ihm. Zum ersten Mal spürte er ihre Finger auf seiner verbrannten Haut. Ein Lächeln erschien auf seinem Gesicht. So gut hatte er lange nicht mehr geträumt.

Kapitel 58

Samstag, 17. August 2019, 17 Uhr

Endlich Feierabend. Philip konnte das Gelaber der alten Säcke nicht mehr hören. Immer erzählten sie von ihren Erlebnissen aus der Vergangenheit. Immer erzählten sie vom Krieg und wie viel besser früher doch alles gewesen war. Die hatten keine Ahnung. Das Gerede nervte ihn, doch es hatte ihm auch eine lukrative Nebeneinnahme beschert. Seit er Heinrich begegnet war, lief es finanziell sehr gut.

Philip verließ das Altenheim durch den Nebeneingang und schlenderte um die große Hecke herum. Sein Schmuckstück stand direkt vor dem Eingang. Ein knallgelber AMG. Damit hatte er schon so manche Frau abgeschleppt. Frauen standen auf schnelle Autos, und der AMG war schnell.

Philip hatte sich das Auto gegönnt, nachdem das Geschäft mit Heinrich so gut angelaufen war. Er hatte sofort gewusst, wie viel Potenzial in dem Markt steckte, und er kannte die richtigen Leute, um für kontinuierlichen Absatz zu sorgen.

Er startete den Motor und hörte sofort das Krachen.

„Scheiße!", fluchte Philip und hielt an.

Mit hochrotem Kopf stieg er aus und ging auf den weißen Van zu, der hinter seinem Sportwagen stand. Die Fahrertür stand offen.

„Hey, wo sind Sie? Komm her, du Scheißkerl! Du kannst mir nicht einfach hinten reinfahren und dann abhauen."

Philip ging ans Heck seines Wagens und schaute sich den Schaden an. Gott sei Dank war es keine große Sache. Aber der Wagen brauchte 'ne neue Lackierung. Das kostete Geld. Eine Extrafahrt ins Depot war fällig. Das würde Heinrich nicht mitbekommen.

Philip stand wieder auf und schritt zur Fahrerseite des Vans. Niemand war zu sehen.

Plötzlich bekam er einen Schlag auf den Hinterkopf und klappte zusammen.

Charles schaute sich kurz um, packte die Beine des Pflegers und zog ihn auf die Rückseite des Vans. Er riss die Türen auf und hob den schlaffen Körper auf die leere Ladefläche. Die Arme und Beine steckte er in die vorbereiteten Ketten und stopfte ihm ein Knäuel in den Mund. Dann ging er zu dem AMG zurück und beugte sich hinein. Er löste die Handbremse und den Gang und schob den Wagen auf den Sandstreifen vor der Zufahrt zum Altenheim. Dabei achtete er darauf, nicht im Fokus der Kameras zu sein, die überall auf der Mauer angebracht waren.

Kapitel 59

Sonntag, 18. August 2019, 10 Uhr

Die Dunkelheit umgab ihn zunächst komplett. Er wusste nicht, wie spät es war. Ob draußen Tag oder Nacht herrschte, ließ sich in diesem fensterlosen Raum nicht bestimmen.

Philip hatte die ganze Nacht an dem Haken gehangen und auf dem schmalen Schemel gestanden, eben so, dass er nicht herunterrutschte. Seine Schultern brannten, seine Handgelenke schmerzten und waren blutig. Er war aufgewacht mit einem stinkenden Knäuel im Mund, sodass er nicht sprechen konnte. Den Kopf konnte er kaum bewegen, doch er spürte, dass er keine Kleidung am Leib trug. Er war nackt.

Langsam gewöhnten sich seine Augen an das schummrige Licht. In einer Ecke des Raumes hing eine alte Funzel, die ein wenig Licht spendete. Dem Gefühl des Schmerzes folgend sah Philip den Wasserschlauch über seinem Kopf, direkt zwischen den Schnüren, mit denen seine Arme an einem Fleischerhaken angebracht waren. Panik stieg in ihm auf. Die Knoten an den Handgelenken waren zu fest, sie ließen sich nicht lösen. Das Seil, mit dem seine Handgelenke gefesselt waren, lief über seinem Kopf durch eine runde Öse, die Öse selber hing an einer Art Fleischerhaken. Fleischerhaken? Philip drehte vorsichtig den Kopf herum und erkannte, dass er in einem Kühlraum hing. Die Wände waren gekachelt, an der Decke hingen Schienen und Haken, an denen man Fleisch zum Kühlen aufhängte. Doch es hing kein Fleisch an den Haken, nur sein nackter Körper.

Philip zitterte.

„Hallo ... ist hier jemand?"

Keine Antwort. Er rief noch einmal und noch ein weiteres Mal. Aber nichts geschah. Es war einfach nur totenstill, bis auf das Klackern des Starterrelais der kleinen Lampe in der Ecke. Er konnte das getrocknete Blut an seinen Handgelenken spüren.

Schritte näherten sich. Sie waren schwach und kamen von weiter weg.

„Hallo? Ist da jemand?", rief Philip in die Dunkelheit. Doch noch immer kam keine Antwort. Knarrend öffnete sich eine Tür und ein kalter Luftzug drang in die Kältekammer.

„Bitte helfen Sie mir!", flehte Philip.

Die Schritte kamen langsam näher. Philip versuchte, den Kopf zu drehen, doch das war in seiner Lage unmöglich. Das Klackern des Starters ging ihm nun richtig auf die Nerven. Seine Angst schlug langsam in Wut um.

„Hey, mach mich los hier!"

Langsam näherten sich die Schritte. Die Person musste nun direkt hinter ihm stehen. Philip rüttelte an dem Seil und versuchte es abzustreifen. Das Seil scheuerte an seinen Handgelenken und frisches Blut tropfte nach.

„Scheiße Mann, mach mich endlich hier los!", flehte Philip nun wieder und Tränen liefen über seine Wangen. „Was habe ich denn getan?"

Es kam keine Antwort, aber Philip hörte den Atem der Person, die noch immer hinter ihm stand. Langsam kam die Person aus dem Dunkel hervor und trat vor ihn, doch alles, was er erkennen konnte, war ein dunkler Kapuzenpulli und eine dunkle Camouflage-Hose. Das Gesicht blieb verborgen.

Philip zappelte und wurde wieder wütend. Er begriff nun, dass die Person vor ihm dafür verantwortlich sein musste, dass er hier am Haken hing.

„Mach mich los, du verdammter Wichser!", fluchte er und rüttelte erneut an dem Seil, mit dem seine Hände gefesselt waren.

Die dunkle Kapuze schaute ihn nur an, es kam kein Wort. Die Hände waren in den Taschen des Hoodies verborgen. Stumm stand die Gestalt vor ihm und schaute Philip einfach nur an. Sie beobachtete, wie Philip immer wieder versuchte, das Seil zu lösen.

Die Person hatte sich Mühe gegeben, dies alles ordentlich vorzubereiten. Es war nicht einfach gewesen, diesen Ort zu finden, doch er diente dem Zweck und war sorgfältig ausgewählt. Er war absolut schalldicht, niemand würde sie hören, wenn der eigentliche Plan durchgeführt wurde. Es war notwendig, sich an den Plan zu halten. Philip musste erkennen, was er falsch gemacht hatte und dass er seine gerechte Strafe bekommen würde. Da gab es keine Ausflüchte. Der Pfleger hatte Schuld auf sich geladen, die man nicht ignorieren konnte. Doch noch war die Zeit nicht gekommen. Es war noch zu viel Widerstand in dem Mann am Haken. Er erkannte noch nicht, dass dies hier wirklich war. Offenbar hielt er alles für einen Scherz, denn er brachte nicht die nötige Ehrfurcht vor der Situation auf. Er dachte daran, sich zu befreien, und dabei war es doch aussichtslos. Er war noch nicht gebrochen. Aber das würde noch kommen. Noch war etwas Zeit. Es war alles gut geplant.

Langsam tauchte die Gestalt wieder ins Dunkel ab und die Schritte entfernten sich. Philip schüttelte seinen Kopf herum und versuchte, seine Handfesseln zu bewegen, doch es gelang ihm nicht.

„Hey, lass mich hier runter, du schwule Sau! Ich will hier runter! Ich mach dich fertig, wenn ich hier raus bin!"

Eine Tür knarrte und fiel ins Schloss. Der Starter der Lampe knarzte noch immer.

„Lass mich hier runter ...", begann Philip wieder und die Tränen flossen nun unkontrolliert über sein Gesicht.

„Ich muss noch mal weg", sagte die Gestalt und lachte heiser. „Aber ich kümmere mich später um dich."

Kapitel 60

Sonntag, 18. August 2019, 15 Uhr

Heinrich saß in seinem Rollstuhl am Anleger und schaute auf die Alster. Es war herrlichstes Segelwetter und er konnte die kleinen Jollen der Segelschüler auf der Außenalster sehen. Seine Augen waren so gut, dass er nicht einmal eine Brille benötigte. Er hatte nie eine besessen. Heinrich hatte Thiess gebeten, ihm eine Saftschorle zu bringen, denn der Pfleger Philip war seit gestern verschwunden.

Heinrich und Philip hatten sich zwar arrangiert, aber es missfiel Heinrich trotzdem, dass der Pfleger immer gieriger und fordernder wurde. Er wollte die Kontrolle haben, wie damals im KZ die Kapos. Die hatten auch immer versucht, im Auftrag der Wehrmachtssoldaten die Kontrolle über die Insassen zu erlangen. Heinrich hatte oft mit angesehen, wie die KZ-Häftlinge den willkürlichen Schikanen der Kapos ausgesetzt waren, die ja selbst auch Gefangene der Nazis waren. Es war erbarmungslos.

Seit jenen Tagen in Auschwitz verabscheute Heinrich Menschen wie Philip. Aber er hatte keine Chance. Er war dem Pfleger ausgeliefert, denn er sorgte für ihn. Er war in diesem Heim angestellt und versorgte Heinrich mit allem, was er brauchte.

Heinrich blinzelte. Was war da mit dem Verbund von Seglern los? Eine Jolle löste sich aus der Gruppe und kam mit hoher Geschwindigkeit auf den Anleger zugefahren. Die Jolle war unheimlich schnell. Heinrich blinzelte und versuchte, zu erkennen, wer das Boot steuerte. Doch es gelang ihm nicht.

Die Jolle wurde langsamer und kam näher an den Anleger heran. Heinrich erkannte, dass es keine Jolle war, sondern ein kleines Motorboot. An Bord war ein ganz in schwarz gekleideter Mann mit Kapuzenjacke, der schnell eine Leine um den Poller warf und sich nicht die Mühe machte, den Motor abzustellen. Der schwarze Mann sprang auf den Anleger und kam mit schnellen Schritten auf Heinrich zu. In seiner Hand hielt er etwas Langes, Blitzendes. Ein Messer!

Heinrich begriff, dass der Mann zu ihm wollte. Er brauchte Hilfe und versuchte zu rufen, doch seine Stimme war zu leise. Noch ehe er auch nur einen Ton herausgebracht hatte, war der schwarz gekleidete Mann bei ihm und hielt ihm das Messer an den Hals.

„Aufstehen!“, herrschte ihn der Mann mit tiefer Stimme an und zerrte ihn aus dem Rollstuhl.

In diesem Moment kam Thiess mit zwei Saftschorlen über die Straße. Er hatte gerade den Parkplatz an der Hundewiese passiert. Er schaute zum Anleger, an dem Heinrich in seinem Rollstuhl saß. Er war gerade im Begriff, aufzustehen. Jemand stand neben ihm. Es blitzte in der Sonne und dann erkannte Thiess, dass es ein Messer war, was sich nahe dem Hals seines Großvaters befand.

Thiess ließ die Gläser fallen und rannte los.

Der Kapuzenmann riss Heinrich aus dem Stuhl und zerrte ihn zum Anleger. Er schaute sich kurz um und sah, dass Thiess keine 50 Meter entfernt war. Vielleicht würde er es noch schaffen. Der alte Mann war eine Bürde! Heinrich konnte nicht richtig laufen, er hinkte und ließ sich mehr ziehen, als dass er selber gehen konnte. Ein weiterer hektischer Blick zurück und Thiess kam näher.

Eine Hand packte ihn an der Schulter und riss ihn zurück. Eine andere Hand griff nach seiner Maske und versuchte, die Kapuze vom Gesicht zu ziehen. Thiess hatte die Maske zwischen den Fingern, da spürte er den stechenden Schmerz in der Schulter und erschlaffte augenblicklich.

Der Kapuzenmann riss sich los und schnappte sich Heinrich. Es waren nur wenige Meter bis zu dem kleinen Motorboot. Er stieß Heinrich hinein und sprang an Bord, löste die Schlaufe vom Poller und gab Gas.

Er lachte hysterisch und hielt geradewegs auf die Segelschüler zu.

Kapitel 61

Sonntag, 18. August 2019, 22 Uhr

Er wusste nicht, wie lange er schon an dem Haken hing. Seine Handgelenke waren längst taub und die Beine hingen schlapp herunter. Sie zitterten unkontrolliert. Er hatte jegliches Zeitgefühl verloren und somit keine Vorstellung, wie lange er schon in dieser misslichen Lage war.

Die seltsame Person war bisher nicht wieder zurückgekehrt. Sie hatte nicht eine einzige Frage gestellt, hatte ihn nur angesehen und war dann wieder verschwunden. Nachdem die Tür ins Schloss gefallen war, wurde es dunkel und absolut still. Er konnte nur das Scheuern des Seils an dem Haken hören und das Geräusch, wenn Blut auf den Boden tropfte. Sein Blut.

Philip wurde zusehends schwächer. Das Leben verließ ihn. Er brauchte unbedingt etwas zu trinken. Seine Kehle war ausgetrocknet.

Zu Anfang hatte ihn seine eigene Nacktheit gestört, doch mittlerweile dachte er nicht mehr daran. Er dachte an gar nichts mehr, sein Kopf war vollkommen leer.

Die Tür öffnete sich knarrend und die Funzel hinter ihm ging stotternd an. Die Schritte kamen langsam näher.

„Willst du nach Hause?“

Philip versuchte, den Kopf auf die Stimme auszurichten, doch es gelang ihm nicht. Er war zu schwach. Er träumte. Die Augen wollten nicht aufgehen. Sosehr er sich auch anstrengte, Philip schaffte es nicht, die Lider zu öffnen. Er war so unsagbar müde.

„Willst du nach Hause?“, wiederholte die Stimme. War das die Stimme einer Frau? Sie klang so jung und weiblich. Er hatte diese Stimme noch nie gehört.

Philip nahm all seine Kraft zusammen und schob das rechte Augenlid nach oben, wenigstens dieses eine. Er sah die Gestalt im Kapuzenshirt vor sich stehen und zu ihm hinaufschauen. Die rechte Hand hielt etwas in der Hand, die linke Hand steckte in der Tasche des Hoodies.

Langsam und fast unmerklich hob und senkte Philip den Kopf.

„Gut, vernünftig. Dann sag mir, was ich wissen will. Dann kommst du nach Hause.“

Ein erneutes zaghaftes Nicken von Philip.

„Woher bekommt ihr die Sachen und wer sind eure Käufer?“

Philip zuckte zusammen. Darum ging es hier? Sein Kopf war benebelt und er fühlte sich unendlich schwach. Es ging dem Fremden nur um diesen kleinen Nebenverdienst? Aber Philip dachte nicht daran, ihm dazu etwas zu sagen.

Er spuckte dem Fremden den Rest Flüssigkeit aus seinem Mund ins Gesicht. Das war keine gute Idee gewesen!

Mit einem Druck auf den Schalter in seiner Hand kippte der Schemel um und Philips Körper fiel nach unten so weit es die zerschundenen Handgelenke zuließen.

Gleichzeitig tropfte von oben Wasser auf seinen Kopf. Erst langsam, dann ein bisschen schneller und immer dickere Tropfen. Schließlich war der Schwall so groß, dass Philip binnen Sekunden komplett durchnässt war.

„Hey", rief Philip und versuchte, das Wasser aus dem Gesicht zu schütteln, „was soll das?"

Philip bemühte sich, Luft zu holen, doch es wurde unsagbar schwer. Seine Füße baumelten in der Luft und er hatte das Gefühl, seine Arme würden gleich abreißen. Er hing wie ein nasser Sack am Haken. Dann erlosch das Gefühl in seinem Körper, er spürte nichts mehr. Nur seine Arme ließen sich noch bewegen.

Die Gestalt kam einen Schritt näher, drückte auf den Schalter und das Wasser versiegte. Sie hielt Philip an den Oberschenkeln fest.

„Ich versuche es noch einmal: Wo sind die Sachen und an wen verkauft ihr?"

„Ich sag ... sag ... schon ...", prustete Philip und versuchte, das Wasser aus seiner Kehle zu bekommen.

„Heinrich ... Riedel ... Schlüssel ..."

Die Gestalt packte sein Fußgelenk, die Hand war kräftig und duldete keine Lügen.

„Wer sind die Käufer?"

„... weiß nicht ... so Typen ... so ..."

Philip fing an zu weinen und die Worte flossen wie ein Wasserfall aus seinem Mund. Nach wenigen Minuten hatte er all seine Geheimnisse preisgegeben. Hoffnungsvoll hob er leicht den Kopf und schaute in die Maske seines Gegenübers. Er fühlte das warme Blut an seinem Arm herablaufen.

„Bitte mach mich los ...“

Die Gestalt stellte den Schemel wieder auf und stieg darauf. Mit der linken Hand fuhr sie ihm über das Gesicht. Das Wasser tropfte von seiner Haut. Die vermummte Person legte den Kopf zur Seite und fuhr mit einem Finger über die aufgeplatzten Lippen.

„Du hast mir nichts erzählt, was ich nicht schon wusste.“

Die Gestalt lachte ihn an. Ein Lichtreflex ließ Philip zusammenzucken. Er sah das Skalpell in der rechten Hand glitzern. Es näherte sich seinem Gesicht.

„Nein ...“, schrie er, ehe die Klinge durch die oberste Schicht seiner Haut fuhr und auf den Nasenknochen traf. Philip fing an zu schreien und zu zappeln, seine Beine traten nach der Person, doch als die scharfe Klinge durch die Haut an seiner Nase fuhr, verlor er das Bewusstsein.

„Verräter!“, sagte der Maskierte, trat zurück und hielt Philips Nase in der Hand. Blut sickerte auf den Boden. Der Maskierte legte den Schalter an der Wand um und ein riesiger Wasserstrahl ergoss sich über Philips Handgelenke und den Kopf, das Wasser strömte über den ganzen nackten Körper.

Die Tür fiel wieder ins Schloss und Philip erwachte aus der Ohnmacht, er schnappte nach Luft, spürte den unglaublichen Schmerz und begann zu schreien. Ein lautes Surren und Knattern ertönte, ein Motor wurde angeworfen. Lüftungsschlitze öffneten sich und kalte Luft strömte in den Raum.

Das Wasser auf seiner Haut begann zu gefrieren.

Philip begriff, was nun geschehen würde, und mit letzter Kraft schrie er sich die Seele aus dem Leib. Doch er wusste im Sterben, dass es sinnlos war.

Kapitel 62

Montag, 19. August 2019, 11 Uhr

Der Kopf brummte, als hätte Thiess das ganze Wochenende durchgesoffen. Seine Augen waren verklebt und er spürte einen gewaltigen Muskelkater in der Schulter. Als er realisierte, wo er sich befand, und die verquollenen Augen sich langsam öffneten, da begriff er, dass sein Muskelkater von dem Stützverband herrührte, der seine Schultern umschloss. Er erinnerte sich wieder an den Schmerz und das Messer, das ihm der Maskenmann in das Fleisch gerammt hatte, während er ihm die Maske vom Gesicht ziehen wollte. Thiess hatte Glück gehabt, dass keine Sehnen oder Muskeln verletzt worden waren.

Er drehte den Kopf zur Seite und schaute zum Fenster hinüber. Das Bett war gerade frei geworden. Der Bodybuilder, der dort mit einem Muskelriss gelegen hatte, war von seinen Kumpels abgeholt worden. Sie waren nun auf dem Weg zum Training. Kaum war er draußen, kam ein Pfleger an und richtete das Bett für den nächsten Patienten her.

Thiess sah den Regen gegen die Scheibe prasseln und war in diesem Moment froh, hier zu liegen.

Es klopfte an der Tür.

„Ja?“, rief er und wunderte sich, dass er schon wieder bei Stimme war.

Eine weiße Mütze erschien im Türrahmen. Der übergewichtige Körper von Deaftone schob sich durch die Tür.

„Hi, Flynn, ich habe gehört, man hat versucht, dich abzustechen.“

Thiess versuchte, etwas zu sagen. Unsicher schaute Willem Sneider sich um und trat dann an das Bettende heran.

„Tut mir leid, das mit deinem Großvater.“

Er vermied es, Thiess direkt anzuschauen. Stattdessen trat er ans Fenster und schaute hinaus. Der Regen prasselte stärker gegen die Scheibe und am Himmel schossen ein paar Blitze durch die dichte Wolkendecke.

Deaftone nahm die Sonnenbrille ab, die hier drinnen überflüssig war, und drehte sich zu Thiess um.

„Ich habe dir doch gesagt, dass ich alles knacken kann.“

Thiess nickte.

„Ich habe Lasses Back-up geknackt. War nicht einfach, weil er meine Cloud nur als Zwischenspeicher genutzt hat und seine Daten letztlich über drei verschiedene Anbieter auf den Philippinen, Granada und Zürich gejagt hat. Aber ich habe Willi eingesetzt und seine Back-up-Daten mit einem Virus versehen, der eine Spur aus Brotkrumen legt.“

Thiess’ Augen wurden größer. Er versuchte, sich im Bett aufzurichten, doch die Scheißschulter schmerzte wie Feuer.

„Was meinst du damit?“

„Jemand versucht von außerhalb auf die Daten zuzugreifen. Und ich habe die IP bestimmt, von der der Zugriff erfolgt ist.“

Er reichte Thiess einen kleinen Zettel mit ein paar Ziffern darauf.

In diesem Moment wurde die Zimmertür geöffnet. Thiess ließ den Zettel unbemerkt unter der Bettdecke verschwinden.

„Thiess, wie geht es Ihnen?“

Elena trat an das Bett und ignorierte Deaftone, der seine Augen nicht von ihr lassen konnte und mit seiner Sonnenbrille spielte.

Erst als Thiess zu Deaftone schaute, musterte sie den dicken Hacker, hatte aber nur einen verächtlichen Blick für ihn übrig.

„Das ist Willem Sneider, ein alter ... Freund.“

Deaftone schaute kurz zu Thiess, nickte dann in Richtung der Polizistin und wollte die Hand ausstrecken, doch er bemerkte, dass Elena nicht daran dachte, ihn zu begrüßen.

„Nenn mich Deaftone, Süße.“

„Deaftone? Ich habe von einem Hacker gehört, der so heißt. Er hat ein Vorstrafenregister, so lang wie die Ankerkette eines Containerriesen.“

Deaftone grinste.

„Du hast also von mir gehört, meine Schöne?“

Elena holte ihre Dienstmarke hervor und hielt sie ihm vor die Nase.

„Entspann dich, Schöne.“

Deaftone lehnte an dem Fensterbrett auf der anderen Seite des freien Bettes. Hinter ihm platterte der Regen unaufhörlich gegen das Glas und der Donner wurde stärker, fast als würde da ein Gott das Recht auf Wahrheit einfordern wollen.

Der Blick von Thiess sprang von Deaftone zu Elena, der man das Unbehagen ansah. Thiess stopfte sich mit der gesunden Hand das Kissen in den Rücken.

Elena machte einen Schritt auf Deaftone zu, griff nach hinten und holte mit einer fließenden Bewegung die Handschellen hervor. Geschickt schlang sie ein Ende um Deaftones Handgelenk, das andere um das alte Heizungsrohr in dem Krankenzimmer. Dann zog sie Thiess aus dem Bett und ging mit ihm vor die Tür.

„Hey, was sollte das denn?"

„Ich traue ihm nicht!"

„Er ist ein Hacker. Natürlich nicht."

„Aber du bist auch einer, oder?"

Thiess schaute zu Boden, holte tief Luft und sah ihr wieder in die Augen.

„Was wird das hier?"

Sie zog ihn in die Ecke des Ganges, ans Fenster, wo sie halbwegs ungestört waren.

„Thordsen wird nicht begeistert sein, wenn ich dir das jetzt sage, aber es geht nicht anders. Die tote Frau aus der Dove Elbe war eine verdeckte Ermittlerin von uns. Ihr Name war Yasmin, wie du ja schon weißt. Sie hatte sich in eine rechte Gruppierung eingeschleust und wollte uns wichtige Informationen zukommen lassen. Wir haben tagelang nichts von ihr gehört, bis sie dann hinter deinem Boot aufgetaucht ist. Als Wasserleiche."

Thiess starrte sie entgeistert an.

„Eine LKA-Mitarbeiterin? Was ist mit dieser Hackerin, von der Lasse gesprochen hat? Die er angeblich getötet hat?"

„Die Rechtsmedizin hat die Leiche im Wittmoor identifizieren können. Interpol hatte ihre DNA in der Datenbank. Sie war vorbestraft wegen gewerbsmäßigen Computerbetruges."

„Das heißt?" fragte Thiess.

„Es spricht einiges dafür, dass die Tote aus dem Moor die Person ist, die Lasse angeblich getötet haben will."

Thiess blickte sie weiterhin fragend an.

„Wie hilft uns das jetzt weiter? 2 Menschen sind verschwunden."

Elena nahm ihr Notizbuch zur Hand.

„Wir haben bei der toten Hackerin als auch bei Yasmin Spuren eines bestimmten Mörtels gefunden, der vornehmlich in den 1950er-Jahren verwendet wurde. Beide Leichen wurde vor ihrem Tod in einem Gebäude gehalten, das aus den 1950er-Jahren stammt. Es gab auch Rückstände eines Klebers für Kacheln, der heute nicht mehr verwendet wird. Kacheln dieser Art wurden früher in einem Sanatorium oder Krankenhaus verwendet."

Thiess schaute aus dem Fenster.

Elena trat neben ihn.

„Wir finden deinen Großvater und auch deinen Kumpel Lasse. Unser Team ist gut, wirklich!"

Thiess hielt es nicht mehr in dem Krankenbett aus. Elena und Deaftone waren gegangen und hatten ihn ratlos zurückgelassen. Er machte sich Sorgen um seinen Großvater, den er nicht retten konnte. Er hatte von dem Entführer nichts gesehen außer dem Boot. Die Fahndung lief, wie Elena ihm gesagt hatte, aber viel Hoffnung hatte sie ihm nicht gemacht. Das Boot war am Anleger am Ballindamm gefunden worden, von dem Entführer und Heinrich gab es keine Spur. Zeugen hatten ausgesagt, dass ein weißer Van am Straßenrand gegenüber der Reederei Hapag-Lloyd geparkt hatte und die beiden Männer in dem Auto verschwunden waren.

Thiess versuchte gerade, in seine Hose zu kommen, als die Tür aufging und Annika hereinkam.

„Schwester Inis hat gerade Pause."

Thiess grinste schwach und verharrte in der Position, die Hose halb hochgezogen.

„Genierst du dich? Ich habe schon öfter Männer in Unterhose gesehen, viele sahen besser aus als du."

„Danke."

„Gerne."

Annika stand an der Tür und sah ihm belustigt zu, wie er sich abmühte, auf einem Bein balancierend in die Jeans zu kommen. Als er schließlich drohte, zur Seite zu kippen, griff sie ihm unter die gesunde Schulter und hielt ihn fest, während er in die Hose schlüpfte.

„Was hast du vor?"

„Hilfst du mir bitte mal bei den Schuhen?"

„Ich habe dich gefragt, was du vorhast!"

Ihre Hand umklammerte sein rechtes Handgelenk und sie schaute ihn herausfordernd an. Thiess hatte den Kopf gesenkt und drehte ihn ihr entgegen. In seinem Blick lag etwas Traurigkeit, aber auch Wut und Entschlossenheit.

„Ich muss herausfinden, wo mein Großvater ist. Er ist nicht tot, auch wenn die Polizei davon ausgeht. Heinrich ist ein starker Mensch. Er hat das Grauen in Auschwitz erlebt, auch wenn er auf der anderen Seite stand und für die meisten Menschen zu den Tätern gehören wird. Aber mein Gefühl sagt mir, dass er kein Mörder ist, höchstens ein naiver Mitläufer. Ich muss wissen, wie tief er in diesem Nazi-Sumpf steckt. Wir müssen ihn finden."

Annika ließ seine Hand los und setzte sich neben ihn aufs Bett. Die Anspannung löste sich aus ihrem Körper und sie senkte den Kopf und rieb sich den Nacken. Thiess stellte sich vor, wie es wäre, sie dort einfach zu küssen. Doch im nächsten Moment schüttelte er den Kopf und wiederholte seine Frage.

„Kannst du mir mit den Schuhen helfen, bitte?"

Sie kniete vor ihm nieder und streifte die Schuhe über seine Füße und band die Schleifen.

„Wie damals ...", murmelte sie leise, doch Thiess hörte es.

„Ja, ich erinnere mich."

Sie nickte.

„Du hast ein sehr selektives Erinnerungsvermögen, Thiess Riedel!"

Sie schüttelte den Kopf, sodass ihr Pferdeschwanz herumschwang.

„Sehr selektiv. Ich hoffe, irgendwann kommt alles wieder zurück."

„Glaub bloß nicht, dass das hier was zu bedeuten hat", zischte Annika leise und wechselte den Verband an seiner Schulter.

„Du bist nur im Moment der Einzige, der Lasse helfen kann."

Ihre Augen fixierten ihn, aber die Aggressivität war daraus verschwunden.

„Ich will, dass du mir versprichst, dass du ihm helfen wirst! Wenigstens dieses Mal!“

Sie reichte ihm das Hemd und half ihm hinein.

Thiess streckte die gesunde Hand aus und legte sie auf ihren Arm. Er blickte sie geradeheraus an.

„Ich tu mein Möglichstes, das musst du mir glauben.“

Sie nickte betreten und sank auf das Bett zurück.

„Und wenn es zu spät ist? Wenn er sich irgendetwas angetan hat?“

„Er hat sich nichts angetan, Annika. Dafür ist dein Bruder nicht der Typ. Ich glaube, er wurde entführt.“

Ihre Augen wurden größer.

„Entführt? Von wem? Warum Lasse?“

„Ich weiß es nicht. Er hat versucht, mich zu kontaktieren. Im Verhör hat er mir was gesagt, was ich nicht verstanden habe. Und später hat er dann das seltsame Video geschickt, das ich dir gezeigt habe.“

Thiess versuchte, die Knöpfe zuzumachen, doch es fiel ihm schwer mit nur einem gesunden Arm. Annika schob seine Hände beiseite und half ihm dabei.

„Er wollte mir Informationen über Heinrich geben.“

„Deinen Großvater?“

„Ja.“

„Warum bist du so sicher, dass er deinen Großvater meint?“

„Nur so ein Gefühl“, sagte Thiess und schaute ihr geradewegs in die Augen.

„Ja, ich erinnere mich. Ich fand deinen Opa immer etwas komisch. So zackig, weißt du? Aber worum geht es hier eigentlich?“

„Als wir kleiner waren, lange vor dem Feuer, hat Opa Heinrich einmal auf uns aufgepasst. Meine Eltern waren mit meinem Bruder beim Arzt, er hatte sich beim Fahrradfahren die Lippe aufgerissen und musste genäht werden."

Annika stand vor ihm, die Hände vor der Brust verschränkt.

„Was ist so besonders an diesem Heinrich? Ich habe auch einen Opa gehabt, aber um ihn gab es keine Familiengeheimnisse."

„Wir waren bei ihm in der Gartenlaube und haben dort gespielt. Dabei haben wir eine Kiste von Opa gefunden. Er hat gerade ein kleines Nickerchen gemacht. Wir haben die Kiste genommen und uns in den Büschen versteckt und die Kiste aufgemacht."

Thiess holte Luft, bevor er ihr den Rest erzählte.

„Da waren Waffen drin, Abzeichen und eine Gürtelschnalle mit einem Totenkopf."

Die Fragezeichen auf ihrer Stirn füllten den ganzen Raum aus.

„Nazi-Abzeichen. Mein Großvater hat diese Dinge gesammelt."

Nun setzte sich Annika. Sie zog den Schemel heran und rückte ihn Thiess gegenüber.

„Nazizeug? Du meinst, dein Großvater war ein Nazi?"

Thiess ließ sich auf dem Bett nieder und verzog vor Schmerzen das Gesicht.

„Tja, hat nicht jede Familie ein dunkles Geheimnis?"

„Hm, meine Mutter sammelt Gartenzwerge."

„Sehr witzig. Jedenfalls hat dein Bruder die Waffe entdeckt und begonnen, damit rumzuspielen. Ein Schuss hat sich gelöst, so laut, dass Opa Heinrich aufgewacht ist und uns ganz schnell in der Hecke gefunden hat, wo wir unser Versteck hatten."

Thiess war dabei, den Sitz des Verbandes etwas zu korrigieren, was Annika sofort unterstützte.

„Jedenfalls ist das der einzige Heinrich, den wir beide kennen."

„Was hat er getan, dass es so einen Eindruck auf Lasse gemacht hat? Mein Bruder interessiert sich nur für Computer. Schon immer!"

Thiess nickte.

„Ja, ich weiß. Ging mir ja auch so. Du siehst, was aus mir geworden ist. Ich habe es nicht zum richtigen Polizisten geschafft, stattdessen bin ich Forensiker geworden."

„Hm", meinte Annika und zeigte auf seine verletzte Schulter, „das Leben als Forensiker ist aber auch nicht ganz ungefährlich."

„Heinrich hat uns die Waffe weggenommen und den ganzen Kasten. Er hat uns eindringlich ins Gewissen geredet, niemandem etwas zu sagen! Nicht den Eltern, keinen Freunden, niemandem!"

„Na, das habt ihr ja auch beide sehr gut durchgezogen. Du und mein Bruder, ihr wart schon immer ein gutes Team."

Thiess rutschte von dem Krankenbett und versuchte, nach der Jacke zu greifen, die über dem Kleiderständer hing.

„Ich muss rausfinden, was Lasse gemeint hat. Irgendwie steckt da der Pfleger meines Großvaters mit drin, Philip Hänsel. Er hat ..."

Annika packte ihn am gesunden Arm und hielt ihn fest.

„Philip war der Pfleger meines Bruders, als er damals nach dem Feuer in der Reha war."

„Ich weiß, das kann aber auch Zufall sein."

„Ja, aber ich weiß nicht …" Annika strich sich eine rote Strähne aus dem Gesicht. „Er hat eigentlich mehr versucht, mich anzubaggern, als sich um Lasse zu kümmern."

Thiess nickte zustimmend.

„Dann ist das auf jeden Fall der Philip, den ich meine! Ich hab ihn im Altenheim meines Opas gesehen, wie er mit den anderen Schwestern geflirtet hat."

„Was hast du jetzt vor?"

Sie waren auf Augenhöhe, standen sich direkt gegenüber und ihre Gesichter waren sich sehr nahe. Thiess genoss ihren Duft und es fiel ihm schwer, sich auf das Wesentliche zu konzentrieren. Aber er hatte etwas zu erledigen.

„Deinen Bruder suchen."

„Allein? Mit der Schulter?"

Annika schloss die Augen, dann zog sie sich ihren Kittel aus und warf ihn auf das Bett. Sie holte den Autoschlüssel aus der Hosentasche.

„Wo fahren wir hin?"

Kapitel 63

Montag, 19. August 2019, 15 Uhr 20

„Haben Sie so etwas schon gesehen, Jana?"

Thordsen antwortete nicht auf die Frage ihres jungen Assistenten Nikolaus Eifler. Sie standen im Türrahmen. Thordsen streckte nur die Hand aus und nahm die Papierüberzieher und die Latexhandschuhe entgegen, die ihr Assistent immer dabeihatte. Sie schlüpfte in die Papierüberzieher und streifte die Handschuhe über ihre Finger. Dabei achtete sie darauf, nicht auf die vielen Zigarettenkippen zu treten, die überall auf den weißen Fliesen verstreut lagen.

„Alle einsammeln und sofort zur DNA-Analyse schicken."

Nikolaus Eifler nickte und kramte einen Beweissicherungsbeutel aus seiner Lederjacke hervor. Er trug bereits Handschuhe.

Sie waren vor einer halben Stunde angerufen worden und sofort in dieses Kühlhaus außerhalb der Stadt gefahren. Die Spurensicherung war bereits vor Ort und der Bereitschaftsdienst hatte erste Zeugenbefragungen veranlasst. Doch außer ein paar Spaziergängern, die auf dem alten Fabrikgelände ihre Hunde ausgeführt hatten, war niemand auf dem Gelände gewesen.

Thordsen schritt vorsichtig um den Leichnam herum. Sie schaute sich das Konstrukt aus der Nähe an.

„Schließt die Tür, verdammt noch mal!“

Nikolaus eilte sofort zur Tür und schob die beiden Streifenpolizisten nach draußen. Er drehte sich um und schaute sich das Ganze aus der Entfernung an. Thordsen stand direkt unter dem toten Körper, doch aus der Nähe würde sie vermutlich weniger sehen als Nikolaus, der aus ein paar Meter Entfernung auf die skurrile Anordnung blickte. Der Kokon aus Eis fing bereits an zu schmelzen. Vereinzelt tropfte es auf die schmuddeligen Fliesen.

„Wieso haben die Hundebesitzer nichts gesehen? So eine Leiche schwebt doch nicht einfach durch die Luft!“

„Soll ich die Zeugen aufs Revier bringen lassen, Chefin?

Jana schüttelte den Kopf und ging vorsichtig um den Kokon aus Eis herum.

„Wenn ihr die Daten der Zeugen habt, dann lasst sie nach Hause gehen. Wir kümmern uns später darum.“

Jana Thordsen holte ihre Brille aus der Tasche des schwarzen Blazers und trat vorsichtig näher an den Eiskokon.

Die Gestalt, die an den Händen aufgehängt von der Decke herabbaumelte, war zweifelsohne mal ein Mensch gewesen. Ein Mann, wie man durch das Eis sehr gut erkennen konnte.

„Siehst du die roten Striemen, Nick? Hier im Brustbereich. Ich glaube, er wurde misshandelt. Am Oberkörper sind deutliche Stichverletzungen zu sehen.“

„Tödlich?“, erkundigte sich Nikolaus.

„Irgendjemand hat unser Opfer mit einem scharfen Gegenstand geritzt, bevor er ihn irgendwie eingefroren hat. Ich vermute, die Schnitte sind post mortem erfolgt. Es ist kein weiteres Blut ausgetreten. Aber genau muss das die Rechtsmedizin klären."

Nick kratzte sich am Kopf und schaute an der von einem Stahlträger herabhängenden Leiche empor. Irgendwo gab es ein leises Knarzen.

„Wer hat denn so eine große Kühltruhe, um einen kompletten Menschen einzufrieren? Ich weiß, dass es ein paar Kranke da draußen gibt, die andere umbringen, zersägen und dann die Leichenteile einfrieren. Aber das hier ..."

Er ging in einigem Abstand um den Kokon herum und schaute weiter auf das Seil, welches in 3 Meter Höhe um den Stahlträger geschlungen war. Es bewegte sich.

„Hier im Bereich des Kopfes ist 'ne große blutige Stelle. Es würde mich nicht wundern, wenn unserer Leiche auch die Nase fehlt."

Mit einem Mal gab es ein lautes Knarzen und Ziehen, dann riss etwas und mit einem gewaltigen Ruck rutschte der Eiskokon zu Boden und knallte genau zwischen Nikolaus Eifler und Kriminalhauptkommissarin Thordsen, die geistesgegenwärtig zurücksprangen. Eissplitter flogen durch den Raum und trafen Thordsen an der Schulter. Sie fluchte.

Die Tür wurde aufgerissen und eine junge Streifenpolizistin steckte vorsichtig den Kopf herein. Als sie aber den Blick von Thordsen sah, zog sie sich schnell wieder zurück und schloss die Tür.

Die Hauptkommissarin erhob sich und wischte die Eissplitter von ihrem Blazer. Sie schaute auf den Körper, der nun größtenteils vom Eis befreit nackt zwischen ihr und Nikolaus lag. Die Handgelenke waren miteinander über dem Kopf verknotet.

Nikolaus beugte sich über den Toten.

„Sieht so aus, als ob die rechte Schulter aus dem Gelenk gebrochen ist."

Die Tür öffnete sich und Professor Pettermann und seine beiden Assistenten kamen herein. Sie trugen alle drei Schutzkleidung.

„Jana, haben Sie dieses Chaos angerichtet?"

Hauptkommissarin Thordsen warf dem Rechtsmediziner einen kurzen, mürrischen Blick zu und vermied es, auf diese Frage zu antworten. Stattdessen streifte sie die Handschuhe ab und steckte sie in die Tasche ihres schwarzen Blazers.

Auch Nikolaus Eifler erhob sich und nickte dem Arzt kurz zu. Dann fiel sein Blick auf die beiden Assistenten und er erkannte die blauen Augen von Frauke Henning und sah ihren blonden Pferdeschwanz baumeln. Er lächelte kurz und trat dann zu Thordsen, die sich vom Leichnam entfernt hatte.

„Mir sind Schnittverletzungen aufgefallen, Professor. Oberer Thorax. Und die rechte Schulter scheint gebrochen."

„Danke", entgegnete Pettermann und beugte sich in einer fließenden Bewegung über den nackten Körper.

„Der Arm ist regelrecht aus dem Gelenk gerissen worden."

„Post mortem?“, erkundigte sich Thordsen, doch sie erahnte die Antwort.

„Schwer zu sagen, aber nach den Verfärbungen um die Bruchstelle würde ich ohne nähere Untersuchung sagen, dass der Arm aus dem Gelenk gerissen wurde, als dieser bemitleidenswerte Mann noch am Leben war. Sofern er nicht bereits an Unterkühlung gestorben war.“

Vorsichtig platzierten sich Clausen und Henning am Kopf der Leiche. Sie schoben die größeren Eisbrocken zur Seite und halfen Pettermann bei der Untersuchung.

Pettermann hob den Kopf und schaute Thordsen an.

„Ich glaube, wir haben es hier mit einem unglaublichen Ausmaß an Gewalt zu tun! Das kann ich schon ohne Autopsie sagen. Die Nase wurde auf jedem Fall vor dem Tod entfernt.“

Thordsen nickte.

„Das kann ich auch ohne Medizinstudium sagen, Professor. Ich brauche die Ergebnisse so schnell wie möglich.“

Kapitel 64

Montag, 19. August 2019, 17 Uhr

Annika schaute auf das Computerequipment, das Thiess in der Messe seines Bootes aufgebaut hatte. Überall verliefen Kabel und Adapter und verbanden die Rechner miteinander. Thiess hatte den alten C64 mit seinem Laptop verbunden. Auf dem Weg vom Krankenhaus waren sie in Annikas Wohnung vorbeigefahren und hatten ihren Computer geholt. Wie Thiess zufrieden feststellte, besaß sie ein sehr modernes Gerät mit schneller CPU und großem Hauptspeicher. Während Thiess eine Reihe von Programmen auf ihrem Rechner installierte und gebannt auf die Monitore starrte, saß sie schweigend auf der Treppe nach oben und trank einen heißen Kaffee aus seiner Star-Wars-Tasse.

„Damit willst du rausfinden, wo sich Lasse aufhält?"

„Ich habe ein wenig Unterstützung", murmelte Thiess und konzentrierte sich darauf, die Verbindung der Rechner untereinander herzustellen. Am schwierigsten war es, den alten C64 mit seinem alten Betriebssystem in das Netzwerk einzubinden. Doch nach ein paar Stunden hatte er es geschafft und die Verbindung stand. Es war später Nachmittag, als er zu Annika aufs Oberdeck kam und sich neben ihr an die Reling setzte. Seine Schulter schmerzte, doch zum ersten Mal seit langer Zeit fühlte er sich gut.

„Und, läuft alles?"

Sie hatte den Kaffee durch einen Tee ersetzt und schaute ihn von der Seite an. Thiess nickte und lächelte schwach.

„Ja, es läuft."

„Ich versteh nichts von dem Computerzeug. Ich habe auch nie begriffen, wie du und Lasse so da hinterher wart. Was ist das nur mit Männern und diesen technischen Spielzeugen? Warum seid ihr davon so begeistert?"

Thiess wollte mit den Schultern zucken, spürte aber den stechenden Schmerz von dem Messerangriff und verzog nur leicht das Gesicht.

„Keine Ahnung. Andere basteln an ihren Autos, ich mag eben Computer."

„Ja, Lasse auch. Er ist verrückt nach den Dingern. Ich nutze den Laptop nur für E-Mails und meine Steuererklärung. Aber Lasse hat selbst im Krankenhaus an einem Programm rumgeschraubt. Zusammen mit diesem alten Computernerd, zu dem ihr immer gefahren seid. Draußen in Norderstedt. Ich habe ihn vorhin auf dem Gang im Krankenhaus gesehen."

Thiess drehte ihr den Kopf zu.

„Willem Sneider war bei Lasse im Krankenhaus? Wann?"

Annika zuckte mit den Schultern.

„Ich weiß es nicht genau. Eigentlich war er sogar einer der Ersten, der meinen Bruder besucht hat. Im Gegensatz zu seinem besten Freund!"

Thiess zog die Brauen hoch und schnaubte. Er wollte etwas entgegen, doch er entschied sich dagegen und schaute nur stumm auf das Wasser. Warum hatte Deaftone ihm nicht gesagt, dass er Lasse besucht hatte? Bei ihrem Gespräch hatte ihr alter Mentor Willem Sneider so getan, als hätte er Lasse schon lange vor dem Feuer nicht mehr gesehen. Das musste nichts bedeuten, wahrscheinlich war es sogar unwichtig.

Annika lehnte sich gegen das Dach der Messe und umschlang die Beine mit ihren Armen. Ihr Blick war auf die Elbe gerichtet. Es war ein schöner Augustabend, angenehm warm.

„Wirst du Lasse finden?“

Thiess nickte.

„Ja, ich denke schon.“

„Wie?“

Thiess vermied es, ihr direkt in die Augen zu schauen. Er blickte zum Horizont.

„Das solltest du besser nicht fragen, dann muss ich nicht lügen.“

„Ich bin alt genug. Ich will es wissen!“

„Es ist illegal.“

„Das kann ich mir denken!“

Thiess sah sie an und grinste.

„Du bist ja genauso schlimm wie dein Bruder. Vielleicht hätten wir dich damals doch mitspielen lassen sollen.“

Annika warf den Kopf herum und sah ihn herausfordernd an. Ihre Augen spielten mit ihm, er genoss ihre Nähe und fragte sich, warum das früher nicht so gewesen war.

„Vielleicht wäre ich sogar besser gewesen als ihr beide?“

Flirtete sie mit ihm? Das Blut begann ihm in den Kopf zu schießen und er bemerkte, wie seine Kehle immer trockener wurde.

Ihre Hand berührte seinen Unterarm, wodurch das Hemd etwas hochrutschte und die Narbe am Handgelenk freigelegt wurde.

„Oh, Entschuldigung. Das wollte ich nicht."

„Schon gut", flüsterte Thiess und zog den Ärmel wieder runter.

„Ist die ... vom Feuer?"

Thiess nickte stumm und schaute auf die Elbe hinaus.

Annika ließ ihn in Ruhe. Ein warmer Wind wehte von der Landseite zu ihnen herüber. Irgendwo auf dem nahen Campingplatz wurde gegrillt.

„Ich geh mal nachschauen, was der Computer macht."

Thiess zog sich an der Reling hoch und kehrte zurück in den provisorischen Serverraum. Die Geräte arbeiteten wie geplant. Auf dem Laptop sah er, dass Willi immer noch mit der Suche beschäftigt war. Er schaute auf den alten C64 und überprüfte die Netzwerkverbindungen. Alles war in Ordnung.

„Was ist das hier eigentlich alles?"

Thiess fuhr erschrocken hoch. Er hatte sie nicht kommen hören. Annika stand neben der Treppe und schaute auf die vielen Computer und Kabel, die scheinbar wahllos miteinander verbunden waren. Es leuchtete und blinkte zwischen all dem Computerequipment.

Thiess fühlte sich ertappt und kratzte sich verlegen am Kopf.

„Ich hab ein bisschen was gebastelt. Dein Bruder hat mir gezeigt, wie man mit einem Lötkolben umgeht."

Annika ließ sich auf die Bank fallen und besah sich die vielen unterschiedlichen technischen Sachen.

„Stimmt, ihr habt als Kinder ja etliche Nachmittage in unserer Garage verbracht. Niemand durfte rein und sehen, was ihr da macht."

Sie nahm einen kleinen rechteckigen Kasten mit vier USB-Anschlüssen in die Hand und drehte ihn herum. Thiess nahm ihr den Kasten vorsichtig wieder ab und legte ihn zurück auf den Tisch, zwischen Laptop und C64.

„Das ist das Funkmodul für den USB-Dongle. Den bitte nicht berühren."

Annika blickte ihn nur fragend an.

„Ich habe das Gegenstück an meinem Firmenrechner eingesteckt, damit wir auf die Programme im Rechenzentrum der Polizei zugreifen können."

„Ist das nicht verboten?"

Sie hob die Hände und erhob sich wieder.

„Aber vielleicht will ich das auch nicht wirklich wissen."

Sie wandte sich abrupt von der improvisierten Computerecke ab und ging zu dem Tresen.

„Ist das deine Küche? Ich hab Hunger bekommen. Alle schmeißen sie da draußen ihren Grill an."

Sie strich sich die Haarsträhnen zurück und flocht mit ein paar schnellen Handgriffen einen Zopf. Ohne auf eine Antwort zu warten, öffnete Annika den Kühlschrank und sah nur ein paar Bierdosen und etwas Joghurt.

„Hm, du bist wirklich ein typischer Single. Bei Lasse sieht es meist auch nicht besser aus."

Thiess wollte gerade etwas entgegnen, als sich der alte C64 mit einer Reihe penetranter, hoher Pfeiftöne meldete.

Er blickte auf den Bildschirm des Laptops.
„Ich glaube, wir haben was.“

Kapitel 65

Dienstag, 20. August 2019, 10 Uhr

Heute war ein guter Tag. Die Schmerzen waren fast komplett verschwunden. Er hatte ein leichtes Ziehen in seinen Eingeweiden, aber es war nicht so schlimm wie die letzten Tage. War das ein gutes Zeichen? Götz wusste es nicht. Er saß in seiner Küche und starrte hinaus auf den kleinen Hafen und die Boote, die in der Bewegung der Wellen leicht gegen den Steg schlugen. Der Kaffee in seinem Becher war kalt, doch das störte ihn nicht. Es klopfte an der Tür seiner Werkstatt. Er stand auf und sah Thiess und eine junge rothaarige Frau draußen stehen.

Götz öffnete die Schiebetür.

„Warum hast du meine Ärztin mitgebracht?"

Annika schüttelte den Kopf.

„Ich bin nicht wegen Ihnen hier, Herr Brandstädter. Sondern wegen ihm."

„Ah, verstehe."

Thiess kam herein und baute sich vor dem Bootswart auf.

„Du musst mir helfen!"

„Womit?"

Thiess holte tief Luft und schaute etwas irritiert zu Annika herüber, die die letzte Nacht auf dem Boot bei ihm verbracht hatte. Während er weiter gebastelt und recherchiert hatte, war Lasses Schwester irgendwann in seine Koje gekrochen und eingeschlafen. Nun nahm er Götz beiseite.

„Ich brauche deine Waffe."

Götz schaute ihn etwas verwirrt an.

„Meine Pistole? Warum?"

„Das ist eine längere Geschichte. Aber ich verspreche, dass ich sie dir zurückbringe."

„Darum geht es nicht, Junge. Du weißt doch gar nicht, wie man mit so was umgeht."

„Womit umgeht?"

Annika war zu den beiden Männern getreten, um besser zu hören, was sie vor ihr verheimlichten.

„Die Kleine ist sehr neugierig, Junge. Genau das Richtige für dich, würde ich sagen."

Götz versuchte ein Lächeln, doch in diesem Moment durchzuckte ihn eine Welle aus Schmerz und lähmte seine Gesichtsmuskeln. Er versuchte, es zu unterdrücken. Annika sah es und griff nach seinem Arm und geleitete ihn zum Küchentisch.

„Danke, Frau Doktor", schnaufte Götz, „aber Sie sind doch gar nicht im Dienst. Oder machen Sie jetzt Hausbesuche?"

„Manchmal. Aber Sie müssen zurück ins Krankenhaus, Herr Brandstädter. Da kann man Ihnen helfen. Zumindest mit Schmerzmitteln", fügte sie hinzu.

Götz schüttelte den Kopf.

„Nee, das will ich nicht."

Er nickte Thiess zu, der daraufhin zu dem Erste-Hilfe-Kasten hinüberging, der an der Wand hing, und die Pistole herausholte.

„Das ist alles, was ich jetzt noch brauche.“

Thiess steckte die Pistole unter dem erschrockenen Blick von Annika ein. Sie wollte protestieren, schwieg dann aber.

Thiess reichte Götz einen Zettel.

„Falls du bis morgen nichts von uns hörst: Da sind wir hingefahren! Ruf Kriminalhauptkommissarin Thordsen an.“

Götz schaute auf den Zettel.

„Das ist aber ziemlich weit außerhalb. Schon fast in Meck-Pomm. Wie bist du da rangekommen?“

Thiess schüttelte leicht den Kopf.

„Fragen Sie nicht, Herr Brandstädter“, mischte sich Annika ein. „Dann muss Thiess auch nicht lügen!“

Götz legte ihm die Hand auf den Arm.

„Junge, warum gehst du nicht direkt zur Polizei? Das ist nicht deine Aufgabe.“

Thiess nahm sich noch ein paar Ersatzpatronen aus dem Erste-Hilfe-Schrank und steckte sie in die Jackentasche.

„Die Polizei würde mir nicht glauben. Sie hat Lasse nicht geglaubt. Warum sollte sie mir helfen, meinen Großvater und Annikas Bruder zu befreien? Sie würde uns hier festhalten.“

„Thordsen? Jana Thordsen?“

Thiess und Annika schauten gleichzeitig zu Götz, der sich noch immer den schmerzenden Bauch hielt.

„Ja, sie leitet die Ermittlung in dem Fall der Wasserleiche, die hinter meinem Boot gefunden wurde. Kennst du sie?“

Götz nickte.

„Ja, aus einem früheren Leben."

Er hielt Thiess den Zettel vor die Nase.

„Woher hast du die Information? Und sag nicht wieder, dass es illegal ist! Das ist es auch, wenn ich dir meine alte Dienstwaffe gebe."

Er ließ sich schnaubend auf einen Holzstuhl fallen, Annika war sofort bei ihm, um ihn zu stützen, doch Götz lehnte ab.

Thiess trat zu der Holzreling, an der er bis vor ein paar Tagen noch gearbeitet hatte. Seine Finger glitten über das nahezu perfekt geschliffene Material und er senkte den Blick, um noch einmal zu prüfen, ob er nicht doch noch irgendeine Kerbe übersehen hatte. Er brauchte diesen Moment, um sich zu fokussieren.

„Ich habe dir nie von meiner Vergangenheit erzählt, Götz."

Thiess ging um die Reling herum, sodass das zu bearbeitende Holzstück nun zwischen ihm und dem älteren Mann und Annika war.

„Ich war mal ein Hacker, ein richtig guter sogar. Zusammen mit ihrem Bruder bin ich in alles eingedrungen, was sich im öffentlichen Netz getummelt hat. Uns war keine Sicherheitsvorkehrung zu schwer, keine Firewall zu kompliziert. Als Team waren Lasse und ich wirklich verdammt gut! Aber das Wissen ist nicht vom Himmel gefallen. Wir hatten einen Lehrer, der uns alles beigebracht hat."

„Dieser Willem ...", warf Annika ein, die an der Werkbank direkt neben Götz Brandstädter stand.

Thiess nickte und trat zur offenen Tür der Werkstatt. Er schaute hinunter auf den Steg und das Wasser.

„Willem war auch mal ein super Hacker. Er war in seiner Hochzeit einer der führenden Köpfe des Chaos Computer Clubs, die sich in den 80ern und 90ern intensiv mit der Identifizierung von Sicherheitslücken auseinandergesetzt haben. Es gab damals spektakuläre Aktionen. Immer wieder wurden die Mitglieder des Klubs in die kriminelle Ecke gesteckt. Aber in Wirklichkeit waren sie Pioniere und haben die Sicherheit unserer IT-Systeme erst so richtig vorangebracht."

„Was hat das mit der Wasserleiche zu tun?", wandte Götz ein.

„Lasse und ich haben damals unter Anleitung von Willem Sneider, dessen Hackername Deaftone ist, ein Gerät entwickelt, mit dem sich gezielt nach Informationen im Internet suchen lässt. Eine Art Hardware-Google, das nicht nur im sichtbaren Internet suchen kann, sondern auch im Darknet."

Jetzt war es Annika, die verständnislos dreinschaute.

„Darknet? Ist das nicht das, wo sich die ganzen durchgeknallten Typen Waffen und Drogen beschaffen?"

„Ja", bestätigte Thiess, „aber das Darknet ist weit mehr. Und es war nicht immer nur illegal. Auch heute noch dient es vielen Leuten, die in ihren Heimatländern verfolgt und gejagt werden, als Plattform zum Informationsaustausch."

„Junge, ich verstehe immer noch nicht, wie das alles zusammenhängt."

Thiess lächelte. Er wusste, dass er manchmal dazu neigte, zu weit auszuholen und vom eigentlichen Thema abzukommen.

„Das Darknet ist mein Arbeitsplatz. Ich kenne mich da ganz gut aus. Und dieses Gerät, von dem ich erzählt habe, es funktioniert. Lasse und ich waren vor dem Feuer kurz davor, die Programmierung fertigzustellen. Wir hatten es nie bis zu einem funktionierenden Testlauf geschafft. Aber ich habe das Gerät neulich von Deaftone abgeholt und angeschlossen, und es läuft."

„Ist das der kleine schwarze Kasten, den ich vorhin in der Hand hatte?"

Thiess nickte und grinste.

„Ja, er hat inzwischen sogar ein Funkmodul und WLAN und verbindet sich automatisch mit dem Dongle, den ich in meinen Firmenrechner gesteckt habe. Ich habe in der Firma Zugriff auf die Datenbanken der Polizei und der Rechtsmedizin und habe Willi mit den Ergebnissen des LKA gefüttert. Interessant war der Hinweis, dass dieser besonders alte Mörtel an den beiden Leichen gefunden wurde. Willi hat dann diese Adresse ausgespuckt."

„Willi?"

Thiess schmunzelte und wies mit dem Kopf auf Annika.

„Ihr Bruder hatte die Idee, dem Kasten den Namen zu geben."

Götz schüttelte den Kopf.

„Ihr solltet da trotzdem nicht allein hinfahren! Wenn das der Ort ist, wo die Frauen ermordet wurden, dann braucht ihr Unterstützung. Das ist Aufgabe der Polizei!"

Thiess wusste, dass Götz recht hatte. Aber sie hatten auch keinen Beweis, der verwertbar war. Die Art, wie er sich die Informationen beschafft hatte, war höchst illegal gewesen und wahrscheinlich würde er seinen Job beim LKA verlieren.

„Ich weiß, aber ich habe nicht die Zeit, mit dieser Thordsen zu diskutieren. Die steckt mich erst mal in U-Haft und befragt mich stundenlang, bevor sie etwas unternimmt. Diese Zeit hat mein Großvater nicht mehr. Er ist 94 und sitzt im Rollstuhl."

Annika und Thiess verließen das Bootshaus durch die Terrassentür.

Götz griff nach seinem Handy und suchte im Adressbuch nach den Relikten seiner Vergangenheit. Es hatte einen Grund gegeben, warum er diesen Kontakt nicht gelöscht hatte. Dessen war er sich eigentlich immer bewusst gewesen. Er war Psychologe und musste eigentlich wissen, wie so etwas funktionierte.

Der Daumen blieb über dem Kontakt stehen und schaffte es noch nicht auf das Display. Doch schließlich drückte er die Taste. Nach nur zwei Freizeichen meldete sich die Vergangenheit mit deutlichen Worten.

„Götz, ich hätte nicht gedacht, noch mal von dir zu hören!"

„Ich brauche deine Hilfe."

„Das war mir klar. Was willst du wissen?"

„Ein Freund von mir ist dabei, eine große Dummheit zu begehen! Er braucht deine Hilfe!"

„Hm, sicher. Und wie geht es dir?"

„Gut."

„Gut? Als wir uns zuletzt gesprochen haben, war deine Frau gerade gestorben, man hatte dich vor die Wahl gestellt, zu kündigen oder entlassen zu werden und es gab Gerüchte, du wärst an Krebs erkrankt."

„Ja, das ist alles richtig. Wirst du meinem Freund helfen?"

„Wie heißt dein Freund und was ist das Problem?"

Götz erzählte von Thiess' Vorhaben.

„Danke, dass du mich angerufen hast. Wir kümmern uns darum."

„Danke!"

„Das war ich dir schuldig. Pass gut auf dich auf."

„Dafür ist es zu spät, denke ich", sagte Götz und unterbrach die Verbindung.

Kapitel 66

Dienstag, 20. August 2019, 10 Uhr 30

Pettermann, Clausen und Henning standen in der Rechtsmedizin und schauten auf die Leiche. Der tote Körper wies Strangulationsmerkmale auf.

Jana Thordsen stürmte, ihr Smartphone in der Hand haltend, in den Obduktionssaal.

„Entschuldigen Sie, aber ich hatte noch einen wichtigen Anruf. Gibt es schon etwas Brauchbares?"

Wie Kriminalhauptkommissarin Thordsen bereits durch das Eis erkannt hatte, fehlte dem Toten die Nase. Die Schultergelenke waren dem Opfer bei Bewusstsein gebrochen worden. Seine Schmerzen mussten unerträglich und der Tod eine Erlösung gewesen sein. Nun standen sie zu dritt um den Tisch. Der Leichnam bot einen seltsamen Anblick.

Pettermann hatte angefangen, die Obduktion einzuleiten.

„Er ist erfroren."

„So weit waren wir doch schon, wenn ich mich richtig erinnere", konterte Thordsen und wollte noch etwas hinzufügen, doch der Blick von Pettermann ließ sie verstummen.

„Ich denke es geht hier nicht unbedingt um die Frage, woran dieser Mann gestorben ist. Vielmehr sollten Sie sich fragen, wer in der Lage ist, jemanden so schnell erfrieren zu lassen."

„Nick ist schon dabei, den Besitzer der alten Schlachtfabrik ausfindig zu machen. Wir wissen bisher nur, dass das Gelände mal einer russischen Firma gehörte."

Sie ging um den Tisch herum und drängte sich zwischen Clausen und Henning und warf einen intensiven Blick auf den Kopf des Toten.

„Was sind das für Male an seinem Hals?"

„Strangulation. Ein Seil, würde ich sagen."

„Vermutung oder wissen Sie es?"

„Clausen hat den Abdruck fotografiert, sobald die Eisschicht abgetaut war, und das Foto durch die Datenbank geschickt. Es stammt von einem Seil."

„Aber was für ein Seil, können Sie nicht sagen?"

Clausen und Henning sahen sich an. Es war immer wieder erstaunlich, wie Nicht-Rechtsmediziner annahmen, man brauche ein Indiz nur ansehen und wüsste sofort, um welches Material es sich handelte und wo man es bekam. Diese Typen sahen zu viele Serien wie *CSI* oder *Tatort*. Das hatte selten etwas mit echter forensischer Arbeit zu tun. Spurenanalyse lief ganz anders.

„Ein bisschen was sollen Sie ja auch noch herausfinden, Frau Kommissarin", entgegnete Professor Pettermann.

„Hat er sonst noch Male? Oder Stichverletzungen? Haben Sie vielleicht irgendetwas in seinem Blut gefunden? Ist er betäubt worden? Er wird ja nicht freiwillig dort hochgeklettert sein und hat sich mit Wasser übergießen lassen."

Pettermann zuckte zusammen und sah Nikolaus Eifler an, der gerade hereingekommen war.

„Was sagen Sie da, junger Mann? Er wurde mit Wasser übergossen?“

„Ja, aber das vermuten wir erst mal nur“, bestätigte der junge Polizist. „Es gibt keine Zeugen, die gesehen haben, wie der Mann auf das Gelände der Fleischerei gekommen ist. Man braucht schon einen großen Kühllaster, um eine Truhe mit einem Menschen drin zu transportieren. Wir haben aber auch keine Spuren eines Fahrzeugs gefunden, die frisch genug sind. Darum glauben wir, dass der Tote in der Halle umgebracht wurde. Die KTU hat herausgefunden, dass die alten Wasserleitungen noch intakt sind und jemand sie so modifiziert hat, dass dort Wasser mit Minusgraden aus der Leitung kommt. Eine Art Eismaschine!“

„Ich habe mich nur auf den Leichnam konzentriert“, entgegnete Pettermann und sah die Kommissarin an. Er streifte die Handschuhe ab und drehte sich auf dem Absatz um.

„Warten Sie einen Augenblick, ich habe eine Idee.“

Er stürmte durch die Schwingtüren, sodass diese ihrem Namen alle Ehre machten, und verschwand durch den Gang in den Katakomben der Rechtsmedizin. Thordsen und Nikolaus waren mit Clausen und Henning nun allein. Eine bedrückende Stille machte sich breit. Henning untersuchte den Körper mit einem Vergrößerungsglas auf weitere Verletzungen. Doch sie fand nichts. Unterdessen meldete sich das automatische Analysegerät und verkündete, dass die Blutgasanalyse fertig war.

„Das ist seltsam“ murmelte Clausen und kam auf Thordsen zu.

„Er hatte ein sehr starkes Sedativum in seinem Blut."

„Ja, und?"

„Und geringe Mengen von flüssiger Blausäure."

Thordsen horchte auf und sah Clausen eindringlich an.

„Flüssige Blausäure? Hatte das diese Hackerin nicht auch in ihrem Blut?"

„Ja. Auch Ihre Kollegin Yasmin hatte Spuren von Blausäure im Blut, allerdings nur noch minimale Restbestände. Das meiste haben wir in Kügelchen in ihrer Nase gefunden. Zumindest in dem Teil, der übrig geblieben war."

„Im Bericht steht das aber nicht.", meinte Nikolaus, der in den Unterlagen blätterte.

In diesem Moment kam Professor Pettermann mit einem Buch zurück. Er schwenkte es wie eine Trophäe über seinem Kopf.

„Ich habe etwas gefunden. In einem Buch über die Folterspiele der Nazis im Zweiten Weltkrieg."

Er trat mit dem Buch in der Hand zu Thordsen und zeigte auf eine blasse Bleistiftzeichnung. Trotz der dünnen Linien war deutlich zu erkennen, um was es ging.

„Das Einfrieren war eine typische Bestrafung in den Konzentrationslagern der Nazis. Einige Kapos hatten ihren Spaß daran, Gefangene mit Wasser zu übergießen und dann im Winter draußen stehen zu lassen. Oftmals wurden die Delinquenten an Pfähle angebunden, damit sie ja nicht umfielen. Dann wurden sie immer und immer wieder mit kalten Wasser übergossen. Es bildeten sich schnell dichte Eisschichten."

Clausen schluckte.

„Hat das jemand überlebt?"

Pettermann schüttelte den Kopf.

„Nein, natürlich nicht."

Der forensische Direktor schien um Jahre gealtert zu sein.

„Jetzt macht das Ergebnis Sinn. Die Blausäure, die wir in der jungen Frau gefunden haben ..."

Thordsen spitzte die Ohren.

„Zyklon B."

Pettermann blätterte in dem Buch und zeigte auf das Foto einer Zyklon-B-Dose.

„Damit wurden in Auschwitz und anderen sogenannten Vernichtungslagern die Inhaftierten vergast."

„Womit haben wir es hier zu tun, Professor? Mit einem alten Nazi?"

Henning hatte bisher noch nichts gesagt, doch auf ihrem Gesicht war die Furcht deutlich zu sehen.

„Das werden wir herausfinden", sagte Thordsen und drehte sich zur Tür. „Darf ich das mitnehmen?"

Etwas widerwillig übergab Pettermann ihr das Buch.

„Seien Sie vorsichtig, das ist ein wertvolles Einzelexemplar."

Pettermann wandte sich wieder der Leiche zu, doch gerade als Thordsen durch die Tür verschwinden wollte, rief er sie noch mal zurück.

„Übrigens, dieser bedauernswerte junge Mann hatte den gleichen Mörtel unter seinen Fingernägeln und Schuhen wie Ihre tote Kollegin."

Jana Thordsen blieb vor der Schwingtür stehen.

„Ist es möglich, ihn etwas genauer zu bestimmen?"

Pettermann warf ihr einen giftigen Blick zu.

„Das ist nicht meine Aufgabe! Ich habe es an die Kriminaltechnik geschickt, die kümmert sich um die Untersuchung. Meine Patienten sind eher aus Fleisch und Blut."

Kapitel 67

Dienstag, 20. August 2019, 14 Uhr

Annika stoppte ihren Bulli vor der großen Mauer im Wald. Sie war zugewuchert und hatte ein paar Löcher, doch sie schien immer noch sehr stabil zu sein.

„Bist du sicher, dass wir hier richtig sind?“

„Google Maps sagt, dass das hier die Adresse ist.“

„Aber ich sehe nichts. Hier ist nur ein Zaun, kein Haus oder so.“

Thiess stieg aus dem Wagen und schaute sich die Mauer genauer an. Sie war mindestens drei Meter hoch und oben mit Stacheldraht versehen.

Auch Annika stieg nun aus dem Bulli. Thiess’ Schulter schmerzte, aber er versuchte, sich nichts anmerken zu lassen und holte noch eine der starken Schmerztabletten aus der Hosentasche, die Annika ihm zur Sicherheit gegeben hatte. Gequält schluckte er sie herunter. Die Gegend sah verlassen aus. Weit und breit war niemand zu sehen. Er schaute noch mal auf die Adresse, die Willi und die Rechner der Polizei ermittelt hatten. Sie mussten richtig sein. Hätte das Navi auf dem Smartphone sie nicht ein paar Mal in die vollkommen falsche Richtung geschickt, wären sie schon vor 2 Stunden hier gewesen.

„Bleib erst mal hier, ich schaue mir das mal alleine an ...“

Thiess trat an die Mauer heran und wollte gerade anfangen, hinaufzuklettern, als eine Hand ihn zurückriss.

„Bist du verrückt? Schau!“

Sie zeigte auf das gelbe Warnschild. Die Mauer war scheinbar elektrisch gesichert. Nun sah er die dünnen Elektrodrähte, die kreuz und quer an der Mauer befestigt waren. Das hätte wirklich schiefgehen können.

„Uff, danke.“

Thiess atmete durch. Er ging an der Mauer entlang so weit es ging. Nirgends war ein Eingang zu sehen.

„Was soll das hier eigentlich für ein Gebäude sein?“

Annika war zu ihm getreten und er hatte es aufgegeben, sie wieder ins Auto zu schicken. Wie schon als Kind hatte sie ihren eigenen Kopf und ließ sich keine Vorschriften machen.

„Dazu hat Google nichts gesagt. Was schon irgendwie komisch ist.“

Er ging bis zu einer Gruppe von dicken Kastanien. Die Mauer verlief direkt hinter einer Kastanie.

„Wir bräuchten eine Leiter ...“

Er schaute sich um, von Annika war nichts zu sehen. Er ging zum Bulli. Annika stand hinten und war gerade damit beschäftigt, Klettergeschirr anzulegen.

„Was machst du da?“

„Wonach sieht es denn aus?“

„Klettern. Aber hier?“

„Schon mal was vom Baumklettern gehört?“

„Okay, aber ich sollte das machen ...“

„Sei nicht albern, du bist verletzt.“

„Ja, aber ...“

„Aber was? Weil du ein Mann bist? So gut sind die Schmerztabletten auch nicht!“

Sie zog den Gürtel straff und schnappte sich die Sicherungsseile und ein kleines armbrustähnliches Werkzeug und ging an ihm vorbei.

„Du hast Höhenangst, wenn ich mich richtig an den Vorfall im Meiendorfer Wald erinnere. Du bist runtergefallen, weil dir schwindelig geworden ist. Lasse hat dich danach dann nach Hause getragen.“

„Ich weiß, aber ...“

Annika schaute nach oben in die Kastanie und befestigte dann ein Gewicht einem Seil. Das spannte sie in die Armbrust ein und visierte einen dicken Ast in der Krone der Kastanie an.

Wusch ...

Das Seil flog empor und schlang sich im ersten Anlauf um den dicken Ast der Kastanie. Der Winkel war perfekt getroffen, sodass das Gewicht auf der anderen Seite herunterfiel und Annika es aufheben konnte. Sie begann sich vorsichtig hinaufzuziehen. Thiess staunte, als er sie mit einer Leichtigkeit hinaufklettern sah, die er nicht für möglich gehalten hatte. Sie verschwand in der dichten Baumkrone der Kastanie.

Kapitel 68

Dienstag, 20. August 2019, 14 Uhr 15

Heinrich lag in einer Ecke des dunklen Raumes. Er spürte seine Beine nicht. Sie gehorchten ihm schon lange nicht mehr so wie damals 1945, als er all die Entbehrungen auf sich genommen und letztlich die Freiheit erlangt hatte. Freiheit, dachte er, was für ein großes Wort. Es steht mir nicht zu, von Freiheit zu reden. Ich habe bekommen, was ich verdient habe.

Sein Atem war flach. Er bemerkte nicht, dass neben ihm jemand lag, der ebenso still war. Seine Augen kamen mit der Dunkelheit nicht mehr zurecht. Sie sahen nur schummrige Schatten, verschwommen und mit ausgefransten Umrissen. Gesichter zu erkennen, vor allem in dieser Finsternis, war ihm unmöglich. Zuerst hörte er nur ein flaches Keuchen und dann ein angestrengtes Kratzen.

„Ist da jemand?“

Niemand antwortete. Wahrscheinlich hatte er sich das nur eingebildet. Er bekam schon Halluzinationen. Genauso war es damals in Auschwitz gewesen, als er sich bei den Häftlingen mit Flecktyphus angesteckt hatte. Ein paar Tage hatte er auf der Krankenstation mit den Juden zubringen müssen. Die Krankenstation für die deutschen Soldaten war voll gewesen. Man hatte ihn schon abgeschrieben, weil er so jung und so schwächlich gewesen war, und dann wurde er zu den anderen gesteckt. Ein Wunder, dass er es überlebt hatte.

Da war das Kratzen wieder, begleitet von einem unterdrückten Husten. Es kam aus der Dunkelheit, nicht weit entfernt.

„Hallo!"

Heinrichs Stimme war schwach. Doch er meinte, eine Antwort zu hören. Er versuchte sich aufzurichten, doch es gelang ihm nicht. Seine Beine versagten ihren Dienst. Er stemmte sich auf die Unterarme und robbte in den Raum.

Mit einem Mal stieß er gegen etwas. Seine Hand glitt nach vorne und berührte ein Bein.

„Wer ist da?", flüsterte eine Stimme in der Dunkelheit. Heinrich horchte auf. Die Stimme kam ihm bekannt vor, er wusste aber nicht woher.

„Wer bist du?", fragte Heinrich.

„Ich bin's, Lasse."

Heinrich dachte nach. Woher kannte er diesen Namen?

„Lasse?"

Die Erinnerungen kamen wieder zurück. Er kannte nur einen Lasse. Der war als Knirps auf die Apfelbäume in seinem Schrebergarten geklettert und hatte sich geweigert, aus der Baumkrone herunterzukommen. Wie ein Pirat hatte dieser Lasse im Baum gehockt und Ausschau gehalten. Er wollte immer fliegen. Wie Peter Pan wollte er nie erwachsen werden und einfach nach Nimmerland entfliehen.

„Lasse", flüsterte Heinrich leise. Seine Stimme mochte die feuchte Luft nicht. Das Atmen und Sprechen fiel ihm schwer. Ein dicker Stein lastete auf seiner Brust und die Lunge rasselte bei jedem Atemzug.

„Ich bin es, Heinrich Riedel. Der Opa von Thiess."

Auf den Ellenbogen robbend kam er näher und lehnte seinen Oberkörper keuchend gegen die Wand. Er hörte den schwachen Atem des anderen. Der Kopf drehte sich zu Heinrich und die Stimme war nur ein Hauchen.

„Opa, es tut mir leid. Es ist alles meine Schuld!"

Heinrich packte die Hand des anderen und war erschrocken über die Eiseskälte.

„Unsinn, es ist nicht deine Schuld."

Wenn du wüsstest, was echte Schuld bedeutet, dachte Heinrich und umklammerte die Hand mit seinen knochigen Fingern.

„Wir sind alle unseren eigenen Dämonen verpflichtet.", flüsterte Heinrich und versuchte, den Oberkörper ein Stück höher zu bringen, damit er nicht auf den Boden rutschte. Er trug nur noch das weiße Hemd. Sein Jackett war verschwunden.

Lasse schwieg, stattdessen keuchte er nur und atmete schwer.

„Mir ist warm."

„Ja, es ist wirklich sehr warm hier", bestätigte Heinrich und tastete mit der Hand auf dem Boden umher.

„Der Boden ist heiß."

„Feuer. Wir werden durch das Feuer sterben."

Heinrich packte Lasse an der Schulter.

„Es ist alles meine Schuld", flüsterte Lasse.

„Unsinn", fluchte Heinrich und stützte sich an Lasse ab, um auf die Beine zu kommen. Die knochige, abgemagerte

Schulter des jungen Mannes war nun wahrlich keine große Hilfe. Heinrich stützte sich an der Schulter ab und versuchte, sich auf seinen streichholzdünnen Beinen aufzurichten. Erst zog er langsam das linke Bein an und hockte seitlich neben Lasse. Dann ging er langsam auf die Knie. In seinen Kniegelenken war schon lange kein Knorpel mehr und er hätte am liebsten aufgeschrien, doch das konnte er vor diesem Jungen nicht machen. Was sollte Lasse von ihm denken? Also schickte er all die Kraft, die noch in seinen 94 Jahre alten Knochen und Muskeln steckte, in die Arme und Beine und stemmte sich an der Schulter hoch. Schnaufend und keuchend kam der zerbrechliche Körper höher. Lasse versuchte ein Stöhnen zu unterdrücken, doch das Hängen an der Decke hatte in seinen Schultern ein paar Muskeln angerissen. Bei jeder Berührung von Heinrich stieß Lasse einen Schmerzenslaut aus.

Nach einer halben Ewigkeit hatte Heinrich es geschafft und lehnte an der kalten Wand ihres dunklen Gefängnisses und verschnaufte.

Kapitel 69

Dienstag, 20. August 2019, 14 Uhr 30

Nachdem Annika auf nahezu spielerische Art leicht über die Mauer in den Baum gekommen war, hatte sie Thiess ein zweites Seil hinabgeworfen und ihn mithilfe einer Art selbst gebauten Seilwinde hinaufgezogen, die sie um ein paar äußerst massiv aussehende Rohre geschlungen hatte, die auf der Mauer entlang liefen und mit dicken Schellen im Mauerwerk verankert waren. Der Abstieg auf der anderen Seite der Mauer war einfach gewesen.

Sie waren in dem großen verwilderten Garten herumgelaufen und hatten nach einiger Zeit den Eingang zu dem großen Haus gefunden, das mal eine Art Sanatorium gewesen sein musste. Das Gebäude wirkte verfallen und einsturzgefährdet, die Türen hingen in den Angeln und waren mit bunten Graffiti beschmiert. Die Fensterscheiben waren vorne komplett zerbrochen, die Holzrahmen aufgesplittert und am Mauerwerk hatte sich der wilde Efeu emporgeschwungen. Die Eingangstreppe bestand aus buntem Marmor. Thiess wies auf die tiefen Löcher, wo der Marmor zerborsten war.

„Pass auf, hier kannst du umknicken."

„Schlaumeier. Ich habe meine hochhackigen Pumps nicht an, wie du vielleicht bemerkt hast."

„Vielleicht sollte einer von uns erst mal draußen bleiben. Zur Sicherheit. Bitte!“

Thiess sah sie eindringlich an und machte klar, dass er es dieses Mal ernst meinte.

Die 2 Meter 50 hohe massive Holztür knarrte gewaltig, als er versuchte, sie aufzuziehen. Während Annika murrend zurück zur Marmortreppe ging und sich auf einer halbwegs sauberen Stufe niederließ, schlüpfte Thiess durch den Spalt und tauchte in die Dunkelheit ein. Staub und Dreck schwirrten durch die Luft, der Boden war sandig und überall lagen Schrauben und Steine herum, Papierfetzen und Plastikflaschen, Zigarettenkippen und Zeitungen.

Er schlich nahezu lautlos durch die Gänge. Seine Schulter schmerzte trotz der Hammerdosis, die er inzwischen intus hatte und es war nicht einfach, die Waffe die ganze Zeit zu halten. Kurzerhand sicherte er die Pistole und steckte sie in den Bund der Hose in seinem Rücken.

Als er einen weiteren Gang bis zum Ende abgeschritten war und vorsichtig um die Ecke schaute, sah er in der Mitte des Ganges einen kleinen Stuhl, auf dem ein Laptop stand. Vor diesem Laptop stand eine hochgewachsene Gestalt.

Thiess ließ die Waffe sinken.

„Du?“

Kapitel 70

Dienstag, 20. August 2019, 14 Uhr 45

Es lag auf der Hand. Warum war er da nicht eher drauf gekommen? Nur der Grund war ihm nicht klar.

Deaftone grinste auf seine unnachahmliche schmierige Weise, die Thiess schon als Kind irritiert hatte. Es war das Einzige gewesen, was er immer unsympathisch gefunden hatte. Aber das half ihm jetzt auch nicht weiter.

„Eigentlich hätte ich es wissen müssen. Du bist schon immer wie ein Wiesel gewesen, Willem. Nein, schlimmer. Du warst eine dreckige Ratte."

„Ja, lach nur und beschimpfe mich, Thiess. Das wird dir jetzt aber auch nicht weiterhelfen."

Deaftone fuchtelte mit der Waffe vor Thiess' Gesicht herum.

„Aber du bist nicht der Kopf hinter der ganzen Sache. Wer bezahlt dich für das alles?"

„Ach Thiess, es geht nicht immer nur um Geld. Ihr beiden seid die Besten gewesen. Wenn ihr den kleinen Russen nur einmal eingeweiht hättet, wäre alles möglich gewesen. Der Junge hatte Talent, aber das habt ihr nicht gesehen."

„Wovon redest du?"

„Du bist noch nicht drauf gekommen? Bist du wirklich so schwer von Begriff?"

Deaftones Lachen hallte durch die leeren Gänge wider.

„Der Nachbarsjunge. Du hast dir doch sein Haus angeschaut. Charles!"

„Der Junge hat als Kind schon Katzen gequält und getötet. Er hat versucht, Annika zu vergewaltigen."

„Ach was, die Kleine wollte es doch so."

Deaftone griff nach einem Taschentuch und wischte sich den Schweiß von der Stirn. Er schwitzte wie ein Schwein. Thiess sah die dicken Tropfen, die sich im Gesicht seines Gegners gebildet hatten und langsam an ihm herabliefen.

„Mein Großvater hat ihn dabei erwischt, wie er Annika vergewaltigen wollte. Er hatte schon seine Hose ausgezogen. Sie war erst zwölf!"

„Aber sie ist doch auch ein Schnuckelchen, oder?"

Deaftone grinste wieder und Thiess hätte ihm am liebsten einen Kinnhaken verpasst. Aber die Mündung der Waffe vor seinen Augen hielt ihn davon ab. Er war kein Held, der sich auf seinen Angreifer warf und ihm die Waffe entwendete. Er war ein Computerspezialist, ein Analyst, der Informationen miteinander verknüpfte. Warum um alles in der Welt hatte er die Waffe von Götz mitgenommen? Sie steckte hinten in seiner Hose, doch er traute sich einfach nicht, danach zu greifen.

„Wo ist Charles?"

„Das wirst du noch früh genug erfahren."

Das bedeutete, er wollte er ihn nicht töten, noch nicht. Innerlich atmete Thiess durch, was die Waffe vor seinem Gesicht nicht weniger bedrohlich machte. Aber für den

Moment konnte er sicher sein, dass Deaftone nicht abdrücken würde.

„Was hat er mit meinem Großvater gemacht?“

„Auch das wirst du noch früh genug erfahren. Ihr seid bald wieder zusammen, du und der alte Nazi!“

Deaftone kam einen Schritt näher, die Hand mit der Waffe war nah. Vielleicht hätte Thiess sich einfach draufstürzen können, um ihm die Waffe zu entreißen.

Thiess spürte den kalten Schweiß auf seiner Stirn. Deaftone würde ihn erschießen, da war sich Thiess sehr sicher. Charles würde nicht kommen. Es gab keinen Grund, dass Charles sich ihm offenbarte. Sein Ziel war offensichtlich, Thiess und Lasse zu zerstören. Wo immer Charles auch gerade war, zumindest würde er Thiess gleich vernichten lassen. Und sein Großvater war auch bereits in seiner Hand, wahrscheinlich längst tot. Jetzt, wo Thiess ihn gerade erst wiedergefunden hatte. Dass er ein Nazi sein sollte, konnte und wollte Thiess nicht glauben. Es durfte nicht sein. Er war in Auschwitz dabei, doch er war mit Sicherheit kein Nazi. Nein.

1 und 0.

An und aus. 1 und 0. An und aus.

Thiess blickte auf das Handgelenk, das die Waffe hielt. Wie Deaftone so mit der Waffe herumfuchtelte, fiel sein Blick auf den kleinen Schalter am oberen Ende des Griffs. 1 und 0. An und aus. Er war sicher, dass Charles genau mitbekam, was hier passierte. Es musste Kameras geben. Charles war ein Kontrollfreak. Er würde sichergehen wollen, dass Deaftone ihn ausschaltete. Er würde es mit eigenen Augen sehen wollen!

„Was suchst du, Thiess?“

„Die Kameras, Willem. Ich denke, Charles wird dir nicht trauen. Er will sichergehen, dass du mich tötest. Er hat Kameras installiert, um das genau zu verfolgen.“

„Ach, du hältst dich wohl für besonders schlau.“

Thiess zuckte mit den Schultern.

„Schlauer als du auf jeden Fall.“

„Ist das so?“

In dem Moment warf sich Thiess auf den beleibten Computerhacker und versuchte, ihm die Waffe zu entreißen. Doch Deaftones Hände schienen mit der Waffe verschmolzen zu sein. Die dicken Finger hatten sich um den Griff geklammert, sodass Thiess einfach abrutschte und neben dem dicken Mann zu Boden fiel. Deaftone hatte sich nicht mal bewegt.

„Du denkst wohl, du bist richtig schlau, Thiess.“ Ein wenig außer Atem war Deaftone aber doch. „So ein richtig schlaues Kerlchen. Ich habe deine Arroganz schon damals gehasst.“

Thiess lag im Dreck des gekachelten Raumes und blickte auf. Deaftone stand über ihm, die Waffe auf ihn gerichtet.

Das Brett traf mit voller Wucht den Hinterkopf von Deaftone und er ließ die Waffe fallen und ging zu Boden.

Annika hatte das Holzbrett noch immer in der Hand und zitterte am ganzen Körper. Thiess nahm es ihr vorsichtig ab und nahm sie behutsam in den Arm.

„Das ist das Adrenalin, das geht gleich vorbei ...“

„Das weiß ich, ich bin Ärztin.“

„Wir sollten ihn fesseln. Aber womit? Ich sehe hier nichts."

Sie schauten sich in der Eingangshalle um, doch außer ein paar kaputten Stühlen und zerfleddertem Teppich auf dem zerkratzten Marmor war da nichts, was sich als Fessel eignete.

„Hast du keine Handschellen dabei? So was habt ihr bei der Polizei doch immer."

Thiess zuckte mit den Schultern und verzog das Gesicht vor Schmerzen.

„Ich bin ja kein Polizist. Nur Forensiker."

„Hm."

Annika schaute sich den dicken Computerhacker an, wie er da am Boden lag. Die blutige Stelle am Kopf war bereits getrocknet. Er atmete, war also noch am Leben.

„Hilf mir mal, wir ziehen ihn aus."

Sie trat zu dem massigen Körper und fing damit an, ihm zuerst das durchgeschwitzte Hemd auszuziehen, dann folgte die Jeans. Anschließend schleiften sie den Körper zu den Heizungsrohren in der Ecke der Eingangshalle und zogen seine Arme hinter das Rohr. Annika zerriss Deaftones Hemd und schlang es hinter dem Heizungsrohr um seine Handgelenke. Sie zurrte es fest und machte einen dicken Knoten. Die Jeans benutzten sie als Fessel für die Beine des dicken Hackers.

„Mit dem habt ihr immer abgehangen? Der war nie cool, Thiess."

Thiess gab Annika die zweite Waffe, mit der Deaftone ihn bedroht hatte.

Nebeneinander gingen sie durch die dunklen Gänge des alten Sanatoriums.

Es war wie der Besuch eines Geisterhauses. Draußen stürmte es und in manchen Zimmern tropfte es von der Decke herab in den Raum. Die Löcher auf dem Dach mussten gewaltig sein. Betten standen in den Zimmern und auf den Fluren, mit dicken Riemen zur Fixierung der Patienten. Messgeräte und medizinisches Besteck aus den 1950er-Jahren lag auf den zum Teil zerbrochenen Schreibtischen, die Gardinen hingen schräg herab und der Fußboden war übersät mit Müll. Sie schauten sich Zimmer um Zimmer an, aber weder von Lasse noch von Heinrich war etwas zu sehen. Nur ein paar Ratten huschten über die gekachelten Böden des alten Sanatoriums.

„Ich kann nicht mehr, Thiess. Ich habe Durst!"

Thiess wischte sich ein paar Spinnfäden aus dem Gesicht und trat in den nächsten Raum. Es war eine Art Ballsaal, in der Mitte stand ein altes Klavier, über und über mit Staub und Dreck bedeckt. Schwere löchrige Vorhänge hingen an den mit Dreck beschmierten Fenstern. Die Luft in diesem Raum wirkte nicht so muffig und verbraucht wie im Rest des Hauses. Thiess blieb in der Mitte des Saals stehen.

„Ich glaube, ich habe hier etwas gefunden."

Er schaute sich um, doch von Annika war nichts zu sehen. Er lief durch den Saal und schaute hinter jeden Vorhang, doch sie war nirgendwo.

„Annika? Mach keinen Scheiß! Wo bist du?"

Thiess lief zum Durchgang zurück und zu dem Zimmer, aus dem er gerade gekommen war. Es war der Speisesaal gewesen. Lange Tischreihen und Holzbänke standen nebeneinander, auf den Tischen standen sauber aufgereiht Teller aus glänzendem Aluminium. Waren da nicht eben noch Holzteller gewesen? Und die Holzbänke waren doch eben noch Stühle gewesen?

Thiess fasste sich an die Stirn. Ihm war mit einem Mal sehr heiß. Er drehte sich langsam um und ging zurück in den Ballsaal. Das Klavier stand noch da. Erleichtert atmete er aus und ließ sich dann auf dem dreckigen Schemel vor dem Klavier nieder. Er ließ seinen Blick durch den Raum schweifen, über die zerfledderten Vorhänge und die beschmierten Fensterscheiben.

Ihm wurde schwindelig und er rutschte vom Schemel zu Boden.

Sein Kopf schien fast zu platzen, als er die Augen öffnete und in die helle Lampe blickte, die geradewegs auf sein Gesicht gerichtet war.

Hinter der Lampe sah er die Silhouetten von zwei Personen, die miteinander redeten. Er konnte nicht verstehen, was sie sagten. Er fühlte sich, als wäre sein Kopf mit Watte zugekleistert worden. Eine der Personen verließ den Raum, die andere kam langsam näher. Das Gesicht kam ihm sehr bekannt vor. Er wusste, dass er den Mann schon einmal gesehen hatte, doch nicht, wann und wo. Es war noch nicht lange her, dessen war er sich sicher. Thiess blinzelte und versuchte, sich zu erinnern. Mit einem Mal fiel es ihm wieder ein.

„Die Sachen im Müll: Bart und Perücke, das war deines. Du warst der Penner, der mich um eine Zigarette angeschnorrt hat."

„Ich hatte erwartet, dass du eher herausfindest, mit wem du es zu tun hast. Auch dein feuriger Kumpel Lasse hat nichts gemerkt. Ihr seid lange nicht mehr so gut wie als Kinder."

Thiess versuchte, sich zu bewegen, doch er konnte nicht. Er war mit dicken Lederbändern auf einem Bett fixiert, das man aufgestellt hatte. Die Schmerzen in seiner Schulter ließen seinen Oberkörper unkontrolliert zittern und den Schweiß über seine Stirn fließen. Er hatte das Gefühl, dass die Wunde aufgegangen war und der Verband mit Wundsekret durchtränkt war.

„Du hast all die Jahre mit diesem Hass gelebt?"

Charles grinste nur diabolisch. Thiess war in seiner Falle und wagte es noch immer, sich gegen ihn zu stellen. Thiess versuchte, die Fesseln zu lösen. Aber Charles hatte ganze Arbeit geleistet. Es gab kein Entkommen.

„Die Kleine ist richtig süß geworden. Und so intelligent. Das habe ich ihr damals gar nicht zugetraut!"

Charles stolzierte vor Thiess auf und ab, das Messer in der Hand. Blut klebte an der Klinge.

Das muss die Waffe sein, mit der diese Hackerin ermordet worden ist, dachte Thiess und spürte, wie sich sein Magen zusammenzog.

Er ruckelte an den Fesseln, doch sie gruben sich nur weiter in das Fleisch seiner Handgelenke.

„Du kommst hier nicht raus. Ihr werdet alle sterben, dafür habe ich gesorgt. Ein großer Knall, und ihr seid alle Geschichte!"

Eine Bombe, durchfuhr es Thiess. Hier muss irgendwo eine Bombe versteckt sein. Das würde zu Charles durchgeknalltem Hirn passen.

Langsam kam Charles zu ihm herüber.

„Aber vorher können wir doch noch ein wenig Spaß miteinander haben."

Die Hand mit dem Skalpell fuhr langsam über die Haut in Thiess' Gesicht. Das Skalpell näherte sich der Nasenwurzel und verharrte einen Moment.

Die Tür wurde aufgestoßen und die zweite Person kam herein. Sie trat aus dem Schatten und Thiess erkannte, dass es ein junger Mann war. Charles wirkte nicht erfreut über das, was er ihm sagte, und schaltete die Lampe aus.

Thiess fühlte einen Hauch von Mut über sich kommen. Vor allem aber wurde im Angesicht des Todes vieles glasklar.

„Ich war bei dir zu Hause!"

Charles Hand blieb weiter über der Nasenwurzel. Er grinste unverhohlen.

„Ich weiß. Ich konnte deine Angst spüren. Du fürchtest dich noch immer vor der Dunkelheit."

Die Klinge fuhr langsam über den Bereich zwischen den Augen.

Thiess schluckte den Kloss herunter und kämpfte gegen die Trockenheit im Mund an.

„Die Mumie ... wer war das?"

Charles lachte lauthals los.

„Halt ihn bei Laune. Ich kümmere mich um die anderen."

Kapitel 71

Dienstag, 20. August 2019, 16 Uhr

Direkt nach dem Besuch in der Rechtsmedizin hatte Jana Thordsen ihr Team informiert. Elena Bennecke und Nikolaus Eifler warteten im Dienstwagen vor dem Gebäude auf ihre Chefin.

„Habt ihr was über die Adresse herausbekommen?", fragte Jana, während Nikolaus den Motor startete und sie Richtung Autobahn fuhren. Jana schaute auf die Anrufliste ihres Handys. Der Kontakt zu Götz hatte etwas in ihr ausgelöst. Es lenkte sie ab. Das konnte sie nicht gebrauchen. Sie steckte das Telefon in die rechte Jackentasche.

Elena, die auf dem Beifahrersitz Platz genommen hatte, reichte ihrer Chefin einen kleinen Zettel.

„Es gibt da nur dieses ehemalige Sanatorium für Lungenkranke. Aber es ist in Privatbesitz und scheint verlassen zu sein. Strom und Wasser werden schon seit zehn Jahren nicht mehr bezahlt. Der Besitzer ist ein russischer Milliardär, der daraus mal Hotel machen wollte. Aber die Pläne liegen auf Eis."

Jana schaute nachdenklich auf den Zettel. Dann schloss sie die Augen. Das Telefonat vor der Rechtsmedizin hatte ein Stück Vergangenheit zurückgebracht. Es war unerwartet gewesen, den Anruf von Götz zu erhalten. Sie hatte sich gefreut, seine Stimme zu hören. Sie hatte immer gerne mit ihm zusammengearbeitet. Dass er so plötzlich die Polizei verlassen hatte, war für sie sehr schwer gewesen, denn sie hatte nicht nur einen guten Kollegen verloren. Es schien ihm einigermaßen gut zu gehen, auch wenn dieser seltsame Unterton in seiner Stimme sie irritiert hatte. Sie nahm sich vor, ihn zu besuchen, wenn dieser Fall geklärt war.

Jana Thordsen, Elena und Nikolaus waren zu Fuß im Wald unterwegs. Mithilfe von Elenas Smartphone waren sie zu den Koordinaten gelangt, die Jana ihnen gegeben hatte bevor ihr Smartphone aufgrund einer Tiefenentladung schwarz wurde. Sie erinnerte sich, dass ihr Ladekabel noch auf dem Schreibtisch im Büro lag. Nikolaus hatte sein Handy wieder mal im Büro liegen lassen. Der Bulli von Annika stand dort verlassen auf dem Waldparkplatz. Im Waldboden entdeckten sie die Fußabdrücke und folgten der Spur bis zu dem Zaun. Sie suchten nach einer Stelle, um auf das Grundstück zu kommen. Klettern war keine Option, das gehörte nicht zur Grundausbildung bei der Polizei. Mittlerweile war es dunkel geworden und heftiger Wind kam auf. Gegen den peitschenden Regen war es schwierig, zu sehen, in welche Richtung sie gingen. Die drei trieften am ganzen Körper. Die Taschenlampen halfen nur bedingt, aber das Unwetter mit Blitz und Donner erhellte den Weg zwischen den drei. Elena hielt ihr Handy in der Hand und versuchte, den Weg zu dem Haus zu bestimmen, das als einziges Anwesen in diesem Wald stand. Es ging tief in den Wald hinein und sie konnten keinen richtigen Weg ausmachen.

„Ich glaube, wir müssen da lang."

Es sah überall gleich aus. Dicht beieinander standen die Bäume. Über ihnen donnerte es und der Regen wurde immer stärker.

Die junge Kommissarin hielt ihr Handy in der einen Hand und zeigte mit der anderen nach links.

„Bist du sicher?", fragte Nikolaus und schaute sorgenvoll in den Himmel über ihnen. „Ich könnte schwören, dass wir hier schon vor zehn Minuten vorbeigekommen sind."

„Ich bin sicher, verdammt! Ich kann navigieren!"

„Okay, okay, nur nicht nervös werden! Ich glaube dir ja."

Thordsen schaute nach oben in den Himmel. Es schüttete wie aus Kübeln und ihre Kleidung war mittlerweile bis auf die Unterhose durchnässt.

„Also, einigt euch mal, wo wir langmüssen. Ich habe das Gefühl, dass wir nicht mehr viel Zeit haben!"

Elena starrte auf ihr Handy, dessen Display schon nass war. Sie drehte es und schaltete die Kalibrierung noch einmal ein, plötzlich veränderte sich die Richtung.

„Oh, ich glaube, wir müssen doch nach links."

„Wie bitte? Elena, konzentriere dich!"

„Ich bin konzentriert, verdammt noch mal."

Sie schaute noch einmal auf das Handy, doch in der Sekunde erlosch der Bildschirm und das Handy ging nicht wieder an.

„So ein Mist."

Nikolaus schüttelte den Kopf.

Das Handy war einfach nicht für nasse Außeneinsätze gedacht. Es ließ sich nicht wieder einschalten und verweigerte seinen Dienst.

„Und jetzt?“, fragte Nikolaus.

Thordsen schaute sich um und bedachte Elena anschließend mit einem langen, prüfenden Blick.

„Elena, bist du dir sicher, dass wir nach links müssen?“

Elena hob die Schultern.

„Das war das Letzte, was ich erkennen konnte, bevor das Handy ausging.“

Der Regen floss in Sturzbächen über ihre Gesichter. In den Bäumen über ihnen rauschte und knisterte es ununterbrochen. Blitze zuckten über den Himmel. Die beiden Frauen gingen los, Nikolaus folgte ihnen in ein paar Metern Entfernung. Er fluchte und war wütend, weil seine teure Lederjacke jetzt komplett ruiniert war. Die Bäume sahen unverändert aus, alles war dicht und eng und ein Baum sah wie der andere aus.

Kapitel 72

Dienstag, 20. August 2019, 16 Uhr 30

Annika war Thiess durch das Gebäude gefolgt. Sie war durstig und brauchte eine Pause. Thiess ging nur ein paar Schritte weiter in den Nachbarraum, einen großen Saal. Sie konnte durch den Bereich, wo einst große, elegante Flügeltüren gewesen sein mussten, das Klavier in der Mitte des Raumes sehen. Thiess ging darauf zu.

„Thiess, warte doch mal. Ich habe Durst", rief Annika ihm hinterher. Doch Thiess hörte nicht. Er war um die Ecke gegangen. Annika folgte ihm in den Raum und schaute sich um.

„Thiess? Wo bist du? Hör auf mit dem Scheiß! Das ist jetzt nicht die Zeit zum Versteckspielen."

Thiess war verschwunden. Der Ballsaal war bis auf das Klavier in der Mitte leer. Er war wie vom Erdboden verschluckt.

„Das kann doch nicht sein", murmelte Annika und suchte den ganzen Raum ab. Ihr wurde etwas mulmig. Draußen schlug der Regen gegen die zerbrochenen Fenster und der Wind fegte durch die Zimmer und Gänge. Sie zitterte am ganzen Körper und wusste nicht, ob das jetzt nur am Wetter lag oder an der Situation.

Sie stellte sich neben das Klavier, wo sie Thiess das letzte Mal gesehen hatte, und schaute sich im Raum um. Da war nichts Ungewöhnliches zu sehen. Die zerrissenen Vorhänge wehten umher. Die Fenster waren zu hoch, als dass Thiess mit seiner Schulter plötzlich hätte hinausklettern können. Ihre Füße schabten über den gekachelten Boden. Schwarz-weiße Kacheln pflasterten den ganzen Ballsaal. Sie setzte sich auf den Schemel vor dem Klavier und drehte den Kopf herum. Irgendetwas stimmte hier nicht. Ihr wurde ein wenig schummrig im Kopf. Der Kopf fuhr herum und sie sah den Spiegel auf der anderen Seite des Raumes. Er war etwa zwei Meter groß und reflektierte die sich im Wind bewegenden Vorhänge. Eigentlich müsste er ein Bild von Annika vor dem Klavier wiedergeben.

Er steht schief, ging es ihr durch den Kopf, und einem Instinkt folgend, stand sie auf und ging zu dem Spiegel hinüber. Sie spürte den Luftzug, noch ehe sie dort angekommen war. Als sie direkt davor stand, sah sie, dass dahinter der Zugang zu einem Gang war. Vorsichtig zog sie die Tür weiter auf und trat in den dunklen Gang hinein.

Kapitel 73

Dienstag, 20. August 2019, 18 Uhr 30

Jana Thordsen, Elena und Nikolaus waren endlich zu dem Durchgang der Mauer gekommen, die Anfang der 1950er-Jahre um das Sanatorium errichtet worden war. Das Tor stand weit offen, wie eine Einladung. Jana blieb am Torbogen stehen und fingerte am rechten Schuh herum.

„Geht schon weiter, ich habe einen Stein im Schuh", rief sie ihren beiden Kollegen zu. Nikolaus und Elena gingen vorsichtig weiter auf das große Hauptgebäude zu. Das Gewitter war inzwischen weitergezogen und auch der Regen hatte aufgehört, aber die beiden waren bis auf die Unterwäsche durchnässt.

„Das war mal ein Sanatorium?", fragte Nikolaus und sah sich um.

Elena und Nikolaus blieben vor den marmornen Stufen stehen und blickten an dem verwunschenen alten Haus empor.

„Ich fühle mich wie in der Geisterbahn", sagte Elena.

Nikolaus schüttelte den Kopf und schaute an sich herab. Seine gesamte Kleidung klebte an seinem Körper. Die Lederjacke war hinüber.

Er fühlte mit einem Mal etwas Kaltes am Hinterkopf und versuchte es mit der Hand wegzuschlagen. Doch der leichte Schlag auf den Hinterkopf ließ ihn zusammenzucken.

„Herzlich willkommen! Ihr seid zwar nicht eingeladen, aber das macht nichts. Ich werde mich auch um euch kümmern!“

Charles war aus dem Nichts aufgetaucht und fuchtelte mit einer Pistole herum. Er drängte die beiden Polizisten in das Gebäude und führte sie durch die große Halle nach links in Richtung Keller. Im Gegensatz zu den beiden hatte er sich schon lange an die schwachen Lichtverhältnisse gewöhnt. Sie machten keine Scherereien und gingen, wohin er sie drängte. Nikolaus versuchte, sich den Weg zu merken, doch das alte Gebäude war ein Labyrinth. Sie wechselten von einer Seite des Gebäudes auf die andere und gingen Treppen hinunter und wieder hinauf. Der Kahlköpfige hatte sich ihre Waffen genommen und führte die beiden Polizisten mit beiden entsicherten Pistolen durch das Gemäuer. Allmählich gingen sie hinab in die Kellerräume. Sie kamen vorbei an der alten Wäscherei und dem Heizungsraum. Dann ging es an den Duschräumen vorbei. Sie stolperten über Bauschutt und zerborstene Fensterscheiben. Nikolaus dachte kurz daran, sich fallen zu lassen und mit einer Scherbe auf den Gegner einzustechen. Doch er hatte Angst, dass der andere schneller war und sie beide erschießen würde, noch ehe er eine Scherbe richtig zu fassen bekäme. Nikolaus hatte einmal kurz in die wirren Augen des Glatzkopfes geschaut, als sie am Fuß der Treppe vom Erdgeschoß erst ein paar zerbrochene Türen aus dem Weg räumen mussten. Mit diesem Kerl war nicht zu spaßen.

Nikolaus hatte noch das Bild des letzten Leichnams aus der Schlachtfabrik vor Augen, dem es die Schultern aus dem Gelenk gerissen hatte. Was hatte der Typ mit ihnen vor, und warum?

„Weiter!", zischte es von hinten und der Lauf der Waffe bohrte sich in Nikolaus' Nacken. Nach ein paar Metern herrschte der Kahlkopf die beiden an, stehen zu bleiben. Er öffnete die Tür zu einer Kammer. Die Tür quietschte, dass die Ratten aus ihren Löchern kamen und die Treppen emporflüchteten.

„Rein da!", herrschte Charles die beiden Polizisten an und schob den dicken Riegel wieder vor die Tür.

„Viel Spaß hier unten. Heute Nacht kommen die Ratten, ihr mögt doch Ratten?"

Er schob die Klappe vor die Gitterstäbe und sofort war es stockdunkel in dem kleinen Verlies.

Thiess war immer noch gefesselt. Henrik stand vor ihm, das Skalpell in der Hand. Sein Blick wirkte wirr. Er kam ihm näher und begann, ganz behutsam über sein Gesicht zu fahren.

„Weißt du, ich habe viel gelernt von Charles. Er hat mir alles beigebracht. Wie man mit Computern und auch mit Messern umgeht."

Die scharfe Spitze des Skalpells ritzte seine Haut oberhalb der Nasenwurzel, ein Tropfen Blut floss herab.

„Wer war die Mumie? Du weißt es doch."

Henrik grinste und stieß die Luft aus.

„Du kleiner Pisser hälst dich wohl für was Besseres? Ich werd dir gleich deine Nase abschneiden. Charles hat mir gezeigt, wie es geht."

Thiess hielt die Luft an und spannte seinen Körper an, soweit das in dieser Position möglich war. Er fühlte den Schweiß am ganzen Körper herunterlaufen und es gelang ihm kaum, einen Ton hervorzubringen. Aber er nahm all seinen Mut zusammen. Was hatte er noch zu verlieren.

„Es war seine Mutter... er hat damals gesagt, dass sie abgehauen ist. Aber das stimmt nicht, oder? Hat Charles sie umgebracht? Oder sein Vater?"

Henrik lachte und wurde Charles darin immer ähnlicher. Seine Gesichtszüge verzerrten sich zu einer diabolischen Fratze.

„Du hast eine schöne Nase."

„Ich finde, es gibt schönere Nasen!"

Henrik stoppte, fuhr herum und bekam mit voller Wucht den Kolben der Pistole auf den Kopf. Er ging zu Boden, das Skalpell fiel ihm aus der Hand. Annika beugte sich herab und nahm das Messer an sich.

„Dass ich dich immer retten muss, Thiess Riedel!"

Sie löste die Fixierung und er stolperte vom Bett in ihre Arme.

Annika gab ihm die Waffe von Deaftone.

„Hier, ich will sie nicht."

Sie schnappte sich ein herumliegendes Rohr vom Boden.

„Das passt besser zu mir."

Sie beugte sich über den bewusstlosen Polizeibotenjungen und schaute sich seine Augen an.

„Ich glaube, hier sind einige Psychopharmaka im Spiel. Er sieht aus, als wäre er unter Drogen gesetzt worden. Und in dem Ballsaal vorhin roch es auch sehr merkwürdig. Ich hatte das Gefühl, Halluzinationen zu haben. Wie auf einem LSD-Trip."

„Das ging mir auch so. Die Wände haben sich verändert. Aus den kaputten Vorhängen wurden auf einmal heile. Und dann bin ich vom Stuhl gekippt und irgendjemand hat mich in einen Spiegel gezogen. Ich habe mich gefühlt wie Alice im Wunderland."

„Den Spiegel gibt es wirklich. Dahinter verbirgt sich ein Geheimgang. Ich bin da auch durchgekommen."

„Lasse und mein Großvater müssen hier irgendwo sein. Charles ist vorhin weggegangen."

„Charles? Du meinst, der verrückte Charles aus dem Nachbarhaus?"

„Ja, genau der. Er hat das alles hier inszeniert, weil er sich an uns rächen will."

„An uns? Warum?"

„Enttäuschte Kindheit? Weil Lasse und ich ihn nie haben mitspielen lassen."

Thiess rieb sich die wunden Handgelenke. Die Schulter schmerzte, aber dafür hatte er jetzt keine Zeit.

„Ich glaube, da steckt mehr dahinter."

Er steckte die Waffe in den Hosenbund.

„Wir müssen Lasse und Heinrich finden."

„Und was machen wir mit ihm?"

Thiess schaute auf den am Boden liegenden jungen Mann, dann auf das Bett, auf dem er gerade noch selber gelegen hatte.

„Lass ihn uns die gleiche Freude erleben, die ich eben noch hatte."

Kapitel 74

Dienstag, 20. August 2019, 18 Uhr 45

Charles verließ den Waschtrakt und ging wieder zu seinem kleinen Folterzimmer. Er trat durch die Tür in den gekachelten Raum, das Skalpell in der rechten Hand, und sah Henrik an das Bett fixiert. Er war wach und hatte die Augen weit aufgerissen, der Kopf und die Extremitäten versuchten, sich aus der Umklammerung des Lederbandes zu befreien, doch es gelang ihm nicht. Charles folgte seinem Blick, doch es war zu spät. Mit lautem Geschrei knallte ein altes Heizungsrohr auf seine Hand. Er ließ das Messer fallen, krümmte sich und schrie seine Wut heraus. Der Kopf fuhr herum und er sah Annika, wie sie das verrostete Heizungsrohr in der Hand hielt und im Begriff war, ein zweites Mal zuzuschlagen. Sie glich einem Feuerengel, ihr rotes Haar fiel locker auf die Schultern. Neben ihr stand Thiess. Er hielt eine Waffe in der Hand, direkt auf Charles gerichtet.

Charles erhob sich langsam zu voller Größe. Seine wirren Augen gingen zwischen Thiess und Annika hin und her.

„Du glaubst also, du kannst mich einfach so töten, Thiess Riedel. Ich hätte dich damals in den Flammen sterben lassen sollen."

Charles machte einen Schritt auf Thiess zu und klopfte den Staub von seiner Kleidung.

„Oder neulich im Keller meines Hauses. Du hast rumgeschnüffelt. Hast du meinen kalten Atem in deinem Nacken gespürt? Ich war immer einen Schritt direkt hinter dir."

Er kam langsam auf Thiess zu und schaute dabei zu Annika hinüber und verzog die Mundwinkel zu einem verzerrten wirren Grinsen.

„Ich wollte dich richtig leiden sehen. So, wie meine Familie unter deiner leiden musste! Lasse hat mich verachtet, darum sollte er in den Flammen umkommen."

Thiess war irritiert. Seine Hand mit der Waffe begann zu zittern.

„Warum musste deine Familie unter meiner leiden? Was meinst du?"

„Bist du so schwer von Begriff, Thiess? Und dann arbeitest du bei der Polizei in der Forensik? Nebenbei, es war sehr leicht, in euren Verein hineinzukommen."

Charles lachte ihm direkt ins Gesicht und kam langsam näher.

„Du warst ein Niemand, Thiess. Frauen wollen keinen Niemand."

Charles schaute zu Annika und grinste unverhohlen. Seine Hände ballten sich.

„Dein Opa ist nicht das Unschuldslamm, das er immer spielt. Er hat viel Leid über meine Leute gebracht. Er war im KZ in Auschwitz und hat Polen und Ukrainer in die Gaskammern geschickt. Und 45 hat er meinen Großvater erschossen, der gerade im Begriff war, zurück nach Hause zu kommen. Mein Großvater hatte die Entlassungspapiere schon in der Tasche und war nur noch zwei Kilometer vom Hof meiner Großmutter entfernt. Da hat dein Großvater, der Obergefreite Heinrich Riedel, ihn aus 100 Meter Entfernung erschossen und sich seiner Uniform bemächtigt, um hinter die feindlichen Linien zu gelangen."

Charles begann wieder zu lachen. Er sah die auf ihn gerichtete Waffe und fühlte das Adrenalin in seinen Adern, seine Muskeln zitterten unter der tätowierten Haut, der Bizeps wartete darauf, endlich etwas zu tun zu bekommen.

„Charles, es tut mir leid, was im Krieg mit deinem Großvater passiert ist. Hey, lass uns zu Heinrich gehen und mit ihm darüber reden. Er ist doch sicher hier irgendwo?"

Thiess spannte seine Arme an, die Schulter brannte und er hielt es kaum mehr aus. Mit jedem Schritt, den Charles näher kam, wurden die Schmerzen in seinem Körper größer. Aber auch bei ihm stieg der Adrenalinspiegel an.

Charles schüttelte den Kopf.

„Du versuchst mich hinzuhalten, Thiess Riedel. Clever, aber ich bin besser als du! War ich immer!"

Mit einem gewaltigen Schrei und drei schnellen Schritten war Charles mit einem Mal bei Thiess und warf sich auf ihn, er schlug ihm die Waffe aus der Hand und fiel mit ihm zu Boden. Polternd fiel die Pistole zur Seite, geradewegs vor Annikas Füße. Sie wusste nicht, was sie nun machen sollte. Sie hielt noch immer das Eisenrohr. Kurzerhand warf sie das Rohr zu Boden und schnappte sich die Waffe. Sie versuchte, auf Charles zu zielen, doch die beiden Körper rollten über den Boden. Charles ließ seine Fäuste auf Thiess' Gesicht niederprasseln, sodass die Haut aufplatzte und Blut auf den Boden sickerte. Charles holte erneut aus und riss den Ellenbogen nach hinten, dabei traf er Annika, die direkt hinter ihm stand und vor Schreck die Pistole fallen ließ. Sie stolperte zurück und fiel hin, dabei stieß sie mit dem Fuß gegen die Waffe, woraufhin diese zum offenen Reinigungsschacht rutschte und durch den fehlenden Gitterrost hinunterfiel.

„Lauf weg, Annika ...“, rief Thiess, bevor Charles wieder auf ihn einschlug. Thiess gelang es, den Kopf rechtzeitig zur Seite zu drehen, und er bäumte sich auf und versuchte, ein Knie zwischen sich und Charles zu bekommen, um den anderen wegzutreten. Der Schwung sorgte dafür, dass Charles etwas vornüberkippte und Thiess sich ein wenig frei machen konnte. Doch bevor er wieder auf den Beinen war, hatte Charles sein Handgelenk gepackt und ihn zurückgezogen.

„Lauf schon ... hier ist eine Bombe!“

Annika hob den Kopf vom Boden und sah geradewegs in die wütenden Augen von Henrik, der noch immer an seinen Fesseln zerrte. Sie rappelte sich auf und kam den Füßen des Polizeiboten zu nahe. Henrik trat nach ihr und landete einen Treffer auf Annikas Nase. Durch ihr jahrelanges Training im Klettern war Annika sehr wendig und hatte Kraft in Armen und Beinen. Sie war in Sekundenbruchteilen auf den Füßen und stieß das Bett mit dem darauf gefesselten Henrik zu Boden. Ein kurzer Blick zu Thiess, der sich von Charles den nächsten Schlag einfing und aus der Nase zu bluten begann, dann rannte sie los. Sie musste ihren Bruder und Thiess' Großvater finden.

Als sie durch den Gang im obersten Stock zum Treppenhaus rannte, spürte sie die aufsteigende Wärme um sich herum. Sie nahm mehrere Stufen auf einmal und war in wenigen Sekunden im dritten Stock angelangt. Je tiefer sie kam, desto heißer wurde es. Sie konnte das Knistern hören. Irgendwo brannte es bereits. Charles hatte das Feuer bereits in Gang gesetzt. Er wollte mit ihnen im Feuer umkommen. Er hatte nie vorgehabt, irgendjemanden wieder freizulassen. Das hier war ein erweiterter Suizid.

Annikas Hände krallten sich um den hölzernen Handlauf des Treppenhauses, als sich ihr plötzlich ein Zwei-Meter-Koloss in Unterhosen und mit nacktem Oberkörper in den Weg stellte.

„Schätzchen, das war nicht nett."

Deaftone rieb sich den Kopf. Er packte Annikas Arme und drängte sie zum Rand des Treppenhauses. Ihre Augen sahen in die Tiefe. Immerhin drei Stockwerke bis ins Erdgeschoß und dann noch in den Keller. Der Keller! Da mussten sie sein!

Deaftone drückte sie über den Rand des Geländers, er hatte den gleichen wirren Ausdruck im Gesicht wie Charles vorhin.

Plötzlich erschlafften die Muskeln und der Koloss fiel in sich zusammen. Hinter ihm stand eine grauhaarige Frau, etwas größer als Annika, und hielt einen blutigen Stein in der Hand.

„Eine Bombe!", keuchte Annika und rieb sich die Oberarme, wo Deaftone sie angepackt hatte.

„Dieser Durchgeknallte hat eine Bombe in dem Gebäude versteckt. Mein Bruder und Thiess' Opa sind hier noch irgendwo."

„Meine Leute sind hier auch irgendwo."

Thordsen warf den Stein zu Boden und rieb sich die Hände an der Hose ab.

„Irgendeine Idee, wo die sein könnten?"

Kapitel 75

Donnerstag, 20. August 2019, 19 Uhr

Es konnte nur einen Ort geben, wo man Gefangene festhielt. Auch ohne entsprechende kriminelle Energie hatte Annika eine Vorstellung, wo Charles die Gefangenen hingebracht hatte. In den Keller. Aus den medizinischen Seminaren hatte sie eine ungefähre Vorstellung, wie solche Sanatorien aufgebaut waren. Es war einen Versuch wert.

Sie und Thordsen liefen durch das Treppenhaus in den Keller hinab. Es war schwierig, sich in der vollkommenen Dunkelheit zurechtzufinden. Sie gingen von Raum zu Raum und schauten durch die Türen. Die meisten waren offen und die Räume dahinter dunkel.

In fast vollkommener Dunkelheit tasteten sie sich an den Wänden entlang. Janas Füße stießen gegen etwas Metallenes am Boden. Sie bückte sich und hob es auf.

„Was haben wir denn hier?"

Sie hielt die Waffe in der Hand, die Annika beim Kampf mit Charles durch den Reinigungsschacht abhandengekommen war.

„Hier, ich glaube hier ist was."

Sie schauten durch die kleine Scheibe in den dahinterliegenden Raum. Elena und Nikolaus hockten am Boden und starrten auf die Wände.

„Zurück!"

Jana zielte auf das Schloss und schoss. Das Schloss sprang auf und Elena und Nikolaus waren mehr als froh, endlich aus dem Gefängnis rauszukommen.

„Wo ist der Bastard?", rief Nikolaus und wollte an den beiden Frauen vorbeistürmen. „Den mach ich fertig!"

„Thiess hat keine Chance gegen ihn! Er wird ihn töten!"

Annika flehte Nikolaus an.

„Helfen Sie ihm!"

Nikolaus schaute Jana an, die nickte nur und gab ihm die Waffe. Nikolaus steckte die Waffe in den Hosenbund.

„Nebenan muss noch jemand sein. Wir haben Klopfgeräusche gehört."

„Okay, kümmert ihr euch um die Gefangenen von diesem Typ, ich helfe Thiess."

Nikolaus rannte den Gang entlang zur Treppe und nahm drei Stufen auf einmal.

Unterdessen klapperten sie die Gefangeneverliese ab. Sie waren bei dem letzten Raum am südlichsten Ende des Ganges angelangt und Annika schob die Klappe zur Seite und schaute hinein. Es war stockduster. Nichts war zu sehen. Aber sie mussten doch hier irgendwo sein. Sie wollte die Klappe gerade wieder schließen, als sie ein leises Atmen hörte.

„Lasse? Bist du da drin?"

Elena schob sie zur Seite. Sie hielt eine Eisenstange in der Hand und hatte sie an dem Riegel angesetzt. Jana kam dazu und zu dritt stemmten sie sich gegen das Rohr. Es brauchte ein paar Versuche, bis sich der Riegel aus seiner Arretierung löste und das Schloss krachend zu Boden fiel.

Annika zog die schwere Eisentür auf und stolperte in den Kellerraum. Sie konnte nichts erkennen, aber sie spürte den Atem ihres Bruders.

„Komm, das Feuer kommt schon näher!", rief Elena von draußen.

„Ich brauche hier Hilfe", antwortete Annika.

Sie kniete am Boden nieder und tastete sich vorsichtig vorwärts, bis sie den Körper erreichte. Sie spürte einen Arm, Lasses Arm, und fühlte seinen Puls. Er war schwach, aber vorhanden. Daneben lag noch ein zweiter Körper. Ihm ging es nicht ganz so gut.

Annika wandte sich in Richtung der Tür.

„Sie sind hier. Wir müssen beide rausholen!"

Jana Thordsen und Elena erschienen in der Tür.

„Dann aber schnell, das Feuer kommt näher. Ich glaube, dass hier bald alles in die Luft fliegt."

Jana packte den linken Arm von Heinrich Riedel, während Elena den rechten umklammerte. Annika packte ihren Bruder und half ihm auf die Beine.

Sie stolperten aus dem Kellergewölbe hinaus auf den Gang und in Richtung des Ausgangs. Kaum hatten sie fünf Meter zurückgelegt, baute sich eine große Gestalt vor ihnen auf. Eine große Platzwunde klaffte an seiner Stirn und ein paar Zähne fehlten. Der Ellenbogen schien verletzt zu sein, doch er zeigte mit keiner Regung, dass er Schmerz verspürte.

„Er hat sich befreit. Der hat irgendetwas eingeworfen", flüsterte Annika, während Deaftone langsam näher kam.

„Wir müssen da vorbei, das ist der einzige Weg nach draußen", rief Jana.

Plötzlich kam Bewegung in den Körper an Annikas Seite. Lasse drehte den Kopf zu Annika und sah ihr in die Augen.

„Es ist Zeit für mich, etwas gutzumachen. Viele Jahre habe ich Thiess für das hier verantwortlich gemacht. Aber er hat damit nichts zu tun. Es wird Zeit, dass ich meine Schuld einlöse und zur Abwechslung mal was Gutes tue!"

Lasse riss sich los und rannte auf seinen ehemaligen Mentor zu. Während Annika noch wie angewurzelt dastand und nicht begriff, was Lasse vorhatte, zerrte Jana den alten Heinrich Riedel über den Gang und Elena versuchte, Annika zum Gehen zu bewegen. Annika schrie und wehrte sich, doch sie wusste, dass es keine andere Möglichkeit gab. Während sie an den beiden Kämpfenden vorbeirannten, drängte Lasse den alten Mentor in eines der Verliese hinein.

Nikolaus hörte die Geräusche schon von draußen. Als er in den Raum stürmte, war der Anblick verstörend. Thiess' Gesicht war blutig geschlagen, als hätte er einen 12-Runden-Boxkampf mit Mike Tyson bestritten. Rechts neben der Tür stand ein Bett mit offenen Lederriemen an den Seiten. Nikolaus packte Charles an der Schulter und riss ihn zurück.

„Hey, versuch es mal mit jemandem in deiner Gewichtsklasse!"

Noch bevor er ausgesprochen hatte, landete seine Faust in Charles' Gesicht und schickte ihn zu Boden. Nikolaus zog Thiess auf die Beine und schob ihn in eine sichere Ecke. Er warf Thiess die Pistole zu und kümmerte sich dann um Charles. Der begann zu lachen und zu toben, Thiess war sich nicht mehr sicher, ob es nur das Adrenalin war, was durch seine Adern floss, oder ob man ihm nicht vielleicht doch etwas anderes verabreicht hatte. Mit einem Mal war Charles wieder auf den Beinen und stürmte auf Nikolaus zu. Nikolaus holte den Irren mit einem kräftigen Schlag von den Beinen. Charles rührte sich nicht mehr.

„Ist er tot?“

Nikolaus stieß ihn mit dem Fuß an, der Brustkorb bewegte sich leicht.

„Nein, er lebt. Aber wir sollten machen, dass wir hier rauskommen. Irgendwo brennt es bereits.“

Sie liefen zur Tür und wurden sofort zurückgeworfen. Der Flur stand bereits in Flammen und der Weg zum Treppenhaus war versperrt.

„Irgendeine Idee, wie wir jetzt hier wegkommen?“, rief Thiess gegen den Lärm des Feuers an.

Nikolaus schaute sich in dem Raum um, dann lief er zum Fenster und schaute hinaus. Draußen wurde es nach dem Unwetter langsam heller und sie sahen die Bäume vor dem Haus. Hier an der Seite des Gebäudes kam eine Kastanie dem Gebäude sehr nah.

„Wir brauchen zwei große Laken.“

Thiess riss die alten Fenster auf und schaute hinab. Der Anblick der Tiefe ließ sein Herz schneller schlagen.

Nikolaus kam mit zwei entsprechenden Laken an und reichte Thiess eines davon.

„Und jetzt?“, fragte Thiess.

„Jetzt wickeln wir die Enden ganz fest um die Handgelenke ... und dann springen wir auf die Kastanie.“

Thiess schaute nach draußen.

„Bist du bescheuert? Das sind fast zehn Meter. Wir sind tot, wenn wir unten sind."

„Wenn wir hierbleiben, sind wir auf jeden Fall tot!"

Die Flammen drangen in den Raum ein und es wurde unerträglich heiß. Thiess wickelte die Enden des Bettlakens um seine Handgelenke. Er kletterte auf den Sims des Fensters und visierte die Kastanie an. Thiess schaute zurück zu Nikolaus, der kopfnickend dastand und immer wieder zum Feuer schaute.

„Du bist echt verrückt, Nick. Hast du das schon mal gemacht?"

„Einmal", gab der junge Polizist zu, „mit sechs Jahren."

Nikolaus kletterte zu ihm auf den Fenstersims, die Hände um das Laken geschlungen.

„Und wie ist es ausgegangen?", rief Thiess ihm zu.

„Ich habe mir das Bein gebrochen und eine Schulter ausgekugelt."

„Wie weit daneben warst du denn?"

„Gar nicht, ich hatte den Baum perfekt getroffen."

Thiess atmete tief ein und aus, er versuchte, alles auszublenden, was um ihn herum geschah. Die Schmerzen in seinem Körper waren nicht real. Dann ging er in die Hocke und sprang so weit er konnte, streckte dabei die Arme aus und versuchte, nicht nach unten zu schauen. Die Äste peitschen durch sein Gesicht. Seine Schulter fühlte sich an, als würde man ihn vierteilen, doch schon nach wenigen Sekunden war der Sturz gebremst und er hing in der Baumkrone der Kastanie und war gefangen in einem Gewirr aus dicken und dünnen Ästen. Er versuchte, nach oben zu schauen, zu Nikolaus, der noch immer am Fenster stand und auf den perfekten Moment wartete. Mit einem Mal stellte er sich auf den Fenstersims, ging in die Hocke und kam plötzlich angeflogen. Die Äste brachen und knirschten, als der Polizist die Kastanie erreichte und sich mit dem provisorischen Fallschirm an den Ästen des Baumes festhielt.

Noch während sie im Baum hingen, hörten sie die Sirene der Feuerwehr.

Kapitel 76

Freitag, 30. August 2019, 10 Uhr

Es war ein sonniger Tag auf dem kleinen Bramfelder Friedhof, so wie Heinrich Riedel es sich für seine Beerdigung gewünscht hätte. Er war an dem Tag beim Sanatorium in den Armen von Thiess gestorben, nachdem die Feuerwehr ihn und Nikolaus aus dem Baum gerettet hatte.

Er hatte seine eigene Beerdigung lange im Voraus detailliert geplant. Der Platz war perfekt gewählt, genau wie die Musik, die man in der Kapelle gespielt hatte. Klassische Musik, ohne Schnickschnack. Beethoven. Die Blumenarrangements waren dezent gewesen, die Ansprache des Pastors kurz. Alles, was er in seiner Rede sagen konnte, war zusammengetragen aus kurzen Gesprächen mit Thiess und den Pflegern des Heimes, in dem er die letzten 20 Jahre gewohnt hatte. Doch selbst das Personal der noblen Altenresidenz hatte nichts über diesen Mann erzählen können. Sie wussten lediglich zu berichten, dass er gerne Schach spielte und spanischer Musik lauschte. Er mochte argentinischen Tango und schien aufzublühen, wenn in der Residenz eine Tanzveranstaltung abgehalten wurde. Doch selber hatte er nie getanzt. Die meiste Zeit seines Aufenthaltes in der Residenz hatte er in seinem Appartement zugebracht.

Die wenigen Trauergäste, die den Weg in die kleine Kapelle gefunden hatten, lauschten der ungewöhnlichen Musik am Ende der Trauerrede mit Verwunderung. In der hintersten Reihe der Kapelle saßen zwei der Pfleger, denen Thiess in der Residenz begegnet war. Davor saß eine ältere Dame in einer weißen Robe, mit weißem Haar und dezent geschminkten Lippen.

Thiess, der vorne in der ersten Reihe saß, drehte den Kopf herum und schaute sich in der Kapelle um. Einer der Pfleger spielte auf seinem Smartphone, der andere las in einer Zeitung. Die ältere Dame aber schien sich im Takt der Tangomusik zu bewegen. Ihre winzigen Füße tippten den Takt leise und vorsichtig auf den Boden der Kapelle. Thiess schmunzelte.

Als die Musik erlosch und der Pastor nach draußen ging, erhob sich die ältere Dame raschen Schrittes und verließ die Kapelle.

Von dort bis zum Urnengrab war es nicht weit. Sie legten den Weg in wenigen Minuten zurück. Hier sprach der Pastor ein kurzes Gebet und gab anschließend den Trauernden Gelegenheit, sich persönlich von Heinrich Riedel zu verabschieden.

Thiess bemerkte, dass ein Wagen auf dem Parkplatz vorfuhr. Elena, Nikolaus und ihre Chefin, Hauptkommissarin Jana Thordsen, stiegen aus dem Wagen. Sie blieben stehen.

Nachdem die Pfleger gegangen waren, kamen Thordsen, Elena und Nikolaus auf Thiess zu. Thordsen sprach ihm ihr Beileid aus. Es klang aufrichtig.

„Auf ein Wort …“, sagte sie und legte ihre Hand auf Thiess’ intakte Schulter. Sie entfernten sich von den anderen Trauergästen, die dies nur als Signal gesehen hatten, sich in alle Richtungen zu entfernen. Thiess beobachtete die ältere weißhaarige Frau, die als Einzige noch vor dem Grab stand.

„Eigentlich sind diese Informationen vertraulich, aber ich denke, Sie sollten Bescheid wissen."

„Bitte?"

Jana Thordsen setzte sich auf die Bank unter der alten Kastanie, strich ihren grauen Rock glatt und lehnte sich zurück.

„Das alte Sanatorium ist bis auf die Grundmauern abgebrannt, aber das haben Sie ja mitbekommen. Die Spurensicherung und die Feuerwehr haben ziemlich lange gebraucht, um die Ruine zu untersuchen. Alles was sie gefunden haben, waren die Leichen von Henrik, diesem Computerhacker Willem Sneider und Ihrem Freund Lasse."

Thiess schaute ein wenig unsicher drein.

„Charles? Er war nicht im Haus?"

Thordsen schüttelte den Kopf.

„Nein, zumindest haben wir seine Leiche bisher nicht gefunden."

„Aber er lag direkt hinter uns im Raum, bevor wir ... gesprungen sind."

„Was eine ziemlich bescheuerte Aktion war, wenn ich das sagen darf."

Thiess zuckte mit den Schultern.

„Es hat funktioniert."

„Wie auch immer ...", fuhr Thordsen fort. „Die KTU hat bestätigt, dass der Mörtel, den wir an den Leichen der beiden Frauen gefunden haben, aus dem Sanatorium stammte. Sie wurden beide einige Zeit dort festgehalten, bevor er sie getötet hat. Aber das wissen Sie ja schon, oder?“

Thiess beobachtete weiterhin die alte Frau, die immer noch vor dem Grab seines Großvaters stand. Sie schnäuzte in ein Taschentuch und schien sich mit jemandem zu unterhalten.

Jana Thordsen griff in ihre Tasche und reichte ihm den USB-Dongle.

„Ich glaube, das gehört Ihnen, Thiess.“

Thiess schaute die erfahrene Polizistin an. Er hatte erwartet, dafür einen Verweis zu bekommen. Stattdessen händigte sie ihm sein Werkzeug aus.

„Ich will nicht wissen, was das ist. Ich konnte auch dafür sorgen, dass niemand anderer davon erfährt.“

Sie erhob sich von der Bank und schaute in die Ferne.

„Ihre Kollegen aus dem Bunker haben das Foto von Yasmin und Tetjana untersucht.“

„Ein Foto?“

„Ja, es gibt ein Foto, wo beide Frauen auf der Karlsbrücke in Prag posieren. Elena und Nick haben hinter dem Foto den USB-Stick gefunden.“

„Ich kann gerade nicht folgen. Was ist mit dem Foto?“

Jana Thordsen drehte sich zu Thiess.

„Die Situation hat es nie gegeben. Das Foto ist nicht echt.“

Thiess sah sie fragend an, dann begriff er.

„Das Foto wurde manipuliert?“

„Ja, eine sehr gute Arbeit, ohne Zweifel. Die Kollegen aus der Bildanalyse haben mehrere Durchgänge gebraucht, um zweifelsfrei zu bestätigen, dass einige Pixel auf dem Foto einen anderen Zeitstempel haben als der Rest. Genaugenommen wurde das Gesicht von Tetjana in das Foto von Yasmin hineinkopiert."

Thiess schwieg einen Moment.

„Hat Yasmin die Manipulation vorgenommen?"

„Das wissen wir noch nicht. Es lässt sich leider nicht nachvollziehen, von welchem Computer das Bild bearbeitet wurde. Aber es ist anzunehmen, dass entweder Yasmin oder Tetjana das Bild bearbeitet haben."

Thiess schüttelte den Kopf.

„Unglaublich. Aber was steckt dahinter?"

„Das, Thiess, sollen Sie für uns herausfinden!"

Jana Thordsen stand auf und schaute auf die Grabsteine herab. Dann drehte sie sich wieder zu Thiess.

„Ich möchte, dass Sie Yasmins Platz einnehmen und in meinem Team arbeiten. Für Dr. Maak ist der Fall geklärt, aber wir beide wissen, dass er es noch nicht ist. Charles ist irgendwo da draußen und muss für die Morde zur Rechenschaft gezogen werden. Und ich habe das Gefühl, das mehr hinter den Morden steckt als Rachegelüste. Es gibt einen Grund, warum die Fotos manipuliert wurden und warum niemand davon erfahren sollte."

Jana nahm einen tiefen Atemzug und gab Nikolaus und Elena ein Zeichen, dazuzukommen. Die beiden flankierten ihre Chefin und sahen Thiess an.

„Die KTU hat sich den Laden von Willem Sneider angeschaut und wir haben sein Bankkonto geprüft. Er hat regelmäßige Zahlungen von verschiedenen Banken aus China und der Mongolei erhalten. Nichts Großes, immer verschiedene Beträge unter 1000 Euro. Aber doch sehr wiederkehrend. Auf seinen Festplatten im Laden fanden sich Hinweise auf Kontakte zu einer Hackergruppe. Noch am 18. August hat er über einen Server auf den Philippinen Anweisungen erhalten."

„Was für Anweisungen?"

„Sie und Lasse gefangen zu nehmen und diesen Charles zu töten! Außerdem irgendeine Anweisung, mithilfe von einem gewissen Willi Informationen zu einer Wahlsoftware zu beschaffen."

Thiess schüttelte den Kopf.

„Langsam verstehe ich nichts mehr. Ich kenne Willem, seit ich zehn bin. Er hat Lasse und mir das Programmieren beigebracht."

Jana baute sich vor Thiess auf.

„Wir brauchen einen Computerexperten im Team, Thiess. Yasmins Platz muss wieder neu besetzt werden, das ist mir in diesem Fall sehr klar geworden."

Thiess kratzte sich verwundert am Kopf. Dabei vergaß er, dass seine Schulter immer noch nicht auskuriert war. Der Sprung in die Kastanie hatte die Stichverletzung wieder aufgerissen.

„Sie kennen meine Vergangenheit ..."

„Das lassen Sie mal meine Sorge sein. Allerdings könnte noch ein Rüffel auf Sie zukommen, wegen der illegalen Nutzung der Präsidiumssoftware. Maak will nicht darauf verzichten."

Thiess nickte und beobachtete die alte Dame, die sich nun langsam vom Grab entfernte und zu einer schwarzen Limousine ging, die vor dem Tor auf sie wartete. Ein elegant gekleideter Mann hielt ihr die Tür auf. Er wartete, bis sie eingestiegen war, und setzte sich dann ans Steuer. Dann fuhr der Wagen davon.

„Was war eigentlich auf dem USB-Stick drauf?"

Thiess drehte sich abrupt herum und sah in das grinsende Gesicht des Polizisten, mit dem zusammen er in die Kastanie gesprungen war. Nikolaus Eifler hatte ein paar tiefe Schrammen im Gesicht und sein linker Bizeps war gezerrt, aber er hatte es genauso überlebt wie Thiess.

„Ein Teil meiner Vergangenheit, den ich vergessen möchte."

Jana Thordsen trat neben Thiess und legte ihm ihre Hand auf die Schulter. Er hoffte, dass sie ihn jetzt nicht umarmte. Irgendwie hatte sie was Mütterliches an sich.

„Dank Ihrer Vergangenheit wurden diese Morde aufgeklärt."

Thiess war etwas unbehaglich zumute. Er löste sich vorsichtig von der Hauptkommissarin.

„Ja, aber es gab auch weitere Tote."

Er seufzte.

„Lasse und meinen Großvater konnte ich nicht retten."

„Wir können nicht alle retten, Thiess. Aber mit Ihrer Hilfe können wir es versuchen!"

Jana nickte ihrer Kollegin Elena zu, die sich bisher im Hintergrund gehalten hatte. Elena und Nikolaus setzten sich langsam in Bewegung in Richtung Ausgang.

„Denken Sie über mein Angebot nach, Thiess. Wir könnten Sie gut als Verstärkung im Team gebrauchen!"

„Fasst hätte ich es vergessen. Die KTU hat die Identität der mumifizierten Leiche gelöst. Es war noch genügend

DNA vorhanden. Sie wurde verglichen mit der DNA auf der Perücke des Obdachlosen, die ihr Freund Götz im Müll gefunden hat."

Sie machte eine Pause und schaute hinüber zum Ausgang, wo Götz Brandstädte stand.

„Das Ergebnis lässt den Schluß zu, dass die Leiche die Mutter von Charles war."

Thiess nickte. Das hatte er erwartet. Charles hatte ihm schon als Kind Angst eingejagt, aber das er seine eigene Mutter ermordet haben soll, konnte er immer noch nicht glauben.

Jana Thordsen knöpfte ihren Mantel zu und folgte ihren beiden Kollegen zum Ausgang. Thiess blieb zurück. Er bemerkte, dass die Kommissarin dem am Ausgang stehenden Götz Brandstädter einen kurzen Blick zuwarf, bevor sie den Friedhof verließ.

Kapitel 77

Freitag, 30. August 2019, 17 Uhr

Unter Deck war es totenstill. Annika stand in der Kombüse und setzte Teewasser auf. Thiess saß nachdenklich an dem zweiten Steuerstand und schaute auf das Wasser hinaus. Es wurde langsam dunkel, doch ein wenig Dämmerlicht reichte, um genug zu erkennen. Das Wasser auf dem Gasherd begann langsam zu kochen. Annika holte zwei Tassen aus dem Schrank über dem Herd und trat zu Thiess an den Steuerstand heran. Sie stellte ihm eine Tasse auf die Ablagefläche und goss dampfenden Tee ein. Thiess schaute nicht einmal auf.

„Thordsen hat mir ein Angebot gemacht", sagte er und ließ die Hände in den Schoß fallen. Verlegen hob er den Kopf.

„Was für ein Angebot?"

Annika schaute neugierig zu ihm herüber. Sie hatte es sich auf der Bank gemütlich gemacht und die Beine angezogen, darüber eine warme Decke, und hielt die Tasse mit dem dampfenden Tee auf den Knien. Sie strich sich eine rote Strähne aus dem Haar und schaute erwartungsvoll zu ihm hinüber.

„Ein Posten in ihrem Team ... genauer gesagt, die Position der toten Polizistin."

„Und was hast du gesagt?“

Thiess trank einen Schluck Tee und sah eine Weile schweigend hinaus.

„Dass ich etwas Bedenkzeit brauche.“

„Aber du würdest gerne gehen, oder?“

Thiess sah sie an.

„Ich weiß es nicht, wirklich nicht!“

Annika lächelte sanft. Ihre warmen Augen schauten ihn verständnisvoll an und sie schlug die Decke zurück. Sie stellte den Teebecher auf den kleinen Tisch und trat neben Thiess. Ihre Hand berührte leicht seine Schulter, fast so, als hätte sie Angst, ihn zu berühren. Sie strich liebevoll über seine Wange. Es war ein perfekter Moment. Es fehlte nur ein wenig Mut.

Leise schlug das Wasser der Elbe gegen den Rumpf des Bootes.

„Doch, du weißt genau, was du willst, Thiess Riedel.“

Zaghaft beugte sie sich zu ihm und ihre Lippen berührten die seinen. Ein wohliger Schauer glitt durch seinen Körper und er konnte nicht anders, als diesen Kuss zu erwidern. Er wollte diese Frau nie wieder loslassen, nicht nach alldem, was sie in den letzten Wochen miteinander durchgemacht hatten.

Nachdem sich ihre Lippen voneinander gelöst hatten, schauten sie sich lange stumm in die Augen. Es schien ihnen wie eine Ewigkeit und waren doch nur wenige Sekunden.

Annika war die Erste, die wieder sprach. Und sie lächelte noch immer ihr wunderschönes, unschuldiges und mitreißendes Lächeln.

„Tu es, geh zu Thordsen. Das ist es, was du willst! Du willst etwas bewegen. Genau wie ich ..."

Sie lösten sich voneinander und Annika griff sich ihre Handtasche von der Bank und machte Anstalten, an Deck zu gehen. Doch auf dem Absatz blieb sie stehen und drehte sich noch einmal zu Thiess um.

„Ich habe ein Angebot bekommen, für ein Jahr nach Vancouver zu gehen."

Thiess blickte sie fassungslos an.

„Vancouver? Jetzt?"

„In vier Wochen. Es war schon alles in die Wege geleitet, bevor wir uns getroffen haben. Dann wurde es abgesagt ... aber jetzt ist eine Stelle frei geworden."

„Aber gerade jetzt? Wir lernen uns doch gerade erst kennen ...?"

Annika kam zu ihm und streichelte seine Wange.

„Es ist so viel passiert, Thiess. Du bist gerade erst dabei, dich zu finden. Dein bester Freund – mein Bruder – ist gestorben und du bist einem kriminellen Netzwerk auf die Spur gekommen. Du musst weitermachen, Thiess. Thordsen gibt dir die Chance, diese Cyberterroristen zur Strecke zu bringen! Du wirst gar keine Zeit für eine Beziehung haben."

Sie war so vernünftig und so erwachsen. Er hasste es, wenn sie recht hatte. Er hatte es schon damals nicht gemocht. Sie war immer so vernünftig gewesen. Das hatte sie bis heute nicht abgelegt.

Zaghaft versuchte er, ihre Hand zu greifen, doch sie hatte sich bereits umgedreht, und ging zur Treppe.

„Komm mir bitte nicht hinterher, okay?!"

Annika drehte sich um und stieg die Treppe hinauf. Thiess war so perplex, dass er sich zunächst nicht rührte.

Dann mit einem Mal sprang er auf und hastete die Treppe hinauf. Er sprang von Bord und lief ihr auf dem Steg hinterher. Sie war noch nicht weit gekommen. Etwas außer Atem berührte er sie an der Schulter, und sie drehte sich mit einem Lächeln um.

„Warum hat das so lange gedauert?"

Thiess grinste und kratzte sich am Kopf.

„Weil ich ein Idiot bin, Annika!"

Er nahm ihre Hände und zog sie leicht zu sich heran, sodass ihre Gesichter nur wenige Zentimeter voneinander entfernt waren. Thiess wurde mutiger und legte seine Arme um sie, er zitterte und fürchtete, dass sie jeden Moment weglaufen würde. Doch sie schmiegte sich in seinen Arm und lächelte ihn nur an.

„Du warst schon damals so schüchtern. Das mochte ich ganz besonders an dir. Ich fand es irgendwie niedlich."

Mutig zog er sie noch etwas näher, sodass sich ihre Lippen ganz nah waren.

„Niedlich?", sagte er und küsste sie langsam.

Als sie sich voneinander lösten, war das Lachen aus ihrem Gesicht verschwunden.

„Nein, du bist nicht mehr niedlich. Du hast dich verändert. Du bist erwachsen geworden!"

Sie strich ihm über das Gesicht und zog seinen Kopf zu sich heran.

„Ich liebe dich! Ich liebe dich für alles, was du für meinen Bruder getan hast. Was du für deine Familie getan hast ... dafür, dass du einfach du bist! Vergiss mich nicht!"

Sie küsste ihn ein letztes Mal, dann löste sie sich mit einem Ruck von ihm und eilte auf den feuchten Holzplanken davon.

Epilog

Samstag, 31. August 2019, 17 Uhr

Es war ruhig auf dem Boot. Draußen schlug das Wasser gegen den Bootsrumpf, ein paar Vögel zwitscherten in der lauen Abendsonne, doch unter Deck war es still. Thiess hatte die Musikanlage nicht angeschaltet. Er lag auf der Bank und starrte gegen die Decke. Er hing seinen Gedanken nach. Die Beerdigung seines Großvaters hatte ihn aufgewühlt. Zu viele Fragen waren offengeblieben. Er hatte den Großvater nicht richtig kennengelernt und war in etwas hineingeraten, das eine dunkle Seite seiner Familiengeschichte ans Tageslicht gebracht hatte.

„Riedel? Wohnt hier Thiess Riedel?"

Thiess sprang von der Bank auf und stolperte die Treppe an Deck. Auf dem Steg vor dem Boot stand eine ältere, elegant gekleidete Frau in einem grauen Mantel. Sie hielt in der einen Hand einen Stock, in der anderen, der linken Hand, ein dickes Paket, das viel zu schwer für sie sein musste.

„Das bin ich."

Die Dame musterte ihn.

„Hedi Jelinek ist mein Name. Ich war mit Ihrem Großvater bekannt. Mein aufrichtiges Beileid, junger Mann. Heinrich hat mir hier etwas für Sie gegeben."

Sie hielt ihm den Umschlag entgegen.

„Sie waren auf der Beerdigung“, stellte Thiess fest und die Dame nickte.

„Es war mir wichtig. Heinrich war ein guter Freund“, sagte sie sanft. „Nun nehmen Sie schon, ich muss wieder zurück in die Residenz. Mein Fahrer wartet.“

Sie zeigte mit dem Stock zum Ende des Stegs, wo ein schwarzer Mercedes parkte.

Thiess nahm das Paket entgegen. Die alte Dame verabschiedete sich und ging den Steg zu ihrem dort parkenden Wagen zurück. Er beobachtete, wie der Fahrer des Mercedes ausstieg und ihr die Tür aufhielt, geduldig wartete, bis die alte Dame eingestiegen war, und dann die Tür hinter ihr schloss und sich ans Steuer setzte. Als der Motor angelassen wurde, war Thiess bereits auf der Treppe nach unten.

Die Handschrift auf dem Paket war etwas zitterig, aber die Buchstaben waren schön geschwungene altdeutsche Zeichen. Es war die gleiche Handschrift wie in dem Tagebuch, das sich in Heinrichs Wohnung befunden hatte. Das LKA hatte ihm das Tagebuch geschickt. Dies war tatsächlich von seinem Großvater.

Thiess befreite das Paket von dem braunen Klebeband und schaute hinein. Etwas Braunes lag dort drinnen. Er zog es heraus und staunte nicht schlecht, als er ein paar Lederschuhe hervorholte. Sie rochen muffig und nach getrocknetem Schweiß, aber in Anbetracht der Jahre, die die Schuhe alt sein mussten, sahen sie erstaunlich gut aus.

Als Thiess sie vorsichtig herumdrehte, fiel etwas auf den Boden. Ein karierter Zettel.

Thiess,

Wir haben uns so viele Jahre nicht gesehen. Ich weiß, dass die Schuld dafür bei mir liegt. Deinem Vater mache ich keinen Vorwurf.

Ich bereue zutiefst, was ich getan habe und wie sich die Dinge in diesem Land entwickelt haben. Die Schuld, die auf meinen Schultern lastet, ist nicht von der Hand zu weisen. Ich hätte es damals verhindern können, aber ich tat es nicht. Ein Mitläufer war ich, wie so viele in den Jahren davor, die zugelassen haben, dass Adolf diese grauenvollen Taten begehen konnte und unser Land in eine Dunkelheit führte, die wir immer noch nicht verlassen haben. Es gibt zu viele, die sich wohlfühlen in der Dunkelheit, denen das helle Licht wehtut, weil sie dann niemanden haben, der ihnen sagt, was sie tun sollen. Hätte ich damals dafür gesorgt, dass die Liste an die Öffentlichkeit kommt, dann wäre alles anders gekommen.

Es tut mir so leid, dass du in diese dunkle Episode mit hineingezogen wurdest. Gerne hätte ich dich aus allem herausgelassen, aber du bist zu sehr ein Riedel, so neugierig. Man kann kein Geheimnis vor dir verbergen.

Ich vermache dir meine guten Schuhe, die für mich in den Jahren immer mehr zu einem Mahnmal wurden, nicht zu vergessen, was unser Land ertragen musste. Ich hoffe, du findest einen Weg, meine Fehler zu vergessen. Vielleicht helfen dir die Schuhe ja dabei …

Thiess las die Zeilen ein zweites Mal. Verwundert runzelte er die Stirn und beugte sich näher über den Brief, so als könnte die Nähe zu den Buchstaben den Sinn der Worte deutlicher machen. Die Schuld, von der Heinrich sprach, hatte Charles ihm nur allzu deutlich offenbart. Doch Thiess hatte das Gefühl, dass da noch mehr war. Etwas, das selbst Charles nicht herausbekommen hatte.

Er ließ den Zettel auf den Tisch gleiten und nahm die Schuhe in die Hände, betrachtete sie von allen Seiten. Es waren gewöhnliche Lederschuhe. Thiess griff nach dem Papier am Boden des Päckchens und zog es heraus, darunter lag ein verschrumpeltes kleines Büchlein, in gräuliches Leder gebunden. Er zog das Buch heraus und legte es auf den Tisch zu dem Zettel, dann besah er sich die Schuhe genauer. Er hob sie hoch und drehte sie, schaute sie sich von allen Seiten an. Als Thiess gegen den Absatz eines der Schuhe kam, löste sich dieser und fiel zu mit einem hohlen Scheppern zu Boden. Thiess drehte den Schuh um und besah sich das Malheur, und dabei entdeckte er den kleinen Zettel in dem Hohlraum des Absatzes. Er starrte auf die Zeichen, schluckte und griff sofort nach dem Smartphone. Er ging in die Liste der gewählten Nummern und scrollte ein wenig herunter, bis er die Nummer wiederfand, die er suchte, und drückte auf die Nummer.

Es dauerte nicht lange, bis sich eine vertraute Stimme meldete.

„Ja?“

„Hi, hier ist Thiess, ich brauch deine Hilfe! Können wir uns treffen?“

Keine Antwort, doch am leisen Atmen erkannte Thiess, dass die Leitung noch offen war.

„Flynn? Du bist zurück? Du traust dich was!“

Thiess starrte auf den Zettel in seiner Hand.

„Es ist wirklich wichtig!“

Thiess hörte den leisen Atem. Sein Herz pochte. Er durfte nicht auflegen. Er brauchte die Unterstützung! Aber er konnte es ihm nicht verdenken, wenn er die Hilfe verweigerte.

„Hab von der Sache mit Deaftone und Lasse gehört."

„Ja ... und?"

„Hässliche Sache, die da abgegangen ist."

„Hör zu, lass uns darüber ein anderes Mal reden. Dann kannst du mir zeigen, was für ein Arschloch ich war. Ich brauche jetzt wirklich deine Hilfe!"

Schweigen. Thiess konnte förmlich sehen, wie sein Gesprächspartner am anderen Ende das Gesicht zu einem Grinsen verzog.

„Worum geht es denn?"

„Nicht am Telefon! Ich muss es dir zeigen."

Am anderen Ende der Leitung wurde es still, Thiess stellte sich vor, wie der andere die Situation genoss und ihn ein wenig provozierte, indem er sich mit einer Antwort Zeit ließ.

„Okay, Übermorgen 12 Uhr. Hammerbrook, vor der Kantine der Deutschen Bahn. Sei pünktlich, ich werde nicht warten."

Das Gespräch war beendet und doch war noch ein dumpfer Ton zu hören. Er horchte ins Telefon, aber die Leitung war tot. In seinen Ohren summte es leise, der Tinnitus machte sich wieder bemerkbar. Aber da war etwas gewesen, ein dumpfes Geräusch, wie wenn jemand mit den Füßen gestolpert und gegen einen Kasten gestoßen war.

Thiess sprang von der Bank und hastete die Treppe hinauf an Deck. Er sah noch einen Schatten über den Steg laufen. Die mit einem Kapuzenshirt bekleidete Person lief über den Steg Richtung Parkplatz.

Als Thiess sich umdrehte und wieder unter Deck gehen wollte, sah er es. Im gleichen Moment nahm er den Geruch frischer Lackfarbe wahr.

Auf dem Boden stand in großen schwarzen Buchstaben nur ein einziges Wort: *Ratte.* Das A war durch ein Hakenkreuz ersetzt worden.

Danksagung

Ich danke meiner Frau Sibylle, die gemeinsam mit mir mitgefiebert hat, dass dieser Traum vom eigenen Buch Wirklichkeit werden konnte. Sie hat mich immer wieder motiviert und ermutigt und mich auf die vielen Schreibkurse aufmerksam gemacht, die es in und um Hamburg herum gibt. Ohne diese Kurse wäre ich nie bei der VHS Halstenbek gelandet und hätte so wunderbare Autorinnen wie Sarah Fischer, Carolyn Srugies und Sabine Zuhl kennengelernt, die Thiess' Entstehung vom ersten Moment an miterlebt, und mich durch ihre Kritik immer wieder auf den richtigen Pfad gebracht haben. Ich danke der Autorin Sandra Dünschede für Coaching und Erstlektorat und die vielen schönen Übungen unserer Schreibwerkstatt Halstenbek! Es macht immer noch Spaß.

Ebenso danke ich den Dozenten der VHS Hamburg Hilkka Zebothsen und Andreas Kollender, in deren Kursen ich Thiess das erste Mal einem anderen Publikum vorgestellt habe. Er wurde gemocht und durfte sich entwickeln.

Ich danke Jaqueline Vellguth, deren Blog schriftsteller-werden.de wirklich immer eine tolle Inspiration für Schriftsteller ist und ohne deren „Früh-Schreib-Aktion" im ersten Corona-Lockdown ich mit Thiess Riedel nie so weit gekommen wäre.

Ich danke meinen Eltern, die mir immer ermöglicht haben, meine Hobbies Lesen und Schreiben auszuleben, auch wenn ich manches Mal ein echter Stubenhocker war. Danke! Aus mir ist trotzdem etwas geworden. Ich danke meinem Cousin Jürgen Cleffmann, der mich seit frühester Kindheit zum Schreiben ermutigt hat. Wäre ich damals mutiger gewesen, hätte Thiess wohl nie das Licht der Welt erblickt.

Ich danke dem ehemaligen Leiter des Instituts für Rechtsmedizin am Universitätsklinikum Hamburg-Eppendorf, Professor Klaus Püschel, für seine inspirierenden Lesungen und seine Antworten hinsichtlich fachlicher Fragen, ebenso dem BKA und dem Landeskriminalamt Mecklenburg-Vorpommern, dem Institut für Pharmakologie und Toxikologie der Bundeswehr und dem Universitätsklinikum Eppendorf für die Beantwortung meiner manchmal bohrenden Fragen.

Natürlich danke ich all denen, die immer wieder zu den Lesungen der Schreibwerkstatt Halstenbek kommen. Ohne Sie und das direkte Feedback bei unseren Lesungen hätten wir nur halb so viel Spaß! Durch Sie werden wir alle immer noch ein Stück besser.

Folgt uns auf

#niemeyerbuch